《志在云天》编委会

主　任：马和清

副主任：叶宪静　刘启峰　李铁路　茹小侠

成　员：袁海清　王越宏　张广军　谈　柱　李玉华

《志在云天》编写组

主　编：叶宪静

副主编：谈　柱

编　委：李玉华　张永生　俞雪峰　刘乐牛　石　也

志在云天

中卫市文学作品集
小说卷（2004—2017）

叶宪静　主编

黄河出版传媒集团
宁夏人民出版社

图书在版编目（CIP）数据

志在云天：中卫市文学作品集·小说卷：2004—
2017／叶宪静主编. —银川：宁夏人民出版社，2018.4
　ISBN 978-7-227-06894-5

Ⅰ.①志… Ⅱ.①叶… Ⅲ.①中国文学—当代文学—
作品综合集—中卫市②中篇小说—小说集—中国—当代
③短篇小说—小说集—中国—当代　Ⅳ.①I218.433

中国版本图书馆CIP数据核字（2018）第089852号

志在云天：中卫市文学作品集·小说卷（2004—2017）　叶宪静　主编

责任编辑　姚小云
责任校对　陈　晶
封面设计　伊　青
责任印制　肖　艳

黄河出版传媒集团
宁夏人民出版社　出版发行

地　　　址　宁夏银川市北京东路139号出版大厦（750001）
网　　　址　http://www.yrpubm.com
网上书店　http://www.hh-book.com
电子信箱　nxrmcbs@126.com
邮购电话　0951-5052104　5052106
经　　　销　全国新华书店
印刷装订　固原萧关印刷有限公司
印刷委托书号　（宁）0009300

开本　880mm×1230mm　1/16
印张　24.5　　　字数　400千字
版次　2018年5月第1版
印次　2018年5月第1次印刷
书号　ISBN 978-7-227-06894-5
定价　68.00元

序

    中卫市位于宁夏回族自治区中西部，地处宁夏、甘肃、内蒙古三省交界地带，黄河前套之首。这里沃野拢翠，物产丰富，交通便捷，物流顺畅，商贸繁华，民风淳朴，被誉为"沙漠水城、花儿杞乡、休闲中卫""中国枸杞之都""中国硒砂瓜之乡"。2004 年，中卫市成立以来，经济建设和社会发展突飞猛进，成就斐然，令人瞩目，被联合国人居署、阿拉伯联合酋长国迪拜市政府授予"迪拜国际改善居住环境最佳范例奖"称号，"以克论净深度清洁"等项目连续三年被国家住建部授予"中国人居环境范例奖"称号，是全国旅游标准化示范城市、国家园林城市、2016 中国年度十大活力休闲城市、网民最喜欢的十大全域旅游目的地和全国双拥模范城市。沙坡头被联合国授予"全球环境保护 500 佳"单位。

    时代飞速发展的脚步，离不开文艺家的追踪、记录。十多年来，在中卫这块美丽丰饶的土地上，中卫市的文学创作者们，审时度势，把握时代脉搏，唱响主旋律，彰显正能量，用满腔的热情、火热的激情、优美的文字投入创作实践，寄情言志，传达心声。他们用自己的心血和汗水，创作出了一批弘扬主旋律，思想性、艺术性相统一，具有鲜明时代特征和地域风情，深受人民群众欢迎和喜爱的优秀作品，反映了家乡巨变，歌颂了美好生活，讴歌了辉煌成就，开创了中卫文学事业朝气蓬勃、繁荣活跃的新局面，为宣传中卫、建设中卫，激发人民群众的高昂斗志和开拓创新精神，推动中卫各项事业再上新台阶，再创新业绩，做出了重要贡献。

2018年是宁夏回族自治区成立60周年，我们有理由将中卫的文学优秀作品呈现给广大读者，让更多人了解中卫。因此，将中卫建市以来创作发表的文学作品征集、筛选、编辑成优秀文学作品专集出版，全面、系统地展示中卫的文学创作成就，就显得非常有必要，也十分有意义。这套优秀文学作品集的出版，既集中反映、总结了中卫建市以来文学创作的成就，也作为文化积淀，为后人留下了丰厚的精神财富。这是中卫文学界的盛事，也是广大作者与文学爱好者的幸事。

　　作为文艺家，我们应该担当起时代的使命，正如习近平总书记在十九大报告中讲的，要"不忘初心，牢记使命"。文化是时代发展的重要车轮，文艺家则是这个车轮的推动者，制造者，维修者。文艺家要增强责任意识和使命意识，把文学融入经济社会发展中，用敏锐的目光、睿智的思想和生花的妙笔，讲好故事，传播好声音，创作出更多具有地方特色和人民群众喜闻乐见的传世力作。如今的中卫，正处在快速发展期，正在全力打造全域旅游城市、国际云端城市、特色产业城市、物流枢纽城市、生态宜居城市，我们需要文化的支撑，文化的助推。这就要求广大文学创作者充分认识自己肩负的历史责任，深入生活，扎根人民，从人民群众的现实生活中汲取营养，着力反映改革和建设的生动实践，反映人民群众的英雄业绩，表现全市人民创业、创新、创优的精神风貌，激励人们投身实现全面小康社会的伟大实践，从而为中华民族的伟大复兴贡献自己的力量。

　　希望中卫市的广大文学创作者"不忘初心、牢记使命"，心存高远，志在云天，创作出更多更好的精品力作！

　　长风破浪会有时，直挂云帆济沧海！

编　者

目录 CONTENTS

表 弟

石舒清

暑假期间，我随放学的孩子回老家去。才待了几天，心里就烦乱起来，似乎自己不曾在这个小村子里生活过三十年。父亲见我躁急烦闷，就像自己做错了什么似的，试探地说，要不跟老人家到拱北山上待几天吧，拱北上现在满山是松树，又安静，适合你待的。也是，正好老人家的车到县城来，父亲打电话询问，老人家同意。于是我就坐老人家的车到拱北上去了。拱北去我家约有八十公里。给老人家开车的是我的一个姑夫。因为给老人家开了车的缘故，姑夫越来越显得傲慢，吆五喝六的，或者把一张大方脸死死地板住，倒似乎他是一个行功办道的人，这一点使我非常反感。我是一个希望与任何人友善相处的人，但对方如果傲慢，我这里就觉得有压力，有抵触，一种似乎是自尊的东西就浮升上来，要求我维护它。这样的时候我就不和傲慢的人说话，显出一副我比你还傲慢的样子，心里却是很难受的，总觉得这样是下策，这时候如果人家开口说一句什么，我立即会十分热情地回应过去。所谓你敬我一尺，我敬你一丈者是也。但姑夫似乎要将这傲慢坚持到底。我于是渐渐地也就近乎固执地沉默起来了。想这个给我做姑夫的人，倒还不如个陌生人。老人家本就是一个耽于思索、沉默寡言的人，我不大指望老人家开口与我说话。我若开口，又怕打搅了他。于是一车三个人在一百多里的路上几乎没说一句话。老人家因为夜间修行盘道的缘故，就趁机在车上睡。他的睡眠是很轻的，车稍微颠一下他就会抬起头来，不久又像夜晚的稻子那样将头沉沉地垂下去。这个人是我一生最大的谜团之一。他六岁的时候就出家了。后来继承了我们这个门宦的教门。我觉得他除了神秘和威严的一面外，很多时候都执着天真得像个孩子。与他的司机的傲慢相比，他是半点傲慢都没有的。我亲眼见到一些白须老人一见他就恭敬地跪下来。黑压压跪一大片，这阵势是最易让人傲慢起来的，但他不，他接他们道出的色俩目，手像簸箕那样簸着让他们起来。我是不跪给他的。我们这边的人从不给他跪。只有南山里的人因为实诚，因为无比地崇信教门，才给他跪。他也不要求我们给他跪。一句也没有要求过。我经常想，这个人的心里常常思索着一些什么，涌现着一些什么呢？他的灵魂和我们是一样的吗？他会问一些什么问题？又怎么回答？可惜我与他的交往总是浅尝辄止。到拱北上的时候，下起雨来，越下越大，透过车窗能看到车轮溅起的富于激情的水来，两个刮水器也在前面忙活个不停。

　　一下车我就往住的地方跑。

　　来过几次，已是轻车熟路。我把包顶在头上，向堡拐角的那个高房子里奔去。高房子很高，要上许多级砖铺台阶，砖的裂缝里长出草来，草叶子在雨线里发着亮。

　　高房子里很暗。我一看，窗帘是拉过了的。屋子里有一种由于人群聚过才有的味道，不是很好闻。还是那一面炕，还是那几床被褥，似乎从未洗过，估计洗也还是那个样子。我因为在城市里住了两年的缘故，对这里已不自觉地有些挑剔了，我的鼻子不由自主嗅得响着，手也在褥子上拍一拍，倒没有拍起灰尘来，只是被褥的确像很久没洗了。这里一直是姑夫和拱北上的保管住着，偶尔来一两个闲杂人等，也挤在这里。想到夜里要和姑夫无话地挤睡在一起，我预先已有些不适，幸好还有保管的，可以让保管睡在中间。楼盖上满是灰尘，桌上的几只茶杯里也满是茶垢。也许这里不常住人，故而显得破败吧。保管有时和满拉们一同睡的。姑夫作为一个司机，更是今儿睡在这里，明儿就不知睡在何处了。

我当然不是来享福的。

我把桌子吹干净，把包放在上面。

屋子里空得像一个废弃的鸟巢。临窗向外望去，对面就是那座著名的疙瘩山，透过盛大的雨雾，可见疙瘩山周身被一派浓绿覆盖着。

山顶端挑起着一钩"弯月"，似乎是一杆秤的弯钩，要称出这埋葬着数位伊斯兰贤人的山究竟有多重。老人家说，这山上已植有松树近二十万株。老人家是一个喜欢植树和修路的人，他一行动，后面的人就坐不住了，就恐慌了，就黑压压地跟上了。

窗子很小，简直像一个洞开在墙上，逼近看，能将整个疙瘩山收于眼里的。

雨声很响。到远处就成了盛大的雨雾。

我看见窗子的内侧游浮着暗影。一些雨丝儿怕冷似的躲入窗洞里来。我在窗前立了一会儿，就上炕去。虽铺有褥子，但炕上还是有些干硬和冰冷。什么硌了我一下，一摸，是一粒瓜子。我也不拉开被子，就靠卧在叠着的被子上，舒开腿脚躺着。姑夫哪里去了呢？老人家哪里去了呢？实际我清楚他们各自去了哪里。但在这响亮却又空幻的雨声里，他们总给我一种鱼儿没入了茫茫大海的感觉。

脚有些冷。尤其是脚尖。这是刚才从水里蹚过来的缘故。我脱去袜子，一下子觉得双脚像被剃光了的头那样，有一种清冷孤寂之感。

就把它们探入褥子下面。褥子下面就是席，凉得像刀片，但放了一会儿就暖热了。

我的脑子里像一窝蜂那样嗡嗡嗡响着，我分不清那是外面的声音还是我脑里的声音。

我说不清我来这里干什么。

是像我的父辈那样来点香吗？来给上人们上坟吗？我不是抱着这个单纯的目的来的，我似乎没有什么目的。没有一个让我张口就可以说得出的目的。但我的确又来了，确然地躺在这里。要是细想的话，人的来来往往多是很偶然的。

屋里太暗，我试着拿出脚尖来看了一下，看不清脚趾。虽说是高房子，倒像是待在一眼深窑里。能看见雨丝像乱发那样斜着往窗洞里飞。

我拉亮灯。灯在一根椽子下面吊着。它像是被惊醒来的，眼睛红巴巴得像还没有睡醒，正恼怒地睁着昏黄的眼寻觅究竟是哪个惊醒了它。这灯在深夜里才能顶点用吧，然而也不能看书做针线的。只能用以照出地上的鞋来，然后穿上去解手罢了。我觉得这灯有些嘲弄地看我，使我一时莫名地觉到处境尴尬。是的，我是混世的人，身上心里都有着不少污点和阴影。到这里来也有装蒜之嫌。我知道我再也不能清净无染地跪在上人的墓前了，我心里一团糟，即使跪在上人墓前心里也会嘈杂着别处的声音。而且愈在上人墓前，愈会如此。我不知为什么会这样。但肯定是会这样。老人家一直对我不即不离不咸不淡是很对的，因为这正是我自己对于教门的态度，他洞幽察微，以我对教门的方式对待我，这是公平的。想着我再也不能成为一个单纯质朴的人，我有时候悔得直摇头，恨不得把心掏出来去换一颗无染的心来，恨不能把脚跺烂，但我心里又有邪恶的裂口，像大嘴那样恶意地吞噬着、狂笑着，使我无法休整与还原。那么就这样吧。我的任务是尽量要把这"恶"局限在我之内。我已决定不到上人们的墓前点香了。我们这个门宦很重视点香。以香味入窍，在窍内开一条大道。但这香味入不了我的窍了，我的七窍里被什么阻塞着。我尝试过了。在偏僻的角落里我翻检过内心。

我如果跪在上人墓前会是一件很尴尬的事，我们之间会有一种强劲的张力。我不能在上人的墓上栽花，那么就也不要去种荆棘吧。

正这样胡思乱想着，突然听到有人跑上台阶来。我忙忙起身去关灯。我也不知自己为什么去关灯。灯刚像眨眼那样一灭，门就开了。一个瘦高的人水淋淋立在地上。看见我，就躬下身子道色俩目。

原来是我的表弟孤拜。是我那个司机姑夫的大儿子。

我的表弟是很多的。仅姑姑这一边来说，我有四个姑姑，表弟算下来就有八个之多。孤拜算是最值得让人怜悯的一个。孤拜经名叫叶尔孤拜，家里人叫他孤拜。这个名字明显是不好，似乎对他一生的遭遇有所暗示。我和孤拜虽说是表兄弟，交往却是极少的。世上的表兄弟，淡到我们这个程度的，可谓绝无仅有了吧。我记得我们小时候曾学孤拜说话，到如今我们偶尔还学他说话，很多人都学。一说到孤拜怎么怎么说时，那说话的人就像换了舌头，变了一个声音学说起来。孤拜说话是有些大舌头的。这倒在其次，关键在于孤拜的大脑有些不好，至于怎么不好，也说不出个所以然来。我们都觉得孤拜这一生要作为一个孤单者不幸者那样活下去的，想不到他去年竟结了婚。听到孤拜结婚，大家心里都平白无故的不是滋味，似乎孤拜占了什么便宜，或者是我们的什么便宜被孤拜占了去，使我们觉得有损失了。总之大家听到孤拜要结婚时脸上的表情都有些阴阳怪气，有些不大好看。

孤拜结婚那天我去了，我的另一个表弟，孤拜的堂哥也在那天结婚。我的两个姑姑嫁与了兄弟俩，就是孤拜的父亲和大伯。

我那个表弟是很能干的，曾上过自治区粮校，毕业后不包分配，自己弄了个砖瓦厂当着厂长和总经理，又是一表人才。孤拜和他同一天结婚，让谁都觉得有些尴尬。首先是两个人新房就不能比。这个的新房里满腾腾的，像一个花的海洋，墙上还贴有不少中国字和外国字，似乎在帮主人喋喋不休地说着什么。孤拜的新房里有些冷清。结婚照挂在一面墙上，显出一种孤单无助来。对面的墙上是一面穿衣镜，挂的斜了，使得镜子的一角照着地面。

孤拜那天结婚还是很精神的，扎着领带，皮鞋锃亮。让人觉得新郎官这个身份是化腐朽为神奇的。

孤拜在院里寂寞地转，不时用手捋一捋书有"新郎"二字的飘带，把胸前的花瓣儿用嘴轻轻吹一吹。他只上到小学三年级，比较于他的堂哥，他的同学是很少的。他连一个女同学都没有。要是谁喊他时，他就会一边不断地看着胸前的花一边跑去，人家说什么他都将头频频地点着。我父亲指着他胸前的两个字说，孤拜，那是两个啥字啊？孤拜低头看了看胸前，嘴寡淡地动了一下，但是没说出什么来。我觉得我父亲是不该这样要笑他的外甥的。父亲并非一个刻薄的爱要笑的人，但是为什么也不放过孤拜呢？

看着孤拜在院里不停地走来走去，看着孤拜从未扎过的领带，看着他不时关切地望一眼胸花，我有时会忍不住心里一酸。

后来发生了这样一件事。

孤拜堂哥的媳妇先来了，但堂哥的胸花和新郎标志却不知哪里去了。

一时很多手都指着那空白的胸前。

他们两家是邻居。

于是听到不少人孤拜孤拜的喊。

孤拜就手捂着胸前的花忙不迭地跑过来，用眼神用表情问人们喊他做什么。

人们让他把用手捂着的东西摘下来。

他就忙忙摘下来。

然后看着几只手慌慌地把他的花和飘带给他的堂哥戴上。然后他们都风吹着一样跑掉了，把胸前空了的孤拜一个人像一根木桩那样留在了那里。

一会儿孤拜的新媳妇也娶来了，他慌乱起来，说自己的胸花没有了，一边不断用手指着胸前的空白。但人们像没有听到他的话。不要紧，没关系。乱七八糟的声音这样说着，就把他领着向娶亲的车跑去了。孤拜不断看着胸前的空白，也就一路过去了。

但谁也没有想到孤拜会娶到那样一个出众的女子。

那女子高大而健康，长相也俊的。很多的头都簇到一起议论什么，连我也愕然了一下。

那天夜里，我一直忍不住想着孤拜和那个"母鹿"一样的女子，我不知我为什么会顽劣地想这一对，却没有一点兴趣想另一对。

孤拜双拳并举，一拱到底地给我道色俩目。这实在是大礼了。我忙欠身接色俩目。比较于他父亲的傲慢，他又显得过于恭谨了。我不禁暗生一些感慨。打躬作揖的礼节早废弃了，但在我们这个偏陋的地方，在我们这个门宦里，还一直沿用着。与人握手惯了，猛然间受到这样的大礼，禁不住浑身一沉，就像一个穿背心裤头的人突然间盛装了一样。原来礼节给人的感觉是很不一样的。但孤拜给我行如此大礼又让我觉到一种莫名的辛酸。来到这静山僻地，我正无所事事，落得寂寞，屋外的雨声也像执拗的单弦琴一样让人不可忍受。我于是就唤孤拜上炕来。孤拜从门背后的铁丝上揪下一条毛巾擦头。毛巾很脏，看上去硬硬的。擦完头，又擦脸。用那毛巾擦脸肯定是不好受的。然后孤拜就躺到炕上来，两只脚依然支在炕沿外面，鞋也不脱。我说鞋脱了上来。他说他坐一阵就得走。

他仰起脸，脸上带着一种微笑看我。他那笑令人鼻酸。那是一种常遭人轻看的人才有的笑，里面有着略略的试探和略略的巴结，还有着一点莫名却实在的畏惧，有着一些无法消除的自轻自贱。我希望他最好不要这样笑，这样的笑会诱发人的恶意，怂恿人的欺凌之心。但他似乎已这样惯了。觉得他的脸是很适合有这样一种笑的。他的脸上有一种病态的红晕，还显出一些浮肿，两眼相距也远了一些，使他的两只眼球动起来有些古怪和滞缓。

这是一个和我共有着一支血缘的人啊。

我扔了一个枕头让他垫到肘下，这样他会躺得舒服一些。

问孤拜这里做什么。他说他常年在拱北上做事的，拱北上有许多事的，盖个房啊，砌个墙啊，挖个水洞眼啊，最近更是忙得紧，因为拱北上正在盖一个道堂，他在做小工。一天下来，能得十三块钱。他说要是不下雨，就没工夫来这里闲坐。

又问我来这里做什么。我说点香。他就很重地点点头，似乎知道什么与此相关的秘密似的。

接着孤拜就按捺不住似的说起话来。我没想到原来他竟这么健谈。我是一个话少的人，有时遇到一个话多的人就很高兴，觉得自己可以不尴尬了。刚开始没注意，听了几句，就发现孤拜的谈话总是有意无意地围绕着他的女人。我的心里动了一下，看来他的女人在他的心里已经占有了极其重要的地位，使得他欲说还休，不说不行。我倒是很想听听他和他的女人的。

哥，你不知道，人，没钱，不成。这算是孤拜的开场白。

接下来就收煞不住地说开了。他把他的女人说成"你们姑舅"，刚开始我还没有领会"你们姑舅"就是他女人，听过两遭，才明白过来，而且说到"你们姑舅"时，孤拜的声音和表情总是有些异样，似乎有些羞涩，有些满足，有些炫耀，还有一些另外的说不清的什么。

哥，我给你说个老实话，我觉得我把"你们姑舅"亏了。人家那么攒劲的人，找了个我，图个啥呢？我有时间躺下了一个人想，人家这么体端的女子，要人品有人品，要针线有针线，劳动起来又是样样儿是样样儿，行行儿是行行儿，凭啥找了个我呢？凭啥也不该找个我嘛。

想来想去，只有一个说法，那就是她的命，她的命不好。

哥，你不知道，我本来一辈子不想结婚。咱们不是结婚的人嘛，造下就是个苦命人嘛，可是你一个命苦就成了，你还把人家一个女娃娃弄来跟你一起受苦，这就说不过去了。所以呢我是不想结婚的。

我给我大我妈说了，说我不结婚。我知道这是很伤他们心的。但这本来就是个伤心事。我大听了，朝地上唾了一下，我知道那不是唾地，是唾我。我妈就是个哭。我得把话说响些，要不他们给我偷偷摸摸把媳妇说下来就迟了。我在兰州小西湖也干过，认识一个兰州人，东乡族，修自行车，不小看人，说我混不下去了就去找他，帮他修自行车，刚开始一月一百五，以后可以涨到一月四百。我虽说没有跟他去修车子，心里是踏实了，反正以后是有一条活路了。

我对我大我妈说，你们要逼我，我就走兰州修自行车去，再不回来了。

但世上的事不由你，婚姻造下了你躲都躲不脱。

我妈要给我说媳妇了。我那个病，哥你是知道的，乏起来拿手抠个自己的脸都抠不动。

我妈一说一哭，把我的心给哭软了。我想也没人给我媳妇，你们去说也是白说，就由我妈去说了，我心里堂然（坦然之意）得很，我知道没人把女子给我。

一天我妈给我说，孤拜，妈给你瞅下一个女子了，咱娘俩看去。

我问谁，说是刘应才的孙女子，我差些儿把牙都笑掉了。刘应才的孙子刘彦虎和我在拱北上做过活计，他的妹妹我见过，听说叫刘彦芳，那个人一看就跟我没关系。我一听是刘彦芳心里就高兴了，高兴的原因是觉得跟我没关系。我就对我妈说，你说去妈，要说成，我就结婚。我妈说咱娘俩去，我说我不可能去。哥，你说人没必要丢人现眼是不是？我不会拿我不当人。我妈就一个人去了。回来拿一张相叫我看，我一看正是刘彦芳。我的心别别别跳了几下，把相还给了我妈。我妈问看得上不。我说看得上咋样，看不上又咋样。我妈说看上就给你去说。我妈这个人说话就是掂不来轻重。过了几天，我妈回来说，事情成了，对方要验你一下，我一听心里乱七八糟了，想着这事情咋会成？我心里乱糟糟的，真想跑到兰州去了。但是一想心里又亮堂了，他们不是要验吗？好，一验肯定是验不上，验不上我妈的心就死了，以后就不打我的主意了。我就盼着他们验我。我在镜子里看我，我都觉得把我没验上。找刘应才的孙女子当媳妇肯定是不好过的，肯定把我吃力死。我没必要搬起石头砸自己的脚。可是事情越来越奇怪，那边传过话来说，人不验了，直接到街上去买东西。

　　这么一来，我糊里糊涂就跟上去买了。我二姨娘一直小看我，把我没当个人看，没当她的侄儿看，其实人嘛，谁都有个吃饭的肚子想事的心呢。你把我不当外甥，我还不把你当姨娘呢。我二姨娘对我说，孤拜，你这个人话多得很，惹人嫌，明儿买衣服啥的，你就不要说话。这话我听了很伤心。好，不要我说话，我就装哑巴。我一天没说话，也没跟刘彦芳说话，我还是觉得刘彦芳和我没关系。刘彦芳试这个试那个，我在一边看着，不说话，我不知道我跟在这么一群人后面算什么。第一天下来，我没说一句话，但第二天我忍不住了，买电视的时候，他们要买长虹，我说长虹是国产的，要买就买个好的，买个外国的，就买松下。因为电视是我们出钱。要是他们出钱，我就一声不喘了。夹克衫是他们出钱，给我买的那个夹克实在日鬼得很，说是羊皮，不知道是啥皮呢。但因为是他们出钱，我就高高兴兴地穿上了。他们一家人也很高兴。两天衣裳电视什么的都买结束了，我又见不到刘彦芳的面了，觉得这事大概要黄了。哥，人真是奇怪，从那天起，刘彦芳的影子总在我眼前闪，我把眼睛闭住都不顶事。我一直悄悄等着那一家子送过断绝的话来，一断绝我就踏实了，但他们就是不说，把我等得急坏了，这么着就到了结婚的时节，糊里糊涂就把个婚结了。我到现在都觉得这不是个真事。

结婚那天晚上，床耍罢了，就剩下我们两个。我的心别别别跳个不停。"你们姑舅"也背坐着不转过身来。我叹了不少气。我想已经是两口子了，有些话是应该问一问的，我就问"你们姑舅"，我说你这么攒劲的人，为啥坐到这里了呢？我还没说"嫁"，怕说了人家伤心，受不了，但这么一说，"你们姑舅"就哭起来了，她小着声音哭，我也就放心了，就由她哭。她哭了一会儿就不哭了，捏紧着一个手绢擦眼睛。后来还是把脸转过来了，说已经是两口子了，多余的话就再不要说。"你们姑舅"给我说了不少话，把我的心都说碎了。我说你要觉得过不惯，啥时节想走都由你。"你们姑舅"笑着指了一下我的鼻子，说生米做成熟饭容易，熟饭做成生米就不容易了。这话说得真是有水平。但我还是那话，她啥时候想走都由她，她一走，我的心也就踏实了。哥，我心里有个想法没对人讲过。她要真的一走，我想好了，我就不活了。后来"你们姑舅"说到她家里的事，也是够难的，她大早就无常了，她妈一个拉扯一大家的人。想到"你们姑舅"是一个没有大大的女子时，我一下子难坏了，我就哭起来了。我哭着，"你们姑舅"劝我都劝不住。那天夜里的一些眼泪把我心里流亮堂了。

孤拜说到这里，眼里竟又有了泪花。眼泪要顺他的眼角流下来时，他一把擦去了，掩饰似的说有些冷，我给咱们生炉子吧。

他出门去拿了一束木片进来，将炉盖上的灰尘吹去。他将一块木片往炉子后面的油罐里蘸了一下，然后把它点燃了，火像吃草的牛舌头那样从木片上伸出来，映亮着他的脸。

窗外，雨声依然细密而含混，偶尔会突然间大起来，像是吹入了一阵劲风，甚至听见有不少雨滴儿清晰地溅落到屋瓦上。

炉子像复活似的轰轰响起来，透过炉盖的缝隙能看到里面热烈澎湃的炉火。

孤拜到窗前往外看了看。可能有雨丝飞到他脸上了，他伸手擦了一把。看来雨一下子不停，把活计耽搁了。他说。

我说先上来谝闲吧。

孤拜说，哥不忙？我说的这些都没意思。

我说我一点都不忙，我说上来上来，继续说，有意思得很。

孤拜像受了夸奖那样不好意思地摸摸头，说，哥，说个你不笑话的话呢，现在我真是为难得很，待在家里吧，不得成，没钱花。出门在外吧，又心慌得不成，到哪搭心里都不得安宁，都毛糟糟的。

我很能理解地向他笑笑，我知道他又想转着圈儿说"你们姑舅"了。

我说上来上来接着说。

就怕你还有别的事呢，我这些都是闲话嘛。孤拜这样说着，正要抬腿上炕，突然听到下面院子里有人喊。

我们都竖了耳听。

喊的是孤拜。

哥你先在，我一阵阵再上来。孤拜说着，将跨上来的一条腿又拿下去，向我笑一笑，出去了，在外面给我将门小心地缓缓带上。

屋子像一个缓缓转动的磨盘于不觉间停止了那样，给人一种古怪的空寂和玄响。雨声绵亘无尽，像已这样咕咕啾啾了一千年。炉火牛犊似的在炉膛里冲撞着，炉盖儿的边际部分已被烧得通红了。但屋子还没有热起来。

我半躺着，耳畔依稀还有着孤拜的声音，但是已遥远了，混合于无边无际的雨声中了。

有孤拜这样一个人活在世上。

有我这样一个人活在世上。

有形形色色的人各自担负和指望着活在这个世上。

这是一个何其丰富、杂乱而又让人逆来顺受的世界啊。

我这样胡乱地想着。

忽然又想起孤拜的媳妇来，这样一个轻易交付了自己一生的女子，这样一个被人行坐难忘、重重牵挂的女子，在这无边无际无始无终的大雨里，她在做什么呢？她也在一门心思地牵挂着牵挂她的人吗？

炉膛里一声钝响，吓了我一跳，看炉盖时，已通红着一大片了，不时有一个灼亮的火星从那通红的炉盖上飞起来。

但屋里总还是有些凉冷。似乎屋里每一样东西都冷寂着，要把这么多的东西一一都暖过来真是一件不易的事情。

不大的工夫孤拜就上来了，他又一次被淋得精湿。他把一个装有什么的塑料袋扔上炕来，说，哥，嗑瓜子，不能光听我说啊。

他立在地上用那条硬邦邦的毛巾擦自己。

我问他去哪里了。他似乎不愿说，但还是说去给保管生炉子了。他自己连个炉子都不会生。他声音低低地说。接着就上炕来。他身上带着一股逼人的寒气，我让他先下去烤烤，他说不要紧。把那只枕头又支在肘下。他眨巴着眼睛，似乎一时不知从何说起。

我说嗑瓜子。

他说你嗑你嗑。

看来他还是想说话的。

我就想引出他的话来。

一天十三块，一月近四百块啊。我说。

他显得高兴地说，是啊，一月四百块呢。但很快又黯然下去说，可是我挣的钱大多治了病了。我的这个病哥你知道吧，就是李锋搞的。李锋是我们那里的一个赤脚医生。现在还当着大夫呢。孤拜两个月的时候，发烧，李锋打了他两针青霉素，就把他的脑子打坏了，常犯死病。孤拜说，那一天犯了死病，把他媳妇吓坏了。我们这里把羊角风一类的病都叫死病。

把"你们姑舅"吓坏了，她不知道嘛，咋能不吓呢。我一直鼓劲着在她跟前不犯，但到底没能鼓住这个劲，一天，我们正吃饭时就犯了，"你们姑舅"的碗都吓掉了。实际没啥的，好了也就好了，只是人有些乏，睡一觉也就好好儿的了。可是没见过的人会觉得怕。我没犯病时心里一直担心得要死，怕"你们姑舅"知道，怕把她吓着，纸里头终归包不住火，知道也有知道的好处。我醒过来一看，"你们姑舅"脸都吓白了，眼神怪怪的。我就给她笑着说，你要是害怕，咱们的婚姻就算了。实际上没啥，你看我还是好好儿的嘛。我鼓足劲站起来走了几步，实际上我乏死了，就想睡，可我还是鼓着劲走了一会儿。"你们姑舅"哇一声哭着跑了。好了，我心里一下子踏实了，亮堂了，看来我们的婚姻完蛋了。我就上炕去睡。睡不着，眼泪落了一枕头。后来"你们姑舅"还是回来了，还是和我过日子。她这个人有我想不通的一面，我想不清她为啥跟着我不走。我有一次去找李锋给我打针，原本我一辈子不想找他了，不想见他的面了，这个人把我一辈子都毁了。但再一想就还是去了。我想对李锋说李锋你记得那两针青霉素的事吗？你把我害惨了。话到舌尖尖上了，我又咽回去了。没必要说了，都这么个事实了，说管什么用呢。打完针，我对李锋说，李大夫你在，就出来了。他根本看不出我心里恨过他。

哥，我说得凌乱，你没心听就一心嗑你的瓜子。

我不是给你说我挣的钱都看了病吗？实际上我也矛盾得很，我想我的病再不看了，看也看不好，还不如给"你们姑舅"买一件衣裳皮鞋啥的，可是又一想，万一看好了呢？万一看好，"你们姑舅"也能过上一份好日子了。而且不看还不行呀，不看病还会加重呢。

一家子人难活啊哥。

我不在家，"你们姑舅"的几个小姑小叔子就要欺负她。凭"你们姑舅"的身架，哪个打不过呢？可是她硬忍了。我知道她是怕给我添负担。人的心真是复杂得很，都是兄弟姐妹嘛，以前我没结婚的时节，不论是朱玛（孤拜的兄弟），还是哈燕（孤拜的妹妹），都对我还是过得去的，我把"你们姑舅"一娶来，就像给他们娶了个敌人回来了，实际上是你的嫂嫂，咋能是个敌人呢？我们那个朱玛真是懒得让人牙痛，就是个睡觉，还脾气大得很，毛病多得很，说"你们姑舅"做下的啥都没味道。老人都能吃，你一个娃娃就不能吃了吗？我们哈燕，饭一吃，嘴一擦就走了，饭你嫂子做，锅你洗总可以吧，连锅也叫"你们姑舅"洗。我就想给哈燕说，哈燕啊，你以后也是要出嫁的人啊，也要给人当媳妇当嫂嫂的，你咋能这么干呢？但是我话憋在嗓子里出不来。我想着一家子人和和气气的，何必弄得龇牙瞪眼的。不是我夸"你们姑舅"，那个人确实有忍性，把多么难忍的都忍了。我妈也是个病汉，有时节烦了，也骂她一顿。她当面还是做该做的，回到我们的屋里悄悄哭。她哭比我哭都让我难受。可是有啥办法呢？我大那个人是个阴脸子人，媳妇把饭双手端上了，脸还阴着，你随便笑一笑，说上两句暖人心的话也算是对媳妇的看重和安慰嘛。真的，"你们姑舅"忍性太好了，我想大概是因为她从小就没了大的缘故吧，人没个大势短得很。我后来看清了，我和"你们姑舅"都是忍着活的人。有时候一想起"你们姑舅"没大大了，短势了，受人欺负了，我就是咋忍也忍不住我的个眼泪。

一天我买了点东西回家，我提着东西向我们房里去，哈燕看着了，喊着说，大和妈的房在这边，你往哪里提？我真是羞坏了，我只好提到那边的房里去。可是哈燕你做的不对路，提到哪个屋里不行呢？难道我会和你嫂子偷着吃掉不给你们吗？我是那么个人吗？就算我是那么个人，你嫂子她是那么个人吗？就算你嫂子一个人吃了，又有啥了不得呢？她身上有了嘛，身上有了儿女的人嘴馋得很嘛。

我还忘了给你说，"你们姑舅"身上有了。这女人家身上有了是很苦的，恶心，还馋，馋得厉害。我半夜爬起来，偷着在别人家的院子里拔了几个水萝卜给她吃，真是羞着说不成啊。

　　一天发生了这么个事，让我心里难受了一场，现在想起来这搭（他指了指心口）还痛。

　　实际上说起来哥你是要笑话的。多大的个事呢？"你们姑舅"不是馋吗，天气也热得很，想吃个雪糕。我就去县上给她买。一个雪糕一块钱。我身上有七八块钱。打算都给她买雪糕，但是我又一想，不成，不能买雪糕，二十几里路，这么热的天气，拿回去不是化了嘛。我就自作主张买了五个西瓜。西瓜是化不了的，晒热了也不怕，放在窖水里冰冰就好了。拿回去给家里三个，两个给"你们姑舅"抱去。"你们姑舅"第一次给我耍了脾气，说她不吃西瓜，她就是要吃雪糕。我给她讲道理，她不听，犟得很，说春儿（即与孤拜同一天结婚的他的堂哥）媳妇身上有了吃的啥你知道吗？说是吃了三十斤牛肉。一百个雪糕。这个我是知道的。可人比人活不过，马比骡子驮不过啊，咱们咋能跟春儿相比呢？人家是经理厂长啊。我说瓜也是一样的。我出去从窖里打上一桶水来，给她冰西瓜，把冰了的西瓜给她吃，"你们姑舅"一下子把西瓜推过了。早知道这样还不如买成雪糕，但事到如今还有什么可说呢？天气热得很。但日头偏了，我还得去犁地。我就把瓜放在被子下面。我说我把瓜放在被子下面了，这一阵还是凉的，过一阵阵就热了。我说了就走了。一垧地犁回来，我浑身要散架了，星星都出来了嘛。我顾不上洗手，先去看西瓜在不在，一看，还在，我心里立马就结了一个疙瘩。"你们姑舅"做饭去了，没在。她这一点做得比较好。要是一般的媳妇，早睡在炕上不动弹了。夜里要睡时，我看到她还在生我的气。瓜已经焐热了。我又打了一桶水来冰。冰好了拿给她吃，她又用手拨拉开了。这一下我生气了，我想我犁了一天地，我又是一个病人，你就这么气我嘛？我说不吃了也好，砸了去。我真的生气了，要砸，她一下子从炕上跳起来，把西瓜抢去了。后来她一边吃西瓜一边哭。我把头蒙着，我心里真是难受坏了，我想我要是像春儿那样有钱，莫说一百个雪糕，一千个一万个我也买给你吃啊。你说怪不怪哥，"你们姑舅"一个雪糕都没吃上，春儿媳妇吃了一百个，我就对春儿媳妇有些怨恨。真是太没道理了啊。

麦子黄了，我外母（岳母之意）只有一个人。"你们姑舅"给我们拔了两天麦子，向我大我妈告了假，去给她妈拔麦子，在这一点上我大我妈还是很开通的，就让她去了。可是我从心里不好受得很，她那么大的肚子了还跪在地里拔麦子。

临走，我身上只有十块钱，拿出来给她，叫她买上几个蛋，到娘家补一补，反正在我家买上也吃不到嘴里。

哥，说个心上命上的话，我觉得太亏"你们姑舅"了，我原本是不打算结婚的，我也一直盼着"你们姑舅"能离开我，可是说老实话，现时不是那时节了，人也是一时节一时节活的，一时节一时节有不同的想法，现在要是"你们姑舅"决心一下，不跟我过了，我一点都不拦她，更不会恨她，但我肯定是一死。肯定。

孤拜说着，眼泪出来了。他很快擦去。

他给我说了他的想法，很想买一台磨面机，因为他们村里没磨面机，村里人磨面得到邻村去。一台磨面机连机房下来得两万。根本买不起的，就算是做个梦吧。

可惜我也拿不出这么多钱来帮他。我觉得他说话时隐隐含着对我的一丝指望的，这使我颇觉歉疚，只好装作没听懂他的话罢了。

还说，以后，要是老人把他们两口子分开，他打算买一个拖拉机头，专门给人犁菜园子。

暂时，这也还是一个梦的。

他也说到去兰州找东乡族的朋友修自行车，说出来，自己摇头否决了。我猜得出他否决的原因。

雨似乎小了，一阵一阵地起了小风。再没有填柴的缘故吧，炉中的火势弱下去，炉盖儿也像燃败的炭那样青灰了。

孤拜跳下去往炉里填柴。门却开了，进来的是姑夫。见孤拜在，就冷冷地对他说，雨停了，把车洗一下。

孤拜瞥了我一眼就走了。他那一眼我虽不能描述，却让我难以忘怀。人们都以为这是一个简单的、大脑有病的、只会逆来顺受的人，谁知道他那颗心里压抑着多少波澜和惊涛呢？

我是不愿和姑夫在一起待的。勉强待过一个时辰，我就让他嗑瓜子，我走出高房子来。

雨没有停，但小了许多，可以仰起脸来看了，天上的云忧郁而滞重地游浮着。燕子像鱼那样在天上"游"来飞去。

我下台阶去。台阶逼仄而陡峭，得小心走。许多斜着的草叶上沾着泥水，正若有所思地直起着身子，显然它们被上下的脚不断地踩倒着，又不断悄悄地自己立起来。

到台阶中间时，我一眼就看见孤拜在院子里擦着他父亲开的那辆车。看那样子，他似乎是乐于干这件事的，并且早已干得得心应手。

我的心像被谁猛攥了一下，紧得我喘不过气来。

怕他看着，趁他背身的工夫，我快快出了拱北的穹形大门，外面静静的，雨丝儿毫不惊扰地往脸上落。两边都是路，一边缓缓爬上远处的山头，尾音似的消失了，一边像一条长蛇似的游没于那边的林子里去。我在拱北巍峨却又寂然的大门下立着，一时不知道往哪里去。

城市游鱼

刘健彷

　　那是我刚入道不久，还没有被别人称作交际花的时候。我从事了几种职业，都因为不接受公司的管理条例而辞职。在那段失业的时间里，我常到一个名叫"怀旧"的酒吧里去喝酒。据说这个酒吧是一个死而复生的女人开的。门面的外观全部用白桦树皮拼成，里面有老式的马灯，有老式的唱机，重要的是有绿色的仿真树叶缠绕的秋千。白天坐在临窗的秋千上，晃来晃去地看着街上的人流、车流、男人、女人，再喝上几杯调出来的颜色鲜艳的酒，低落的情绪会稍稍有些好转。因为我经常坐在那里发呆，酒吧的女老板就会过来和我坐一会儿。据说她是触电身亡的。在家人为她准备后事的时候，她突然就活过来了。活过来的她身上莫名地就添了一种法术，能看透别人的内心。于是她丈夫就跟她离婚了。离婚后的她现在同时和三个男人同居，靠了她的法术，那三个男人对她俯首帖耳。她是一个姿色平平的女人，头发夸张地堆在头顶，细细的眉眼却暗含了某种风情。她在对我诉说她的传奇经历时，她是从容的，她似乎并不在乎我相信不相信她的话。她向每一位光顾这里的客人诉说，她的诉说营造着一种浓厚的神秘色彩。也许很多的人会认为她有精神病，但我不这样认为，我认为这是她经营酒吧的另类方式。她在这样一个日渐喧闹而又没有精神家园的城市里制造一段传奇，会触动人们久已麻木的神经。她本身就是一个传奇，穿着另类，举止媚俗，时而沉默如一团黑影，时而轻浮如一片枯叶。我私下里给她起了一个外号，叫她"双鱼座"。我是凭感觉这样叫她的，结果她说她就是双鱼座的女人。她对我似乎特别关注。若是我几天不到她那里，再去时，她一定请我喝几杯。有一天，她对我说，她挺敬重我的。我有些惊讶，我有什么好敬重的呢？她知道我父亲是一名著名的私立学校的校长，我母亲是有名的景观设计师，她还知道，我就是不工作，也有足够的钱过很好的生活。可是，这正是我苦恼的地方。因了她敬重我，我似乎更愿意泡在她的酒吧里。

有一段时间，我不太愿意到双鱼座那儿去了，我不想把自己变得太忧郁了。可是过不了几天，我又去了。那里的风景是奇特的，那里好像充满了各种各样的诱惑，那里还走马灯似的晃着一眼看不透的男人和女人。结果，我又去了她那里。

她看见我时，马上过来和我闲聊。她说她前两天出了一趟门，刚回来。我问，你去哪儿了？她说去另一个城市看了看小时候的好朋友。忽然她冲我挤挤眼，说，你向左边看看，那个披红色羊绒披肩的女人。你看她是不是个有意思的女人？

实际上，我早就注意到了那个女人。她坐在那里，面前摆着酒杯，却并不是为了喝酒，而是看着酒杯里紫色的液体发呆。她的身体是滚圆的，却裹了一件纯白的旗袍。上面搭了那样一件艳红的披肩，更衬出了她身材的瓷实。

双鱼座说，她就是我小时候的好朋友，

她本来前些年离婚了，可是现在她的前夫要追杀她，她只好躲在我这里了。

我的目光飘在那女人的脸上。我说，她前夫为什么要追杀她？

双鱼座说，好像是为她的初恋情人。听说她初恋的情人就在我们这座城市里，她是来找老情人的。

我没吭声。那天夜里,我翻来翻去的睡不着。我在深夜又一次来到"怀旧"酒吧的门口,看着里面幽暗的灯光,想象中那个披红披风的女人在一个角落里暗自妖娆。深夜的酒吧我还不曾涉足过,因为是深夜,才有着最纯粹的酒吧风格,神秘,敏感,贪婪,积极,阴郁,处于各种欲望的中心。我在深夜像鱼一样游动于城市迷离的空气中,时不时地陶醉在这种鬼鬼祟祟的状态里。回到家后还是睡不着,便从书房里找到一本侦探小说看。

看完罗宾的《奇岩城》后,天亮了。

我从早晨开始睡觉。我听到父母的叹息声,心里沉沉的。但我还是睡着了。

下午三点多,我又出现在"怀旧"酒吧里。酒吧里没几个人,披红披风的女人仍坐在拐角的那个地方。这次我觉得她有些落寞,滚圆的身材似乎隐隐透着一丝虚弱。想起她被前夫追杀的事,怜悯在我心底悄悄地生长。我坐在了离她最近的那张桌旁。喝了几杯酒,却觉出有点寡淡。突然间,我想起了昨晚看的罗宾的《奇岩城》,惊人的内幕里,被解开的一个又一个的谜。眼前这位富婆,身上同样有着不为人知的秘密。其实在昨夜我看罗宾的书时,我心里就涌动着要窥探这个女人隐私的欲望,或者说,是我在无法窥探到双鱼座的法术时,眼前这个女人神秘地吸引了我。

由于我目光的直射,红披肩转过头来看我。这时双鱼座突然从后面的吧台里冒了出来。她冲我说,你们俩一起喝吧,今天的酒免费!

我有些不好意思,笑着说,你也来,我们仨一起喝。

双鱼座好像就是等我这句话的,她几乎是从吧台那儿飞翔过来的,一下就落在红披肩的身边,我只好起身换到她们那桌去。双鱼座是这样把我介绍给红披肩的,她说,这是我酒吧的常客,喜欢恋爱,喜欢赚钱,喜欢美酒和美男。我有些吃惊地望着双鱼座,不明白她何以要这样介绍我。红披肩对我点点头，神色有点僵硬。双鱼座是这样把红披肩介绍给我的，她说，这是我小时候的好朋友，她到这里是来寻找初恋情人的，你要帮她噢。我没点头，我冲红披肩笑笑。她突然端起酒杯，要和我碰杯。于是我们仨咣地碰了一下，又碰了一下，连碰三次，气氛活跃起来。

看红披肩的外表，你不能把她和做梦的女人联系起来。可是听了红披肩的事，不但觉得她像一首迷幻诗，而且还是一个生命特别饱满的女人。她饱满的生命和同样饱满的身体曾孕育了三个孩子。现在三个孩子都上大学了。她在另一个城市里有一套别墅，却被她的前夫霸占着。本来离婚时，别墅和孩子都是她的，孩子上大学后，前夫和外面的女人不知怎么对不上眼了，就强行又住回别墅了。她为此事找过派出所，他们处理了几次，没有结果，就不管了。前夫住回别墅后，偷着翻看了她的日记，就有些把持不住，几次拿了刀子要杀她，都让她逃脱了。她的日记里记载了她和一个叫陈风的男人轰轰烈烈的恋爱，她结婚的时候，想的是他，她生孩子的时候，想的是他，她离婚的时候，想的还是他。离婚后，她靠着想象和他相拥在一起的情景度过了无数个孤独的日子。她和日记相伴，每天都和陈风在日记上说话。陈风在日记中是活的，他眼神柔和，湿润，温暖，忧郁，带着一股神奇的力量。前夫看日记时，就被烫伤了，他有点发疯，原来这个曾被自己抛弃过的女人早就把他抛弃了。她表面上是和他结婚，实际上是和陈风结婚。她表面上给他生了三个孩子，实际上她是给陈风生了三个孩子。种子是他的，肥料却是陈风的。陈风没有形体，精神和灵魂却活在这个家里。前夫受不了这样的事实，天天喝酒，喝醉了就要杀她。那些日子，她曾在深夜的大街上狂奔，蒙着一脸绿色的海藻面膜到宾馆住宿。完全没有意识到别人也把她当疯子一样看。

她没有疯，她只是为了一个男人躲开另一个男人的追杀。

她在那个城市里跑啊跑，就跑到这个城市里来了。听说，陈风就在这里。

在听红披肩诉说时，我是沉默的。

那天晚上，我回到家里，就对着陈风的照片解读。红披肩给了我一张陈风二十年前的照片，是那种本色的黑白照。照片上的他穿的是学生制服，脸部线条坚硬，眼睛却是笑的。那眼睛笑笑地望着我，我竟莫名地有些心动，好像是在哪见过这样的眼睛。我正对着照片发呆，母亲进来，问我看什么呢。我有些脸红，想把照片藏起来，可是已经晚了。母亲从我手里拿过照片看着说，现在还有人拍这种照片呀？你从哪弄的？我说，捡的。母亲怪怪地看了我一眼，又去看照片。突然说，咦，怎么有些眼熟？看着有点像陈风。母亲说着把照片凑到灯下去看。我却惊叫起来，妈，你认识他？你认识陈风？母亲说，你不认识？他是副市长，电视上天天都有他。你怎么会捡到他的照片，真是的！

母亲嘟囔一句，听见外屋的电话响了，就撇下照片急着去接电话。我急忙打开房间的小电视。整整熬了一宿，也没有陈副市长的镜头。因了我对政治不感兴趣，对政界的头头脑脑们很少关注，压根就不知道本市还有个叫陈风的副市长。早上九点多，本市新闻的时间，陈风副市长露脸了。我拿着老照片和他对照，粗看也看不出什么。陈副市长一直严峻着面孔讲城市的卫生问题，后来他提到某个问题时微微的笑了一下，眉梢上提，嘴角似乎有点气吞山河的架势。没错，这就是老照片上的陈风。电视上的陈风只笑了那么一下，就又严峻了面孔，继续讲城市的卫生问题。我一直盯着他看，希望再次看到他笑，但没能看到，他随着新闻的结束从我眼前消失了。不知为什么，我多少有些失落。陈风独一无二的微笑诱惑着我，而他作为男人的气势却使我眩晕，我不由得缩起了身子，接着又做了个动作彻底地把自己舒展了。

因了对陈风的想入非非，我急着去"怀旧"酒吧找红披肩了。

双鱼座不在，红披肩仍坐在昨天的地方。面对红披肩，我心里有些酸溜溜的感觉，我和她说着关于双鱼座的事，绝口不提陈风的事。红披肩说双鱼座到相邻的一个小城去看她相好的了。我说，她真的有三个相好的？红披肩说，在这个城市里，她有三个，加上小城的那个，她有四个男人。我说，真的还是假的？红披肩说，不知道，反正她的住处摆的是高低床，这个城市的三个男人我见过，同时和她过着居家的日子。我说，她真的有法术？红披肩说，不知道，我让她用她的法术把陈风给我找回来，可她把我的事丢给了你，这不是糊弄我吗？我一时有些语塞，看来红披肩并不看好我的能力，只是碍于双鱼座的情面，才给我讲述了她的事。可我在探到了她的隐私后，却莫名其妙地想把陈风藏到自己心里。我不敢看红披肩的眼睛，也不想坐下去。

我站起身要离开，红披肩拉住我说再等等，双鱼座快回来了。

红披肩给我倒了一杯酒，给她自己也倒了一杯。我端起酒杯和她碰了一下，不小心撒在了衣角上，酒就成了半杯了。红披肩看了一眼，喝干自己的酒，突然说，要不，你把陈风的照片还给我吧？

我一听头就大了。我不想还她照片，慌张中我只得告诉她，我已经找到陈风了。

正说着，双鱼座从外面晃了进来。她眼睛直直地看着我，她说，你真的有陈风的消息？

不知怎么我竟冷着声音对她说，晚上看本市的新闻吧，你们要找的陈风，就是本市的陈副市长。仔细点看，主要看他的笑，看看他是不是就是你们要找的人。然后，我就生硬地告辞了。可是回到家，我又后悔自己态度不好，患得患失了好一阵子。

到了晚上，我仍然看了新闻，陈风仍是早上的镜头，仍讲着早上的话。我知道这是新闻重播，我知道双鱼座和红披肩也正在看电视。她们认出了此陈风就是彼陈风，她们会怎么样呢？

第二天睡到中午才起来。母亲催我去父亲的学校看看，说父亲一个星期没回来了。我洗了个澡，吃完饭，就把母亲为父亲准备的水饺放进保温盒，打车去了城外的学校。学校就像个孤岛，硬件设施水平高，周围极其安静，真是个做学问的好地方。可我不适合待在这里，我总觉得让我待在这里，我就会枯死。为这父亲伤心透了，他说，你不喜欢真正的静，你也不喜欢真正的动，你处于静和动之间，懒洋洋地游动，你的人生没有冲击力，你想靠什么支撑着活下去？我不想听父亲的说教，把水饺放下就溜之大吉了。从学校回到城里，我就一家商场挨一家商场闲逛。母亲打电话问我父亲的情况，我才回家。我今天买了一头小白猪，那纤细的猪毛到了以假乱真的地步。我把它放在我的枕头边，想到自己要和小猪同床共枕，我忍不住哈哈大笑。

　　就在这时，母亲喊我出去，说有我的快递邮件。一张两万元的汇款单，内容栏填的是信息费，汇款人栏写的是红披肩。我一时有些呆，还有些紧张。看来她也认出了陈副市长就是她要找的人，我只是给她提供了某种可能，她就急急忙忙地把信息费付我了。七点半的时候，我回到自己的小屋又看新闻。可是今天的新闻没有陈副市长的镜头，只是播报着城市里发生的一些小事。我没心看新闻，就把两万元的汇款单放进小白猪的肚子里。然后拿出陈风的老照片看，看着看着独自发笑。

　　这一夜，我抱着小猪睡觉，居然梦到了陈风。陈风和红披肩站在一条小船上，双鱼座和我站在岸上。双鱼座喊：红披肩回来！我喊：陈风，回来！红披肩回过头看着双鱼座，突然就跳下小船，扑腾着水向我们游来，结果一个浪花就把她卷走了。陈风一直没回头，他和小船一直向前去了，好像是到了地平线的地方，就消失不见了。陈风不见了，我也从梦中醒来，觉得那梦真实得让人心慌。无论如何，今天要去"怀旧"酒吧一趟，看看双鱼座和红披肩，听听她们怎么说。双鱼座的电话是在我洗脸的时候打来的，我顶着一脸的洗面奶去接电话，双鱼座说，你务必要来一趟。我说，下午吧，还是老时间。她说，红披肩等不及，你提前吧。

双鱼座的口气是客气的，但我从中听出了命令的味道。我不喜欢这样，吃过饭就继续睡觉。后来又看罗宾的《绿眼睛少女》，到了下午三点，我才慢悠悠地去了"怀旧"酒吧。一进门，双鱼座就过来说，你怎么才来啊？她生气呢。

红披肩仍坐在原来的地方，好像是一座雕像放在那儿很长时间了。她死板地坐在那里，等着别人给她寻找初恋的情人，真是太滑稽了。双鱼座拉住我的手继续说，她给了你两万元钱，你收到了没？

双鱼座的话激起了我的反感，我甩开了她的手，往红披肩那儿走去。

红披肩看了我一眼，她没提钱的事，她只说，来了？坐！红披肩并不像我所认为的那样死板，她的脸上放着一种迷人的光，眼睛里也汪满了水气。她似乎是换了个人，这难道是陈风的力量？但是想起同在一个城市的陈风，我却是万水千山的感觉。

双鱼座也跟了过来，坐在我旁边。双鱼座说，陈副市长就是她要找的人，但她不能直接去见他，所以还得麻烦你。

我惊异于双鱼座的敏锐，看来，她和我想到一起了。我心情复杂地喝了一杯酒，有些不敢看双鱼座的眼睛，赶紧把目光飘到远处。过了一会儿，我只目光飘忽地看着红披肩说，你想怎么样？是想和陈风只见一面，还是想和他重续旧情？

红披肩没吭声。她看着我，她的眼睛特别大，里面的内容深不可测，里面的光芒太过炽热。我从来没见过一个中年女人，竟还能拥有这样一种眼睛。这样的眼睛，是属于少女的。我似乎是被这双眼睛感动了，故意装出成熟的样子，对她说，你给我时间，我会帮你的。

她苦笑着说，二十年的岁月，沉淀了太多的东西，不会太容易的。

从实际情况来看，我说帮她时心里根本没谱，好像是一时心血来潮，又好像是被那两万元钱逼到了死角，没办法才硬着头皮吹了牛皮。现在红披肩也知道二十年的岁月不能像翻一页纸一样就能翻过去的，我心里突然有些轻松，从防守变为反攻。我说，你没信心？

　　可是红披肩竟说，信心是有，就是见面的过程可能有些难度。

　　我说，这有什么难的？我来安排。

　　一直沉默的双鱼座却突然发话了，她说，不是简单的见面，一定要随缘，你要把握好度。

　　我有些愕然。但很快就明白了，她们和陈风见面，要显得不期而遇。而我是人，却要把自己扮成上天的模样，来操纵一个副市长，有这种可能吗？但双鱼座紧盯着我，她好像吃定了我，非要让我做上天不可。现在看来，双鱼座真的不是一般的人，她用"缘"和"度"两个字，圈定了对我个人能力的认可，也使我对自己的行为负起了责任。于是我只能说，我明白你的意思，所有的人都看重上天的安排。

　　双鱼座说，真行，我不会看错人的。

　　红披肩说，你有法术，当然不会看错人。

　　我听着红披肩的话，感觉语气怪怪的。她这样突兀地提到双鱼座的法术，好像有什么用意，又好像包含着对双鱼座的不满。我细细揣摩，觉得红披肩和双鱼座并不像是纯粹的朋友关系，那她俩究竟还是什么关系呢？我想破脑袋也想不出明确的答案。似乎一切都是模糊的，红披肩是模糊的，双鱼座是模糊的，陈风也是模糊的。我在一个模糊的空间里做着模糊的事，挣着模糊的钱。

　　晚上回家后，母亲说表姐自杀未遂，已抢救过来。母亲让我到表姐的住处守着，防止她再做傻事。我不想去，母亲就很不高兴，说我天生没有同情心。其实我只是不喜欢表姐。表姐长得漂亮，她来省城一年，就成为一家房地产开发公司供需部的经理。五年后，她有了自己的装修公司。听说她跟原公司的老总不清不白，弄了那个老男人的一笔钱，才发迹的。母亲非要让我去守表姐，我只好去了。

表姐实际上也很可怜。她这次自杀，还是跟一个男人有关。据说这个男人就是陈副市长。她想壮大自己的公司，就申报了一个筹建滑雪场的项目。可是此项目到了陈副市长那儿，就给否定了。她不断地找他，使出浑身媚功想征服他，但他竟用世界上最恶毒的话骂了她。表姐从来都是相信自己的美色，现在落得这样的结局，一念之差就走了绝路。这是我到表姐的住处后，表姐对我说的。她说幸好自己在割破手腕不久就后悔了，于是她给我妈打了电话。她说自己的命是我妈救的，她要送一套房子给我。

根据表姐的话推测，陈副市长似乎是个正人君子。那么，他对和红披肩的那一段恋情，是否还完好地保存在心底？我在表姐的住处待了三天，天天想的都是陈风。我想，怎么才能让他和红披肩不期而遇呢？无论如何，先从表姐这里把陈副市长的电话号码弄到手，戏才能开场。

从表姐那里回来，我就着手搬出去住。母亲骂我疯了，她让我把表姐的房子还给表姐。我说，为什么要还？这是我三天侍候她的劳动成果。我妈说，你表姐也疯了。她打电话让表姐把房子收回去。表姐说她不想欠人情。母亲气青了脸，但我还是带着我的很多仿真小动物离开了母亲。表姐给我的房子是两室一厅，住进去还真不错。我从小白猪的肚子里取出那个两万元的汇款单到邮局去，还真取出了钱。因为钱不是模糊的，所以红披肩、双鱼座和陈风都变得清晰了。我好像是一下子成熟了，知道怎么活着更加轻松，更加自由。母亲来看我，哭了一会，说我会被表姐教坏的。那天在我的新住处，母亲接了一个电话，竟是陈副市长的。原来母亲和陈副市长认识，这是我没想到的。

母亲说，噢，陈副市长，文化广场的设计图基本完成，就是有些原材料造价太高，想请您拿主意的，怎么？王秘书没给您汇报？陈副市长说的什么，我听不清。母亲接着说，是，造价高也得搞，那好，明天不行，后天吧。可是母亲突然又说，噢，陈副市长，您是否丢了一样东西？是您的老照片，我女儿捡到了，要不要给您送去？天哪，母亲真是天使，她竟要把我送到陈副市长身边去。我一下子屏住气想听清对方说什么，可是什么也听不到。后来听到母亲说，啊，真有这回事，好像二十年前的照片。噢，您想看看，那我让她现在就送过去。好，再见！母亲挂断电话望了我一眼，像是要打发一件破烂似的不经意。

我瞪着母亲，想表达高兴的愿望，却像瓜子似的怪异。母亲白了我一眼，怎么？不想还给人家？人家的照片，你留着有什么用？我忙说，还，我去还，我去哪找他？母亲说，直接去他的办公室，说话小心点，别胡说。快去快回，别瞎耽搁人家的时间，你是闲人，陈市长可是忙人。母亲一说起我的"闲"，就有些喋喋不休了。我想做个鬼脸，又怕母亲生疑，就憋住笑咳了两声。这是母亲的失误，她无论如何也想不到，是她亲手把我推到了陈副市长的怀抱。后来母亲知道了我的爱情赌注下在陈风的身上后，她砸了一台电视机，血压上升住进了医院。记得母亲就是从那时开始不正眼望我的，她说我还是被表姐教坏了。而且母亲一口咬定是我勾引了陈风，不是陈风引诱了我。

那天，我奉母命到站了岗的政府大楼去归还陈风的照片。到了门口，我打了陈风的手机，报上了我妈的大名，又报上了我自己的小名。陈风让我上楼去，我说门口的青果子太可怕了，我进不去。当陈风弄清楚我口中的青果子是门警时，他突然哈哈大笑。我立马抓住时机说，我请你到对面的"时光长廊"喝茶，顺便归还照片。陈风说，我请！我请！后又有些犹豫，像是想起了什么紧要的事。我不给他反悔的机会，忙说，那我先上那儿等你。说完就挂机了。

"时光长廊"环境优雅，里面没几个人，显得非常安静。我要了观音王，细细地品味。我选的是靠窗喝功夫茶的茶桌，周边围绕着一些仿真的树叶。我坐在这样的环境里，等着一个没见过面的男人，就像是在做梦，自己也变得不真实起来。我向窗外望去，想重新找回真实的感觉，可我看到了陈风，他匆匆忙忙的身影很快就从窗边掠过了。我的目光投向门口，等他在门口出现，我的心跳让我有些怕见他了。他在门口四处张望了一下，就向我走来。他说，你是柳叶？

我匆匆看了他一眼。天哪，真是太有风度了。他的眼睛里有一种笑意，是愉快，还是兴奋？我说不清楚，我只是偷着看了他一眼而已。我的声音变了调：是，我是柳叶，我妈让我来还照片的。

我竟然把我妈抬了出来。我傻极了。以前我总是把我妈丢得远远的，生怕提起她。好像不提她，她就管不着我似的。现在我积极地把我妈挂到嘴边，是想掩盖自己内心的波涛，这多少有些装腔作势。我不该是这样的。我是谁啊？我怕过谁啊？千万别让他以为，我怕一个市长啊。于是，我故意装出一副成熟的样子，将目光慢慢地移到茶桌上。我感到他看了我一眼，然后在我对面坐了下来。他说，这儿很好，情调不错。

我看了他一眼，发现他并没看我。他只是看了我一眼，就把目光调到别处了。我有些难堪。茶是早就泡好的。我在他面前放了一个小紫砂杯，徐徐地把茶流入杯中。我说，你是不是从来不喝功夫茶啊？

他说，何以见得？他总算是又看了我一眼。这次他微笑着看我。我说：

你忙啊！我妈警告过我，不让我瞎浪费你的时间。我妈说你的时间宝贵着呢！

该死！我怎么又把我妈诌出来了？好像不说我妈，我就会显得不自在。可是一个大姑娘，老把妈挂在嘴上，就显得小家子气。

他说，忙中偷闲，其乐无穷啊！今天你就陪我好好喝一壶如何？他看着我反问。他的眼睛很有神，里面的内容深不可测，笑容有些冷，有些热，非常复杂，也非常动人。真实的他的眼睛比照片上的眼睛更有魅力。我从来没见过这样一双眼睛。我有些不敢看他，但我总算让我自己镇定下来了。我说：

为什么是我陪你而不是你陪我呢？

他笑笑，随意地说，谁陪谁都一样，俩人都在喝茶，价值取向都是一样的。

我说，不一样，我是来给你送照片的，当然是你要陪我了。

他说，茶钱我付，这总可以了吧？

我发现我被他绕了进去，好像我耍赖要让他付钱似的。我感觉到脸有些发烧，就假装看看周围的人。我说，茶钱我已经付过了，你没机会了。

他说，那就下次，下次我请你。他接着问，你在哪儿上大学啊？

我说，大学毕业很多年了。上大学是我父母逼的，现在他们逼我上班，我不听话，自己搞网站赚钱，不吃他们的不喝他们的，他们也没法逼我了。我说着说着就吹起来了。瞎吹可以让我轻松，可以让我愉快。我瞎吹自己搞网站赚钱，是想透露给他一个信息，那就是我是独立的女人。我把自己定位成女人，是想和他拉近距离。

果然，他对我提到的网站赚钱发生了兴趣。他说，搞网站不太容易吧？

听他这样说，觉得他对网络多少有些好奇。就因为他的这点好奇心，得以让我们的聊天变得趣味横生起来。他说他得抽时间了解一下网络，看来这方面还得拜我为师。我自小就好为人师，但很少有人会把我当成老师的。平白无故地收了一个市长当学生，自豪和自傲是显而易见的。不过，我很快就把自己的张牙舞爪掩盖起来，尽可能地让自己很淑女。男人喜欢淑女，这好像是不争的事实。可是我没有意识到，我这样一会儿瞎吹，一会儿装淑女，把自己弄成了四不像。

后来我们聊起了政界的风云。我对政治一窍不通。但我发挥了我瞎吹的本领。我说当官不为民做主，不如回家卖红薯其实是一句十足的官腔，但却最大限度地表现了政客的政治野心。每一位政客都是靠这句话累积自己的政治资本，以求攀登更高的官位。做官的人就是为了做官，只要卖了红薯能做官，谁不愿卖红薯啊？偏要再扯上为民做主，当然了，为民做主若对做官有利，顺水人情还是要做的。陈风听了我的胡扯，似笑非笑的。他突然转移了话题，他说，你喜欢健身吗？他如此果断地转移话题，不想谈政治，可见他是个敏感的男人。我说我闲散惯了，对健身不热心。他又谈到文学和诗歌，绘画和音乐。这是我的强项，结果我们很谈得来。两个多小时后，他说他得走了，有件重要事等他处理呢。我一看表，还不到四点钟。我站了起来，假装在小香包里翻找他的老照片。其实他的照片根本不在我随手提的小香包里，而是塞在我那个仿真的小白猪的肚子里。他说，怎么？照片找不到了？我说明明记得装在这个小包里了。他说，你是从哪捡到的照片？真的是我以前的老照片？我说我是从一个叫怀旧的酒吧里捡到的。他说，怀旧酒吧？等等，听说怀旧酒吧是一个女巫开的，生意很火爆。你常去那里喝酒吗？我说是的我还见过那个女巫。陈风笑了笑，他说，我不相信会有什么女巫，全都是瞎扯淡。可是我的照片为什么会在那里出现？也许根本不是我的照片，只不过是和我相像的一个人罢了。我说是不是你看了照片就知道了，下次我一定把照片给你带来。他说，好啊，莫非见鬼了，我找时间再约你看照片。

这次见面后，陈风很长时间都没约我。倒是我母亲，有事没事总打电话劝我回家去住，有一次没话可说了，就问我把陈副市长的照片还了没。我说上次我忘拿了，他说有时间了再找我要。母亲叹口气，没再说什么。我不知道母亲为什么叹气，又觉得她最近也有些反常。我去找表姐，想从她那儿打探一下陈风的情况。表姐说陈风和他的政敌因为修建文化广场的事矛盾彻底激化了，陈风想打垮政敌，苦于无从下手。我说你怎么知道这些？表姐的兰花指夹了一根加长的女士香烟，优雅地吐着烟圈说，我现在和陈风的政敌搞在了一起，我不相信我拿不下那个筹建滑雪场的项目。表姐说话的时候表情很冷静，我却觉得她疯了。表姐看了我一眼，也许是从我眼睛里看出了什么。她说，你傻看什么？是不是觉得我特下作，不是跟这个男人搞在一起，就是跟那个男人搞在一起？我忙说，没有没有。她说，男人也一样，那个陈风，现在不是跟一个女巫搞在一起吗？我说，什么？你说是女巫？哪里的女巫？表姐说，这个城市有几个女巫啊？就那个怀旧酒吧的。听说那女巫也递了申请修建滑雪场的报告，陈风为了和政敌作对，现在和女巫打得火热。呸，什么女巫！一个下三烂！表姐恨恨的，但她一直没说陈风的政敌是谁。从表姐那里回到我的住处，我有些全身无力，躺在床上从小白猪的肚子里掏出陈风的照片看了又看。看着他的眼睛，我不相信表姐的话。表姐是个啥事都敢做的女人，也是个啥话都敢说的女人。我母亲就是文化广场的景观设计师，表姐没说我母亲和陈风搞在一起，就是嘴上留德了。因为一直天真地等着陈风再约我，我已好久没去怀旧酒吧喝酒了，也不知双鱼座和红披肩的情况。现在双鱼座演变成了女巫，又和陈风搞在一起，还要修建滑雪场，听着就像是又一出新的传奇。双鱼座可真会兴风作浪啊！可是我却有些心神不宁，陈风会不会因为照片的事，独自也去了怀旧酒吧？

果不其然，在我晚上到怀旧酒吧时，双鱼座就冲我说，你上哪儿了？怎么也联系不上你。我们以为你失踪了。

我说我去了一趟外地。

我坐下来。那天晚上下着毛毛细雨，天气却有些闷热。我要了几杯"绿色心情"，心想怎么看不见红披肩。我眼睛四处寻找，双鱼座看出了我的心思，她说，红披肩回去筹款了。

我说筹什么款？她筹款做什么？

双鱼座说，筹款建滑雪场啊。

我说她不是来找初恋情人吗？怎么又建滑雪场啊？

双鱼座说，情人是要找的，钱也是要赚的。我没看错你，你真是高明，竟让陈风找到我这个酒吧了。陈风那天好像情绪不对头，进来就喊着找一张老照片。好在红披肩还真有他的一张照片，不然，那天都不知如何收场了。没想到红披肩看到陈风时竟抱住人家痛哭起来。陈风也哭了。他哭了就好办，真的好像是旧情复发了。双鱼座平淡地说着陈风和红披肩的事，就像说一部陈旧的老电影。她边说边看着我，还赞叹了一句：你真有上帝的仙风，利用上帝之手就把这俩人推在了一起，你做了一件好事。

我听着双鱼座的话，感到头皮发麻，心情越发地沉重了。我不相信双鱼座的话，就跟不相信表姐的话一样。可是表姐的话却让双鱼座证实了。那么，双鱼座的话又靠什么求证呢？看似简单的几句话，却透着复杂的背景，并延伸出一种丰饶的深度和宽度来。我一杯一杯地喝着加工了的所谓的鸡尾酒，丝毫感受不到以往喝酒的愉悦。双鱼座坐在我的对面，她陪我喝，她说今天的酒钱算她的。她还说，看上去你的神情有些恍惚，有心事？我苦笑着摇摇头，我说，红披肩啥时回来？

双鱼座说很快就会回来。她说这次是她和红披肩联手搞滑雪场。

我说红披肩真和陈风旧情复燃了吗？会不会有点快？太快的东西有点不可靠。

双鱼座说她不太清楚，她只清楚陈风口头上答应把修建滑雪场的项目批给她们。她接着又说红披肩好像着了魔道，非要靠实力把这个项目争到手，听说争这个项目的另外一个女人靠山也挺硬的。双鱼座说到这儿就不想说了，她转换话题扯到她酒吧的经营上。她问我她的怀旧酒吧是不是色调太暗淡了，需不需要重新起个亮丽点的名字。

我说名字太亮丽了，就和"巫"的气味不相投了。我说了这话有点吃惊，忙抬头去看双鱼座的眼睛，我还是不想惹恼她。她也稍稍有些吃惊，不过很快就笑了，她说我说得对。后来我们就有些无言，相对无言的状况使彼此都特别尴尬。双鱼座看出了我窘迫，她起身说她还有事，等红披肩回来，她们请我。双鱼座走了，她是从吧台后的那个小金属门里消失了。我的目光飘在那里，想看清些什么。那里昏暗一片，只有一两个调酒师在那里灯影似的晃。我有一种强烈的冲动，想推开那个小金属门进去，想看看那里面真的有三个男人和双鱼座过着居家的日子吗？但我冲动了几次，还是没有勇气。我畏惧那个小金属门，我也有点畏惧双鱼座。我以为，红披肩和陈风的事，不会是很简单的。也许陈风是被双鱼座迷惑了。我越想越觉得可怕，像丢了魂似的不知所措。我胡乱地把眼前的几杯酒喝光，就起身从酒吧出来。地皮湿湿的，雨不知什么时候停了。路灯很亮，我在路灯下瞎转着。我今天非见到陈风不可！于是我打通了他的手机。

哪位？陈风的声音透着疲惫和不耐烦。

我说我是某某的女儿，我叫柳叶。我先说的是我妈的名字，我怕他想不起来我。还好，他很快就想起我了。他说，你还欠我一张照片呢。我说我就是想归还照片的，问他现在有时间没。他说时间有，就是心情不太好。我说，也许你见了老照片心情就会好转。他说，那好，死马当作活马医吧。我说，那你到我的住处吧。我说了我住的地方的门牌号，就挂断了电话。我是从街上跑回去的，街上的路灯拖着我长长的影子。在路上接了我妈一个电话，说我爸想见我，让我回家去。我说我在外地，回不去。我常常这样糊弄我的父母，我不想见他们的时候，我就会说我在外地。可是我竟不敢在双鱼座面前说假话，我总以为她会看透我的心思。我究竟怕什么？回到我的住处，我滚在沙发上就不想动了。

我的住处虽然没有装修，却有沙发有床，有茶柜有酒柜，还有各种形状的玻璃杯子。因为柜子是玻璃的，酒瓶茶罐都是玻璃的，柜子里还装了日光灯，所以到处显得流光四溢。我常常因为沉浸在玻璃的世界里觉得自己就像一个水晶球，滚来滚去的，随心所欲。现在我邀请了陈风，心里是有阴谋的。陈风是我的，他不是双鱼座的，也不是红披肩的。我第一次如此疯狂，自己也有些吃惊。在黑暗中坐了一会，我还是滚动着把屋里的灯都打开了。由于光的烘托，玻璃的世界看上去洁净，纤尘不染。我换了一套光面的纯白色的丝绸睡衣，光着脚坐在酒柜前的一块绘有荷花荷叶的地毯上，望望酒柜，望望茶罐，盘算着是给陈风喝茶还是喝酒。地毯上同样放着一个玻璃小桌，我最后还是把一瓶洋酒和两个高脚杯放在了小桌上。平时都是我一个人坐在这里听着摇滚乐自斟自饮，现在陈风要来了，我考虑到他心烦的原因，就放了一盘《森林狂想曲》。我听了一会儿，心情轻松多了。双鱼座被我丢远了，红披肩似乎也和陈风没了关系，只有我，只有我会拥有他。

可是我等了很久，陈风都没有来。我又打他的手机，却没人接电话。我不停地打他的手机，一直没人接。半夜都过去了，我独自喝了半瓶酒，在意识还没模糊的时候，又打了一次电话。不知道这最后一次他是不是接了，反正我是不记得了。我喝醉了，我在地毯上睡了一夜。天亮了，水晶世界不存在了，我这个水晶球也变得没了光彩。我照着镜子看自己的尊容，想象着陈风昨晚要是来了，他会不会突然袭击我？其实我真的是渴望被他袭击。他不袭击我，我就要想办法和他在一起，心里却怀有恐惧和罪恶感。我这样想的时候脸有点发烧，急忙洗了把脸就去喝牛奶，以此让食欲转移自己的心思。就在这时，我接到陈风的电话，他说对不起昨晚有急事没能去拿照片，有时间再约。我说好，反正照片是你的，你不急我可以多保管几日，到时收管理费就行。他好像是愣了一下，过后听到他的笑声传过来，他说，你不会要的太多吧？太多了我付不起。我假装不高兴，我说，付不起也得付，害我昨晚等了一夜，睡在地毯上感冒了。他说他该死，有时间一定赔罪。我们在电话上胡乱聊着，就像是老熟人。我很想问问他和红披肩的事，但硬是没问出口。我总觉得有一种东西妨碍着我的舌头。他也绝口不提到"怀旧酒吧"的事，像是和我有某种默契似的。后来他用伤感的语调说了句"人在江湖身不由己"的话，就挂断了电话。

我望着手机看了半天，觉得有点不真实。陈风真是一股风，刮过就没了。情绪不好，想起母亲昨晚打电话说父亲要见我，我就回家了一趟。我父亲不在，大姨在我家，正和我妈说表姐的事。大姨说表姐跟了一个老男人，她的脸没地方搁。我妈劝着大姨，大姨的眼泪瀑布一样横在我的眼前。我妈看见我回来，就说，你到你爸的学校去，那里的一个音乐老师辞职了，你爸要你顶替几天。我说，再招聘一个嘛。我妈说，养你这么大，你一点也不帮帮我们，是不是太自私了？我妈说过后就不再看我一眼，她又和大姨妈去说表姐的事。她说表姐卷入了一场政治阴谋，结果会怎样，很难说。我妈说这话时眼圈红了。我从来还没见过她哭，她的悲伤让我心里也有些难受。我悄悄从家里出来，去了我爸的学校。我爸看到我当然很高兴，他说顶班的这一个月，他给我五千块钱。

事情非常凑巧，就在我不情愿地在学校暂时当班的时候，我爸的学校要搞三周年的校庆。从发放的邀请函上看，有陈风的名字。陈风本来是和这个学校没有什么关系的，但附庸风雅也是一种时尚。因为有了这个校庆，因为有了陈风要参加，我总算是平静地待在了学校，而且还努力地为我父亲挣足了面子。校庆的联欢会是我策划的，我父亲看出了我这方面的才能，倍感欣慰。我父亲为了鼓励我，把他的积蓄拿出了一万给我，说是策划费。我笑笑，我的心思不在钱上，我是在等陈风。我觉得自己等了他几生几世，我想告诉他，他是我见过的最有气质最高贵的男人。我硬忍着没给他打电话，实际上我是在等上天的安排，我想体验那种突然相遇的惊喜和快感，虽然这种相遇有我个人的努力在里面。但是对陈风而言，他的体验会是全新的，他会因为不期而遇感到惊奇。也许就在那一瞬间，我在他眼里会是一个可爱的女人，燃起他作为男人的另类激情。

可是上天对我一点也不好，我费尽心机地等到校庆那天，陈风却没来。我一点也不愿在父亲的学校待了，我帮父亲重新物色了一个音乐教师后，我就远离了父亲的气息。重新回到城市的中心，我又到怀旧酒吧去喝酒了。

红披肩仍然不在，双鱼座招呼我喝酒，她陪了我几杯，主动告诉我，说陈风再也没来找过红披肩，她让我再想想办法。我说，红披肩呢？款筹到了吗？双鱼座说，款不成问题，红披肩快回来了。我说，已经接上头了，我再掺和，就会露出破绽。双鱼座说，红披肩想把记录她和陈风爱情的那本日记交给陈风，还是请你给转送一下。我说，她自己怎么不当面交给他？双鱼座说，她交就太露骨了，你转送也要含蓄，你知道怎么做，我不教你了。双鱼座口气很淡，却淡中有味。我好像是不由自主受她的引诱，不得不为她做任何事。其实是我心里有鬼，我也想看红披肩的日记，我还想借日记之说给陈风打电话。可是我又怕双鱼座看透我心中的鬼，还怕她捉鬼，我就和双鱼座要了红披肩的日记，匆忙逃出了酒吧。

回到住处，我妈打电话让我快点回去。我说什么事，她竟说做了一桌子好菜等我回去吃。我说我正在五星级酒店吃大餐。我妈找不到让我回去的借口，又说要给我送一瓶保温鸡汤。我说我正在减肥，让我妈行行好。我妈没事找事，说她头痛，让我给她买些治头痛的药送回去。我终于烦了，对她说，你那不是头痛，你是心理依赖，你该去看看心理医生了。这话揭了我妈的老底，我妈生气了。不过总算把她打发了。为了急于看红披肩的日记，我竟把老妈伤害了。

天黑了，我把红披肩的日记翻完了。

屋子里没开灯，我坐在黑暗里很久了。

说实话，红披肩的日记很煽情，也非常感人。我看了红披肩的日记后，觉得自己再也不能这样了，陈风要么是红披肩的，要么是我的。我是在黑暗中给陈风打电话的，我压低了声音，表现得很低沉地说，是陈风吗？我这里除了有你一张照片，现在又多了一本关于你的日记，你过来看看吧。接着我又语速很快地重申了我的门牌号地址，就果断地把电话挂掉了。打完电话，我把屋里灯打开了，觉得水晶的世界有些不适合今晚的我，也不适合陈风和我在一块儿。于是我把水晶的世界关闭了，点了很多小蜡烛。屋子里别有风情，如豆的微光闪来闪去的，映衬着玻璃柜，却也透出一缕一缕的梦幻般的色彩。音乐是不可缺少的，我打开音响，《夏日时光》就在我屋子里弥漫开来。

不一会儿，陈风果然来了。他好像在别处喝了点酒，到我这里，依然喊着要喝酒，他说原来美酒在这里。我在酒柜上早备好了酒。我更喜欢他现在的样子，喝了点小酒，没有醉，显得放松。他朝我挤挤眼，说为什么把屋子搞成这样？我说，这样不好吗？他说挺好的，像个鬼屋，一个男鬼，一个女鬼。我被他的比喻逗笑了，我说，你是不是特想充当一次鬼？他说，男鬼和女鬼在一起搞鬼事，有意思，非常有意思。我有些脸红，请他坐在酒柜旁的地毯上。酒柜上除了美酒，还有红披肩的日记本和陈风的一张老照片。

他看到了那两样东西，但他没有伸手拿，他边倒酒边说，你怎么和女巫弄在一块了？

我说，你不也和她们弄在一起了？

他说，我是身不由己。

我说，你不看看日记？你那个初恋情人一直对你念念不忘，为了你差点被她前夫杀掉。

他喝了一杯酒，然后向我亮起了杯底，他说，那情早已像这酒杯一样，是空的。再倒进去的酒，是新的，是不一样的。我今天不想谈过去的情，只想谈现在的情。他说着这话就拉住了我的手。再后来，我就倒在了他怀里。我把红披肩的日记本放在那里，是陈风没有选择它。看来，他对什么都心知肚明。虽然我不知道筹建滑雪场的内幕，但我明确地知道，陈风是我的，是他选择了我。

我一直没说话。内心有些挣扎，也有些矜持。结果他抱我的胳膊就有些松动。意识到他将离我而去，我竟主动吻起他来，我告诉他我太想他了。他说他知道。他说他上次和我喝完功夫茶后就一直想着我，不是为老照片的事。他说他控制着想我的欲望，他还去了怀旧酒吧。他说怀旧酒吧里只有老照片，而拥有老照片的人已面目全非了。他说那里不是他的情场，是他的战场。他说着说着就把吻落到我的脖子里，胸脯上了。我竟然一点也不害怕，热烈地抚摸着他。我们就这样开始了。

陈风离开我这里的时候，他还是把老照片和红披肩的日记收进了他的公文包。他不看我，我一直盯着他的那双手。他感觉到了什么，他拉公文包拉链的手停了下来。他仍然没看我，又把那张老照片从包里翻了出来，放回到我的玻璃柜上。他说，还是你保存吧。我看见那张照片又归了我，我满心的羞涩，还稍稍有些恐惧。我想起双鱼座和红披肩那两个女人，我想起我本来要扮演的角色。可是我什么都不是，我就是我，我现在沉浸在男欢女爱中，什么都不顾了。陈风好像是意识到了我内心的恐惧，他过来再次拥吻了我，就匆匆地走了。

第二天早晨，我妈找上门来。我妈坚决地要求我搬回家去住，她说我不回家她就驻扎在我这里不走了。经过坚苦地谈判，我答应我妈每个星期天都回家去吃饭，我妈才被我连哄带骗弄回家去。回去后，我爸也在家。家里还多了一个叫林男的研究生。林男长得像唐僧一样漂亮，他一见我就笑眯眯的。他是我爸学校的高中部主任，因了研究生的招牌，我爸把他当个宝，总是把他弄到我面前，好像是给我献宝。林男笑眯眯的，我也便笑眯眯的。这可高兴坏了我爸我妈，还以为我和林男的婚事会成为定局的。其实我的笑眯眯是模仿林男，带有玩笑成分的。我爸我妈看错了，林男不会看错的。在饭桌上，我和林男聊当下的社会风气。他有一身反骨，他说现在的人只为欲望活着。因为欲望无限地扩张，太阳的光芒就被越来越浓重的阴影遮盖了。他的意思是人们要学会控制自己的欲望，做个天性散淡的人。我说我就是这样的人，可我爸说我没有上进心。我在饭桌上就把我爸出卖了，我很得意。没想到的是我爸也笑眯眯的，好像甘心让我出卖似的。林男没有把话题停留在我父亲的问题上，他直接对我说，你并不是个天性散淡的人。我说，你为什么这样说？他说，从你的眼睛里看到的，你正被某种欲望燃烧着。他说这话的时候，眼睛直视着我。我不敢看他，我觉得这个男人同样不能小视。我不想就这个话题谈下去，就假装肚子不舒服先回屋了。

林男走的时候到我屋里来看我，因为父母不在的原因，我放松多了。我看着他的眼睛笑眯眯地说，你有一双火眼金睛啊。他笑笑，你好像不高兴我看到你心里。我说，你真能看到我心里？他说，因为你在我心里。我发现自己被他绕进去了，有点恼怒。我说，俗，这种情话太俗了。他说，你是个标新立异的人。我不吭声，我想委婉地告诉他，我心中已经有人了，可是我竟不敢轻易出口。陈风在我家只能是个秘密人，他只是我的，与我家的任何人都没关系。林男在我家是个公开的人，可他跟我没关系。林男见我不吭声，竟握住了我的手。他有些惆怅，说哪天带我去他家。我仍然没吭声，当然也不会去他家的。奇怪的是，他握住我手的时候，我竟然一点也不反感，就像一个大哥和小妹，心底纯正地手拉着手。

和陈风在一起后，我就再也没去过怀旧酒吧。我不敢面对双鱼座，也不敢面对红披肩。我对她俩是有愧意的，那不可预知的未来使我又一次想起了双鱼座的法术。我日夜被此事困扰着，想和陈风谈谈，可他总是没有时间。

　　我对陈风的工作很反感。我不喜欢他出现在电视上假模假式地讲话，更不喜欢他是一个政客。我就喜欢他那双眼睛。他那双眼睛好像天生就是为了迷惑我而出现的。一天深夜，他喝完酒来到了我的住处。我们已经半个月没见面了，我特别想他。一进门，他就有些迫不及待地抱住了我。不知怎么，我突然对男女之事有些矜持了。尤其是我和他有了多次肌肤之亲后，总觉得我们在心灵上、感情上要更贴近，而行为上要多少有点距离。我不知道这是为什么。反正看到他抱住我像要吃了我的样子，我心里就有些不高兴。不过，等他哄我几句，我就变得和他一样疯狂了。在我们男欢女爱的过程中，我会忽然间惊醒，想起还有个红披肩隔在中间。我有时候还会想到，不知道他跟我在一起时是想着我呢，还是想着红披肩。我不能完全拥有他，这是我心中致命的痛。他没有时间和我谈别的事，他只有时间和我做爱，这真是让我有些伤心。

　　后来我发现，我把自己圈在玻璃屋子里等待陈风在某个深夜来找我做爱，这只是生活的一部分。我的另一部分生活，还在怀旧酒吧里。我也许是经不住美酒的诱惑，也许是对双鱼座和红披肩还有好奇心，总之，我又出现在怀旧酒吧昏暗的光线中了。在那里，我似乎和双鱼座一见如故，和红披肩也友好得有些夸张。她俩只是说，很长时间不见我，很想我。我说我出去旅行了。三个人照旧坐在一起喝酒，她俩绝口不提陈风，也不提红披肩的那本日记，更不提筹建滑雪场的事。因为她俩不提，又因为她俩都有些神采飞扬，我内心就莫名地烦躁起来，还有一种深深的失意。究其更深层的因素，我是把陈风和她俩放在了一起，而我成了对立面。那一瞬间，我觉得陈风离我很远。双鱼座，红披肩，还有陈风都又模糊成一团团黑影了。黑影在我周围绕来绕去，让我感觉到生活中充满了冒险性。喝了一会酒，双鱼座说她们要到另一座城市去滑雪，顺便看看人家的滑雪场。红披肩邀请我一起去，说人多热闹。我本来不想去，可想到要让那一团团的黑影变得明朗起来，我就和她们一起走出了酒吧。

双鱼座打了个电话，就有一辆白色的小车开到酒吧门口。从车上下来三个高高大大的男人。其中有一个竟是林男，我在这时看见林男比看见陈风更让我吃惊。林男也看见了我，他有一丝惊慌，但很快镇静下来。他主动握住我的手，问我最近可好。我有些讨厌，我发现我讨厌他和双鱼座混在一起。大家对我和林男认识也没表示好奇，只是很自然地坐进车里，车就飞一样地向前开去。车速太快了，我来不及多想什么，就和车里的人一起哇哇地尖叫着。我觉得太刺激了，原来这就是激情啊！心里却有个问号：林男和双鱼座是什么关系？

到了另外一个城市进入雪的世界后，林男竟找了个机会对我兴师问罪：你怎么和她们混在一起？我觉得可笑，扬扬头说，你和她们是什么关系？林男说，合作关系。我翻翻眼说，你们是男女合作吧？林男没吭声，他一脸的忧伤。不知怎么，他的忧伤也勾起了我的忧伤。我看见红披肩打电话，我就伸长了耳朵听。看她的神情，听她的语气，我断定她是给陈风打电话。原来她和陈风一直是紧密相连的，我却以为我把陈风从她那里偷来了。红披肩和陈风通完电话后，通体透出一股激情饱满的样子来，脸上露出的也是甜蜜的微笑。我看着红披肩的微笑，我就有些发呆。我控制不住地躲到一个角落去给陈风打电话，陈风的电话却关机了。

林男和另外两个男人陪着双鱼座在左边滑雪橇，我陪着红披肩在右边滑轮胎。滑雪的感受使我突然很想把自己的心里话说出来。我对红披肩说，你刚才给谁打电话啊？红披肩说，我给陈风打，想让他也来玩玩，他说他开会。我心里一阵抽搐，却忍着这种不适说，你和陈风进展得怎么样啊？红披肩说，说不好，有时近有时远，有些抓不住的感觉。红披肩想说点什么，但还是及时地打住了。她坐上一个轮胎，电流一般就到了滑道的另一头。我一点兴趣也没有，但还是坐上一个轮胎，到另一头找红披肩。红披肩把轮胎又拉到上面去，她再一次滑下来时，我仍在下面等她。我想好好跟她说说话，可她不给我机会，她一次又一次地拉轮胎上去，再滑下来，显得乐此不疲。

滑雪回来的路上，车仍然开得飞快。林男突然扯着嗓子唱了一首《青藏高原》的老歌。他就那样扯着嗓子清唱，声音却是那样空灵，那样悠远，那样浑厚。不知怎么，我竟流下了泪水。他的歌声太有味道了，能无端地拨动我的灵魂之弦，即使陈风不在我身边，没有爱情做伴，我却也可以看着车窗外两边的风景，体验内心的疯狂和冒险性。我自认为我和林男是陌路人，现在却想走进他的内心世界去看看。

星期天，我妈打电话让我回家。我妈做了一桌菜，说是做给林男吃的。林男是双鱼座的相好，竟然还有脸上我家吃饭？我心里这样想着，却是盼着他快点来。他最终还是没有来，他打电话约我到咖啡厅坐坐。我妈的一桌子菜没了食客，但我妈还是催我去赴约。她真的是怕我嫁不出去了。

坐在咖啡厅里，我一直沉默着。林男也像是换了一个人，看上去有些彷徨。他一直看我的眼睛，我不和他对视。他后来说，那天在车里，你哭了。

我下意识地搅动着咖啡，却很久没有送往口中。我说，你知道我为什么哭吗？那是因为你的歌声太美了，而你的人却太污浊了。

他说，你真这样看我？

我说，三男共一妇，难道是佳话？

他说，你相信这样的传闻？男欢女爱的事，不会太复杂的。

我说，是啊，不是鱼，怎么能知道鱼的快乐呢？

他说，时下的生活真是浅薄啊。但我记住了你那天在车上的眼泪，我将来会对你有个交代的。林男说了这样的话后，长长地叹了口气，忧伤似乎是布满了他的脸面。

自咖啡厅谈话后，林男就再也没有在我家出现过。我妈以为我在林男面前说了难听的话，她就骂我是瞎眼窝，不会看男人。于是我开始琢磨林男。我越来越发现林男是个怪异的人。我把他的歌声和他说过的话重新研究了一遍，发现他多少有些仙风道骨。和陈风在一起时，我把林男从我的意识中揪出来和陈风讨论。陈风说林男是个心理有障碍的人。他说林男本来该在私立学校大显身手的，现在却和一个女巫搞在一起，这是违背知识分子特性的。

为林男的事，我爸和我妈竟同时来我的住处。我爸说，林男辞职了，他去了哪里？你知道吗？我说我不知道。本来想说林男去了女巫那里，但我怕吓着我爸。所以我闭紧了我的嘴，坚决地让我父亲去大海捞针了。那段时间，我的父亲找遍了这个城市的所有教育行业，他总是唠叨林男从人间蒸发了，担心他遇到了什么不测。我的父亲从不去酒吧和茶楼，无论如何他也不会想到去这样的地方找林男。父亲找不到林男，母亲也跟着伤感，就像是丢失了儿子一样。

有段时间，陈风情绪不好，经常喝点酒跑过来找我。在我的水晶屋子里，我们相融在一起。我太喜欢他的眼睛了，常常主动吻他的眼睛。他喜欢我的身体，把我的全身上下吻个不停，我时不时地就会感动着流泪。这是一段疯狂的日子，林男和红披肩都退到很远的地方了，还有双鱼座和怀旧酒吧似乎都从我的记忆里消失了。我只是个爱情的傻子，倾情地快乐着。我母亲就是在我最快乐的时候发现了我和陈风的事，也许母亲早就暗中观察着我，她那天是故意要让我曝光的。本来陈风一般是不在我这儿过夜的，可是那天完事后他去冲澡，然后端杯水喝起来。我就是在这时又缠住了他，他看着我忍不住就和我又扭在了一起……后来他太累了，就睡着了。而我妈是在早上五点多来找我的，我妈敲门，我屏住气不开。

我妈说，我知道你在里面。

我仍然不吭声。

我妈说，昨晚十一点我来过你这里，你的灯亮着。

我大气不敢出。

我妈说，你让我进去，我们谈谈。

我还是不言声。

我妈说，你要是病得开不了门，我另想办法送你到医院。

我听出我妈的弦外之音了，我只好叫醒陈风，让他躲到卫生间去。他不躲，他把我的一顶黑帽子扣在他的头上，帽檐压低，遮住了半边脸。在我开门的时候，他从我妈旁边夺路而去。我妈差点跌倒，等我妈稳住脚跟后，陈风已消失在黑暗中了。我妈打掉我扶她的手，进屋东看看西看看的，卫生间也检查了。我妈看完我的屋子，就坐在一边哭。她哭了很长时间，然后说，你真是跟着你表姐学坏了，想不到，你表姐竟让你出面勾引陈风，你表姐给了你多少钱？我说，你冤枉我表姐了，我是爱陈风的。我妈说，别拿所谓的爱做幌子，你和你表姐是一路货色，我怎么会生出你这样的女儿呢？我妈说着说着就背过气去。

我爸到医院问咋回事，我爸望着我，我扭过头不看他。我爸望我的眼神让我受不了，还让我感到吃惊。没想到，我爸的眼神居然也很忧伤。我妈说，让她回家住。我妈是对我爸说的。我爸就走到我的对面，我没法再扭头了。我爸说，你今天就回家住。

我说，我不回去，你们就当没生我。

我爸说，可是我们已经生了你，这种事实是没法改变的。从现在开始，你必须住在家里，必须到学校去工作。以前我们太放任你了。

我无法面对我爸发脾气，我还是回家住了。我妈成了我的看守，苦口婆心地劝我到我爸的学校去上班。似乎摆在我面前的路就是这样了，但我想抗争。我玩了一次自杀，把我妈我爸吓坏了。我爸让我妈去找陈风谈一次。我妈也不知是怎么和陈风谈的，她竟同意我回我的住处了。我觉得很对不起父母，也对不起自己。我为陈风自杀过一次，也许该伤痕累累地结束这场恋爱。可是我没有，我对陈风的爱让我无情地抛弃了我的父母。

陈风到我的住处来看我，他绝口不提我母亲找他的事。他说我什么不好玩，非要玩自杀？我有些委屈，眼泪就下来了。他搂着我，说他对不起我父母，也对不起我。我捂住他的嘴，不让他说这样的话。他抱着我，可是我明显地感觉到他的胳膊的肌肉有些松弛了。

他说，最近这段时间，我事太多，不能常来看你。

我说，那我去看你。

他说，不可以，我们只能偷偷地来往，现在有人在整我的黑材料。听话，我一有时间就来看你。

我点点头。

其实这时我已经感觉到陈风的心神不宁，我不想失去他，就对他百依百顺。好在他一个星期还是能来看我一次的，我似乎很知足。平时我看看书，逛逛街，日子过得飞快。自我和陈风的关系越来越亲密后，我就再不想去怀旧酒吧了。我怕在那里看到林男，我更怕在那里看到陈风。我不想破坏我完美的爱情生活。我现在仍然喜欢喝酒，和陈风在我的住处喝酒，另有一番情调打动着我。偶尔，我也会到表姐那里走动走动，因为母亲说我和表姐是一路货色。表姐不知道我和陈风的事，表姐津津乐道的还是筹建滑雪场的事。表姐说陈风胜利了，他已把筹建滑雪场的项目批给了女巫。表姐说这话时显得很迷茫，也很不自信。表姐问我，你说那个女巫她真的有法术吗？不然，陈风怎么就上了她的贼船？我不知道说什么好，我只是觉得一向非常自傲的表姐好像垮了。

　　日子过去了两个多月，一天晚上我竟在表姐那里看见了红披肩。看见红披肩的一瞬间，我脸红了，有点不好意思面对她。红披肩却热情地拉住我说，太忙了，本来请你出去喝酒的，总是被一些琐事拖住了手脚。表姐惊讶于我和红披肩认识，但明显地表姐对红披肩多少有些巴结。表姐说，就在我这里喝吧，酒我有，你们想喝啥酒？红披肩说，不了，我们还是出去喝。那事过些日子我来找你。红披肩说着就拉我从表姐那儿出来，径直去了怀旧酒吧。

　　酒吧还是老样子。只是我很长时间没来了，感觉上有点陌生。我的目光四处搜索，看不到双鱼座。红披肩说，她忙滑雪场的事，很长时间不来酒吧了。我说，滑雪场不是你在挑头干吗？红披肩说，我，我哪有那能耐？她有林男那样的男人帮着做，会做大做强的。红披肩说着给我倒了一杯酒，深红色的酒水映着我一脸的困惑。红披肩看了我一眼，似乎是豪情满怀地喝下了一杯酒。她说，现在这酒吧是我的。我更加惊奇，我说，你，你真与滑雪场没关系？红披肩说，滑雪场是女巫和她那三个男人的。红披肩晃晃她手中的酒杯，示意我喝酒。她突然这样称呼双鱼座，竟让我全身的肌肉忽地就僵硬起来。我急忙把酒喝了，想让肌肉松弛下来。由于喝得太急，我咳起来，眼泪也模糊了视线。红披肩就在我的对面，我却看不清她，只觉得那就是一团肉。那团肉颤动着，闪着一种很有层次感的光泽。难道是又一个女巫诞生了？这样想时我哑然失笑，我是笑我自己太敏感了。

　　红披肩挺能喝酒的，喝到后来我的脸皮也喝厚了。我竟说，你和陈风的关系咋样？红披肩说，挺好的，这得感谢你啊。我的脸再一次发烧，我觉得她在说反话挖苦我。可是她的脸上没嘲讽的意思，显得很滋润。我心里就有些空，却强笑着说，怎么？你们真的旧情复燃了？红披肩说，他说他从来没忘记过我。我继续厚着脸皮问，那他对你，他和你好到什么程度？我这样问有些艰难，也很无耻。红披肩看我盯着她，就扭捏着说，他说他不能离婚，我只能是他的情人。我的心沉到冰点，却更加无耻地反抗着。我说，是上床的情人还是不上床的情人？红披肩打了我一把，娇羞地说，有你这样问的吗？一个星期一次。我全明白了，我的头炸了，感到内心一直在停顿。

那天我喝得烂醉如泥。

酒醒后已经是第二天早晨。我是睡在酒吧包厢的软沙发上，红披肩不在。我挣扎着走出包厢，头昏目眩。我几乎是逃出了这个我以前曾经光顾过无数次的地方。走在街上我感到心力不支，呼吸也有些微弱。走着走着，我就坐到了某一处，面无表情地看着街道和人流，眼中却是空洞无物。这时我的手机响了，是陈风。他问我昨晚去了哪里，他等了我半个小时。我没说话，我无力地把手机关了。后来我去了表姐那里，表姐仍在睡懒觉。表姐没把筹建滑雪场的项目拿到手，成天待在屋子里喝酒抽烟。见了我，表姐丢给我一支烟，她说，你妈说我教坏了你，我怎么看不出你哪点坏啊？我接了表姐的烟，笨拙地抽了几口，就呛得咳起来。

表姐说，你这种人是学不坏的，身上没有江湖气。

我说，什么是江湖气？

表姐说，江湖气嘛？就是，就是狼性。比如那个红披肩，她身上就有江湖气。

我说，何以见得？我认识她有一段时间了，怎么没发现她身上的江湖气？

表姐说，嫩，你太嫩了。你知道她找我做什么吗？她想送礼，一出手就是四十万，这种能舍得孩子的人身上本来就有江湖气。

我愕然。我说，她给你送礼？为什么呀？表姐，你没活糊涂吧？

表姐脸上有了喜色。她说，你真是嫩，她是想给我背后的那个老官僚送礼，找我搭桥。你说，这桥如果搭成功了，老官僚有好事还能不想着我？你说呢？嫩娃娃！

我说，噢，是给你那个老情人送啊？她为什么要送这么一大笔呢？

我本来想说她办事为什么不找陈风，而要转弯抹角地通过表姐找老官僚呢，可我不想在表姐面前提起陈风，关键时刻就改了口。也许我要是提了陈风，说了陈风和红披肩的故事，表姐就不会搭那个桥了。

表姐说，就是啊，我也觉得怪。她说她想找那老官僚当靠山。嘻嘻，四十万啊，这女人说出手就出手了。比如我就不行，我送你一套房子，都心疼得不行。要不是想让你妈高看我，我才不白送你呢。

我窝在表姐宽大的真皮沙发上，听着表姐的胡言乱语。我不再说话，红披肩肥硕的身体在我眼前成倍地放大了，我感觉到内心的沉重和压抑。想起她轻易就给我的两万，想起陈风来往于她和我之间，想起她将要拿出四十万行贿一个政府官员，我不知道自己算个什么东西。我真的是不能忘记陈风的那双眼睛，但我也不能容忍他从红披肩的床上下来再上我的床。

我在表姐那里住了两天，跟着表姐学会了抽烟，学会了用粗话骂男人。我觉得自己真的学坏了，我才回到我的住处。

陈风还是来找我了，他一脸的无辜。进了门，他就急急地抱住了我吻我，还猴急地撕破了我的衣服。我没有热情，满面泪水。陈风放开我，问我怎么了。就在他拿手为我抹去眼泪的时候，一切都变了样。我不恨他，我还是离不开他。红披肩的影子在我心中消散了，假装冷淡的我又热情似火，主动地投到陈风的怀抱里缠绵。我不是原谅陈风，我是不相信红披肩的话。我莫名其妙地认为红披肩是为了保住自己的面子，才在意识中把陈风拉到她的床上的，就像她以前的那本日记。

十一的时候，我想让陈风陪我到云南散散心。陈风说他得回老家，孝敬父母。我很失落，就陪父母去了浙江的乌镇。父母没想到我会跟他们去旅游，高兴得非要替我背着包。我想父母不该这样对我好，于是我强打精神和父母说一些久远的往事，逗他们发笑。父母大笑的时候，我感到自己的内心是忧郁的。陈风远离着我，他的影子却跟着我。我思念他的时候，无论如何也没有想到，上天会让世界缩小，会让我和陈风在乌镇见面。

参观沈雁冰的故居时，父母去卫生间方便了。我一个人在那里转悠，发现了两个熟悉的身影。一个披红纱巾的胖女人被一个男人搂着，走出了沈雁冰的故居。在他们融在人流中将要消失的一瞬间，我从背影更加证实了是陈风和红披肩。于是我不等父母从卫生间出来，就顺着背影追了过去。可是那两个人真的是消失了。我不能相信我所看到的，马上拿出手机给陈风打电话。

陈风吗？你现在在哪里啊？

我还在老家啊，陪父母呢。过几天回去找你。

他先挂了电话。我相信刚才自己是出现幻觉了。当然是我看错了，陈风怎么能和红披肩出现在这里呢？于是我放心地回去找父母。父母看我有点累，就让我先到外面的冷饮摊坐着喝会酸奶，他们参观完了去找我。我知道父母是老学究，在沈雁冰的故居里肯定要费些时间的。我只好先出来，同时也有些轻松的感觉。

我在外面的一个冷饮摊前刚坐下，正要老板拿瓶酸奶来，竟然又看见了那两个熟悉的身影。他们在离我十多米远的另一个冷饮摊坐着，我还是看不到他们的正面。我本想绕到他们前面去确认一下，又觉有些神经质，我便再次拨通了陈风的手机。我简直无法相信，那个背对着我的男人从衣兜里掏出了手机。

陈风吗？你还在老家吗？

是啊，你怎么了？怎么怪怪的？不在老家在哪？我正陪父母吃饭呢。

那你转过头看看你的身后。

他转过头的同时，红披肩也转过了头。我却愤怒地望着他们。陈风怔住了。红披肩却满脸喜色地向我走来。我转头就走。我不想再看到这两个人了。我听见红披肩喊我，她让我等一下。陈风的声音飘过来，他不是喊我，他是喊红披肩。我的眼泪不争气地涌了出来，我拿胳膊抹去。我疯狂地想着怎么死在陈风眼前，让他备受罪恶所带给他的痛苦。我什么都可以不在乎，但我对陈风是非常在乎的。他彻底地伤害了我，让我生不如死。但是他竟然没有来追我，他和红披肩走了。

母亲就在这时出来找我，说父亲看不清一段介绍沈雁冰小时候的文字，让我进去给念念。我跟着母亲进去，表情麻木地读完了那段文字。母亲也发现了我的异样，母亲说，你怎么了？我说我头痛，不想在这儿了，我想回家去。父母小心地看着我的脸色，要陪我一道回家。

我有些不忍心，劝他们继续进行他们的旅程。父母不放心我，还是陪我一道回家了。

回来在家住了几天，我还是固执地回到了我的住处。这里本来是我一个人的，很洁净的。现在我看到每一个角落，都有陈风影子和他的味道。于是这里不再透明，不再单调，这里有了层次感，有了混浊，也有了重量。就在我坐在地毯上梳理自己混乱的情绪时，手机响了。是陈风的，我不想接，我就把手机关了。我仍然呆呆地坐在地毯上，疯狂地埋葬着自己的情感。

过了一会儿，陈风在外面敲门。他说，你开开门，听我解释好吗？

我说，我不想听了。

可是我居然把门打开了。

陈风盘腿坐在地毯上，和我保持了一段距离。我忽然想，他要是一进门就抱住我吻我，说爱我，我也许就会原谅他。如果他不这样做，我就会永远地离开他。可是他真的没有这样做，他面对着我，眼睛却不看我。他说自己也是没办法，在政界做事很不容易，他的政敌一直想整垮自己，就拿筹建滑雪场这件事来做文章。后来红披肩出马了，不但弄来了资金，还介绍怀旧酒吧的女老板硬抢下了这个项目。他说他本来对红披肩是有距离的，可是这次红披肩又要帮他，他不得不和她到浙江去了。他说红披肩为了自己什么都敢做。他说自己对不起红披肩，也对不起我。

我想告诉他，我为了他也什么都敢做。但我想起了表姐曾说过的话，表姐说红披肩是个老江湖，还说红披肩要给一个老官僚送四十万。现在看来红披肩真是不简单，她从另外一个城市拿着陈风的照片出现在怀旧酒吧的时候，她身上的颜色就不仅仅是红色那么鲜亮。我想起了双鱼座，想起了林男，想起了怀旧酒吧里曾经发生的一切，我发现只有我一个人是个傻瓜。

我懂了，话说到这份上，只有我退出了。

陈风解释完，又静坐了一会儿，就起身走了。他把我的门关了。我把自己心灵的门也关了。我关了这一扇门，就好像与事隔绝了。我恶毒地想，现在我一点都不在乎陈风了。他回过头来哭着求我，我也会像看小丑表演一样冷静。事实上是，陈风这一走，就再也没有回头。那段时间，我的状态就是一个活死人。父母对我束手无策，只得违心地搬来他们一直看不上眼的表姐。他们以为，表姐和我不是隔代人，也许好沟通一些。

可是表姐的介入只是从表面上改变了我，并没有真正地和我沟通。我跟着表姐出去吃喝玩乐，就像个鬼魂。不过谁也看不出我是鬼魂。父母看我能够吃喝玩乐了，又不想让我跟表姐混了，就把我强行弄回家里。

有一天晚上，消失很久的林男突然又出现在我家。他给我父母提了很高级的营养品。他很俗套地捧给我一束玫瑰花。父母的脸变成了两朵盛开的老菊花。我笑嘻嘻地接过玫瑰，说了一句莫名其妙的话：牡丹花下死，做鬼也风流。我是随口冒出这句话的，当时什么也没想。但我没想到自己的这句话竟成了谶语。多年后，我回忆起自己说这话时的情景，我觉得一切都源自于我的这句话，所以才有了后来发生的那些事。我觉得从那时起，我就开始变得残酷了，竟然嗅着林男的玫瑰花香就无意识地道出了我和他的未来。我说了那样的话，却没有说清楚，于是他浑然不觉，我的父母也浑然不觉。父母只是以为我说胡话，脸上堆着笑向林男解释，说我发了几天烧，尽说不着调的话。林男笑笑，他说，我是依约而来，我说过，我会对你有个交代的。

林男现在是天山滑雪集团公司的总经理。

这就是他对我的交代。

他要娶我为妻，这是他对我父母的交待。

可我不需要这样的交待。双鱼座呢？那个妖娆的女巫，她退到哪里去了？林男和双鱼座究竟是一种什么关系呢？林男不对我说这些，他每天黄昏出现在我家，就是想娶我为妻。可是我不想嫁人了，我密切地和表姐联系着，就是想重新认识这个世界，认识这个世界上的所有男人。自从林男在我家出现后，我的父母就惦记着要把我嫁出去。在嫁女儿之外，他们还得考虑林男娶我之后会不会在以后的岁月里抛弃我。他们虽然看好林男，但他们不喜欢商人。他们以为林男现在是商人，并不比以前私立学校的主任强。我的老学究父亲还天真地劝林男回学校去。他们以为林男回了学校任教，我的婚姻就会万无一失。就此，林男还和父亲长谈了一夜，不知他们谈了些什么，后来父亲就不提让他回学校的事了。林男和父亲长谈的那天晚上，我出去找表姐了。

表姐居然接管了红披肩的怀旧酒吧。我重新坐在怀旧酒吧里喝酒时，真是恍如隔世。表姐把这里又重新装修了一下，以原木材和草帘为装饰物，显得更加昏暗，更加迷蒙。我觉得表姐好像有些装神弄鬼，表姐说她就是要装神弄鬼，她输给那个女巫是她一辈子的耻辱。我抬眼看着吧台后面的那个金属小门，真正地感到了什么叫物是人非。以前我畏惧于双鱼座的法术，对那个金属小门充满了好奇和幻想，但我从不敢走进去窥探。现在因为表姐是这里的主人，我完全可以进去看一看的，我却完全没有了兴趣。这个酒吧最早是双鱼座的，后来成了红披肩的，现在又成了表姐的，其中的路路道道我是不清楚的，但我清楚的是，这个酒吧里再也不会产生什么女巫了。看着表姐摩拳擦掌地要做另一个女巫，我就想起了林男的一句话，这个时代真是太浅薄了。

此后，我完全彻底地和表姐混在了一起。我不做女巫，我做交际花。我利用表姐的社会关系，认识了社会各界的人，我给男人和女人穿针引线，怂恿着扩充着他们的欲望。然后躲在幕后看着他们丑陋的表演哈哈大笑。我是个没有社会责任感的人，和那些专揪二奶的私家侦探唱着对台戏，挣了钱后就很少回父母家了。要么通宵混在酒吧里，要么就回到自己的住处昏睡几天。表姐很少管我，她说我骨子里是和她一样的人。我恶狠狠地说，我和你是不一样的。她说，有什么不一样的？我说，你是靠男人起家的。表姐说，那你呢？你是靠给男人和女人鬼混搭平台挣钱的，只不过多利用了一种性别而已。我和表姐经常吵得跟乌眼鸡似的，可并不影响我们混在一起喝酒。我是越来越爱美酒了。美酒浸润着我的皮肤、血液和心智。

父母眼看着我越滑越深，就抓住林男这个救命稻草想把我从深渊里拉上来。林男约过我很多次，都被我拒绝了。但他还是每天捧一束玫瑰花上我家去。这对我父母是一大安慰。好像只要我家每天能有一束玫瑰花，我就会有救。也不知林男是咋想的，他有一天竟然出现在怀旧酒吧里。表姐一眼就看上了林男，表姐说她一定让林男拜倒在她的石榴裙下。每次林男来找我，表姐就从中作梗，她拿出好酒招待林男，巴结的样子有些下贱。看表姐的样子，她哪里是什么女巫，她简直就是个女魔头。林男因为要和我见面，不得不委曲求全地和表姐周旋着。我不想见林男，我也不想看着表姐纠缠他。我对他说，你去做我父母的儿子吧，这样更适合你。我接着又补充了一句阴暗的话：我爸的私立学校将来会是你的，你当一名私立学校的校长比当什么狗屁滑雪场的总经理要体面得多。林男听了我的话，脸就灰白了。

他说，我只喜欢你，是那种很纯粹的喜欢。

我说，可是我不喜欢一个曾经有着群居历史的男人。就是他现在脱去了一层黑皮，还原成白色，那白色也是可疑的。

林男的脸变成了铁青。一层怒气从那铁青色里升腾起来。我看见他握紧了拳头，想揍我，但慢慢又放开了。他盯着我看了一会，他平静地说，你知道吗？你侮辱了我！

我有些呆，看着他摇晃着肩膀从怀旧酒吧走了出去。那天他走了之后，我内心稍有不安，但一想到他不再来怀旧酒吧，不再见到表姐，我还是感到轻松多了。我发现自己脆弱得很，自和陈风分手后，我就学会了记忆，也学会了遗忘。我把所有的肮脏和不愉快都忘了，我只是记着快乐。现在快乐着，今后也快乐着。为了这份快乐，我不愿见很多的人，比如双鱼座，比如红披肩，比如陈风，比如林男，比如父母。他们都曾经抵达过我的内心深处，他们在我面前出现会引起我思想上的波动，所以我远离他们，是为了保住自己浅薄的快乐。

我不喜欢看电视。因为陈风的那双眼睛，我曾迷恋过一段时间的电视。现在陈风仍经常在电视上露脸，但我几乎与电视绝缘了。

表姐喜欢看电视。她经常把自己关在怀旧酒吧的那个金属小门里看电视。林男从怀旧酒吧离去的第二天，表姐从金属小门里冲出来喊：快，快滚进来看电视，林男……

我是被表姐拖进那个金属小门的。电视上播报着一个男人在七星渠里救一个小孩的英雄事迹。可我往下看，就呆了。天呐，那个救小孩的英雄竟是林男，他直直地躺在渠岸上，周围涌着很多人，侧边是湍急的渠水滚滚向前。

　　林男死了，按电视上的解说，昨天黄昏的时候，林男在渠边的林荫道上散步，听见了呼救声。几个孩子在渠边打架，两个孩子先后滚进了渠水的旋涡里。林男在上游，呼救声在下游，他听见呼救跑了几十米远才跳下去救人，救上一个孩子已经体力不支，又去救另一个孩子，结果他抱着那孩子在水中挣扎，最后一起被夺去了生命。我脑子乱七八糟，眼睛有些昏花，我不相信那是林男。可是表姐却一声声地尖叫：林男！林男死了！

　　父亲打电话给我，让我直接到殡仪馆去。父亲的电话证实了林男的死。他真的死了！我心里凉飕飕地刮过一阵阴风。

　　林男死后的那些日子，我一直住在家里。恍恍惚惚的，我听到不是父亲对我吼，就是母亲哭。父亲骂我是害人精，心理变态，拿别人的痛苦当快乐。他以为林男要是不去酒吧找我，就不会经过那个出事的地点，不经过那里，就不会死去。我麻木地听着父亲的咒骂和母亲的哭泣，我自己却没有眼泪。我觉得自己变得透明而冰冷，没有了血，没有了温度。我更像一个影子，飘到这儿，飘到那儿，就是不往饭桌和床上飘。不吃不喝不睡的，就把我父母吓傻了。母亲哭着说，你这是干什么啊？你爸说你几句，你就这样啊？林男已经没了，你可不要再折磨我们了。我爸也不敢吼我了，他异常沉重地开导我说，我不该那样说你，林男的死和你没有关系，只是个意外。我是因为你对什么都不在乎，我才想拿那样的话刺激你。

　　我想告诉父母，其实我在乎的人和事挺多的，比如和陈风的爱情，比如双鱼座和林男的关系，比如红披肩和表姐的交易，等等，但我只能把这些埋在心底了。我只是咧了咧嘴，想对父母笑一下，却没有成功。我只和父母拥抱了一下，就走出了家门。

　　我是步行到我的住处的。住处蒙了一层灰尘，原来的洁净和水晶似的仙境已成为记忆中的一个亮点。我坐在灰尘中不想动弹，感觉身心极为疲惫，也非常的衰老。表姐打电话约我去怀旧酒吧，说是有一个断臂富商，要找他失散三十年的邻居的女孩。表姐让我快点去承接这单生意，说断臂富商是慕名而来的。表姐说完不忘讽刺我两句，没想到啊，你干这行还干出了名堂啊！我挂断了表姐的电话，然后又把手机关了。我浑身无力，一睡就是一天。

　　母亲不放心我，又跑到我的住处来。她一进门就说，她是来帮我打扫卫生的。我坐在地毯上，看着母亲把我住处的灰尘一点一点抹去。屋子重新亮堂起来，水晶般的感觉又开始浸润着我伤感的心。我本来挺怕孤独的，却硬撑着要一个人住。我本来怕有人会在夜深人静的时候卡我的脖子，我却不愿让父母管我。我还怕我自己突然忍不住会割断自己腕上的血管，或者在黄昏的时候站在阳台上被一股莫名的力量推动着跳下去，我怕很多的意外事件出现，我却像是等待着悲剧出现一样等待着另外一种结果。看着母亲忙碌的身影，想着母亲和我近在咫尺，却不能互相亲近，我内心苍苍茫茫。母亲帮我打扫完灰尘，给我叫了外卖，就走了。

　　我坐在没有灰尘的屋子里，感到自己的身上落满了一层厚厚的灰尘。好像是母亲来了一趟，只是把家具上的灰尘挪到了我身上，然后就匆匆离去。表姐打不通我的电话，跑到住处来找我。她说好好的一单生意，硬是让我给弄黄了。表姐说了半天，见我一直不吭声，就拉我去酒吧喝酒。我甩开她的手，盯着她的眼睛说，我以后再也不去酒吧了。表姐说，你抽的哪门子疯？但她看看我的脸色，就没再说别的。也许是我的神色把她吓住了，她沉默着坐了一会，就离去了。

自此，表姐再没找过我，我也再没去过怀旧酒吧。我就更加寂寞了。母亲过段时间来一次，给我送点鸡汤什么的，总是小心翼翼的不敢多说话。她唯一所说的话就是劝我多出去走走，呼吸一些新鲜的空气。我每天早晨都会走得很远很远，一直顺着七星渠的渠道走到郊外。途经林男出事的地点，我会在那儿的长椅上坐一会儿。想起林男的话，他说这个时代太浅薄了。同时我也会想起他救人的那一幕，那是何等的波澜壮阔。可是随后我就陷入一片迷茫之中。有一次，我竟在这儿碰到了双鱼座。她看见了我，热情地握住我的手说，好久不见，你还好吗？她说着套话，手上的血却是温热的。但我能感觉到，那温热里透着腐败。我抽出自己的手，淡淡地说，还好！我没有问她，我知道她现在是天山滑雪集团公司的总裁，风光无限。双鱼座看出了我的冷淡，她苦笑了一下，然后说，哪天我请你吃饭？我说，我是一个对吃饭没兴趣的人。双鱼座眼皮闪了闪，又说，那我请你喝酒，喝最好的。我说，戒了，我现在连酒吧都不进了。双鱼座不死心，她进一步说，喝茶吧，我请你喝茶。我好像是被她逼入了死角，后来还是和她约了时间喝茶，她说她有些事要给我说。

双鱼座约我到永安巷的茶楼喝茶，但那天她却失约了。我坐在茶楼独自一人喝着茶，并没有为她的失约而生气。此后我天天到此茶楼喝功夫茶，并不是为了等她。

时间过去两个月后，双鱼座来赴约了。我平静地和她打招呼，我说，来喝茶呀？她说，对不起，那次和你约了时间后，第二天有急事我去外地了。我说，没关系的，我不是在这里等你，我是在这里喝茶。双鱼座说，难得你有这样的心境。我和双鱼座面对面坐在靠窗的茶桌边喝着芬芳的铁观音，日子好像又回到了很久以前。不同的是，双鱼座在我眼中已经不神秘了。茶楼和酒吧是两个不同的场所，我觉得我更适合待在茶楼这样的地方，只是坐在我对面喝茶的人不该是双鱼座，而是另外一个和我有着同样性情的人。我知道，这是我最后一次和双鱼座见面了。

　　关于红披肩，我还得交代一下。她现在住在监狱里，和外界没有任何联系。双鱼座告诉我，红披肩是因为行贿罪进去的。她是和陈风的政敌一起被关押的。双鱼座叹了口气，坚决地认为，红披肩是为了帮陈风才做了一件蠢事。原来双鱼座要给我说的事就是这些，我对此没有发表任何看法。在这之前，我有时还希望陈风能给我来个电话，好让我知道我们彼此相爱过。可是知道红披肩进去后，我就很怕陈风来电话，怕听他说话，无论他说什么，都会让我感到活着太累。我已经不喜欢太执着的人生了，我要开始新的生活。

　　坐在永安巷的茶楼上喝茶已有两年多时光了，我看着街上的男人和女人飘过，看着新的太阳升起又落下，等待着能坐在我对面喝茶的那个人出现。可是我的对面一直是空的，我也始终怀着一种模糊的希望。

彼 岸

刘健彷

城市的夜晚越来越没有了黑的本色，灯火如白昼的光线，蹲在了芸芸众生的窗口。躁动不安的空气，赤着双脚在一家家的地板上转悠。黑夜显得那样轻薄没有头脑，却持续地散发着各种各样的气味。

陈圆圆是从水吧回来的。

她刚刚坐在水吧里和男朋友朗晨商谈了结婚的事，心里萌动着巨大的幸福，然后依依惜别回到自家的楼道里。楼道里没有任何声音，也没有那种祥和的宁静。

陈圆圆嗅到一种烤煳面饼的气味，一种阴干的衣服散发出的略微发霉的气味，还有一股浓烈的垃圾的气味。陈圆圆不喜欢这样的气味，这样的气味会让她联想到陈旧、腐朽、破落等不好的词汇。她喜欢自己身上的气味，那是一个在水吧坐了多时，喝了啤酒和饮料，开心地大笑过，和男朋友在楼梯口拥抱过的阳光少女的气味。陈圆圆迷恋着这样的气味，沿着楼梯拾级而上，蹦跳着，哼着歌，快乐地拿出钥匙，打开了家门。

可是父亲竟直直地站在门后面。

父亲的脸几乎和陈圆圆的头撞在了一起。

父亲好像刚要出门似的。

问题是父亲身上穿的是厚厚的棉睡衣，脚上踩着拖鞋，光头上闪着一丝寒气，全身上下没有一点出门的迹象。父亲在这个深夜里，这样隆重地站在门口迎接陈圆圆，还是第一次。从父亲身上的棉睡衣里散发出的汗腥味直逼过来，让陈圆圆不得不往后退了两步。她想起平时父亲总是坐在沙发上等自己，她嗅到的也是木制沙发上散出的那种淡淡的干木屑味时，陈圆圆有些发愣。

　　各个房间里都没有睡神气息，只是弥漫着另外一种更加强烈的气味。那是父亲喝黄酒的气味。父亲每到大事临头都要成宿成宿地喝黄酒。听说母亲就是因为看不惯父亲喝黄酒才不断地和父亲吵架，吵来吵去的，母亲就在陈圆圆八岁的时候离开家了。父亲一直没有再婚，据说也是为了陈圆圆。陈圆圆懂事后就一直劝父亲再婚，可是父亲不听她的劝。尤其是陈圆圆在恋爱后有了男朋友，开始谈婚论嫁时，陈圆圆心里就更不是滋味。她对父亲是既同情又怜惜，觉得都是因为自己，父亲才与黄酒为伍过了寂寞的一生。有时候，她心里愧疚得很，但又下不了决心和男朋友朗晨分手。朗晨是她的初恋，他像山一样稳妥地屹立在她心中。她离不开他，他也离不开她。她要和他结婚了，却不知如何对父亲说。父亲从来不主动和圆圆说男女之事，说婚姻大事。圆圆就偶尔想起母亲，她在父亲面前提了几次母亲，父亲就摔了几次茶杯。圆圆后来就不提母亲了，母亲在她心里也只是个模糊的影子。

　　陈圆圆愣了很久。

　　屋内棉睡衣的气味和黄酒的气味扑面而来，溜过她的身边，悄悄地冲向了楼道。陈圆圆的脑子才渐渐清明了，她说，爸，您还没睡？您怎么站在门口？您怎么把几个屋子的灯都打开了？您又喝了很多黄酒啊？

　　父亲站在门口不动，父亲说，我睡不着，我等你。你好些日子都是半夜回来，我想知道，你在忙什么？一个姑娘家，是不能这样的，别人会说闲话的。

陈圆圆关上门，把父亲扶到客厅的沙发上坐下，才去关了另外几个房间的灯。然后，陈圆圆坐在父亲对面的一个小凳上。她不看父亲的眼睛，她看着自己的脚尖。父亲长时间地打量着陈圆圆，就是不开口说话。陈圆圆听见自己的心跳声，陈圆圆慌乱地说，爸，您先去休息吧，我明天有事给您说。

父亲说，你是不是谈对象了？我注意你很长时间了，你每天都心慌慌的。说说看，你和啥样的小伙子来往啊？

陈圆圆有些难为情，更加慌乱地说，他，他叫朗晨，他爱我。

父亲说，我说你这些天魂飞哪里了？你老爸眼没昏花呢。你准是受他迷惑了，你把这个叫作爱情吧？

陈圆圆有些羞涩，然后就鼓着勇气断断续续地对父亲坦白了。

爸，他有点像您。高高的个子，板板的身材，鼻梁挺直，目光如炬。他是个公务员，做事像山一样沉稳，让人有安全感，让人特别想依靠他。爸，您知道那种，那种依靠山的感觉吗？

父亲听完陈圆圆的话，似乎有些惊吓，有些迷茫，但他控制了这种情绪。他假装想象的样子，脑子却是一片空白。

陈圆圆兴奋地说，爸，你想不出吧？那种依靠山的感觉，真是太美妙了。

父亲艰难地控制着自己，他让女儿给他倒了一杯水。他喝了一口水才说，圆圆，我知道依靠山的感觉。是那种踏实的，伟岸的，让人意气风发，生机勃勃，年老了想起时，那是一段流金岁月。是这种感觉吧？傻丫头，我还知道多种关于依靠山的感觉呢。

圆圆也为自己倒了一杯水，她没喝，只是低头看着手中水杯里静态的水，她好像是更羞涩了。她说，爸，那您就多说一些依靠山的感觉吧，我喜欢听。

突然，仿佛一座山真的移到父女中间了，把父亲和女儿隔开了。

父亲坐直身子，把水杯里的水全部喝光，他没把水杯递给女儿，而是胡乱地放在了沙发上。他说：

一次有人告诉我为什么女人都要把男人当成山。传说远古的时代，男人以狩猎获取食物，用以养家糊口，女人就把男人当作山一样依靠着。男人也把自己当作山，皮肉里有山的影子，骨头里有山的坚实，血液里有山的精神，男人伤痕累累仍充当着最高大最完美的山，就是为了让女人和孩子依靠他们。那个时代，男人们确确实实就是山啊。

陈圆圆的眼里闪出一片亮光，那光芒中仿佛涌动着一座山的剪影。她说：

爸，朗晨也是这样的男人。他在信访办上班，每天接待很多的上访群众，他有着山一样宽厚的心胸，他替他们排忧解难。他不光是女人依靠的山，他也是弱势群体依靠的山。他心中充满了爱，他让世界充满了爱，他也爱我。

父亲担忧地望着女儿，父亲说，傻姑娘，你太天真了。你怎么轻易就把他当作山呢？时代不一样了，你要把男人当成海而不是山。海水深不可测，海里面都有些什么，你是看不清的。你如果不小心掉进海里，是会被淹死的。你看看，现在的女人都不依靠男人了，她们只靠自己。现如今社会上女强人越来越多，这就很能说明问题啊。

陈圆圆说，爸，我说的依靠是一种心灵的感觉，是那种很温暖的东西。和你说的那种，那种依靠是不一样的。真的，我真的不知道如何才能对你说清楚。

父亲说，你不用给我说清楚了，你只是不要把那个朗晨当成山，而把他当成海就行了。还要知道你在海里面是无法存活的。

陈圆圆吃惊地望着父亲。

父亲说，你不相信？老爸不会害你的，远古时代的男人是山，现代的男人是海，是会吞没很多东西的，包括爱情。

陈圆圆听了父亲的话，心里很不舒服。她觉得像山一样的父亲突然也变成了海，让她一下子摸不着头脑。她开始思索，是父亲不同意她出嫁，还是父亲对朗晨不够了解？陈圆圆感觉上不是朗晨变成了海，而是父亲变成了海。不但变成了海，还变成了一条干枯的海。陈圆圆在海边站了半天，想捧一捧水看看颜色却是一滴也没掬到。尔后她突然说：

爸，我非常了解朗晨。他是山不是海，我一眼就看出他是个好男人，他是现代男人没错，但他身上有山一样的品格。爸，您见了他，就会喜欢他的。

父亲把目光从女儿脸上调开，他眯着眼说，你已经被那个叫朗晨的男人灌了迷魂汤。对男人的信任会伤害你的心和身体，孩子，你醒醒吧。

陈圆圆拿手摸摸自己的脸，她说，爸，我醒着呢。接着，她又说：

爸，朗晨没有给我灌迷魂汤，是我给他灌了迷魂汤，是我追他的。他是个诚实的男人，他值得我爱。

父亲再次睁大眼睛望着陈圆圆，他说，孩子，你被爱情的迷雾遮蔽了眼睛，你眼中的那个男人是要让你吞食一服毒药啊。你不懂男人，现代的男人就是那多变的大海啊，海里面什么乌七八糟的东西没有啊，你一旦进去后看到了不该看的，想跳上来就不容易了。

陈圆圆说，爸，您也是男人啊。

父亲说，是啊，我是男人没错，可我是你爸，我了解你，你单纯，幼稚，人家一通甜言蜜语就把你骗了。你看看，他是公务员，搞信访的，每天骗那么多屎肚子老百姓，骗你就更轻松容易了。

陈圆圆说，爸，不会的，朗晨他不会骗老百姓，他也不会骗我，他都向我求婚了。不是说过吗？他就是一座山，让我觉得和他在一起踏实，可靠，稳妥。

父亲说，那是你的错觉。男人们向来在女人面前装成一座伟岸的山，可是背过女人后就露出了大海的面目。你知道那是什么样的海吗？里面有怪兽，有化学毒素，有死尸漂浮，有腐烂的棺材板……

陈圆圆打断父亲的话，她说，可是，大海里也有美人鱼，有漂亮的贝壳，有绿茵茵的水草，有蓝色的海水。

父亲说，那都是假象。好端端的，你总是让假象蒙住你的心智，你还自以为那就是所谓的爱情，还自我陶醉。孩子，男人是山也是不可靠的，是海那就更可怕了。今天的新闻播报了一个乡村女教师白天教书晚上卖身供弟弟上学的事，你就知道男人有多坏，男人是不可信的。你说你找到了一座山，把山变成了你的丈夫，可是一丈之内，他是你丈夫，一丈之外，他就变成了肮脏的海，他就会去找那个乡村女教师。

陈圆圆慢慢腾腾地捏紧了自己的手，尽量控制着自己烦躁的情绪。她觉得父亲越扯越远了，乡村女教师卖淫与朗晨有什么关系呢？与她的婚事有什么关系呢？后来她渐渐松开自己的手，她真诚地希冀着自己不要和父亲翻脸。她说：

爸，朗晨不是那样的人。他洁身自好，对我很专一，我们都是爱神的儿女。您见见他，您就不会胡思乱想了。

父亲说，你怎么那么相信男人？眼睛看到的不一定是真实的。你看到的那个朗晨，他一边哄着你，背过你，可能又会哄着另一个和你一样幼稚的姑娘。如果不巧让你看到了，他会说另外一个姑娘是他妹妹。你傻傻地快乐着，却不是真实的。

父亲淡淡地说着，淡淡地笑了。

陈圆圆痛苦着，脸也涨红了。但她还是想说服父亲，她坚持说：

爸，朗晨真不是您想象的那样，他真的很优秀，您就见见他吧，见了再说。

父亲叹口气，父亲的声调高了起来：

圆圆，爸爸不是害你，爸爸是爱你。这种时候，在你的心中，朗晨说的一切都是真的，爸爸说的一切都是假的。可是爸爸不能和你一样糊涂啊。关于男人，爸爸了解得很透彻。有一个姑娘，她也找了一个像山一样的男人当丈夫。她美丽，纯情，喜气洋洋地做了那个男人的妻子。可是婚后不久，山就在她心中倒塌了。山不再是山，丈夫也不再是丈夫。那男人在外面另外有了女人，常常跑出去和另外的女人喝酒，喝醉了回来就趴在沙发上当着妻子的面给另外的女人打电话调情，妻子就要死要活的，可那山一样的男人仍然无动于衷。妻子因为受不了，就不停地和不再是山的男人吵架。妻子骂男人是嫖客，男人就打妻子一耳光。妻子骂几声，男人就打妻子几个耳光。男人也不离婚，却经常睡在另一个女人的床上。如果男人喝醉了，那另一个女人就会打电话让妻子去把丈夫领回家去。那是个胸无点墨的男人，他利用一点职务之便，给女下属买手机，给年老的女人买衣服，给年轻的女人买化妆品，就是看妻子不顺眼。他恨她限制自己的自由，他抱怨她是个情痴，他不愿和她好好过日子，可是他也不愿离婚，因为他爱自己的女儿。圆圆啊，你倒是说说，这个山一样的男人可靠吗？他不但没有给她快乐幸福，却给了她无穷的烦恼和无尽的痛苦。到后来，他就完全变态了，以看妻子的痛苦为快乐，你知道接下来会怎么样吗？

　　圆圆早不想听父亲说了，她开始嫌他烦。她说：

　　爸，我不想听这些。这么晦涩的事，你为什么要对我说？

　　圆圆沉下脸，咬着嘴唇沉默着。她真的是不想听父亲说下去了。

　　父亲看看她的脸色，却坚持说，听着是不好听，可这是真实的。真实的就是残酷的，你别上那个朗晨的当了。你听说过这样的事吗？南方的一个大款包了几个二奶，他妈却在街上乞讨，你想想这种事有多恶心吗？你还听说过一些位高权重的男人，为了色欲暗地里找情人，事情败露之时又杀掉情人的事吗？这可都是男人做的啊。

父亲继续说，朗晨也是男人，无论他的外表多么优秀，他的肉体、血液里仍有着男人的本能。我前面所说的男人的毛病他身上都有，你不要把他当成你的山，那是一条肮脏的海。当他娶了你后，就会露出本来的面目。他很可能是个酒鬼，天天夜不归宿。他很可能是个小气鬼，出门时会把鸡蛋藏在大衣兜里，让你做饭时找不着而只吃几根青菜。但是如果你辛辛苦苦为他做了麻辣鱼块，他回家后会把鱼块拼在一起，看看鱼是不是一条完整的鱼，看看你有没有偷吃掉一块。他满口情爱，却蝇营于虚名，他贪恋美色，却让你痛不欲生。他喜欢筑巢，却不断地挖掘不忠和下作的陷阱……

圆圆慌乱地打断父亲，爸，求求您，别说了！

父亲张着的嘴巴突然定格，他茫然地望着女儿。

陈圆圆的眼里涌动着陌生的忧郁。

她站在父亲的面前，深深地看了父亲一眼。父亲的眼里全是尘埃，父亲的脸上也挂满了尘埃，父亲的身上更是裹着厚厚的尘埃。那是怎样的一个老男人啊？两滴老泪闪现在他的眼角，却很快风干了。他也是个男人，可他都说了些什么啊？这时候陈圆圆很想对父亲大吼一嗓子：

你不是男人吗？你为什么把男人说成这样？

她还想吼第二嗓子：

你什么意思？难道让我一辈子不结婚陪着你？

但陈圆圆一嗓子也没吼出来。

她瓷在父亲的面前，又不愿面对父亲。父女之间真的是横着一座可怕的山，那山的黑影越来越沉重地压向了陈圆圆，她挣扎了好一会，才有了喘息的机会。后来，她就转身回了自己的卧室。

她躺在床上，久久不能入睡。

客厅里没有任何声音，父亲可能又开始喝黄酒了。一股比先前更加浓烈的黄酒的气味弥漫着，透过门缝钻进了陈圆圆的鼻孔。这种气味是她熟悉的，二十年来绵绵不绝地萦绕着这个家，带着一种温暖的色彩包裹着她。以往父亲喝黄酒的时候，陈圆圆也会喝上一点。父女俩坐在沙发上，边看电视边喝黄酒，说一些不着边际的话，显得亲密无间。可是在这个深夜，在这样一个特殊的深夜，陈圆圆身上带着水吧的气味、色彩的气味、男朋友的气味回到家里，和父亲的气味、黄酒的气味冲撞在一块后，她的心态发生了微妙的变化。父亲的气味突然让她难以忍受，黄酒的气味也让她觉得恶心。尤其是父亲的那些话，还有父亲身上的尘埃，都让她讨厌却又被纠缠着，她真的以为自己是掉进了一条阴险晦涩的海里，想挣扎着露出头看看岸上的风景，却是无论如何也睁不开眼睛。她承受着黑夜的阴沉，承受着父女之间那座山的挤压，承受着海水呛入胸腔的窒息感，拼命地告诉自己：我不相信尘埃！我只相信爱情！

天亮的时候，陈圆圆起身为父亲做了早饭。

她离开家的时候想，暂时不回这个家了，这个家太可怕了。

可是就在拉开家门的一瞬间，她突然意识到，父亲昨夜讲了那么多，完全是在讲他自己啊。先是母亲离开了他，现在又是自己，难道父亲注定一辈子要与黄酒做伴吗？父亲卧室的门半开着，陈圆圆却没有勇气走进去再看看父亲。难道这就是家的气味吗？

陈圆圆有些犹豫了。但她只在门口站了一会儿，就飞快地向楼下跑去，她跑到街道上，跑到城市的公园里，她看见很多人都在公园的树影下活动，有唱秦腔的，有打太极拳的，有提着鸟笼散步的，有跳晨舞的，这些人都呼吸着新鲜的空气，阳光在他们身上流动着，他们快乐安康！跳晨舞的队列中，有一位穿红衣服的阿姨无意间回头看到陈圆圆，她冲陈圆圆笑了一下，招手让陈圆圆过去跳舞。陈圆圆也冲那团红色笑了笑，她没有过去，她倚靠在一棵粗壮的柳树上哭了。她想自己的母亲，可是母亲的面目已经很模糊了，就是母女两个在街上相遇，可能谁也认不出谁了。

这时朗晨打过来电话，问陈圆圆在哪里，他说他早晨去她家里找她，她的父亲一听说他叫朗晨，就赶他走不让他进门，可是就在他要走的当儿，她的父亲突然栽倒在门口。朗晨说他已把她的父亲送到医院，让陈圆圆赶快到医院去。陈圆圆心里顿时变得黑漆漆一团，她像是浮在空气中，高一脚低一脚地来到了医院。医院楼道的苏打水味挤压着陈圆圆空空荡荡的心，她木桩一样在手术室的门口坐了几个时辰。这样的变故是陈圆圆没有想到的，父亲在鬼门关上转圈，她忽然发现她不能没有父亲，昨晚对父亲的厌烦让她心里过意不去，她向上帝祈求用自己十年的寿命换回父亲的重生。她的眼泪就那样汹涌不止，如大海般的包含着复杂的成分。

父亲突发脑出血，因抢救及时生命已保住了，只是半边身子失去了知觉，只能坐在轮椅上了度残生了。朗晨对陈圆圆说，若是我早晨不去你家，是不是不会发生这样的事？朗晨又说，我不去你父亲就不会激动，不激动就不会脑出血突发，是不是？朗晨继续说，是因为我，你父亲才变成这样了吗？朗晨看着陈圆圆无力地坐在医院走廊的椅子上啜泣，他就站在旁边说话，可是他竟说不出任何安慰的话，他只是提了些无关紧要的问题。

陈圆圆一直不说话，她心里知道，父亲变成这样，这是迟早都要发生的事，原因很多，但她没把这些话说出来。她知道朗晨想听这些话，她就是不说。她的思绪漫无边际，朗晨二十八岁了，看上去比实际年龄要成熟得多，他是喜欢她的，当然他也说过爱她，他是先喜欢她的职业才喜欢她的。他说自己的工作太刻板，他就喜欢当舞蹈演员的她，他还说娶个漂亮的老婆是他这辈子最大的心愿。这些都是朗晨开玩笑说的，他还说自己母亲不喜欢漂亮儿媳妇，母亲让他回老家娶个知根知底的女教师当老婆。他母亲说这样保险，他母亲总是怕儿子娶外面的女人受气或者受骗上当。朗晨坐在水吧里给陈圆圆讲这些时是当笑话讲的，当时他把陈圆圆也逗笑了。

时间在流逝，朗晨和陈圆圆坐在水吧讲笑话的情景在时间的长河中一点点消逝。

陈圆圆的父亲出院后，脾气变得比以前更暴更烈，父亲觉得这个世界太不公平，父亲觉得这个世界欠他的太多了。他孤零零地坐在轮椅上，热热闹闹地喊着自己女儿的名字，不是向她要东西，就是向她讲关于男人的坏话。他还经常跟朗晨要酒喝，朗晨不给他，他就骂，什么难听的话都骂。陈圆圆听着父亲的辱骂，阴雨绵绵的天气就在她和朗晨之间飘来飘去。陈圆圆对朗晨说，你以后别来了。朗晨说，不来哪行？我要陪你渡过难关。这样的心情这样的话已不是什么情话了，陈圆圆觉得这都是面子上的话，她不怪朗晨，她怪父亲，是父亲把男人变得不像男人了，是父亲把她变得不像少女了。陈圆圆活像一只张开翅膀很占空间的大雁，总想冲出屋子飞到天边去。大雁感到自己身上的力气在昏昏欲睡，而朗晨也没有给她足够的力量。大雁在家里扑腾来扑腾去的，抗拒着那些陈旧的话题。尽管大雁有权选择离开，但是它愿意否定自己的力量。父亲提供选择，提供那些发霉的往事和话题。

三个月后，朗晨拿了一枚戒指向陈圆圆求婚，朗晨说他想尽快结婚，不是为了她，是为了他自己。陈圆圆却说，她也想结婚，她是为了自己。后来陈圆圆就把这事给父亲说了，父亲骂了一天脏话后接纳了这个女婿。朗晨说，爸，您放心，我会对您好的。父亲说，屁话，老子不要你好，你对圆圆要好，你不能哄她骗她，你敢对她不好，老子上妇联去告你。

朗晨和陈圆圆结婚的前一天，陈圆圆突然说，你以后会后悔的。朗晨说，很有可能，但是我现在想结婚。陈圆圆没有话，她转过身看着坐在轮椅上的父亲，窗外的阳光射过窗户披在父亲的身上，父亲正眯着眼打瞌睡，似乎这时候的父亲才是有温度的。她想父亲的一生毫无色彩而言，晚年了又注定以这样的方式成为自己的负担，注定也成了朗晨的负担。这样的负担不是以所谓的孝心所能承载的，她不是个孝顺的女儿，在过去那些年月里，她被动成为了孝顺的女儿，今后她也仍将是被动的孝顺女儿。而朗晨就很难说了，他和自己结婚的原因很复杂，至少现在已不是什么纯粹的爱情了。

陈圆圆和朗晨结婚时，朗晨的父母从偏远的乡村赶来，陈圆圆的父亲就坐在轮椅上骂朗晨，说朗晨是吃软饭的，没本事在这个城市买房子，就和圆圆结婚。朗晨的母亲是那种很有志气的农村老人，她刚开始忍受着，后来就和陈圆圆的父亲对骂起来，她拉着朗晨的手说，儿啊，你也是咱村出来的大学生，你又是公务员，咱不能受这气，这婚咱不结了，咱重新找个媳妇吧。朗晨说，妈，这婚是非结不可的，圆圆的父亲是身残了气不顺就骂人，以后就好了。朗晨和陈圆圆的喜日子就在老人的咒骂声中结束了，两个人坐在临时收拾出来的新房里相对无言。这时，圆圆父亲的咒骂声又开始了，过了一会儿，父亲狂怒地喊着圆圆的名字，陈圆圆就弹簧似的奔出了新房。朗晨想跟过去，但圆圆父亲那些难听的话钻进他的耳朵里，他就撕了些棉球塞住耳朵，先上床睡了。

第二天早晨，阳光洒在婚房的床上，洒在朗晨的身上，也洒在他的心上。陈圆圆披着阳光奔向婚床，她抱住朗晨喜极而泣，她说，朗晨，咱爸说了，你是山，你是山啊！朗晨也紧紧地抱住了陈圆圆，两颗青春的心贴在一起，久久不愿分开。

我是你惹不起的那个人

撒 雨

有一次我到派出所办理一个手续。没想到遇到的是一个喜欢百般刁难人的主儿。说实在的，遇到这样的人，我就有一种悲喜交加的感觉。悲的是，在这样的主儿面前办事，得点头，得哈腰，最主要的是你得掏腰包，塞票子。一句话，有损失。这样的事儿对于有钱有权的人来说，好办，只要你肯收钱，肯办事，钱有的是。可是没钱的人，那就害苦了。没办法，手头拮据的人，那你就得多跑上几回。一回办不了，两回。两回办不了，那就跑上三回。第一回来，他会说：明天来吧，今天办不了。你要是问他为什么办不了？他会说：你听你这个人，办不了就办不了嘛，还要问个为什么，怎么，不相信人啊？没办法，你得回去。第二回来，他依旧忽悠你：办不了，今天没网。第三回来，还没网。单单一个没网，就可以让你跑上几十回。直到你迂回地去找给他们灶上做饭的那个饭大师。那个饭大师会告诉你机密的所在。然后，你悄悄地把一张红红的主席头塞进饭大师那只油污污的手，过不了一会儿，一下子网就有了。你的事情一下子就给办了。如果你手头实在紧，给那只油污污的手里塞进去一张绿绿的主席头也行。最不行也得一张绿绿的主席头。不塞呢？那只能是：门难进，脸难看，事难办。我是属于没有钱的那种人。因此我悲。喜的是，每遇到这种情况，我暗暗地告诉自己：有了，有好戏看了。我便像看电影一样，一边办事，一边欣赏官员们摆架子、发脾气、使本事、耍手腕的种种可爱的样子。有人说，我们国家是一个盛产苦瓜脸的国度，我不这样认为。我觉得官员们摆给来办事的人的那张苦瓜脸挺有看头呢。尤其是当你看出了究里，发现了办事无望，然后有意地说错话，有意地麻烦他，有意地小了声儿说话，有意地把他桌子上的笔或本子带到地上，总而言之，当你有意地在他面前不断地犯过失，又不断地给他道歉，惹他生气，惹他发脾气，这时候你就会看到原来的那张苦瓜脸上的表情真是太丰富了，太有看头了，其乐无穷啊！不过，我那次差点出乱子了。原因是那天那个主儿情绪不太好，我的情绪也不太好。我的情绪不太好是因为头天晚上我受到了妻子的折腾。至于我们的户籍管理员先生情绪为什么不太好，我就说不上来了。反正我俩的情绪都不是很好，因此交道打了还没有两个回合，便翻车了。他十人五马地拉不住，要翻过柜台来，要打我。我只好看好了逃跑的路子，提前站到了门口的地方，为了更加安全起见，我始终站在几个来办事的西山里的农民身后，表演，理论，惹他生气，看他的笑话。后来不知是那几个农民也看出了情况的危机吧，他们很动情地劝我离开柜台。我说我绝不离开，我要问他，他凭什么要让我滚出去，这又不是他们的家，我有权利站在这里，他有义务给我办事。农民们只是不住地给我使眼色，推我，拉我。我只好离开柜台。我的人走离了柜台，但我的话一点儿也没有要离开的意思，我只坚持一个原则：有理有据，不出粗，不骂人。出粗骂人会显得我没水平，缺少修养。正因如此吧，那个户籍管理员竟然从窗子里伸出他的那颗秃头来了。好的一点是，他跳上了窗台，拉开了窗户，却停下了，不打算跳下来奋起直追我了。他坐在窗口上望着我大放厥词，满口喷粪。其中最中听的话有一句，大意是说，他那天要是手中有一把枪，那么我那天就有好果子吃了。这话说的是，我还真的这么担心的呢。幸亏他那天手上没枪，否则，至少今天各位看官是看不到此文了。

既然我还没有感觉到枪口的威慑，那么外表斯文腼腆，内里刚硬有余的我，便一手插裤兜，一手指点江山，嬉笑怒骂，给他死胀气。最后一句是：你的日子不长了！你倒霉的快了！你等着瞧吧！

谁知过了没有多长时间，那个宝贝真的倒霉了。他被上面从民警的队伍里清除出去了。还真的让我说准了。

多年前，我在一所乡下的中学里当老师。有一个校长在我的面前滥用权力。不料不小心惹犯了我的脾气，挑起了我本性里的暴力倾向，我没有忍住，就在他的嘴上重重地打了一个背巴掌。一时间这一响亮的背巴掌成了我们那个乡下中学里外的头号新闻和笑话。同样，也是没有过多久，我依然做着我的教师，而他却丢了校长，变成和我一样的一名普通的教师了。

还有一次，我的一件事情通过正规路子办，结果办了将近三年，依然没有眉目，最后我只好走行贿的路子了。请原谅我的行贿。当那么多的人都在行贿的时候，我不行贿，你们说我该怎么办？我把厚厚的一沓票子捋顺，塞给了一个专业黑牛的手里，等了又将近整整一年，事情不见进展。我一天天地着急起来。一次次地催，一天天地追，起初那黑牛还理我，后来理也懒得理我了。我成了他的累赘了。起初还能见面，后来面也见不上了。他家的门槛都快让我给踏平了，但是找他找不见，打电话他不接。于是，我内心的刚硬又来了。那一天我给他打了总有三百个电话，他终于接了。在电话上问我：你是谁啊？我的回答是：我是你惹不起的那个人！对方说，你咋还那么大的口气哈！？我的口气很平和，我说：真的，我真的是你惹不起的那个人！他说你要干什么？我说，事情办不成了把我的钱给我拿着来！说完这话，我准备先挂了电话呢，没想到人家已经先挂上了电话。不过，过了不长日子，那个黑牛亲自找着我来了，事情自然是没有办成，但拿去我的钱，一分不少地归还了我。

还是我在乡下当老师的那段儿时间，我感觉到我们的校长几乎就变成我们那个小圈子里的土皇了。学校里的老师打学生成风了。学校几乎快要变成监狱了。一些学生和家长怨声载道了。许多事情都是随心所欲，一手遮天。有些人悄悄地问我怎么办？我说，别着急，校长的日子不多了，等等就是了。话说出去没有多长时间，我们的土皇校长就被天上落下来的一纸文书给免了。

回想起来，类似的事儿还真的不少呢。结局大都差不多：不是我胜了，就是与我过不去的那些人要走下坡路，要栽跟头。

有一天我问我自己：真的是神了，怎么那些曾经与你过不去的人，不是走下坡路，就是栽跟头，难道你是圣人不成？要不你就是魔鬼不成？的确，我既不是圣人，更不是魔鬼。我是很普通很普通的人。凡人。用我们这里的一句俗话说，我属于那种站起来没影子，跌倒了没响声的人。多少人都有大腿可抱，有靠山可靠，我没有可抱的大腿，没有可靠的靠山。我甚至不喜欢拉拢复杂的人际关系。我不喜欢扎堆儿，不喜欢绕弯子。我不大在乎面子，不大在乎虚礼。可是我为什么总是很少输呢？今天，要是给这个问题给一个不算全面、不算准确的答案的话，我觉得答案就是：我没有站错队。在正义与邪恶之间，我是站在正义的一面的。在平民与权贵之间，我是站在平民的一面的。在人民与官僚之间，我是站在人民的一面的。在民主与专制之间，我是站在民主的一面的。在谎言与真相之间，我总是站在真相的一面的。

也许正是这样的一些原因吧，在许多人、许多事面前，我总是胜者。我有足够的底气，对许多人这样说：不要胡来，我是你惹不起的那个人！想惹我，你得准备付出代价，你得做好栽跟头的准备。

子在月上曰

撒　雨

　　今天是一年一度的中秋节，吃过了晚饭，我坐在院子里等着赏月。

　　月亮很快上来了。我看到美丽的月亮上慢慢地出现了一位又高又大的老人的影子。我仔细辨认着，那是谁呢？我终于认出来了，那是我们中国的圣人孔子。

　　孔子在这个举国同庆的日子里，要站在月亮上给我们地上的这些活着的中国人讲一次劝。讲劝的主题是：孝敬父母及其他。

　　早年里就听有智者说，在中秋节这一天晚上赏月的时候，会听到有圣人站在月亮上向人间讲劝真理的奇事。于是我很盼望这样的奇事我也能遇到一回。哪怕只一回。然而，已经几十年过去了，我年年盼着，却年年遇不上我渴望的好运气。而今天晚上，看来是我殷切渴望的好运来了。因此，我便全身心地投入到听圣人的讲劝里去了。

　　孔子说，华夏的儿女，炎黄的子孙啊，你们在下面听着，你们要孝敬你们的父母。这个话题我已经给你年年讲，年年讲，都已经讲了几千年了，但是你们似乎做得越来越不像话了。今天，我再强调一次，天地之间父母最大。我们的生命是父母赋予的。父母是我们人生中的第一位老师。你们中的许多人，总是忘记这一常识的常识。我从你们的行为中看不出你们听了我的话。要不就是你们把我给你们的话在落实的时候走了样。从你们许多人的行为中我多少次地看到，你们不是认父母为天地间的最大，而是认官员为天地间的最大，你们的人民币为天地间的最大。这是一种极其错误的认识。我千万遍告诉过你们，是你们的父母生养了你们，而不是你们的官员生养了你们，也不是你们的人民币生养了你们。你们在父母、官员、人民币三者之间应当做一次深刻地反思。直到回到原来正确的认识上。只有回到正确的认识上，你们在今后孝敬的就是父母而不是官员或人民币了。你们要记着，为了官员，为了人民币，忘记了孝敬你们真正的父母，你们就不是君子了，你们就成了小人了。

华夏的儿女，炎黄的子孙啊，你们年年在这个节日上来听我给你们讲一次劝，却做得一年不如一年，这是很令我失望的。你们当中的许多儿女竟然在孝敬父母方面干出了大罪。还是在去年六月的时候，我听到你们下面的一个女人竟然将自己的母亲推进了大粪池子里，被大粪水活活地淹死了。我华夏的儿女，炎黄的子孙啊，这在整个世界上来说，都是史无前例的丑事。几千年来我遇到过不少忤逆不孝之子，还从来没有遇到过如此不孝的子孙！我这会儿说起这件事情的时候，不由得还在头皮发麻，四肢发抖。难道你们就不怕天打雷劈吗？你们是我的后代，你们要给我的脸上争光，至少也不应该给我的脸上抹黑啊！难道我没有把你们教导成世界上最爱面子的民族吗？难道我留下的三千六百多弟子在你们中间绝迹了吗？如今你们竟然如此做事，你们的面子哪里去了？这简直把我能从天上再羞死一回。你看看你们当中多少人为了鸡窝那么大的点儿房产竟然与自己的亲生父母对簿公堂起来了？难道你们的脸就真的有城墙那么厚吗？

在这个中秋节，我要给你们纠正一个犯了多少年、多少遍的细节性错误。这就是下跪磕头。你们听着，从今往后，你们要用愉悦温和的口气孝敬你们的父母，用常回家看看孝敬你们的父母，用同吃月饼孝敬你们的父母，用遥远的祈祷与祝福孝敬你们的父母，你们还可以用许多优雅尊贵的方式孝敬你们的父母，但你们不要以下跪磕头的方式孝敬你们的父母。这个方式尽管沿用了几千年了，但从这个中秋节起，我为你们终止这个方式。因为这个方式很容易让你们滥用你们尊贵的头颅，还有膝盖。很容易让你们在下跪磕头之前忘记了为人的尊严。我看到你们当中的许多人既不给父母下跪，又不给父母磕头，却动不动为芝麻大的点事儿给官员又是下跪，又是磕头。你们为什么要那样做呢？你们在与官员打交道的时候，公事公办是最好的方式。如果官员做不到公事公办，你们要站着与他们理论，争取。因此，你们得提前做好站直身体的准备。你们要是提前就已经跪下了，磕起头来了，那你们就不好与他们理论争取了。人的头颅是最尊贵的殿堂，不能随便磕。人的膝盖是支撑尊严的柱子，不能随跪。这个道理你们要切记，切记。

我看到你们当中的许多人，正在地球上东奔西走地以我的名义创建的孔子学院。关于这个事情，我觉得你们应当在做之前向我打一声招呼，得征得了我的许可之后你们再去做也不嫌迟。你们原本是最懂得尊重人的民族哪。你们应当常备在干一件事情之前征求他人意见的意识。你们为什么做事之前总是很少征求他人的意见呢？是你们记不起他人还是怕他人不同意呢？其实许多事情，人们是乐意同意你们意见的。而他人的意见对于你们的做事是大有益处的。而你们却要么忘记，要么多虑。不过，现在你们既然已经宣布要干这件事情了，那就认认真真地去做。你们切记假借我的名义四处招摇撞骗，中饱私囊，欺世盗名。以免让我在那些异国的土地上丢脸。你们要记着，你们可是在我的眼皮底下干事情的，你们的一举一动，我站在上面都是看得一清二楚的。谁要是欺骗了我，出卖了我，我会让谁付出沉重的代价，让他栽很深的跟头。最轻的惩罚是：我将不再喜爱他。明年的这个八月十五的日子上，他不要来见我。我将连这天上的月亮也不会让他赏得舒心。我会让属于他的月亮永远处于初七初八的瘪秕状。

我原本打算在今年的这个中秋节不给你们讲劝。我只想与你们随便聊聊。这一方面是因为我年年如此地给你们讲劝，讲了千年，我实在是有点儿厌倦了。另一方面是，你们已经是进入 21 世纪了。你们已经明显地长大了，成熟了。你们当中好多人都已经真正地用头脑走路了。因而你们不再像以前那样喜欢说教了，你们喜欢轻松地聊天，甚至喜欢开玩笑了。面对这样的一群你们，我也要与时俱进了。我将尽量做到：多说教的少说教，少说教的不说教。我甚至想与你们立马以轻松幽默的方式进行交谈。不过今年看来没有时间了。等明年吧。今年算是个开场白。尤其我想告诉你们大家的是，我将有许多新的话题与你们大家共同分享。比如我要与你们聊聊自由，聊聊人权，聊聊民主，总而言之，是一些千年来多少人一直在聊，而我们却很少涉及的话题。我相信到时候，你们会喜欢的。毕竟咱们今天的中国早已不是千年以前的中国了。千年以前咱们基本上是画地为牢，闭门锁国。今天咱们的中国已经是国门大开，出入自由的自由国度了。你看你们跟世界紧密得都快像连体婴儿了。整个地球都已经变成一个村子了。在这种背景下，我想我讲讲这些话题，你们会欢迎的，外面要来你们当中的人也是欢迎的。无论如何，我觉得是到了与你们聊聊这些话题的时候了。今天在这里说出来了，也好让你们心里提前有个准备。好了，时间大了，我要走了，明年八月十五，不见不散。

　　我们的圣人孔子说完了上面的话，我的眼睛一阵润水般的模糊。我掏出手帕擦了又擦我模糊的眼睛。等我再次抬头赏月的时候，圆圆的月亮早已经西斜了，月亮上面那个又高又大的圣人的影子再也不见了。

　　我回到屋里，脱衣躺下。可是我却迟迟难以入睡。我想象着那轮美丽的月亮，月亮上面那位又高又大的圣人的形象，回味着他说过的那些话，觉得句句珠玑，引人深思，回味无穷。

水涨十子河

孙艳蓉

　　一切来的那么突然，就像这场暴雨，事先没有一点儿征兆。也许有，只是觉得不可能，两年多了，觉得可能的时候都擦肩而过了，何况过了今晚明早她就永远地离开这里了。

　　一想到永远，马丫的心就像是被锥子锥了一下，先是一点点的痛，最后扩溢整个胸腔，人就软成化去冰的柿子，心里的凉没人知道。

　　看天一点点地暗下去，一通大炕上低悬着一只光秃秃的灯泡，却不亮。碾子刚走，河那边油井上的山西瘸子就把电给掐了。发电机是他的，他爱掐谁的就掐谁的。反正明天就走了，马丫也懒得去跟他计较，每次他都一副做交易的样子，这让马丫恶心。若今天雨再大点，让十子河水把那狗日的窝给端了，看他再能！一想到后晌十子河水涨得快要淹了瘸子的油井，瘸子跳上油井架的狼狈样子，马丫心里就有说不出的痛快，可水在漫上瘸子麻秆似的小腿肚子时又落了，这也给马丫心上落下一点遗憾。等水落了，瘸子一瘸一拐地满油井上疯走了一圈，边走边说，上苍长眼哩，不绝好人的财路。马丫听了呸一声，道，你瘸子要是好人，天下就没好人了，上半夜睡婆婆，后半夜睡媳妇，你那些龌龊事，别人不知道，我马丫还不知道？！可知道了又怎样？这荒山野岭的，谁又把这事当事了！花妮站在身后，本听见了，可还笑着，松皮寡瘦的一把年纪了，还扮俏，将核桃皮似的脸涂得猴屁股似的，口红始终抹不匀，溢出唇外，有不少粘在牙上，像刚吮了血的女鬼。儿媳翠娥正坐在门槛上使劲地咬着一只山梨子，牙黄脸青的，也是一个饥饿着的女鬼。马丫轻蔑地瞧她们一眼：这样一对活宝，相携了出来闯世界，以为这里满地流油遍地黄金，哪知什么都是需要本钱的。她们的本钱就是自身，好在她们也不大在乎这个，只要来钱。几年下来，倒也攒下几个钱，一部分寄回四川老家去让留守的儿子起屋，一部分就盘下马丫经营了两年之久的大洋饭店，还想再接着干。

屋里黑得静得只有马丫细微的呼吸，马丫就静静地躺在自己的呼吸里像一条沉往海底的鱼。当无边的黑像无数条绳索捆绑着她无力挣脱时，有人推门进来。随来人进来的还有一股温暖、干净、馨香的气息，阳光般的。马丫就知道是雷子。

早上马丫睁开眼的时候，从窗里照进的一束强光将她睁开的眼又阖上，浓浓的眼睫毛及每根汗毛上顶着的圆圆的露珠似的光点在那一闪一闪的，人就生动如晨曦中的熟杏一般，看着，口齿生津。碾子已经离炕穿好衣服了，回头叫马丫起来给自己整理行李时，看到这样一个马丫，人又爬回炕上，不等他挨上去，马丫却翻身掀去被子穿衣服了，随着胳膊的一伸一缩，身上的肉就一颤一抖的，肚子凸着，几道的沟坎，肌肤也酱紫酱紫的，本满胀了情绪的碾子顿觉索然无味，便冷着声问，你真的不跟我一道走？马丫说，我想晚一天走。碾子冷笑一声道，还有舍不下的？！

听了这话，马丫愣了一下，也不知道自己有啥舍不下的，可心却像被谁拽着，但碾子这么说，她就有了连自己也说不清的悲愤：这里的一砖一瓦是寒冬腊月天经我手起来的，这里的一桌一凳是我跑三五十里地置办下的，这里的锅灶是我泥里水里亲手垒起来的……你呢，天塌下来把我推在前面撑着，你只是个躲在我腋下歇凉的角色，红火时你大吃二喝，败落时你拍拍屁股走为上策，你一直在逃！你当然可以走得轻松。我呢，把啥都留在这了，这儿的几年，就是我的一辈子。说到这，马丫眼睛猛地刺痛了一下，像刀割了一般，她闭了闭眼，又张开时，声音也颤了，说，我的心，丢了。

碾子在刮胡子，脖子梗着，嘴使劲地努向一边，道，都啥时候了，还说这些淡话，你想留就留下，啥丢了找啥吧，免得魂不附体，看在眼里的只是个空壳。

见他这么说，马丫愣了一下，回头去看他，只见他两片厚唇撮在一起，像一朵欲绽的花儿，有着毒气的花，马丫嗅到那里面的馊腐之气，便又嫌恶起来，过去打开窗户，刚要回头，却觉得今日的天与往常不大一样，就又朝外瞅瞅，好一阵子，也没瞅出个子丑寅卯。

太阳已爬出十子河东的山巅了，等它落进十子河西的山巅，十子河的一天就算是过去了。

有什么不同呢？马丫眯了毛毛的眼使劲瞅，当瞅出不同时，自己吓了一跳：今天太阳不像往日那样羞羞答答出来，晕红着脸；今天它一出来，就是一张白脸，发着光的白脸，像悬在空中的巨钻，芒光四射。马丫只对着它看了一眼，眼前一切就都成了红、绿颜色，红绿颜色中的人、物就都轻飘飘的，成浮世的鬼，碾子就洇进了那红绿颜色中，直至消失，当那红绿颜色慢慢淡了褪去后，天地间就白唰唰的一片，失了忆似的，只是那热，从四面八方朝人逼来，让人心浮着，什么也抓摄不住。

走了碾子，屋里空荡荡的。原来一个人，能罩住那么大一片天地，他的消失，把这片天地留给了她，而她只需要极小的一部分，真正属于自己的，可如今，这些都不重要了。马丫坐在炕沿上发了会愣，然后拿个蝇拍子左一下右一下的打苍蝇，每次都能罩住两三只，有的伤了翅膀腿脚，有的就粉身碎骨血肉模糊，更多的四散逃走，在半空中旋上一阵，又落在刚才的地方。马丫就突然觉得那苍蝇是自己，很不争气，旋来旋去，不知道究竟要些什么？有了这想法，马丫再打苍蝇，就是在打自己，而且下手一次比一次狠，一次比一次重，每次都看不出苍蝇原本的样子。在苍蝇分崩离析的尸首堆里，马丫自己也变得模糊不清了。是花妮那张松皮寡瘦的脸突然趴在窗上使白亮亮的屋里猛的一黑把马丫惊醒了，马丫回头见是她，便没好气地说一声，走路都不沾地儿，鬼吗？花妮嘴一咧，露出黄板大牙笑道，你不知道我是属猫的？吓啥？走了碾子，还有我哩。说完，花妮笑嘻嘻地走了。

　　碾子虽然走了，可屋里的那股馊腐之气像碾子身体的一部分，执意留下，如影随形。这，让马丫无比恼恨，她猛地推开窗户，由于用劲太猛，玻璃一阵震动，灰尘也扑簌簌地落下来，有一些就顺势沾在马丫的头上、脸上，随之涌进的还有一股股潮水般的苍蝇，嗡嗡着直往马丫脸上扑。大山里没有蚊子，苍蝇却多。原本也没有苍蝇的，只是人来了，就把苍蝇也带来了，马丫就觉得：人是苍蝇的影子，苍蝇是人的幻身。想到这，马丫兴奋了，拿起蝇拍子撵着打苍蝇，嘴里还叨着：马庆元、梁三木、孙双喜、山西瘸子、花妮、翠娥……这些都是马丫在十子河最讨厌的人。但叨的最多的还是碾子、碾子、碾子……每叨一下，就把到手的苍蝇打得稀烂，看着地上"碾子"折翅断脚血肉模糊的尸体越来越多，马丫还不过瘾，又抬脚踩上去，一阵噼里啪啦的响声后，苍蝇的尸体就全成了扁平的，周遭点点污血连成一片，像碾子绛红的脸，马丫又在那"脸上"踩了几脚，这才罢休。王八蛋，每混不下去了就想逃，逃，逃，我看你逃到哪里去？

　　碾子的一生就是逃跑的一生。逃避婚姻，逃避责任，逃避苦难，可他又掌控不了富贵，因此人许多时候就讪讪的，可又不认命，下不了苦，只落尴尬。

　　地上苍蝇陈尸越来越多，见条桌一只罐头瓶里一束快蔫了的荞麦花上落着一只绿中带金的苍蝇，正翘着双翅撅着瘦瘦的屁股，把不肥的头整个地埋在花心。马丫蹑手蹑脚过去，刚举起蝇拍子，嘴里一个"雷"已崩了出来，忙捂了嘴，没让"子"出来，子就又随着口水咽进肚去，像一块饴糖，慢慢化开，甜了整个心房。

荞麦花是雷子上星期出山回来从坡塬上采回来的，同时带给她的还有一盒金帝巧克力及一大袋零食。雷子就是这么一个有心人，两年了，每次出山回来，手都不空着，有时是一碗麻辣烫，有时是一盘酿皮，有时是一碟凉粉，每次都让马丫欣喜上一阵。雷子把这些给马丫时，从不显山露水，只说，这深山洼里，没个啥淡嘴的，口寡，女孩儿的一点小零食，吃着玩儿。他这么说着的时候，眼睛里也没什么内容，碾子就把这当成是一个朋友对自己同居女友的一点小关怀，也就不放到心上去。通常情况下，雷子要跟碾子比马丫近乎，虽不是一类人，但他把马丫所喜欢所欣赏的东西裹起来极力往碾子那靠，可还是让马丫看出来，因此对他就比别人多出一份信任与好感，但并不表现出来。许多时候，别人都会觉得马丫对雷子比较冷淡。因为马丫从不和雷子打闹逗笑。

在十子河这个特殊的地理背景下，陕西、甘肃、宁夏的交汇处，一夜之间被炒成石油的王国，油商云集。在清一色的男人堆里，极少的几个女人中，马丫是最出色的，被称为十子河的"黑牡丹"。马丫总自嘲自己是"山中无老虎，猴子称大王"，白白捡了个便宜。不过这是马丫的自谦，若稍事打扮，那鹅蛋脸、春葱鼻、樱桃小嘴，整个古典画里走出的美人。可马丫并不是那羞羞答答肩不能扛手不能挑的女人，她的能干与泼辣以及她的美在十子河是同样出了名的。若无她，十子河不可能有一个"大洋"饭店。每到晚上，屋首屋尾两只猩红的灯笼及攀挂在屋檐下的一串小彩灯亮起来的时候，那些离了老婆的光棍汉儿便都从油井上下来朝这涌。最红火的那阵儿，小姐、美食是勾人的魂，大洋饭店便成了男人们的天堂。

只雷子，五湖四海中就只这一个，没要过小姐，没吐过脏字，没打过马丫的主意。可马丫就只把他这一个当成心中最重要的人敬着。在他面前，她便邻家女孩儿般的乖巧，只话家常人情，从无玩笑歪语。

那只金中带绿的苍蝇，扇动着暗金的翅膀，觉出身后风声，足一撑，嗡一声飞走了。那是一只众里一眼就能认出的苍蝇，在满屋或肥硕或羸弱的苍蝇中，它隽永精致、美丽，像极了众生中的雷子。雷子！你是雷子吗？若是，就落到我身上来。马丫眼睛追逐着那只苍蝇，心里暗暗祈求着。果真，那只苍蝇在屋里一个旋一个旋地飞下来，时不时就落在马丫头上、鼻尖上，有次竟还落在她的双唇间，痒痒的、酥酥的，像一个吻。谁的呢？雷子的吗？若真是雷子的，那么吻在全身又是个什么样的感觉？想到这，马丫周身便燥热起来，像雷子真把唇吻在了全身。

日头到十子河东岸的时候，马丫把已洗得薄薄的床单、被套淘洗出来晾晒了一院子，那些花花绿绿的东西在些微的风里展着，像旗帜，屋里随着它的舞动一会阴一会晴的，马丫关了门，拉上窗帘，钻在一只枣红的塑料盆里洗浴，她用毛巾沾上水细细地擦拭着每一处。等出山后，水不似这里这般金贵，她想怎么洗就怎么洗。可为什么临了，就舍不下这半盆微许浑浊的水呢？大概苍蝇也想沾点水气吧，这是一群饥渴的苍蝇，像这大山里觊觎她许久的男人，它们三三两两地落在她身上，别的她都认不得，只那只金中带绿的苍蝇，只往一些它不该落的地方落，可马丫高兴。

马丫洗了身子又开始洗头。马丫洗头时是光着身子洗的。马丫洗了头就蓬着满头的乱发朝镜子里看，看着看着就觉得镜子上压个黑影过来，像是有人在窗户上，可每次回过头去，都逮不住，只有窗帘和床单被风吹着，扑哧哧的，像是有人在耳边吹气。最后一次，马丫悄悄摸到窗后，斜着眼往外瞅，见是翠娥慌慌张张离去的背影。这个鬼！马丫骂一句，又回到镜前。

有人若看了马丫的脸，绝对不会想到马丫的身体；同样有人若看了马丫的身体，绝对不会想到有着如此身体的人会长那样一张脸，尤其阳光下。马丫身上的肉紫黑紫黑的，而且粗糙。人常说男光女糙是有福之人，可马丫虚长到二十八岁，仍看不到自己的福气在哪里？马丫有过一次不幸的婚姻，后来跟了碾子，走南闯北，好不容易在十子河落下脚来，刚过两年红火日子，如今赶上政府监管油田，开发商被限制了，井队少了，人就少了，大洋饭店一天天败落，到今天搅和不下去的地步。

马丫的头发烫过，快直了，被水一洗，又蓬成一团，极难梳的，等马丫费力梳好挽在脑后，身上又已微汗，再用毛巾擦过一遍，刚要穿衣服，突然花妮尖着嗓子喊：下白雨了，下白雨了！随着声落，铜钱大的雨点子嘭嘭砸在窗上、地上。马丫拉开门插，把屋门口绳上晾着的一条床单拽下来胡乱裹在身上去收别的衣服被单，有一件水红色的小吊带被风吹到院基下，马丫掩掩挡挡的去捡，可有的地方还是被风掀开，就听见十子河两岸观雨的男人喊：马丫，马丫，马丫……马丫又羞又急，捡了衣服忙往回跑，等跑到屋檐下，身上的被单就都湿了，该凸该凹的地方全都显了出来。花妮和翠娥站在门洞里看着她吃吃地笑。马丫瞪了两眼，转过身去，见刚才还站在十子河两岸的男人也都忙不迭地往各自的窝巢里跑。雨太大了，只一眨眼工夫，地上就白汪汪的一片。马丫刚要进屋，却见雨幕下一辆乳白色的越野车停在十子河西岸，司机座上坐着一个人，戴着墨镜。所有黑的物体下都看不出黑下面所掩饰着物体的表情。可马丫却觉着了，那两只黑黢黢的东西，是朝自己直射来的照探灯，一动不动的照探灯。那是雷子。想到自己刚才的狼狈，马丫一下涨红了脸，忙扭身进屋。

进屋后，马丫腔子里像是钻进去一只兔子，左突右跳的，一刻也不安生。马丫屋里来回走了几圈，停在镜前，镜子里人的脸色潮红潮红的。为让自己静下来。马丫必须找点事做。做什么呢？铺床吧。对，铺床。

　　说好了，马丫是光身子走，屋里所有一切都折了价，钱马丫带走，东西留给花妮。今天她洗了这些，算是便宜花妮了，怪不得花妮要偷着乐呢。

　　床单早让马丫的体温给烘干了。去掉床单，雨幕挡住强光，马丫身体柔和了，富有光彩了。马丫知道这是爱的结果。有爱的女人，一切都是柔和并赋有光彩的。

　　虽下着大雨，可天地间仍是白亮亮的。一身柔和的马丫跪上炕去铺床套被，她用手仔细地将平捋展每一处边角，其用心像是在铺一张婚床，为自己和另一个人。

　　太阳晒过的东西真好，干净、柔和、温暖、馨香，像某个人的体味。雷子的。每个人身上都有一股味儿，各种各样，绝无雷同。若蒙上马丫的眼睛，让他在众多男子中找雷子，她绝不会错的。她熟悉这股味儿。为表示对雷子的感谢，她多次要求为他洗衣服，他总不。一次趁他在店子里吃饭，她偷偷把他的一件衬衣从车里取出来去洗。洗之前，她把衣服在怀里抱了一阵，并深深地吸上几口，就吸出了这股味儿。

　　马丫躺在暖暖的被窝里，被如雷子一样的气息包围着，像是雷子真的躺在她身侧。她侧过身子，拿指头在墙上一横一竖地画着：雷子，雷子……

　　下着雨，屋里不那么热了，可心里却躁得不行，雷子在她心头燃了一把火。下炕找水喝时，猛的想起雷子，趴窗户上去看，见雷子那辆车被白汪汪的水包围着简直成了汪洋中的船，上面的水往下倒，下面的水往上涨，可车里的人仍戴着墨镜以以前的姿势坐在那里。马丫就傻子傻子的骂。

太阳已经到了十子河西岸，雨仍瓢泼似的往下倒，是上帝的洗澡水，微温，水气弥漫开来，沾人身上，撇不开的暧昧。

对面光光亮亮的山上，白蒙蒙的水气腾起半人高。错前错后的三棵树，被雨水打得东倒西歪，只雷子那汪洋中的小船，纹丝不动。马丫双手合十，求老天快些停了。

雨终于停了，马丫赤着脚，裤腿挽在膝处，转眼也到了十子河岸边。雷子车下的水在退，十子河的水却涨，迎面山上的水汇集成一股股，最后瀑布似的一泻而下，情景甚是壮观。人们欢呼着尖叫着，观了远处看近处，只见十子河里的水头蛇似的游走过来，刚还在陕、宁境内，转眼已到了甘肃地头，后面更猛烈更汹涌的水势打着旋吐着泡沫左奔右突而来，裹挟着泥沙、树根、木柴、草叶及惊惶失措四蹄乱蹬的羊儿。山西瘸子见里面有羊，兴奋地抓耳挠腮，趴在河岸上去够那羊，不及够上羊尾巴，结果胸下部位的河岸被水眨眼工夫削了去，脸一下吓得青白，等后面的人把他拽起来，已软得不能动弹。

水本是柔弱无骨的东西，一旦发起威来，竟是摧枯拉朽般的。十子河被洪水无形的利剑削着，一点点地拓宽，刚才还站脚的地方，现在全都塌陷了，人们尖叫着喧嚣着朝后退着。河道越来越宽。

两年前，也是一次雨后淌山水，雷子的车想在河水到来之前开到西岸去，结果刚开到河道水泥板桥上，车熄火了。水头已经过去，后面的水势裹挟着几只油桶朝这里呼啸而来。雷子满身的泥浆汗水，招呼那些帮忙推车的快到岸上去，顾命要紧。就在大家要放手时，马丫突然从人群里冲上去喊一声"大家加油"，自己已去推车。众人重又合力，车真的就推上岸去，水里的油桶是擦着马丫的脚踝过去的。在她之后，河北籍油老板的司机顾大逞能也想把空的油罐车开过去，结果车刚及岸，车尾赶上那股猛流，转眼间，车便被水催着打着积木似的跌撞而去，跳车后惊魂未定的顾大在岸上捶胸顿足。人群里就有人说，顾大，大难不死必有后福。顾大，留着青山在不怕没柴烧。顾大，知足吧。你哪有雷子命好，红颜助阵，江山变色……

在十子河，生死富贵贫穷是一件极平常的事。打井打在油眼上，一夜暴富的人那是他的运气好；运气差的将井打在石头缝里，人立马成了穷光蛋，有的就地自杀。来十子河淘金的人不计身后，都只为眼前活着。眼前满河的水，鼓胀着十子河人的情绪，他们时而惊叹时而欢呼，像十子河是人生的一个舞台。马丫也站着看了一会，被雷子让到车里，雷子变戏法似的从怀里掏出两只胖胖的还微温着的猪蹄要马丫吃。马丫开始不好意思吃，最后拗不过，便大口吃起来。雷子就在一旁看着，笑着。至今，那两只猪蹄仍是马丫吃过的最美味的。

太阳一点点地往西山巅而去。花妮搅了荞麦搅团，调了辣子醋，端两碗出来给马丫一碗。马丫看着车里呆愣愣的雷子，自己吃到嘴里的，也木渣渣的，没个滋味。

水很快漫过河道朝岸上逼来，人们不住地往后退。山西瘸子的油井在河西岸的一块洼地里，几只装满了油的油桶被水轻飘飘地抬起卷向河道，瘸子一边往井塔上爬一边凄厉地喊，油，我的油……

人们这次不再笑话瘸子了，而是纷纷回到自己的窝巢，卷些值钱的东西，准备往山上去。

马丫也退到院基上。见水快要上院基了，花妮一下摔掉手里的饭碗坐在门槛上哭道，苍天呀，你不长眼，我刚用命钱盘下这个店子，鸟钱没赚上一个，你却要毁了它，难道我的钱就不是钱吗？大风刮来的呵！儿媳翠娥慌乱中拣了几样衣服和细软，来拉婆婆往后山上去。花妮一把甩脱，擤一把鼻涕朝翠娥摔去，道，你个小娟妇，你娘就给你那点胆子，还敢出来蹬人世！天塌下来老娘撑着哩，没了这地盘，你露天里卖去！翠娥从泥浆里爬起来，归拢归拢东西，嘴里喃喃地骂着，独自朝山上去了。没良心的小婊子，逃得那条贱命，多卖几次。花妮不饶，跳着脚骂。

水已漫上马丫的脚背，花妮突然一下扑跪过来抱住马丫的腿说，马丫，我亏死了，我的钱眼看要打水漂了，你得还我呀。马丫有一阵子没说话了，现在张口，声音嘶哑黏滞，可钱都让碾子拿走了，现今只剩下这条命了，要吗？若要，拿去好了。花妮张大眼，惊恐地看着马丫。马丫不理她，只拿眼睛看着西岸上车里的雷子说，这水要毁了我哩！

半天了，雷子一直以一个姿势坐在车里，像一尊雕塑。退下去的雨水汇成河水重又漫卷上来，眼看就到雷子车门了。有人拍车窗，示意雷子跟他们一块走。雷子摇摇头。马丫才知道，原来他还活着。

水到了马丫脚踝，花妮跪不下去了，起来拉了马丫的手说，闺女，走，留得青山在不怕没柴烧。

马丫甩开她的手说，你走吧，老天毁我、成我就在这一晚了。我倒要看看。

见她生了根似的，花妮无奈，进屋，拿剪子挑开一只油腻腻的枕头，探手进去抓了里面的钞票胡乱塞进怀里，到门口，水已涌上来了，忙又回去，搬个椅子，猴似的跳上去，也一副听天由命的样子。

太阳已到屋后了，马上就落进西山巅了，可十子河的今天，仍是出奇的白、亮。河也早没了先前的模样，挟着泥沙的河水在两山间恣意冲撞，人简直就成了汪洋中的一片树叶，雷子的车也在水里摇篮似的微微晃着。退到山上的人看着指点着水中的这两个，仿佛一对病人。

水刚到马丫脚踝，花妮突然从椅子上跳下来哈哈笑道，退水了，退水了。马丫低头去看，水果真往下退。

在太阳掉进西山巅，满天晚霞铺上来的时候，退到河道里的水映着夕照，像流动着的血。大洋饭店也进了点水，可平日太干，很快被吸吮了去，只剩湿湿的吻印。

跑到前山后山的人都陆陆续续地回来，山西瘸子也从油塔上下来，软耷耷地坐在湿地里，虚脱了似的。雷子仍在车里，扎了根般的。

水退下去后，马丫没再像别人那样跑到河岸上去看河里的内容，她僵着身子进屋后直挺挺地倒在炕上。

河水虽没淹了大洋饭店，可把西岸"水豆腐"柳小花及"大奶疙瘩"王翠翠的店抬走一个泡塌一个，少了这两个竞争对手，花妮觉得大洋饭店真是块风水宝地呢，可想到危难时对马丫的态度，心里有些过意不去，特意让从山上回来的翠娥爆炒了只小公鸡请马丫过去吃。马丫不想吃。花妮不饶，硬拉起来吃了些。

霞渐渐退了，马丫身上也慢慢恢复了些力气，起来在黑里洗了身上的泥浆，又回到被窝里。

太阳晒过的东西真好！温暖、干净、馨香，一如雷子的体味，躺在那里，犹如被雷子包围着，马丫很快入睡。

马丫做了一个梦：雷子拉着她的手在开满粉白的荞麦花的坡塬上追逐嬉闹，累了，就双双躺在锦被似的花团上，微风中，那花就像浮生的海将他们送上颠下，朝阳暮日里，他们把这当成永乐的家园。

雷子，雷子……马丫喃喃地叫着。

嗯。

见答，马丫翻个身，胳膊空张上去，却实实在在地搂着了一个人。从那如春的气息里，她早就嗅出是雷子，一个温暖、结实的肉身。雷子也结结实实地拥住了一个肉身，怕她逃。

傻子，你就不怕被水冲了去？直到现在，马丫才有些后怕。

反正你要走了。没有你，倒不如让十子河把我带走。

我只是走出十子河，又不是去死。

对我，有什么不同！说着，雷子鼻息重浊起来。

不过有了今晚，我在十子河的两年，就圆满了。

……

马丫走时，许多人都来送，包括山西瘸子，可就是不见雷子，仿佛他从未在她的生命里出现过。可是马丫的心底，知道雷子把一切都留给了他。

山路崎岖，又下过雨，车不敢开快，一慢，车身就摇摇晃晃的，人被摇得久了，便昏昏欲睡的，只马丫，在晃荡的车身里，静静地坐在那里，想着雷子的每一句话语每一个眼神，人就不由得笑了。车爬过一座又一座山，在爬上又一个山头时，在一片烂漫的荞麦花地里，一辆满身泥点的白色越野车停在那里，车里坐着戴着墨镜的雷子。在车擦身而过时，车里的雷子将两手比作一个"心"字重重地摁在胸前。车上不光马丫看到这个动作，看到这个动作的还有司机，司机觉得好笑，雷子呀，这么多的人，他在向谁示爱呢！司机想知道，便侧过头去瞧，见满车打盹的人中，独马丫红脸红眼地扒着两手使劲地朝车窗外看。

噢，是她。十子河的黑牡丹。司机暧昧地笑笑。一个天大的秘密终于给他知道了，等到闲谝，便有了话题，心里正得意，见马丫惊恐地看着自己，就纳闷，可还是回过身去，人也不由得"啊——"了一声。其实只半声，半截还在喉管里，因此除了马丫，谁也没有听见。

雷子冲出车来，看着那辆车大鸟似的俯身飞下崖去，"马丫——"也留半截在喉管里，随着喉管的上下滚动，泪水汹涌而出，如昨日涨了水的十子河。

十三手

孙艳蓉

一日下班，到门口，见对门男人用脚轰赶着一只灰白色的小狗。不知是想让它进去还是出来，小狗与他周旋着，在他脚尖绕来绕去，不进不出。

看见我，对门男人尴尬地笑笑，脸也随即红了，说："一只小野狗，还赶不走呢！"我也笑笑，朝他点点头，便去开门。从搬来这里住后，每次见到对门男人，我都只是笑笑点点头，抑或打声招呼。虽无过多语言，但我知道他是个爱玩爱热闹的人。只要我在家，总能听见对门的男人唱着歌回家。一天，见他女儿站在门口背靠墙壁收脚抿嘴而笑，脸也涨得通红。我正奇怪呢，却见她朝我使个眼色，嘴也使劲朝门口努了努，身子更是往紧里收了收。一会儿，她爸探头从屋里出来，一把抓住她的胳膊，笑着说："看我能不能抓住你！"女儿就搂住他的脖子又跳又笑的。原来他们是捉迷藏呢！我受此情绪感染，也笑看着这对幸福的父女。见我笑，男人就赧红了脸说："看你，没大没小的！"他女儿和我女儿一个学校一个年级上学，个头要高过我女儿也高过她爸爸，时常过来和我女儿一块写作业，很开朗很讨人喜欢的一个女孩。见他爸这样说，便撇嘴道："阿姨才不会笑话呢！是不，阿姨？"我笑道："是啊，是啊。挺好的！"

开门后，我回头冲他礼貌地笑笑，刚要进屋，却见那条小狗嗖一

094

下先我蹿入我家，并在洗手间前的空地上仰头看着我，黑亮的眼里有希冀和乞求。我被这突如其来的情况弄得有些发懵，不知如何是好。可这时男人却在我身后把门关上了。既然男人说它是条小野狗，并像是要赶走它。我权且理解为赶走，那我就不是夺人所爱。我不夺人所爱，并不表示我喜欢狗。对狗，我一直是敬而远之的。有时，甚至是讨厌。我若这样说，我的小弟肯定会很生气，他就会更加深信他曾经的那只小狗是被我害死的。他生起气来，就会不理你。他的不理不睬，不是一天两天的事，而是十年八年。你想想，人生有几个十年八年？一母同胞，一个屋檐下一个锅里吃饭，十年八年不说一句话，是多么让人胆寒的事。幸亏家里姊妹多，无他的话语及好脸色，还有别的可消遣，要不人生是多么无望的事。他就跟他的哥哥我的大弟十三年不曾说过一句话，小小的人儿整天苦着脸锁着眉头，一副苦大仇深的样子。我们一直找寻原因，可十三年都不曾找到。他这一闭口直到他哥哥结婚时才开，开了后话就格外的多，似是把这十三年的话全要一下子说完。见此，我们便笑，说："何必！"他也说："真傻，十三年就这么又傻又愣又难受地过去了！"

　　小弟也曾生过我的气，没有十三年，但也很久，好在那时我在外面读书，一周回来一次，一次不过一天时间，一晃就过去了。他生我气是认为我害死了他的狗。说这话，我也很冤枉。小弟不知从哪捡回当宝贝喜欢的那只黑色的小狗，太贪吃，又逢过年，小弟便把自己的许多好吃的也省下来喂狗。我只是不喜欢它在炕上，你不动了，它就欺负你，这嗅嗅那舔舔，将你当死人；你一动，就以为你跟它玩，便蹿上跳下的更欢实，恨不得蹭鼻子上脸，弄你一身狗毛。这天，趁我睡午觉时，它又将冰凉的舌头舔在我脸上。睁开眼，在盯着它发了一会儿愣后，便将它无比厌恶地推下炕去，谁知那狗就死在了那天夜里。当早上发现小狗死后，小弟握住小拳头对我龇牙咧嘴怒目而视。他不记得他喂狗多少食，只记得我推狗下地。因这一推，便认定我是凶手。我走哪，他跟哪，怀里抱着他的小狗，嘴里号丧着说："赔我小狗，赔我小狗，你这个杀狗凶手！"他用了个"杀"字，这"杀"字让我害怕。看着他鼻涕结成冰堆在上唇，眼睛被眼屎糊的只剩下一条缝，我心里又厌又恨又无可奈何，只想早早结束假期，赶快逃回学校去。三天后，在父母的呵斥下，他自己动手做了个小匣子，将小狗盛放了，埋在屋前的大榆树下。那时他大概七八岁，真不知他是怎样完成这巨大的工程的！匣子虽粗糙，但却方方正正的。更难能可贵的是，他给小狗用一块木板立了一个碑，上面歪歪扭扭地写着："爱狗黑小虎永垂不朽！"看着那馒头似的坟堆上的墓碑，我忍俊不禁。见我这样不严肃，他一把扯下系在腰间戴孝的麻绳，连推带搡地让我离开。后来，他又守在那坟前三天，不许我靠近半步，似我要掘坟剥皮吃肉吃了他的小黑。后来，我终于上学走了，他也不和我说话，我主动也不行。自此，我就真的怕了狗，一旦看见，也是用敬畏的眼神看着，如看着我的小弟。

　　今天，即便我留下这狗，也依然用敬畏的眼神看着它。而它，却把我即将关上的门错看成是挽留，乐颠颠跑来感激地舔了舔我的脚尖。我对它说："我留下你并不是说我喜欢你，而是我女儿喜欢，一会她下晚自习回来，由她决定你的去留。"女儿喜欢小动物，在她的一度请求和要求下，我养过小鸡、小兔子和蝈蝈。小鸡、小兔子不久便死了，蝈蝈一周后吵得还和刚来时一样凶，让我悄悄给放了。后来她以比较理想的成绩考上高中后，让我兑现诺言给她买一只小松鼠。去宠物店，松鼠刚好卖完了，她又看上一条关在笼子里的白色大狗。我说："将那样大的狗放在屋里，小心一天饿极吃了我俩！""那就买条小的。"我说："再看吧。"女儿在成长的过程中，我做不到的，不会轻易答应。一旦答应了的，一定会去完成，很少有让女儿失望的时候。于是在家人谈起孩子的教育问题时，她总会说她妈妈的教育方式是最成功的一个，很自豪，我也感到骄傲。后来，女儿就忘了狗的事。可就在几天前，她突然对我说："妈妈，我们养条狗吧。"我说："养狗可以，但澡必须由你来洗。"她犹豫了一下说："好。我洗。"我说："那就这个星期天，我们去狗市看看。"女儿说："好。妈妈最好了！"

如今，在我答应女儿要买狗时，狗就来了。是不是冥冥中的天意？换了鞋，我去厨房洗中午的碗筷。回头时，见那狗躺在厨房与饭厅的门口，虽侧躺着，可四肢却是放平了的。它的松弛与舒展及紧闭的双眼，突然让我心生感动。它凭什么这样信任我，进到我家，并以这样一种姿态躺在我家地上？要知道，这样的状态，好多时候只有孩子在母亲面前及两个相爱的人之间才有的啊。见我这边许久没有动静，它微微睁了眼，见我盯着它看，它也定定地看我一会儿又闭上眼，疲惫至极的样子。它究竟经历了什么，饥饿？寒冷？还是……

厨房收拾停当，我用我的青花瓷茶托盛了凉开水准备给它喝，经过它时，不小心踩了它的尾巴，它跳起来孩子似的绕着我嗷嗷两声，这是它进屋后的第一次出声。它随我到客厅墙角，蹲下身去咻咻地舔茶托里的水，一会便舔个精光，我便再续它就再舔。觉得够了时，我将女儿吃的小面包及雪饼掰碎放进盘里。它先吃小面包，后是雪饼。看着它吃完两盘，我打开洗手间的门指着下水管道的口对着跟进来的它说："以后，尿尿就这里，若不听话，我不留你。"它黑亮的眼睛看着我，并摇摇尾巴。我以为它听懂了。

随后，我看电视，它就躺在我的斜前方，放松四肢，眼睛间或睁开，不时看看我。当看到我也拿眼看它时，它也定定看我一下，然后一脸的陶醉与幸福，之后再将眼闭上。它的这个样子，多像我女儿小的时候。也真是奇怪，女儿自小由我一手带大，她的成长其实也就是我的成长，先前不曾捉过针的，但为了女儿，可以成夜成夜地坐在地毯上为她缝制棉衣；之前也很少做饭的，但为了女儿，居然也可炖得红烧鱼出来……可以说，她的一点一滴都是入我眼入我心的。可为什么，现在每回梦中，都是她二三岁、四五岁时的样子，由我牵着，一步一步成长。那时最喜欢牵她的小手，就怕有一天她长得比我高了不再让我牵。现在她终于比我高了，每次都是我抢过她的手来牵。我将梦中情景讲给女儿听，女儿嬉笑道："是我小时候你带我不用心，于是回到梦里，让你重新爱过。"我说是我老了，爱回忆的缘故。

晚上十点钟，女儿准时回来了。在我打开门的同时，小狗也已蹿到女儿跟前，围着她这闻闻那嗅嗅，如迎接主人回家一样。女儿又惊又喜，问是哪来的？我说是它自己跑到我们家的，就是我们家的小狗。女儿仍不相信地问："是真的吗？"我说："是的。但我说过，狗我可以养，但澡必须由你来洗。除了给它喂食，我是不会再动它一下的。"女儿说："好。"说着，她已脱掉手套，将小狗抱起来，这看看那看看，如我抱着小时候的她一样。她对小狗一点也不嫌弃，并能将它抱起来，这举动让我感动，我眼中瞬间有了泪光。

我问女儿，"我们给它起个什么名呢？"

女儿不假思索地说："十三手。"

"十三手？"

"你忘了吗？以前的那个大妈叫'十三手'，后来她养的小狗也叫'十三手'。"女儿以为我忘了，补充道。

"我没忘。我怎么会忘呢！"

"十三手。这名字还是你给她起的呢！"我笑道。

十三手，以前在远方，有近十年的时光，是和她楼上楼下的。

"不知她现在好不好？还有小文姐姐。"

我说："是啊，我也想知道。快六七年没见面了。"

"她明明叫施雪绥。你怎会叫她'十三手'？"

"也不知怎么就叫了她'十三手'？觉得'十三手'叫着好听、舒服。"说起以往，女儿也笑。

　　虽在一个单元楼里住了近两年，可和她有交往也是在我女儿一岁之后。以前见着，也只是互看一眼，便擦身而过。她的阴郁让我不知她到底经历了什么，反正就觉得她是一个有故事的人。还有她的女儿小文，看起来十岁左右的样子，见人便将头高高扬起，加之眼睛细长、眯缝，就给人一副桀骜不驯的样子，让人看到快乐不起来。因此每见到这娘俩，我都是敬而远之，就如怕见着狗一样。

　　女儿一岁时的那个春天，我抱女儿出去玩，可能是女儿太乖，也可能是小文喜欢孩子，她放学回来，见我在楼下，就搭讪着去逗我的女儿，谁知女儿也喜欢她，很配合地对她笑，她就更喜欢女儿，抱着女儿不放，并喊她在二楼厨房做饭的母亲下来一起玩。也许她母亲以前就想和我往来，只是谁都先张不开口，现在终于等得机会，和了面的手都没来得及洗去，就靸着拖鞋跑下楼来。她和她女儿一样喜欢我女儿，抱着我女儿就不放手，并在她脸上亲了又亲，让女儿叫她大妈。那时女儿还不会说话，只是对她笑。这一笑，自此我们就有了正式往来，直到女儿八岁时我们离开。

　　知道那母亲叫施雪绥，女儿会说话时，问我她大妈叫什么名字？我说："施雪绥。"

　　"十三手。"

　　"施雪绥！"

　　"十三手！"

　　"施——雪——绥！"

　　"十——三——手！"

　　"是施——雪——绥，不是十——三——手！"

"就是十——三手嘛！"

见女儿那么固执，我也由了她去，由她背后叫施雪绶为十三手。后觉得顺口，我也叫施雪绶为十三手。

小文九岁时十三手离了婚。那男人是家里老大，弟兄七个，每个家里都生有男孩子，只他们家是女孩，心里就一直不大舒畅，于是每天酗酒，加之家里老母厉害，兄弟又多，时不时就到十三手这里来造作。十三手自己有着工作，也不是省油的灯，时间一长，就有微词出来，砸筷子摔碗是常有的事。有时深夜正睡得香，突然楼下就一阵哐啷哐当的声响将人吵醒。开始不知声源在哪里，后见从十三手家厨房窗户里扔出几只锅碗出来，才知是十三手家。锅碗扔出窗，表示日子再没法过了。不久，男人家兄弟就帮着哥哥往出抬家具，一时楼下锅碗瓢盆沙发衣柜立了一大堆，男人家兄弟跷腿坐在沙发上边抽烟嘴里边骂骂咧咧的，一副得了便宜还卖乖的样子。十三手阴着一张脸，进进出出不吭一声。后来熟悉了，十三手告诉我，那天她要接了茬对骂，他们兄弟会狠揍她一顿的，他们攒着呢。

不久，男人就结婚了，十三手的脸就更阴了。嘴上虽说结束这段婚姻她就彻底解脱了，可谁又能受得了一个在一起生活了十一二年的人离婚不到两个月就又结婚？不是预谋是什么？既然是预谋，就表示十三手上当受骗了。可人前十三手更愿意将此理解为人的兽性的充分暴露。"你想想，以前在一起时，他天天缠着我，我是拒绝他的。他得不到满足，就找茬吵闹打骂。他能挺上两个月，就很不错了！男人嘛，不就那么回事！"说这话时，十三手婴儿肥的脸上就溢出些笑，总也睁不大的眼就更眯缝了。我理解她的得意，这说明她认为自己还是个有些魅力的人。

大概半年，男人新娶的妻子已经怀孕显怀了，十三手除了上班就不大出门。"这不仅是预谋，而且是天大的阴谋！他们早盼着这一天呢，我个傻子！"想到自己是"傻子"，十三手就觉得所有人都在笑话她，每天如芒刺在背。于是除了上班，她就把自己关在屋里练功。跟随某个气功大师练功时，她的卧室墙上挂满了气功师运功时的照片。她跟我说这人如何如何好，功夫如何如何了得。我拿眼去看照片，觉得那人闭着的眼及嘴角牵起的笑像是对世人的睥睨与嘲讽，也似是对傻子的神色。

我将感觉告诉十三手，十三手撇嘴道："什么是大师？这就是大师！大师都是这样的！"见她如此尊崇那大师，我便也不好再说什么。只是在她拉我交了三十元钱去一个练功场学功时，老师让我们使劲地举起双手，问指尖有没有电击的感觉，除我说没有，其他三十几位都说感觉很强烈时，我惊奇地看看那一张张兴奋的脸，悄然退了出来，自此再没踏进那个练功场一步。见我如此固执，十三手叹息一声说："你和气功是个没缘分的人。"我一直将十三手和她所尊崇并热爱的那种气功当成是一场闹剧。

就在十三手痴迷于气功时，男人新娶的妻子怀孕七个月在电子游戏厅给人打工时与人起了龃龉，因打架孩子也流掉了。得到这个消息，十三手一高兴，就买了一条狗，取名嘉宝，每天早晚明着是带嘉宝遛弯，暗地里则偷窥着离她家六栋楼远的男人家的动静。

……

又到春天，十三手从小文那里得到一个消息——男人新娶的妻子又怀孕了。这次她不再出去打工了，而是在家专门孕育孩子。她不出去打工，整天在家里，小文再去见她父亲，就总遭她的冷眉横眼及冷嘲热讽，并且小文父亲再给小文每月二百元钱生活费时就有些困难，说现在是一人养活三人。本是月头就给的生活费，却总拖到月尾，弄得小文每次都是抱了很大希望去，又总是失望而归，鼻子也没少哭。每次都发誓不再去了，可每次还是去。我也劝过十三手："以你一人的工资，完全可以养活你和孩子，你何必让孩子去受那人情冷暖、眉高眼低的苦楚！"十三手微闭了闭眼又咬咬牙说："不要，便宜他了！受不受苦，那是她的命！"不久，十三手给小文改了姓，小文随她姓施。有了施姓，再去向她父亲要钱，就更困难了。可每次还得要，不是去家里，而是在路上围追堵截。

瓜熟蒂落，小文父亲新娶的妻子终于生下了一个儿子。不管是预谋还是阴谋，抑或造孽，他最终是如愿以偿了。那段时日，十三手很颓废，除了上班，也不见怎么出门，等有一天我终于又见到她时，她五短身材更肥胖了，鼻子眼睛嘴都长到了一块了，走路也更像鸭子了。这时，我女儿也会说话了，说她大妈怎么长得那么像狗狗嘉宝。自此，她叫狗狗嘉宝也是十三手，我听着直笑，她说："本来嘛，本来她们就是一个人。"为此，对狗怀有敬畏之心的我专门端详了嘉宝和十三手，别说，还真是像呢！

其实这段时间，十三手虽不大出门，但也没少折腾，她为厨房、客厅、卫生间添置了不少架子及隔断，说是搁东西用。男人搬空了屋子，她就喜鹊垒窝一般一点一点往进衔。她所添置的这些东西，不过是与她一个工厂里工作的熟识的男人们顺手拈来的一点点的小恩惠。这些人中，有老的有少的。不管老的少的，十三手都不会为这些东西而付费。既然不想付费，那么人情就必然落下了。既然落下了人情，那么这些人来十三手家就显得理直气壮。一时间，十三手家门庭若市，很是热闹。

一天晚上，我又为小文去补课，见客厅新买的沙发上坐着一个男人，五十岁左右的样子，嬉皮笑脸的，十三手陪在旁边。因十三手对我女儿太好，总给她织些毛衣、背心什么的，对毛线活什么都不会的我无以为报，以后十三手让我去给小文补补课，我欣然同意。看到我，男人立起身想和我打招呼，我却闪身进了小文的屋。进去，见小文在削铅笔。她桌上已经削好十几支笔了，支支都很尖锐，支支铅芯上都闪着寒光，如芒针利刀一般。

"你削这么多笔干吗？你现在又不用铅笔。"

"我虽不用铅笔，但那些男人用。"说着，小文朝门口瞥了一眼。她从未认真睁开的眼里此时寒光点点，让我也不由打个寒战。"谁敢动我妈，我就将这铅笔刺进他的眼睛。"小文恶狠狠地说，"阿姨，你走吧。只要这些男人在，我就没法学习，时时听着客厅里的动静！""小文，大人的事就让大人去处理吧。你还是孩子，你的任务是学习。"我拍拍小文的肩说。"可我没有办法，真的，阿姨！我既怕他们来又盼他们来，我既怕他们动手又盼他们动手。只要他们动手，我这些铅笔就没白削。"说着，小文趴在桌上，肩膀不住地耸动着。

第二天，我跟十三手说了这事，十三手有些震惊，许久都不说话。我说："为了小文，你跟这些男人断了吧。""可是，他们要来，我有什么办法？一般晚上，只要小文在，我还是很少让他们来的。""他们来是他们来，你不开门是你不开门。你若不开门，他们莫非能破墙而入？""再给我一段时间吧，我不能让他们白白得了便宜！"说这话时，十三手虽微闭着眼，眼神却貌远。我不知道他们究竟得了十三手什么便宜，我只是为小文感到痛心。

又过几天，一大早，十三手兴奋地敲我家的门，让小文中午放学后来我家吃饭，说她要去趟省城。小文中午放学回来，吃着饭，我对小文说感觉你妈今天心情挺好的。小文说："哼，她不知又让哪个男人给哄了！瞧着吧，哪个男人都不会给她实质性的东西，个个都是空手套白狼！"听了这话，我的震惊不亚于十三手的震惊。小文才不过十二三岁的一个孩子。

下午，十三手回来了，人很是疲惫，眼睛盯着电视一动不动，连我女儿喊她大妈她也懒得理一下。我去小屋给小文补课，小文朝我眨眨眼说："怎么样，希望而去失望而归吧！男人，哪有个好东西！"

后来，从十三手隐隐约约的话语里，我知道了事情的原委：在和十三手往来的这些男人里，不管老的少的，都是想从她这里揩一把油的。开始十三手假意逢迎，看是否有个真心的，也好解解寂寞，可一圈下来哪有。于是后来，在得知了小文削铅笔要扎男人眼睛的事后，十三手就明着要了。她认为男人对她的真心与否，就是物质上给予的痛快与否。"你想想，钱不舍得为你花一个，还有他妈的什么真心？！"十三手这样说。她一要，男人有很多就不来了，也觉得在十三手这浪费了很多时光，现在收手正是时候。只有一个，是比十三手大四五岁的老冯，家里老妻常在农村种田，手脸枯黑粗糙，一月两月来上一次，每次背上些自产的土豆萝卜、大米面粉什么的，每次都灰尘仆仆的。有这样的妻，老冯倒希望没有。老冯自己带三四个孩子在厂里，每顿饭都凑合着，肚子里寡得狠。而十三手又自诩厨艺好，老冯每次来这里吃上一顿半顿的，就觉得是打牙祭，很是陶然。再说十三手虽也肥胖粗糙，可和他家里老妻比，还是能让人生出些向往的，于是一时半会舍不得离去。但现在十三手逼得紧，老冯就说带十三手去趟省城。到了省城，十三手直奔商场，并在首饰专柜面前迈不开脚。半日，她看上了一对镶蓝宝石的耳环。在要付费时，老冯突然捂着肚子说肚子痛，说得先去趟洗手间，谁知这一去就不见了踪影。十三手左等右等不见老冯来，就放下那对耳环愤然离去。"不过就六百多块钱，摘心挖肺一般！男人，我算是见识了！"十三手苦笑一声对我说。

认清楚了男人的真面目后，十三手就觉得男人们留在她家里的一切都是那么可憎可恨恶心，包括那些隔断架子，还有她自己的身体。于是接下来的日子，十三手就着手清理这些东西。厨房、客厅的好扔掉，只是洗手间，小小的空间里，被这些隔断、架子占得满腾腾的。她用了很大力气把这些拾掇掉，里面就千疮百孔的，如她的心。那一刻，十三手瘫坐在洗手间地上，看着便池里厚厚的垢，就觉得自己和那垢一样的脏。

这个时候，十三手已经不练功了，她觉得自己的辛勤付出，并没得到她期望得到的，而且生活得越来越不如意。她想想以前的执着，觉得恍然如梦。她不练功了，不和男人来往了，有了更多的闲暇时间，应该是件高兴的事，可她却怎么也高兴不起来，因为她发现小文有问题了。小文不但留了长发，而且喜欢披着，并且蓄了很长的指甲，还偷偷涂着透明的指甲油。每天的衣服，也是朝一套的晚一套。骑车在路上，对面看见个稍微感兴趣的男子，就故意将车子拐撞上去，然后惊叫笑闹着走开，让那些男人回头张望。对这种现状，十三手感到害怕，她说小文，小文就顶撞她。没办法，她来找我，让我劝劝小文。

小文一直很尊重我，有事也不怎么瞒我。当我跟她说起她的种种变化时，她微闭闭眼，睁开，眼里就含了笑，是嘲讽和不屑的笑。她说："你以为，我招惹男人是喜欢他们？不，是恨！恨了，若没有往来，怎么报复？你知道我的画画老师吗？那个王八蛋，每次趁画室没人时，他就把我搂抱在怀里，说要给我父爱，可每次他都将他那狗爪子伸进我衣服里摸我的胸，还用他那狗嘴亲我。就在前天，我咬了他的舌头，我要是再狠狠心，就给他咬下来了。哈哈，你没看到他的那个狼狈相，真痛快！"听了这话，我身上一阵一阵的战栗，像是被寒风摇着的树，眼泪瞬间也被摇了出来。见我这样，小文倒来安慰我，说："阿姨，别为我担心，我不会轻易让他们得逞的，谁都要为自己的行为付出代价。""可你还是个孩子！……""阿姨，我早不是孩子了。当我一次一次向我爹去要生活费的时候，我就不是孩子了；当我面对我妈的那些男人时，我就不是孩子了；当我被画画老师抱在怀里时我就不是孩子了……"小文说这些时，每一个"当"都让我震惊、愤怒，恨不得亲自手刃了制造这些"当"的人！同时更恨自己无能，不能将她这些"当"都抹去，让她如别的孩子一样快快乐乐健健康康地学习、生活、成长。

在我没有能力抹去小文这些"当"时，我和女儿也离开了那个地方，而且自此就再没见过十三手和小文。如今六七年了，在我们就要淡忘了她们时，突然来了这样一只小狗，让我们同时想起了十三手和小文。

"不知她们现在过得好不好？我还是挺想念她们的，有时梦里还能够梦到。十三手，你想念她们吗？"女儿摇晃着手里的小狗问道。对此，这十三手怎会知道，它拿黑亮的眼看看女儿，然后把头扭向一边。

女儿逗了十三手一会儿就去写作业。我临睡时又交代十三手，说："十三手，你尿尿必须去洗手间，否则我不留你！"女儿在她小屋嗤嗤笑道："你还以为这是大妈十三手呢，它不过是只小狗。""要是你大妈，我也不会这样交代。我可不愿意我们家像你大妈家一样，一天狗毛狗尿，臊烘烘的。"虽这样说，可第二天起床，我还是发现它在卧室及客厅里各尿一摊尿，拿拖布去拖，都已经硬了，一遍一遍拖下来，很是费事。不外乎我又去训斥十三手，它仍拿无辜的眼看着我，不叫，除非不小心踩着它的爪子和尾巴，它才急急地叫上那么一两声。

经过一夜休整，十三手精神了许多，我和女儿出门上班上学，它都要急慌慌地送出门来，讨好一般。在我关上门的一刹那，它又嗖一下蹿进屋去，生怕我不留它。我合门之际，它在地中间眼巴巴地看着我，有期盼和不舍。

那天下班回家，我专门买了火腿肠给它，它边吃边高兴地把尾巴摇来摇去。我本不想给它水喝，因为它又在地上尿了几摊尿，尿已干，被太阳照着，闪着油光，泛着腥臊，可后来想想那样不人道，等它吃完一根火腿肠后，我还是给了它两碟水，它欢实地喝着。

晚上女儿下晚自习回来，自己吃着火腿肠，又从上面折下一截喂十三手。我说你大妈以前养狗狗嘉宝时，一根火腿肠她吃一口狗狗吃一口，也许我不在的时候，她还喂你一口呢！听了这话，女儿哇的一声，做呕吐状。这时十三手正抬头仰望着她和她手中的火腿肠，她一脚将十三手踢开。因这一踢，十三手没忍住，又在地上尿了一摊尿，腥臊味立即弥漫出来。女儿捏住鼻子，一副厌恶的样子。我也跳起来说："我也受不了啦！"

第二天是周六，我下午外出回来，见手提电脑在地上，还有我的围巾及披肩等。我愕然地问女儿："这是怎么回事？"女儿说："怎么回事？还不是十三手！这只不过是一部分，我们不在家的时候，它还不知怎么造毛的呢？正如你说的，假如有一天它饿极了，是不是真会吃了我俩？好可怕！"听女儿这么说，我再看看茶几上满腾腾的东西，就觉得水果上、面包上都留有它的涎液，还有我漂亮的布艺沙发。我无奈地看看十三手，摇摇头说："看来你是真的不想让我留下了！"它仍拿无辜的眼看着我，因没洗过澡，它的眼角上堆满了眼屎，让人看着难受。看着同样生气的女儿，我说："你以为，养个活物是那么好养的，要操心啊！妈妈养盆花，都当人来养呢。世上万物，都是有灵气的。狗儿、猫儿太有灵气，我驾驭不了，所以一直怕着，不敢养。养着你，还有这些花儿，我就够了。怎样，十三手还继续养下去吗？"女儿想了想说："没想到养只狗会这么麻烦！算了，不养了。"见女儿打了退堂鼓，我又说："要不，我们今天给它洗个澡，也算不白养它一遭。"

"啊，洗澡？还是你自己给它去洗吧，我可不！"女儿连忙摆着手说。

"罢了，它脏着来，就让它脏着去吧。不过，我们再留它一晚也是可以的。"

这一晚，我给女儿和十三手炖了排骨，女儿吃得很香，十三手也吃得很香。吃完肉，十三手将骨头啃得满地，并追逐嬉戏，我也没阻止，并给它了两碟水。看电视时，女儿拿起手机给十三手拍照，十三手居然很配合地以各种姿态和表情对女儿。看着它那样子，女儿大笑不已。我说："要不，我们不要赶走它？"女儿说："算了吧，还是让它到一个能给它洗澡的人家去吧。"

第二天早上，我要出去买菜，十三手把我送出门外又跑回屋里，女儿又将它从屋里赶了出来，边赶边说："十三手，不要怪我们心狠，实在是我们之间没缘分。你走吧，到一个真正喜欢你的人家。"十三手在门口转了一个圈，刚要一头往里扎，我已先它将门关上。正巧对门男人也出来，看见十三手，诧异地问："咦，它还在啊？"我说它在我家待了几天，只知吃喝不知屎尿，再说我们也不能给它洗澡，还是让它走吧。听到这，对门男人笑了，是一种揶揄并得意的笑，也许早在我让十三手进我家时，他就知道会是这样的结局。"这就对了，让它早走早好。这种小野狗，你根本养不家的。"对门男人说。我笑笑点点头，边下楼梯边叫十三手跟我走，可十三手瑟缩在门口不肯走，对门男人拿脚去踢，它就在对门男人脚尖绕来绕去。看他们一时纠缠不清，我就先自下楼去。

买菜回来，见十三手在楼下草坪上嗅来嗅去的，我喊了一声"十三手"，它扬起头，以貌远的眼光看我一眼，继而又低下头去继续它先前的行为，任我再怎样叫它，它都不理我。我摇摇头走开，心想十三手自此是恨上我了。回到家，见女儿气呼呼的，再看她脚下，是她扫成堆的狗屎，已经干硬了。"十三手太过分，拉屎不明着拉，却跑到窗帘后面，说不定沙发下也有呢，好恶心啊！"女儿说。看着那堆秽物，我笑道："刚才我看见十三手了，叫它，它不理我。""这没良心的，幸亏不要它了，不然养得越久越伤心！"女儿愈加气愤。

过了几天，女儿下晚自习回来，有些伤感地说："狗就是狗，真是养不家啊，可惜了你对它那么好！"见她如此说，我想肯定是有关十三手的。果然，女儿自习回来，见十三手在楼门口，她叫它，它却不理她。看着有些纠结的女儿，我笑笑说："我们将它赶走，它记恨我们呢。看看，狗狗也像人一样，记仇呢，这也是我怕它们的原因。"女儿点点头道："我也怕了！"

从那以后，我们再没见过十三手，女儿设想了它的种种可能和结局，就像她曾经设想的有关六七年前她的大妈十三手及小文姐姐的种种可能和结局一样。

办公室来的女人

李海潮

一

关起门来说话，我对新分配到我办公室并且执意要坐在我对面的女同事丝毫不感兴趣，甚至还有相当强烈的抵触情绪，我因此诚惶诚恐如临大敌，感觉女同事是上司派来或她刻意要求来监督、审查我的，我身缚芒刺，如坐针毡，莫名其妙地起了一连串鸡皮疙瘩。您可能尚不知晓，我是一个无拘无束，开创性工作，追求大胆冒险，争强好胜的家伙，这一点我也在漆黑的子夜做过深刻反思：一部分来源于生我的父母，他们的遗传基因给我幼小的生命打上烙印，又神不知鬼不觉地在日常生活中做出相关事儿，闯出大小不同的乱子给我看，我就是在他们如此匆忙地为填饱肚子奔波奋斗抗争中留下胎记的，这在我不谙世事，正塑造世界观人生观价值观的萌芽期，起了不可低估的作用。我的叛逆性格的形成期大约在人生的春夏之际，也就是上初中到高中毕业这段黄金时段。之后我就一发而不可收，自作主张拨开朋友、亲戚、单位领导、恋人、邻居的不同企图不同声音不同方式的劝诫，依然我行我素、屡教不改地让性格之苗茁壮成长，开花结果。事实上熟悉我、认识我或想结交我的人都明白，我的性格之果注定是酸涩的，苦得难以下咽。由此产生的麻烦无法预料。另一部分来源于社会不良现象对我思想的逐步渗透，对我报效祖国崇高境界的剧烈冲撞，对我性格的形成注入了可怕的催化剂，起了推波助澜的作用。我的性格没法走上坦途，注定承受受制于人之苦。不是吗，我每每抱着头如孙悟空在地上打滚，谁都乐意念几句紧箍咒玩玩，看到我嗷嗷叫喊的样子，非但无人拯救，反倒念念有词的先生女士愈来愈多，纷至沓来。以上不平凡的际遇，我便滋生了自残心理，并很快成为自觉，我栽培多年逐渐枝繁叶茂，将来一定能长成的参天大树，不幸被斧子劈枝、被铁绳捆绑、被无端克扣肥料，幸好没有竭力断水使之叶黄枝枯，根腐腰裂。

　　女同事是独自来到我的办公室的。她坦坦荡荡，风姿绰约地在四间通敞如乒乓球室的空间里来回行走，眼光也可能在寻觅合适满意的座位。我在与她目光相遇时极客气地站起身来，伸出一只胳膊如宾馆门上笑貌可掬的礼仪小姐请她来坐，她莞尔一笑摇头走了。之前就听与我同办公室的一个和事佬讲，马上我们这里要增加一个女同事，到时会解决人手不足的问题，缓解工作压力，亦好为只有几个臭男人工作的环境营造一份特殊的温馨。当时我虽然在电脑上撰写主任安顿的汇报材料，听到这一消息紧张得浑身筛糠，疑虑加兴奋、联想，五味杂陈，我想张口进一步询问即将莅临我办公室女同事的底细，但我哑巴见了妈张口没出声，幸好没出声，我像口无遮拦的男人被机敏老婆适时地在背后戳了一指头，蹦极的铁索陡然下落，继续回过神来面对电脑撰写下一段总结的内容。毫不忌讳，女同事是我用探究的目光送走的。她左肩上始终未能滑动的爱马仕高档挎包出门时擦了一下门框，当时我就大胆地想，连办公室的门都极力挽留，真叫人匪夷所思；同时皮包的反光也给人警觉，这女同事来头不小，好在尚未介入工作，就我这性格，遭受内伤岂不是早晚之事？

二

倘若不是女同事的出现，我决不会有如此之多的怪念头。这一点即使换了别人也很难遏止。除非你是大字不识，是一个连磙子上去也轧不出一个响屁的呆子，或是四体不勤五谷不分的脑瘫儿；或是稍微好一点的四肢发达头脑简单的人；或者是清华大学研制出来尚未投放市场批量生产的机器人！女同事的出现是件新鲜事儿，其他单位、部门均鲜为人知，我们单位各处办亦无相关传闻。要知道，您机关里交头接耳、搬弄是非、结党营私、不务正业、专事内耗了，成何体统？那人人都担心单位会关门如同俄罗斯宣布解体，那人将不人国将不国，真可谓滑天下之大稽！唯其如此，我陷入深思泥谭，如驾驭一匹血汗马，左冲右突，你们肯定一笑了之或最大限度地予以宽容，我的奇思妙想在别人看来是痴人说梦或是杞人忧天，或者干脆来摸摸我充满忧伤的额头是否在发烧。无论社会怎样看待这一乖张现象，我都要坚持把思维极顺畅地舒展下去，我这种潜在的暗流形同厚冰下的鲫鱼，鱼贯而入往事的回忆之中。这不是说我时至今日还对自己曾经干过的警察工作流连忘返。是因为小时候父母铁了心的把我修理成倔强的性格，我才自知之明地在初中毕业后报考了人民武装警察学校。我一米八二的个头，很魁伟但略显瘦弱，以至于穿上制服，别人以为我是借来显摆或狐假虎威的。我眼光冷峻，气质威严，步伐豪迈，行动果敢，在上警察学校期间苦练基本功，每天坚持晨跑五千米；单杠吊环天桥木墙上都有我矫健的身影，我举石锁舞三截棍练投枪，硬是挣来了学校三年的奖学金。我的乒乓球技术得到某高人真传，过关斩将渐成气候。后来才知道，两位女警花对我情有独钟黯然流泪，我一心练球目不斜视。女警花对我木头人般铁石心肠和不识好歹嗤之以鼻，还扬言我这样气盛孤傲不可理喻，婚姻肯定翻车，工作肯定错茬，领导肯定冷落，事业肯定败北。她们这样写信暗恋、当面诅咒也于事无补，我目标已定，十分冷漠女同学的花言巧语，我固守纯洁率真的思想堡垒，坚决抵制美女同学的偷袭和围追堵截，在头脑里绷了弦，订了保卫计策，设置了当下电脑上才有的防火墙。我这一粗鲁的举动立即招来谩骂和当面质询，还引起其他同学的弹劾：不食人间烟火啦，好心当成了驴肝肺啦，口诛笔伐，罄竹难书。我便停止一切练武活动，甚至借故放弃了省上乒乓球比赛的诚恳邀请，以病猫饿虎的姿势卧在寝室，深居简出。当然，这是我抖擞的一点看似无聊之极的艳遇，大胆地说出来对关涉以后处人待物的态度和性格形成有着千丝万缕的联系。没有这个孽根存在，没有名誉被五马分尸的经历，就决不会招致下面发掘的荒唐一幕。

我一直在遥不可及的乡派出所效力。前面说过，我彰显普通青年共有的热血脾性，是坚持原则一头撞倒南墙不回头的那种。在别人眼里或许不知变通、食古不化、不知天有多高地有多厚。在派出所工作的两年里，幸好没有因古怪性格惹来麻烦，但也没有避开女同事的纷扰，严重干扰了素常难得的心湖平静。市公安局副局长的外甥女窥视我很久啦，我作为一名警察居然丝毫未能察觉，神经麻木到如此程度被误认为患过小儿麻痹症现在正在凸显。我没有感觉地照常上班侦察破案，没有一点偏心地将纠风解除，将上司交办的案子限时办妥。市副局长找我促膝谈心，对我工作上的出色表现只字不提，总是打开包裹样层层提示，给我指点迷津，最后图穷匕现，叫我与他的干理发行当的外甥女交朋友，还许愿一旦结为连理，他打包票把我调市局办公室任主任。突如其来的惊喜令我如坠雾里，最后以"先不考虑，别耽误两个人的前程"为由悬崖勒马。尽管我的躲避略显老套，一时又拿不出高招对付理发女的频频点射，但是对市副局长语重心长的指示还是如雷贯耳，慎之又慎。恰好辖区一所中学的二十台电脑被盗，学校信息技术课无法教学，派出所克服警力、物力困难，前往内蒙古、青海、西安、宁夏等地跟踪破案。半年后案子终于破了。我开着警车在崎岖山路上"抓呀抓呀"地鸣叫着逮捕嫌疑犯时，所长的对讲机响了，上级要求立即返回，暂不抓捕。我恶气难咽，顽固地继续开车去抓。所长先给我求饶，再给我许愿，最后骂我瞎尿，不看盗贼是哪个领导的亲戚嘛？所长命令我停车，剥夺了我驾车的权利。车只好由他来开，一路不知高低胡乱骂了一通，甩出去的脏话比我们扔掉的烟头还多！像这样当警察干尿呢，我的热情一下子降到冰点，就这样我综合考虑后毅然决然地递交了跳槽申请，调离了警察队伍。

三

经过三个月的"闲挂"之后，我被协调到乡政府计划生育办公室工作。该项工作是吃饭没人让、狗咬没人挡、进屋坐冷炕、罚款就挨棒的差事。事关国家人口数量增长、民族事业兴旺、人民素质提升、群众生活改善的大事，我能跻身其中委实荣幸之至，送避孕套、动员戴环、强行刮宫引产是政府赋予我们光荣而神圣的权利。因为刚投入工作对业务不熟，更兼我是处男，只能充当随从干些填表、建档、编辑宣传资料，发放各种型号避孕套、宣传不同厂家避孕药的工作，我必须兢兢业业做好计生咨询服务，心上有事没事压块为领导脸上贴金、为乡政府树碑立传的石头。男人做此项工作需克服许多心理障碍，首先在深入农户嘘寒问暖时顺便送去避孕用品，当然要征求各人意见合理发放型号匹配的避孕套，实行心贴心服务，避免因套儿氧化破漏而造成的意外受孕或因套子大小不合适而造成的坐车来调换误工的麻烦。尤其是实行大兵团作战，在主管计生工作副乡长的带领下，计生站乡派出所联合倾巢出动，挨家逐户围堵超计划怀孕的妇女，劝其立即手术流产，言以利害，否则罚款，罚款不缴则拉骡子、牵马、装粮食、抱电视、扣四轮拖拉机，采取强有力措施将其征服。后来各村妇女一见我就说送避孕套的大个子来了，你家那位吃得犍牛似的要不要再放下几盒？此项活动我于心不忍但又左右为难，常常因反应迟钝、行动怠慢受到站长劈头盖脸的责骂。我一米八二的个头在这儿如同在篮球场上、排球场上发挥作用，拦截了超生户扔来的菜刀、铁锹、砖瓦、石块，用警校学到的擒拿格斗本领制伏了试图围攻乡长、站长，干扰正常工作的不法分子。当家族势力纠集家丁舞枪弄棒直取乡长之时，乡长就扔下令箭任我为急先锋攻城夺池；我陷入敌阵，使出浑身解数将一个个日狼日虎的汉子放翻；当然，我非天蓬元帅或卷帘大将，我亦同其他乡干部一样属俗人凡胎。当政府领导遭受不测之时，我必须挺身而出充当坚不可摧的盾牌，如果领导有个闪失我良心受到谴责，人身受到全乡干部攻击，我不如横下一条心舍得一身剐，明知山有虎偏向虎山行。不容易呀，常言道杀敌三千自损八百，我的头被人当木鱼敲，我的脑袋被人当瓜切，常常表现血染的风采。缝了多少针记不得了，住院好像是四次。事不过三呀，我竟没长一点儿记性！在住院期间领导来探视，给我微笑、给我鼓励、给我承诺。出院后我的头上有几处因疗伤而寸草不生，我这个倒霉蛋走到哪儿都没面子，令人退避三舍。我决定以牙还牙，以毒攻毒，以恶制恶。我不再相信领导的所谓承诺，实实在在地拒绝奖状、奖牌、锦旗，回家翻箱倒柜把已经证明自己勇敢历史的奖状、报纸、照片付之一炬。父母对我的贸然行动倍加阻挠，燃烧的火焰将客厅的吸顶灯熏黑，浓烟如乌云翻滚朝卧室流窜蔓延，我充满仇恨的眼光凶狠，胆小如鼠的父母缩在墙旮旯里不敢声张，只能拿衣袖捂住鼻子吭吭吭地咳嗽。我丧心病狂的举动震慑了父母，拨打119、110的阴谋因我的仰天狂笑而分崩离析。我走向窗户，才发现窗外拥挤着人头，我坦然地去厨房开窗户放烟，父母以为我会操菜刀，双双给我跪下叩头，劝好儿子别胡来，有什么要求尽管说。我才懒得理他们。生下我本身就是一种错误，是他们只图一时的快乐而给社会种下祸根！直到数分钟之后，也就是烟雾即将散尽之时，一辆红色消防车和一辆印有警察字样的小轿车才拐弯抹角地驶到我家楼前。见全副武装的消防战士拉着软管快步跑来，我就像褒姒见诸侯轻蔑地一笑，说你们行动这么迟缓，多少贵重物品都烧焦了，你们怎么才来？你们太不把群众利益人民财产放在心上啊，你们大会小会讲当公仆为人民就这样口是心非装模作样呀。父母一把把我拉进屋，捂住我的嘴，不许我胡说八道，劝警察和消防兵速速撤离。倒是几个老警察认识我说这家伙今天是喝高了还是咋的，弄得多少人打电话投诉：来晚了会出人命，你们漠视生命一天拿国家薪水不作为算啥警察？一副骂骂咧咧的样子，仿佛欠了他们多少钱赖着不还。

烟消云散之后，我以偏头痛的名义把自己放倒在卧室床上。父母穿好衣服鬼鬼祟祟地窃语什么，最后出门走了。我立即起身快步走向玻璃窗窥视他们，猜测他们会给我请大夫或抓什么狗屁西药中药，或者去派出所替我交代情况，争取政府宽大处理。父母的愚蠢让我大跌眼镜，也难怪现在的年轻人无论婚否都不愿跟父母同住一室合用客厅，理由是现代青年的自由浪漫生活受到了最大程度的限制。这样使得全国房价一路飙升，居高不下，父母争当房奴，捉襟见肘，暗暗叫苦。

猜不透父母都找了哪些部门的哪些领导，我在乡政府成了焦点人物。每次下乡副乡长都叫我留守办公室接待来人来电来访，不让我随大伙下乡搞计生工作，连入户送套的小小权利也被剥夺。我怎样据理力争也无济于事，我简直成了乡政府看大门的候选人啦！不行，我这么年轻就退居二线真是对人格的不尊重，对青春年华的极大猥亵。我硬磨软泡求乡长让我下乡深入群众，到田间地头为人民做点力所能及的事情，成天待在信访办真会把精明人圈成傻子的，将来结婚说不定会患上不育不孕症。没有生人哪有人生，那我彻底完了。乡长的笑声之后是长达数十分钟的沉默，我以极好的耐性等待他的口头批复。最后他亲昵地拍我肩，捶我一拳，答应了我的请求。我说乡长您真好，知人善任，力排众议，伯乐的帽子给您戴上非常合适。乡长拿指头朝我点着点着就钻进了桑塔纳轿车。

然而我真辜负了乡长的良苦用心。一次下乡收缴超计划生育款，重点拔钉子户，在未经站长指示的情况下，我一脚踏开那家农户的门扇，将谩骂乡干部的汉子踏翻在地，又差点拧折了胳膊。我学乡长傲气十足地拿指头点着他说，你小样儿怎么敢和老子作对，想找死啊你！

四

哥们姐们啊，乡干部殴打村民的事实成立。我们的那个站长在这件事情上一直一声不吭，副乡长硬是把责任掮下来了，我因此没有被处分，也就是没有在历史上留下污点。副乡长引咎辞职，背了处分，降了级别，调离该乡当了干事。细细想来当时咋就没管住自己的腿和胳膊。现在自责忏悔为时已晚，只有认罪检讨赔钱的份儿。问题是，村民造谣生事，不依不饶要继续炒作，将牛皮灯影儿当大戏来唱，我和副乡长又一次被闲挂待在家中养病。调离乡政府计生站是确定无疑的，我也认了，关键是副乡长背黑锅受委屈教人忐忑不安。就这样抱着文学杂志晒了三个多月，终于被安排在外事办公室工作。找我谈话时领导从关心干部成长角度考虑，说不能一棍子打死，还年轻，又当过警察，正好外事办是涉密部门，每年要临时借调民警上省里报信息，值夜班看管档案，这样就解决了外事办许多实际困难。一听这话，我还因祸得福。别人羡慕我哪辈子烧了高香，积修下如此好的事业单位；不过领导也敲着脑门告诫我，这回到了新单位凡事要多思，切勿鲁莽行事，多请示多汇报，虚心点识相点内敛点。我鸡啄米般连连称"是"，但骨子里还没有完全信服。你们当领导的也太官僚了，群众一上访你们就茶饭不思彻夜难眠，认定干部工作作风有问题，工作方法太简单，总而言之，工作热情不高，工作劲头不足，工作思路僵化，工作……

领导又前扯肠子后扯心地分析总结我的过去，说我第一次从乡派出所调到乡计生办工作是因为没做好市副局长外甥女的思想工作，说她对你一片痴心，你这呆子却无动于衷，不理不睬也罢，臭骂几句也行，为啥要拔出枪顶着人家姑娘的脑门！幸亏所长扑过来转移了枪口，否则叭的一声姑娘早魂飞魄散香消玉殒啦，枪是人民配发给你用来镇压坏人保护人民的，不是用来阻止爱情进攻的！我的同志！领导拍桌子骂娘，他眼睛一翻我真战栗后怕啦。

五

外事办随其他单位科室一起在每天7：50做成人广播体操。下操之后纷纷到局办公室指纹签到。昨日那女同事来转了一圈，经过一夜的酝酿，想必今日有响动。我坐在办公桌前打开电脑，继续字斟句酌完成没写好的汇报材料。同室和事佬自言自语地说，办公室来了个女领导，每人的工作都要做调整。果然不出所料，我就暗暗问自己：你被怎样安排，是继续干原来的工作还是与和事佬、秃子等人调换？外事办的活儿是季节性的，一律严格遵守国家或省级相关部门的时间安排，没有灵活性、创造性，只有原则性。和事佬一向以溜须拍马见长。他是当年的高考移民，从河南投亲来这个边远地区入户参加了高考。大学毕业后教书，娶了当地一名小学教师为妻，可惜那个女教师命不长，年纪轻轻的就患乳腺癌死了，留下了五岁的儿子。他就再未续弦，一直带儿子上小学、上中学，考上了一所名牌大学。他喜欢给领导递纸条打小报告，我一直以来怀疑监察局里的所谓真实的举报均出自他手，比如哪个哪个领导超生的孩子在哪儿寄养，今年多大啦；哪个哪个领导有几套房子啦；哪个哪个同事的父亲或老公在市上省上当官啦；哪个哪个领导是他大学时的同学，经常邀他喝茅台五粮液啦；哪个哪个领导最近被双规啦……我并不眼红他具有路透社的职业技能，也不羡慕他练就了狗仔队的灵敏嗅觉，只不过他术业有专攻，就像农民歌星在放羊喂驴时都不忘练歌！

　　我亦不信他经常和厅级领导饮酒，一来厅级领导再没事可做出去休闲娱乐放松放松，也未必每次喝酒非你这个小干事不可，你媳妇从参加工作到去世从教十二年，一直待在乡下怎么就没调入城里？玩拉大旗做虎皮的把戏也不觉得口生痔疮。女同事照例来了，照例肩上挎着高档皮包。这里还得顺便说明一下，外事办是个三层的小楼，坐西向东，该热的时候冷，该冷的时候热，装着双层窗子也没有多少温度可以调控。一楼是储藏室和车库，二楼是市职工成人教育办公室，三楼便是我们外事办。顺外置楼梯上到三楼，依次是主任室、保密室、干事集体办公室、信息资源室。除集体办公室是敞阔的四间通房，其他室均是有门有窗的两间室。女同事探头朝信息资源室看着，里面的秃子干事正专心在网上翻扑克牌，偶尔侧视，见陌生女同事到来，吓了一跳，关了电脑起身笑着问好。女同事那漂亮的脸就绽开一朵花，女同事问大办公室最里端空下的办公桌是谁的，信息员说是他的，他一般坐在里屋，这个桌子你要用就用吧。信息员快退休了，老是喊着加班太累，赶紧派人来代替他的工作。我说这回女同事来了，你可以解放了，女同事电脑级别高，可以帮助老同志解决文字录入、表格数据的整理上报工作。信息员反唇相讥：你嫌我老了不中用了，可以给上司反映嘛，欺负老同志有啥意思？我说，女同事可以帮你收拾屋子的卫生，还可以操心你的肚子吃了没有。女同事笑着摇了摇头。我又说，女领导你放心，信息员是中共党员，他戴的帽子比我穿的裤子都多，正经人，里面相对干净，干扰也少；不像外头大办公室，各单位申请出国考察疗养的领导天天都来很多，没事闲逛的人也有，还有丢手机的现象。女同事又来到我对面空着的办公桌前问，这是谁的桌子？我说这是调走的陈副主任的桌子，这儿一直空着，他先走我后来，从没见过面儿。女同事又环视四周找什么，和事佬赶忙拿着一条半新不旧的毛巾递过来说，用这个擦。女同事没思考，蘸了点水体面地擦灰尘。我思忖，他怎么用擦脸毛巾给女同事擦桌子，真会巴结人！我再也没心思考虑下面的情节，只想一旦女同事定位在我对面办公，那种尴尬天天都有，一抬头就看到她那张妖精般的脸，我一如被审的罪犯，一举一动都不自由。比如我年轻早秃，总要照照镜子看花了几万元新植的发根长出来了没有；我爱用指头挖鼻孔拔鼻毛；我爱有事没事掏牙挖耳屎；还有，我懒得洗澡，总是以忙为由把身体搞得酸臭扑鼻，我习惯在椅子靠背上蹭脊背，跟肥猪蹭墙角没两样，蹭不到的部位还用手挠一挠……这回好了，啥私活儿也干不成啦。您不知道，我那个性急呀，真好像上班还惦着在医院抢救的孩子！

　　女同事落座了，她开始向我发出挑衅宣言说，这回你桌子上的东西也该整一整了（天哪，这哪是整东西，分明在整我！），该进柜的进柜，该当废纸扔掉的赶快扔掉。我说扔，全扔，全扔！她又说，电脑后面、笔筒里、你摆的不上档次的奇石上的灰要好好擦一擦。我说擦，马上、马上！女同事的语调不太高，但是绵里藏着针，我听出来了，我忽而想到调离镇政府时领导的嘱咐，赶紧拿起自己平时的擦脸毛巾擦起来。边擦边好心地暗示她：你坐这儿不好！她转脸儿问，咋不好？我说这座儿冷，靠暖气片远，到冬天往死里冷，冷得人直打哆嗦流鼻涕，还连连上厕所，我们办公室的这座小楼没有卫生间，原说一楼楼梯下改造一个，打了几年的报告，上级摇动拔不动；再说，这座儿靠洗脸盆太近，脏得挡不住。你有所不知，办公室的人都在这个水龙头下洗洗涮涮，每天一人一次也来个六七次，要是每人两次三次呢？我观察女同事吃惊了一下。我又慢条斯理地说，男同志多，老同志多，光秃子就有两个，像我凶巴巴的；他们积淀下来的文化习俗，家中老妻都改造不好，女领导您能改变吗？什么文化习俗，我倒想听听。女同事支起胳膊托着下巴，就像美术教室里供学生画素描的石膏模型。我说，他们说话味儿重，多半来源于市井街道贩夫的段子，好说不好听。女同事撤掉胳膊垂下头。我又说，还有更令女同事喜闻乐见的，那就是里面的老男人怎样在洗脸盆前讲个人卫生啦。一听这话，女同事紧张地抬起头。这时，两名老同志借故有事出门啦。临出门，和事佬剜我一眼说：女领导，好好听着，他给你讲的句句实话，一句别落下，我们出去办个急事，要是有啥需要的（叉开指头做个打手机的手势），麻烦叫我呀，千万千万别客气。我戛然刹车，发觉自己口无遮拦，不知给老干事们终身带来多大祸害！咋讲卫生？女同事追问，他们讲卫生的样子好看吗？我说样子很平常，习惯也良好，只是讲卫生的地方不对。有一句打油诗写得好，专门为地球上居住的老男人题的。我见女同事没反感，就背诵：人老是懒呆（方言邋遢），尿尿淋湿海（鞋），迎风流眼泪，咳嗽屁出来！我以为女同事害羞，谁料她咯咯咯地笑个不停，肩头一抽一抽的。她说哎呀，真是、真是！这种效果令我始料不及，继续说，他们喜欢去你背后的水龙头前吐痰，擤鼻涕，从来不顾忌有没有外面来的领导，所以外面来的人见我们这样他们也亦步亦趋竞相仿效。女同事说，这回我坐在这儿，看他谁来试试。这句气愤之言表面看是针对老干事行为习惯的，其实表达了另一层意思：老娘我在这儿坐稳了，谁也别想哄走我！我的损招没管用，就试着提醒她说，多年来扫帚拖把洗洁精洗衣粉脏水桶全搁这儿，冬天还好，每到夏天潮虫像装甲车纷纷出动，满柜子、电脑抽屉都是。哈哈，笑得人肚子都疼。有一次调走的陈副主任去给局长送材料，没注意文件背后趴着两只虫子，局长看着看着被虫子咬了一口，指头当时就红肿发痒，陈副主任为此没少挨批评，联想去年违背原则办私事给单位抹了黑，最后一气之下调走了。听到这儿女同事收敛了笑容，表情一愣一愣的，一股乌云停在她的额头！

我对她讲这些，其实没有巴结的意思。第二天和事佬就配了两把钥匙交给女同事。女同事问多少钱，他笑而不答，又追问，他说没几个钱嘛，女同事就掏出五十元送到他的桌子上。和事佬又送回来，女同事又送过去，说你跑了路再让你贴钱真不应该，别不好意思，收了吧！女同事笑着摇摇头。下午上班时，我偶然发现那五十元钱还在和事佬桌上躺着，又过了一天，临下班和事佬把钱扔到女同事桌子上。照例，女同事走过去放在他的桌上，一来一去都经过我身旁，我只好打圆场说，收下吧，多多少少就五十元，差不多，过来过去的没啥意思。女同事说了句谢谢啊！我先走了。挎上爱马仕高级皮包出门啦。

和事佬不打自招地说，我能收人家的钱吗？我做过一件对不起她的事哪。稍停，他又说，其实，我早就认识她。这一惊一乍的，我们外事办的男人都听得有些蹊跷。

六

外事办主任理了发。他是刚从省公安厅开完保密工作会议回到单位的。早晨做完早操他就急匆匆径直来到大办公室，使劲挤出笑对女同事说：你来了就好，电脑办公室配了没有？我待会儿去找办公室主任，这个你放心，办公桌要不要换新的？女同事侧身笑着，想必他俩也早就认识。主任又问，你打算坐这儿吗？不舒服就换。主任又换了威严的口气对我说，不行你和女同事换一换位置，少数民族嘛，多献点爱心，啊不不不，我话说错了，多献点真心。我的座位相对女同事的位置的确优越一些，靠暖气片近，上面还有后窗，距洗脸盆相对远些，再说，面对着办公室进门口，在电脑上找刺激寻开心玩游戏聊天相对安全，其他男人喜欢翻扑克牌或下象棋，我偏偏喜欢高射炮打降落伞，刺激，过瘾！现在上级纪检监察部门动辄明察暗访，不打招呼破门而入，逮住了许多干部。结果呢，先用红头文件在全市通报批评，然后是实行经济制裁，年终考评确定为"基本合格"，年终少拿一万块钱。从这个意义上讲，一旦进来生人，我看大事不妙，赶快切换页面或强行关机，非常便捷，被当场抓住的可能性非常之小。这样具有安全优势的位置我能轻易拱手相让吗？我稳坐钓鱼台，对主任放狗屁的话置之不理。心想，女同事给你什么好处，你这样无原则地制造麻烦挑起矛盾，你欺我年轻，又是傻警察出身，还在乡镇上犯过错误是吧？老子不是劳改犯，是堂堂正正的国家公务人员，个头不矮，模样不赖，文化不低素质不差，我憨就憨在不会装假脸，喜怒哀乐溢于言表，往往连挨打都站不到顺手处。主任走过来走过去，说不定早就暗算我要调换位置，今天只是来宣布一下。我当年在派出所或在农村搞计划生育时，动辄怒目金刚的神情他大抵看到了，只好转移话题，说办公桌陈旧松眼了，都该换换了；沙发皮鞣裂了，也该换好的了，应当给局里打报告修厕所啦，这回有了女同事不方便云云。

女同事没抬头说，主任，我就坐这儿吧。主任打破沉寂哼两句什么歌出门啦。

我盘算着对面坐的神秘兮兮的女同事。她的底细谁人知道？电脑的百度空间肯定是查不出来，市档案局肯定也查不出来。我必须利用现有的秘密渠道进行跟踪探究。我的猎奇心理促使我赶紧行动获取真实性情报，以适时转变对她的态度，调整一下交流合作的方针政策，若是来自高层，必须安全地利用工作之便套近乎拉关系，甚至送人情捞好处。我茶余饭后在街上溜达，碰见市政府大院里出来的熟人就打问她的情况，有的摇头说不知道，有的说是挂职副市长的女人！我的乖乖，我真他妈的有眼无珠，差一点欺生令她记恨，好在经过两次调换单位我变得机敏了许多。副市长是上级派来挂职锻炼的干部，级别很高，肯定年龄在四十岁左右，这女同事怎么看上去才二十岁出头呀，怪不得看上去像一朵刚绽开的牡丹花，细声细语一听就是南方女人。和事佬又提供信息说，女同事是副市长的二房老婆，前房老婆离了；从秃子口中又得知女同事身边带的这个中学生就是副市长前房老婆生的，都十二岁啦；从市组织部办公室主任那儿了解到，副市长不乐意叫女人工作，在家中待着做专职太太。女同事偏不，说儿子一上学她一人待在家中太无聊还害怕，还无缘无故地发愁。副市长把她搂在怀里说别担心，我会给你安排工作的。政府办就把女同事安排在市第一幼儿园工作，任副园长。干了一周，女同事觉得没意思又绕毛回家。女同事就哪儿也不走了，专门给儿子做饭、做家务。过了一段时间，女同事又提出要出来工作，说儿子由政府办专车接送，在宾馆包餐，无事可做，她都患上抑郁症了。政府办就安排女同事在外事办工作。

七

我想不通两年前我刚到外事办，主任并没有主动说给我配发电脑。我就厚着脸皮一趟趟地催，人家民工上包工头家讨工钱还提着三斤香蕉呢！遇到文件和值班安排什么的只能到其他科室借电脑使用。局办公室主任说没条件等以后配来了一定考虑。女同事刚到第三天分管副局长就率办公室主任和负责信息管理的同志抱着电脑来了。他们还问要不要打印机，要不要音箱。女同事说我不打字只听听歌上上网。我们信息资料室的那位秃子干事听到信息，早把自己使用的多功能打印机抱出来了，见女同事不要又灰溜溜抱进去了。

电脑安装调试完毕，一切运行正常。女同事就放出流行歌曲反复播放，全不考虑我们的感受。在音乐伴奏下，女同事从包里掏出碗口大的心形双面镜子开始补妆。她先用高级洗面奶敷面搓揉，清洗之后又打底粉，然后再抹面油描眉涂唇膏，再喷洒什么香水。估计是法国的，法国香水质量上乘，价格不菲，只有她这样的女同事才配使用。我看李玉刚上春晚唱《霸王别姬》化妆也没花这么长时间，我是在忍无可忍的情况下才离开办公室的，我感到自己蒙受了莫大耻辱！你们可能还记得，有人早就预言我是一个不食人间烟火的家伙，在男女方面是骡子样的杂种，怎么可以容忍一个艳丽少妇在近距离涂脂抹粉呢，怎么可以克制自己的听觉视觉，置若罔闻地听着高分贝打击乐写材料呢？于是我祈盼上级纪检监察部门明察暗访我们外事办，他们是否能有效治理工作环境的脏乱差？九时左右，女同事又从皮包里掏出毽子踢着，看来她常踢，还转着圈儿变换身姿。毽子栽毛的地方是几片麻钱样的金属叠起来的，受到鞋帮一撞就发出清脆的声响。女同事每一种姿势练好几遍，口中自己数着一个，两个，三个……她突然极兴奋地惊叫起来，哇，我今天跳了四十六个！要是每天能增加一个就好啦。和事佬说踢毽子是最好的健美体操，全身心都能得到充分调剂的，我关心地说，坚持一年下来，你可要申请吉尼斯世界纪录的！

女同事是南方人，她的有些话我们似懂非懂，你大可不必费劲地猜意思，只管保持沉默。见我们愁眉苦脸，她也就不再往下讲述。开始几天上下班都由市政府派来的小汽车接送，后来她打的，再后来她骑一辆"红旗"牌电动自行车。没骑上几天丢了，又骑一辆"爱玛"牌电动自行车。

闲谈中还得知，女同事下班后还被人跟踪过。那是来外事办上班之前的事了——

副市长太太被人跟踪似乎很危险。她发现最近下班被一个戴墨镜的中年女人跟踪着。她到哪儿中年女人跟到哪儿，跟了三四天。她进住宅楼车库，那中年女人亦跟进去；她上楼那中年女人也跟到单元楼，盯着她家门牌号。一天，她半路停下，问中年女人：你老跟着我干什么？那中年女人说你骑的电动自行车是我的，我跟踪你为了查清车型住宅门号好报案。一听市长太太是南方口音，又细皮嫩肉，更引起中年女人的注意，以为她是外地来的打工妹。中年女人抓住市长太太的电动车不松手，墨镜也掉在地上了。赶快给老哥哥打手机，说她抓住了偷车贼。老哥哥来到现场，首先强行锁了市长太太的车，不容分说扣留了车钥匙，兄妹俩又押着市长太太到她家中，查看了购车发票才抱歉地说声对不起走了。你说巧不巧，这位老哥哥就是咱外事办的和事佬！女同事上班第一天她俩就好像有什么东西瞒着大家。和事佬始终没张罗出来，倒是女同事私下给我讲了事情原委。讲话时她乐不可支，像嘲笑和事佬门兄妹门缝里看人，又像是自嘲。那银铃般的笑声感染了我，不得不咧嘴陪她笑！

踢毽子的体育运动天天按时进行。有几次毽子被撺到我的办公桌前，为了救快要落地的毽子，女同事差点把花盆撞破了。她的皮鞋掉了一层皮，幸好没张嘴，勉强穿回去啦。那双红色皮鞋又换双黑色锃亮的皮鞋。红色皮鞋是高跟，后跟像筷子样细能不跌跤吗？黑色皮鞋是半高跟，鞋跟粗如菜刀把儿。女同事继续踢毽子，我们放下手里的活儿，无偿给她当观众。她又增加了新项目，在窗台上压腿。左右腿换班压上数十分钟，再双手扶着窗台学牲口朝后尥蹶子，这回几个男同志赶紧埋下头，假装没看见。这是冬季，假如赶上夏季穿上裙子，女同事压腿肯定走光，因为男人的眼睛会拐弯。有一次毽子飞来落在我的鼠标上；有几次毽子落在和事佬的胳膊上脊背上。他呵呵一笑，笑得非常慈祥，捡起毽子还给女同事。

女同事帮过我一个大忙。我不是有肺心病嘛，别说自己抽烟，就是闻到别人呼出的烟雾我都呛得死去活来。外面来的人只要上到三楼楼梯口，我就捂着鼻子喊烟大。女同事二话不说，像在自家一样，哗啦一下打开所有窗户透透气儿。那几个老烟枪就将半截烟卷摁死在烟槽里。外面的冷风不断地吹进来，我也懒得去关窗子，权且把这屋子龌龊的空气好好改善一下吧。望着女同事若无其事悠然自得的样子，我差点给笑声憋过了气！但我硬压了回去，就像中国青年抵制日货，就像轧油机拧紧了丝扣。

八

女同事踢毽子的技术日趋成熟。她低着头，那焗成棕黄色的头发经过直板烫就相当富有垂感，有时头发不知不觉分成三绺，露出光润的脖子，馋得几个男人直咽唾沫。那一上一下踢毽子的腿犹如工厂里车床旁的拉杆，很有节奏地来回循环，穿黑色健美裤的腿细长而富有弹性。和事佬大张着嘴成为女同事的铁杆粉丝，不论毽子飞落何处，他都争先恐后过去捡回来，很自豪地笑笑，仿佛姚明拨了篮板球，只不过姚明是使劲往起跳，他是猫腰努力往下躬，捡到了就赶快物归原主，别让女同事等太长的时间。我猜想和事佬是为了替妹妹赎跟踪之罪，尽量在友好的氛围中使女同事把跟踪之事忘掉，使原本晴朗的天空雨雾天晴，万物清新勃发，鲜花朵朵绽放！

女同事要收徒弟啦。收谁呢？近水楼台先得月，当然收我们大办公室的两个秃子一个和事佬呗。我在女同事的催促下勉强站起身。正左右为难，和事佬起身叫来里屋的秃子踊跃参加，像铁屑一下扑到了磁石上。他们三个人围成看不见的三角图形，传递着毽子。一开始当然不够连贯和紧凑，捡毽子的次数远比踢毽子的次数多几倍，过了几天就好多啦，可见人都要运动，贵在掺和。我呆若木鸡不知如何是好，如果积极参与就使三人站成的三角形变成矩形。尽管我在警校练过协调动作，但这样强奸了我的意志和良好习惯，我将违心地奉承，长此以往会玩物丧志，变成名副其实的傻半吊子！我在他们的欢笑声中异常孤独，既无力扭转局面又无法静心浏览网上的有关信息。

　　二楼的十来个干事时不时地上我们办公的三楼来看我们叮叮咚咚干什么，他们肯定怀疑自己头顶上是托儿所，好动的小朋友骑着小板凳在追逐厮杀，或者是住着经常淘气打架的夫妻。见我们在踢毽子，有的二话没说扭头走了，有的站在门口围观叫好。和事佬总是热情地笑着一遍遍地邀请她们加入踢毽子协会，说这是男女皆宜的运动项目，不分室内室外，不分上班下班，不限个高个矮，不管早踢晚踢，都有明显感觉，对治疗哮喘病、高血压、脂肪肝、糖尿病、前列腺炎等常见病均有疗效。好话说了一箩筐，二楼的干事没一个参与。管他呢，咱照踢不误，笑一笑十年少，愁一愁白了头！时间在不知不觉中飞逝。每天踢上一阵儿再烧点热水洗一洗，泡点女同事免费提供的龙井、铁观音、普洱、碧螺春茶品上一会儿，再闲扯上一会儿，悬挂在东墙上的圆形石英钟就提醒该下班啦。我们的主任一开始听到踢毽子远远探头一瞧，突然脸一沉。因为是副市长的爱妻牵头，他能说什么，会说什么，又敢说什么呢？过了两三天见到女同事收了徒弟，发展了三个男同志，笑得合不拢嘴。以后再过来安排工作，为了不影响踢毽子，他不讲话，只用条子书面通知或发短信通知就行啦。他就泥神一般塑在自己的小办公室里上网聊天，悄无声息地回家干私事。有时五六天不见主任来大办公室，也不觉少了什么；哪天来了，大家才恍然大悟，哦，还有个主任在这儿，他今天没去划船钓鱼呀！若有官员来咨询出国事宜，涉及谁分管的工作，谁就暂时离开运动圈，应一下急，其他人则继续踢。女同事有时会大声催道：快点补一脚，对，再补一脚，好，救起来喽！

那毽子就像一只专啄人脚的鸟儿，踢飞，落下，再踢飞……

九

市公安局副局长的外甥女今天是不速之客。她的装束远比当姑娘时要妩媚。不知谁讲过，女同事往往靠大量的购物，修饰华丽时髦的外表，刻意的打扮，极力掩饰内心深处的空虚或忧伤。她的笑容是装出来的，一点都不自然。她结婚了，找了一个地道的农民为终身伴侣。按常理，我多次逃避她的爱情攻略网眼，又不搭理副局长提拔的高层诱惑，她应当早早撒手另辟蹊径。但她中了邪似的非我不嫁，教多少亲人朋友理发同行放心不下，又像幽灵样坚守在乡派出所的院子里。她明知我与她学历差距凸显受教育程度悬殊，试图靠天生丽质征服我心！她今天在外事办还是那样含情脉脉，芳心不减。她说给我添过麻烦，诚邀我去吃饭，顺便陪她逛商场买件高档虎皮大氅。我当然要打消女同事和事佬秃子他们的满腹狐疑，冷冰冰地告诉她很忙很忙，而她在坐了一个多小时后用忘了一件必须做的急事为借口，闪眼抛眉非常放松愉悦地下了楼，将大大的问号留在外事办各位心中。女同事在专心致志地跳绳。她一会儿频率特高地并腿跳，一会儿节奏放慢单腿跳，弧线在她头顶脚下嗖嗖嗖地掠过，她像天真无邪的小女孩，口中一二三四依次往上数数，额头流汗，满脸灿烂。她没有受到任何影响，尽管大办公室的老男人渐渐赔不起她日渐增大的运动量，陆续退出踢毽子锻炼的魔圈，心甘情愿成为局外人，把女同事划分为另一种局外人。曾经，其他办公室的女干事闻风来比踢毽子，使我们办公室如同社区老年活动中心，人气旺得人满为患，无地自容，你方唱罢我登台的热闹繁盛令我暗暗叫苦。有几次我扭身看和事佬秃子他们的表情，他们脸势仿佛很难看，一副不堪重负的颓唐模样教我忍俊不禁。我浅尝辄止，而他们表面文章做得太好，女同事一声召唤就屁颠屁颠地放下手头的工作，热情不减地坚持与女同事"入围"。二楼职成教办的干事嫌我们说话声音太大，望着和事佬用商量的口吻说你们能不能声音小一点儿，过几天上级要来进行半年工作检查，他们正分头整档案补文件补会议记录撰写汇报材料。谁都明白他们提出抗议的所谓噪音实指踢毽子跳绳的声音，谁也对跳绳踢毽子熟视无睹，牢骚满腹又免开尊口。忍让在特定环境，尤其在新来的女同事面前就是一种美德和人缘的储蓄，多少人从中得到实惠和裨益并将其发挥到极致，相反则莫名其妙挨瞎打中冷箭受冤枉气！

直到某一天，女同事提出现在各药店办卡，设立乒乓球活动室，专门供购药的居民来娱乐。和事佬就敏感地马上赞美女同事乒乓球打得好。提出我们大办公室幅员辽阔，人口众多，完全可以摆案子打乒乓球。女同事正中下怀立即拍掌赞成。秃子也激动不已，他竟然热泪盈眶，仿佛受压抑时间太长，无法用语言表达知遇之恩。

和事佬望着女同事说，我看主任在不在。秃子说如果市体委不支持，我就给市政府办公室主任打电话，说我单位（不必提新来的女领导有想法），直接说我办公室需要一架乒乓球案子，他们准保跟三孙子似的赶紧答应的。

女同事会心地笑笑，将电脑音箱声音调大。我想起鲁迅《在仙台》中描写清朝留学生的速成班学员，还要将脖子扭几扭。大抵人在得意之时，都有一种习惯性动作。女同事刚才真扭了脖子。

十

尽管市体委支支吾吾历数诸多困难，提出颇多交换的条件，竟然大言不惭地提出要我们的割草机跟乒乓球案子交换，或者请女同事把他们吃饭的五千元欠单埋掉，饭馆里的讨账小姐催了好几趟了，这区区几千元在副市长眼里还不是个钢镚儿。大概市体委主任打探到女同事是谁的谁，再不敢提说交换和埋单之事。我们局不是有两台割草机嘛，可以借给他们用，但乒乓球案子在当日下午就无条件地拉来了。局其他科室的人问我们外事办弄案子干啥。我们说马上要整档案啦，许多外单位的人要来照相填写信息，靠那几个破办公桌是远远不够的，摆上案子铺上崭新的桌布，四面八方都能坐人，这不提高工作效率方便办事群众争创文明窗口嘛。他们神秘地打哈哈说，亏你们想得出来。

乒乓球案子是体委打来电话我去接洽雇车拉回来的。体委办主任试探性地让我打借条。我气焰嚣张地一拍胸脯说，你只管盯住我这张脸，我这个一米八二的个头，别的细节事后悄悄去打探，啊。我将"啊"的尾音轻轻上扬，又抿着两片嘴唇使劲点头，然后头一摆，指引一个方向说，走！坐上车，我回头很优雅地给他们摆手再见，他们体委的干部一个个成了秦始皇的兵马俑。

乒乓球案子是国家体委指定厂家制造的"双鱼"牌的案子，木质的，不变形，油漆纯净亚光柔和，在不用的情况下像叫驴卧倒一样可以蜷腿不占地方。这案子乱重，外事办的楼梯逼仄，我们办公室又在三楼，光凭和事佬和我是打死也扛不上来的，女同事派我去劳务市场叫几个男人过来，工钱算她的。不管谁掏，活儿得干，我就叫了一个五大三粗满脸络腮胡子的汉子回来。那汉子张口要一百元，说宁扛棺材不抬案子，拐弯抹角往死里压！女同事说叫你多叫几个，你只叫一个，一个人能背上来吗？我说我不算人？人多插不上手还净占地方。

我就和络腮胡子一寸一截地将乒乓球案子扛上去了。

打乒乓球是我的最爱也是强项。想当年在警校曾获过全校男子单打亚军。在派出所上班那会儿，我怕局长外甥女纠缠（因为她天天守在派出所门上等我下班），就到附近的中学打乒乓球；调到乡政府计生站后因打球认识的朋友就来自三教九流。我的球技在不知不觉中提高。去年全市职工乒乓球比赛我获得男子单打第二名。

现在宝马有了，就差鞍鞯。我又给政府办主任打手机，说体委没给球拍，那主任特客气地说好的，我派人马上给送过来。不到十分钟，体委办主任亲自送来一副红双喜牌球拍和两盒三星级乒乓球，对女同事和我点头哈腰，说需要什么尽管打电话，尽管打电话。我略略点头示意他离开。心想，体委这帮驴，平时在赛场上趾高气扬，眼睛长在头顶上，今天蔫得跟霜杀的茄子，女同事说一句差球拍差球，他们比给医院做手术的老妈送血浆还急！

一交手，才发觉女同事打乒乓球还真有两下子。难怪她那么贪心打球，看到案子欣喜若狂。她崇拜的球星是邓亚萍，三板结束战斗，打球的作风是稳、准、狠。几次猛扣，女同事已气喘吁吁提不起裤子摸不着腰，有点儿晕头转向啦。政府办主任又给女同事送来一身红色白条的运动衣，一双网球鞋，说如果不合身可以换。说完带着歉意，捋了一下地方支援中央的头发，匆匆下了楼。我想，现在的男人吃残留农药的蔬菜多了，还是工作压力大了，怎么到处是显老的秃子！

我们外事办主任也喜欢扇几拍子。不过只多打十来分钟，说句哎呀太累了太累了，拿球拍当扇子扇风，洗把脸草草收兵。女同事提议要我收她为徒弟，我说不敢不敢，啥时想打你只管指示，反正我也闲着，随叫随到。托了女同事的福，我们的楼梯下终于改造了一个小巧的卫生间。秃子说，朝里有人好办事，职成教办的人也跟着沾光。

每天下午或周六周天，我都会到办公室来，指导女同事练球。她有时带邻居来，有时带儿子来，带着一箱和其正或王老吉，还说一些耽误你工作休息之类的客气话。我和她们打球只能降低水平来陪打，还得耐心奉献，边打边讲怎样防御和进攻，怎样抛球和拉弧旋球，怎样挡球和捞球。女同事的儿子向我要名片，我说没有，他说他老爸的名片可多啦，满抽屉都是，不是局长就是经理。他又向我要手机号码，我只能读给他。

十一

加入了市乒协我如鱼得水。其实，我最乐意和体委的那些高级教练打乒乓球。这里凭势力凭硬功，没有暗箱选举拉帮结派，没有领导授意的荣誉头衔，没有"收礼只收脑白金"的高层嗜好；没有骡子尻子翻红倒黑的官僚习气。打球只看球技不看对方脸色，只管向对方发力，谢绝夸夸其谈的庸人入内。女同事的球技日渐提高，她儿子也摸到了一点打球的窍道，可她们母子一点儿也不考虑我的感受，以为我是她家的大管家，随叫随到，绝对忠诚。渐渐地我疏远了她们，装病、托事、外出、手机没电、酗酒，绞尽脑汁回绝到外事办打球。星期一上班还得向女同事再做解释，表示歉意。从副市长层面思考，一个大领导不至于因为妻子的耳旁风向我发难，我大可不必多虑。

女同事对电脑技术一窍不通，只会开机关机上网耍游戏听歌，不会文字录入和制作电子表格。遇到疑难问题，当然由我全权代理，谁叫她坐在我的对面办公呢。好在女同事的电脑显示器比我的大，与我的显示器背靠背错位，正好形成一堵墙，双方"不识庐山真面目"，避免了不必要的对视尴尬。眼睛和心灵的压力锐减了。她就戴上耳麦，如同军部的步话员，尽情享受人类资源带来的快乐。

一天，女同事趁其他干事没来，赠送给我一部新款手机。封签包装盒都没有打开，我知道她家的东西价格不菲，就不敢接受。她像请我抽一支软中华那样说，叫你收你就收下吧，经常给你打手机，联系不上，估计你的手机待机时间短。这款你就凑合着用吧，千万别嫌弃。我不胜感激，说这么贵重的礼物怎么能轻易给我呢？推让一番之后，我问她多少钱。她十分开心地说，家中还有好几款呢，闲着也是闲着，结交你这样的老兄是我的福分。我难为情地收下了。你知道我的内心如刀绞一般难受，找托辞谢绝和女同事打球，不等于目中没有副市长吗？别人巴结还找不到门道搭不上话呢，我岂能用小小乒乓球难为人家呢？我简直愚蠢到了极点。问题是，上班时间与她打，合情不合理，合理不合法。时间一长，我和副市长的女同事天天打球使多少干事交头接耳、窃窃私语。外事办主任早就对我刮目相看，局长也时不时提醒我们在做好本职工作的同时，照顾好女同事的"工作"，必须当作一项政治任务抓紧抓好。局长突兀地说要给我们外事办一个市劳模的名额，大家看谁合适。那深邃的目光叫人难以捉摸。体委的两个教练也居心叵测地请我帮忙，要申请装修扩建他们的办公大楼，说请示报告打上去都快五年了，先是摇动拨不动，后来是泥牛入海；派出所长也想请我重返公安系统，电话里说二杆子兄弟，你那一根筋冲锋陷阵的品质，真是干警察的好料子，别任性啦，回派出所来吧，来干上几年，我调走那所长不就是你的吗？那位镇党委书记几次三番请我吃饭。我没出息没戒心勉强去了。饭桌上镇书记提出请我搭桥，在女同事面前多美言几句，在副市长那而挂个号儿，许诺事成之后推荐我为副镇长候选人，他还想再进步，到农业局工作……人生虽然是一场戏，但我没有王保强的演技和感觉，演不好《士兵突击》；经历虽然是一首歌，但我不会唱《血染的风采》。有人谣传说我即将到市委大院工作，有人扬言副市长何时何地在干什么我全知道，要见副市长首先得拜见我；警校老同学闻讯赶来提醒我千万千万不要越雷池一步；老爹老妈特意从农村来我办公室观察女同事，警告我千万千万勿撞高压线，小心栽在这个女同事手上。

我心急如焚苦不堪言。在上下班的路上，我见有人三三两两站在人行道上议论我；途经几家清真餐厅，无意透过玻璃窗望去，那些甩砣的男男女女在兴高采烈地嘲笑我；在八车道旁花池里，那些穿橘黄色服装的清洁工也在仇视我；单位上的同事一个个拿眼剜我，拿指头戳我……

就在我梦魇般辗转反侧惊恐不安大汗淋漓之时，这位上级派来的挂职副市长调走了，带着她娇小妖冶的妻子和活泼可爱的儿子。我对面办公的女同事，那个娇小妖冶的女人，那个细皮嫩肉的南方女人，走了！座椅靠背上搭着一身红色白条的运动衣，桌下放着一双网球鞋。办公桌上摆着两束谁送来的鲜花。那花，沁人心脾，隐含着淡淡的法国香水的味道。

和事佬茫然地说，有件事，我还没来得及向她道歉呢。里屋的秃子说，你向她道什么歉？市长太太应该向我道歉，她硬把一个市级劳模的名额给糟蹋了。语气愤然。

又过了大约两天，市体委打来电话叫我把乒乓球案子赶紧还回去，哦，还有球拍！主任懊恼地说，我早就说不长久的，就像这两束花，早晚会有蔫的一天。

知县冯飞云

张 帆

冯飞云是在县衙大堂上晕倒的。有好些日子了，冯飞云感到身体不适，头晕目眩，四肢无力，常常莫名其妙地冒冷汗。他知道他病了，而且病得不轻，但至于什么病他说不清。找来本县最有名的郎中把脉，郎中也说不准他得了什么病，只让他静养。又开了药方，药虽然吃了几服，可是他的病一直不见好转。他没有把身体的不适对别人说过，每日里照样勤于公务，忙于琐事。

这一天，冯飞云断完一个乡邻纠纷案，从大堂上下来，就带着两个差役到修筑的城堞工地上去巡视。看着外包青砖内夯黄土的城墙终于巍峨地耸立起来，他感到十分欣慰。任知县几年，这是他干的最大的一项工程，现在总算有了结果。为修茸这座历遭兵燹战乱的城墙，他号召乡绅富贾捐助，并带头把自己一年的俸银捐了出来，为此他不得不常以青菜下饭。冯飞云在城墙上走了一圈，走得他身上直冒虚汗，他觉得双腿乏软，就坐在一块厚重的墙砖上歇息。跟班的差役看到他不停地擦汗，就走过来说，老爷，您累了，俺去把轿子抬来。冯飞云摆摆手没有说话，差役就站着没敢动，在一旁候着。在县城范围内冯飞云从不坐轿子，这是他给自己立下的规矩。他静静地坐着，目光顺着城墙垛口望去，中原大地的景象便尽在眼底。他的西北是九朝古都的洛阳，东北是开封，每次登上城墙，他都要坐着望一阵，想一阵。

他想什么，没有人知道。

他歇了好大工夫，也想了好大工夫，觉得气喘匀了，腿上有了些力气，就从城墙上走下来，回到县衙给知府写一封修葺城池的文牍。是到禀报的时候了。冯飞云清楚他修葺这座城池并不能彪炳千秋，但为官一任，也算是给百姓给国家干了件实事，对自己的为官生涯也是个交代。冯飞云写了一半，手里的毛笔突然不听使唤地颤抖起来，接着他眼前一黑，就从椅子上栽到地上。他一栽倒，差役们骇然，大堂上顿时乱了起来。几个差役手忙脚乱地把他抬到后院的卧屋，请出夫人，经过一阵惊慌失措的呼叫他才醒过来。夫人问，娃他爹，你咋啦？哪里不舒服？冯飞云坦然地望着夫人笑笑，说没咋，就是累，头晕。他确实感到很累。他突然意识到这次栽倒恐怕很难再站起来了。

找来郎中看过，吃了两服药，病势丝毫没减，反倒有所加重，这情形使冯飞云感到死亡在向他一步步逼近。对死他并不恐惧，他知道这一天的来临是迟早的事，谁都无法逃过。躺在病榻上，他对过去的事做了一次认真回顾。在对陈年旧事的翻捡中，他突然想起了老母亲，是一种揪心地牵肠挂肚地想念。他有好些年没有见到母亲了，每年只有家书传递，捎去他的问候。但作为儿子，一声问候又能算得了什么呢？没有尽人之子的孝道，此时想来，他心里十分地愧疚。他觉得他一生中只有这件事没有做好，心里抱愧得厉害，眼里不由跌落两串泪珠。夫人从没见他落过泪，知道他心里有难以言说的痛楚，就问，娃他爹，你咋落泪哩？他没有即刻回答，直到心里稍稍平静些才给夫人留下话，说他在外漂泊了多年，没有好好地孝敬过母亲，死后无论如何也要把他的尸骨送回老家，以后给母亲挂脚，了却最后的心愿。夫人热泪长流地点头答应了。

冯飞云死后，夫人翻捡积蓄和遗物，发现他并没有积攒下什么银两，无力把他的灵柩送回家乡，就眼泪不干地修书一封，让家里人带足银两来接他们回去。差役们还算有良心，没有因为老爷一死情便立即淡了，他们帮着夫人料理后事，把冯飞云的灵柩抬到新郑县城郊外的一处坡地上寄放起来。这是一处清净的地方，坡顶长一片密密的树林，坡下长茂盛的庄稼，几户人家散落其间。差役们在干燥处砌一间石屋，安放了冯飞云的灵柩，又在坡下筑一间小屋夫人住。夫人住在小屋里等了数月，家里还没有人来搬灵。这期间，新接任的知县来凭吊过一回，在冯飞云的灵前敬了香，又给了夫人一点散碎银子，让夫人勉为度日。夫人谢过新知县，抬起头，竟看到新知县眼里跌下的泪珠。新知县说，飞云大人为官一任，竟没有置下什么家业，如今连夫人的衣食也无着落，本官实在于心不忍，可又无法相助，只能这样了呀！新知县言毕，到小屋里看了一眼，就差遣两个跟来的差役到树林里打些柴来，自己则告辞一声走了。夫人攥着一把碎银子，久久地望着远去的新知县发呆。夫人心里没底，不知道还要等多久家里才能来人。

夫人陪伴着冯飞云的灵柩，也陪伴着一分清苦孤独的日子。邻近几户人家和当初跟老爷当差的几个差役还不错，时常过来走走，送些蔬菜，说说话，对夫人也是个慰藉。从这些认识或不认识的人的关照里，夫人感到，丈夫死了，可他的一丝精魂却还在新郑活着，庇护着他的寡妻。这样的感悟使夫人感慨不已，觉得陪伴着丈夫的灵柩过苦寂的日子值得，哪怕等三年五年，也要等家里来人接走他们。

家里接到书信已经是一个月以后了。冯雪松得闻父亲在任上猝死，却又不敢让祖母知道，就躲在邻居家里号啕大哭。冯雪松感到头上的一片天陡然地塌了，面对母亲的家书，他茫然无措。邻居劝慰许久，他才止了哭声细想该如何完成母亲的嘱告，接回父亲的灵柩。母亲在信上说得十分明白，十分决断，父亲在任时没有攒下银两，让他哪怕典田卖地，也要凑足银两，接父亲的尸骨回家，以了却遗愿。可是，父亲一直在外教书，直到考中举人后被保举升任河南新郑县知县，多年来很少朝家里带过银子，家里哪能拿出这笔银子啊。祖父虽创下过一片不算丰厚的家业，但随着祖父去世，伯父和叔父立家另过，一份家业由整化零，早已是经不起突来灾祸的打击了。父亲名下的一份家产，薄田是有几亩，但如果要卖了田地，以后日子怎么过呢？这些年来，他苦撑苦守着父亲名下的一份家业，没有发达，也没有败落，只能过日子而已。再说把田地卖了，母亲回来，一家人靠什么生活呢？不卖地，拿不出银子，接不回父亲的灵骨，他不就成了忤逆之子，怎么面对父亲的在天之灵，面对母亲的谆谆嘱咐呢？冯雪松悲伤父亲的离世，也悲伤父亲做官竟做到如此寒酸的地步。他哭过了，想过了，一咬牙横下一条心：卖！

次日一早，冯雪松先牵了家里的牛出来，走出老远了，觉得牛卖了留着车也无用，又折回去索性把车也套上，吆着去了市上。牛和车他去了三次市上才卖掉。卖得的那些银子他掂了掂，心里仍然没底。他没有出过远门，不知道去千里之外搬父亲的灵枢，这点银子做盘缠路费够不够？穷家富路，为了凑足银两，不至于接父亲灵骨回家的路上被困住，他又去几家大户人家，打问人家要不要买地。人家一听他家的田地靠沙漠，顿时没有了兴趣，都说不买。田地卖不出手，他急得起了满嘴火泡，无奈之下去找父亲以前教过的学生马世隆，想让马世隆帮着把田地卖了。马世隆经常帮人写契约书信，调解邻里纠纷，路宽，威望高，这种事肯定有办法。冯雪松把卖田地的意思对马世隆说了，马世隆惊异地望着冯雪松问，为何要卖田地？冯雪松掏出书信让马世隆看，马世隆看后长叹不已，说，雪松，你等我口信吧，念恩师过去教我读书、做人的一场情分，这事你不要再管了，我一定办好。有了马世隆的一句话，冯雪松一颗焦虑的心才稍稍放展了。马世隆没有把家书还给冯雪松，他仔细地叠好，揣在怀里说，这封家书我借用几天，等筹足了银两一并还你。冯雪松感激涕零地谢过马世隆走了。

冯雪松走后，马世隆又掏出那封告急的家书展读。一页纸，他掂在手里却重似千斤，看了数行，双眼被泪水迷蒙了。冯飞云未入仕途之时，在家乡授徒讲学，众多弟子里，他马世隆就是其中一个。如今有的人做官了，有的人为人之师，最次的也像他一样，被人尊为乡绅，受人尊敬。可是，先生踏入仕途多年，竟一贫如洗，客死他乡，遗骨难回，万般无奈告罄家里，这在他心里引发了强烈的震撼。由此一事，可见先生为官为人的操行，难得啊！马世隆拍案而起，即刻研磨铺纸，一连给冯飞云过去授过业的学生修书数封，恳求他们解囊相助，接回先生的遗骨，不至使先生的儿孙落个典田卖地的凄凉景象。写完几封书信，马世隆又到几户家景殷实的人家去，这些人家过去都有人在冯飞云的门下受过教，求得些许银子应该不在话下。这些人家没有让马世隆失望，听罢诉说，或多或少都助了些银子。马世隆把各家捐助的银子一一记清，回来一算，还是不够，这时候马世隆才知道这是一件多么难的事情了。马世隆把全部希望寄托在在外做官当差的几个学友身上，指望他们助些银两，接先生灵骨归家。

马世隆焦灼不安地等了一个月，掐指算算，寄出的几封书信也该到那几个人的手里，再过些日子，那些在外做官的大人也该凑些银子来了。

冯雪松一直等待马世隆的口信，眼见一个月的时间过去了，卖地的事还无消息，就按捺不住地到马世隆家里探询。马世隆把他如何筹措银子的办法说了，冯雪松听了感激不尽，道谢之后细细思量，不免心存疑虑，说，世隆兄，这些人如果不肯施舍，那不把事情耽误了嘛。马世隆说，不会的，几两银子对他们不过是牛身上一毛，即便他们不念过去的情分，他们也会顾及一张脸面，咱再等等吧。马世隆拿出到各家求来的一包散碎银子，递给冯雪松说，我在你父亲过去教过的学生家里走了走，这不已经凑了这些，那些人的银子一到，凑足盘缠咱就可以去搬灵了。冯雪松接过银子，眼泪簌簌地掉了下来，说，世隆兄，难为你了，我看还是把地卖掉吧，有了钱我就及早动身。马世隆长叹一声说，地无论如何不能卖，再等些日子，那些人的银子不来，我自有办法。

又等了些日子，马世隆陆续收到两张银票。这两张银票一张是一位教书先生的，一张是一个在邻县衙门做知事的，他们年俸微薄，所汇银子可想而知。而另几个身任朝廷一官半职的人竟没有汇来一丝一毫的银子，这使马世隆非常地失望。马世隆深深感到，同出于一个先生的门下，读的是同样的经史子集，可人和人却又是多么的不同啊！官场污浊，利欲熏心，他们吃惯了别人的孝敬，哪能体会到别人的难处？所以做一个好官不容易，所以百姓把一个好官当青天，这么简单的道理，自己怎么就忽视了呢，还幼稚地指望那些人伸手帮一把！罢了，此路不通另择路，人心不会都是石头，若人心都成了石头，还要这人间干什么呢？马世隆几乎是以一种悲愤的心情，挥笔写就了一篇求助的文告，文告中诉说了冯飞云教书期间，如何为人楷模，如何在灾年训士散赈，如何为官清贫，如何死后不能归乡云云，字字含情，句句泣血，然后把文告贴在城里最热闹的地方。冯飞云虽然在外漂泊多年，但他过去的善行至今仍在家乡传颂，家乡人并没有忘记。马世隆的一纸文告，犹如一石击下，顿时浪花飞溅，城里人人皆知。有感念冯飞云生前好处的士子百姓，自发地资助银两，以接冯飞云的灵柩归乡。

士民公助的银两足够把冯飞云的灵柩从河南新郑县接回宁夏府中卫县了。现在，该是冯雪松动身的时候了。这是一个寒风凛冽的早晨，当冯雪松、马世隆和另两个精壮汉子脚步匆匆地踏出县城东门时，让他们始料不及的是，士民早已等候在城门外相送，寒风里黑压压站成两排，乱声嘱咐路途上要注意的事情。马世隆一边抱拳辞行，一边颔首致敬。而冯雪松已是泪流满面，走出几步，扑通一声跪倒在地上，叩首以谢。冯雪松没有说半个谢字，他知道此时一声谢谢的分量太轻，不能就这样把士民们的一片热肠打发了。冯雪松磕过头，仰首对着苍天泣声祷告：父亲，你看见了吗，你一世人没有白活呀……这个场景十分感人，十分富有震撼力，一句泣声祷告，惹得许多人流下眼泪。冯雪松被两个年长的乡民拉起来，他用泪眼肃然地注视了一遍人群，一扭身走了。

他们一行四人都没有出过远门，只知道河南新郑离家乡远在千里之外，但到底能走多少天却不得而知。为了省钱，他们没有雇骡马驮脚，每一步路都靠双脚行走，日行夜宿，丝毫不敢贪图沿途城镇的热闹，就这样，及至赶到新郑，也耗去一月有余。

母子相见不免抱头痛哭。这样的场面早在马世隆的预料之中，可马世隆仍然料想不到的是过去贤惠漂亮的师母，又当了好些年知县大人的夫人，丧夫后竟忧愁潦倒到这种地步，可见先生当知县时是如何的清廉了。马世隆也不由心酸，暗暗垂泪，许久后才劝了师母几句，开始商量怎样搬灵回家的事。

第三天，马世隆在县衙差役的引导下，到市上买了一头骡子，买了一辆骡车。买这两样东西时，差役特地向卖主说明是搬运上任知县老爷的灵柩所用，因此，卖主在价钱上便宜了不少。新郑的百姓提起知县冯飞云，仍然感念着他的功德，尤其是修葺城堞，延师兴学，访查民情，给新郑的百姓留下了深刻印象。从这些谈吐中，马世隆仿佛看到冯飞云仍然在新郑的大街上走着。马世隆的一颗心再次被冯飞云的操行感动了，他抬头仰望着一片蓝天，断定冯飞云在新郑还能活上几十年甚至上百年，这可是一个了不起的人生建树！

冯雪松找人扎了引魂幡，写了铭旌。这些都是丝绸做成的。要从新郑一路飘摇到家乡，所以，他们不惜多破费些银子，也要保证引魂

142

幡完好无损地打回家里，让父亲的最后一次归家不至于迷路。该置办的置办好了，冯飞云寄棺的石屋前魂幡飘摇，铭旌舞动，灵前每天人来人往，络绎不绝，敬香的，焚烧纸钱的，来给冯飞云送行。

起棺的头一天晚上，夫人让差役领着冯雪松到帮了忙的人家去，一一磕头答谢。应该做的都做到，第二天天一亮，他们就将冯飞云的灵柩装棺起行，沿新郑城外的官路行去。城外早已云集了新郑的百姓，每走出一步，都有满天的纸钱雪花般飞落在地上，飞落在冯飞云的灵柩上。现任知县在路边设了香案等候，再次祭奠过冯飞云，又令差役骑马护送灵柩行出新郑县境。马世隆跟在灵车后边，一颗士子之心再次被这场面感动了，他热泪盈眶，这时候真正领悟到，什么叫做虽死犹生，什么才是天下的一杆秤！

冯雪松、马世隆和两个精壮汉子护送着冯飞云的灵骨及夫人，一路风尘仆仆地向家归来，了却着一个被朝廷放任的知县的最后夙愿。

几十年后，一个叫黄恩赐的云南人做了中卫知县，乾隆庚辰年修纂县志，在县志中这样记载：

冯飞云，县城人。由癸卯拔贡，中式甲辰科举人。丁巳会试，选取明经。授兴平教谕，以训士散赈，保举升河南新郑县知县。修城堞，延师兴学。卒于任，清贫不能归柩，士民公助，始举丧旋里。其学守渊醇，首开中邑乡科。未仕时，授徒讲学，皆有本末。士民公呈，请入乡贤。

走沙窝

张　帆

扁头还在念书。扁头稀里糊涂就念到三年级。念不念书扁头觉得无所谓，他想翻过年天一热就放驴去，又轻松又自在，多美气。扁头把他的想法对嫂子说了，嫂子睁着一双好看的大眼睛直直地盯住他说，扁头，你得好好念书，你得一直念下去。一直念下去多愁人啊，扁头就是不想念书了。

现在，父亲让扁头跟着哥嫂到沙窝里去，扁头巴都巴不得。扁头首先想到的是沙窝里要是能捉头骆驼来骑多好，那就美气死了。扁头骑过驴，骑过牛，甚至还试着骑过一匹老骗马，就是没有骑过骆驼。扁头想，骑在骆驼背上一定很威风，一定很像个男子汉。这个想法使扁头激动不已，一下子跃出被窝。

扁头迅速地穿好衣服，跑到外边撒了一泡长长的热尿。扁头撒完尿没有回大屋，而是跑到哥嫂的屋里。哥哥已经收拾好要拿的东西，还把父亲的老羊皮袄披在身上。扁头兴奋地说，哥，爹让我也去哩。

哥哥斜看扁头一下，不屑地说，你去干啥？拾狼粪呢狼都打光了。

扁头说，爹说了，让我放驴看窝棚，还让我鼻子里钻些烟。

哥哥不满地说，真是老糊涂了，这么大点人，让跟上受这罪，真能舍得！

嫂子拿瓷一样白的牙咬着嘴唇想了想说，爹既然让去就有去的道理，这么大的人了又不让你背着抱着，怕啥？

哥哥不耐烦了，肩头一抖皮袄就掉在炕上。哥哥凶巴巴地顶了嫂子一句，啥道理？又不是看大戏瞧热闹要领上他，这是冷冬寒天里去扒拉光阴！

嫂子不说话了。扁头在嫂子的脸上看着，他希望嫂子说服哥哥让他去。他知道哥哥听嫂子的话。嫂子为难了半天，终于开口了，嫂子却说，扁头说他不想念书了。

哥哥很凶地瞪了扁头一眼，牙缝里迸出一个字：敢！

扁头心里的一个阴谋很轻易地让嫂子当着哥哥的面揭穿了。扁头很生气，觉得嫂子长的是是非嘴，夹不住话。但扁头没敢把心里的话往出说。扁头心虚地望着哥哥阴沉的脸，想朝出溜。这时候嫂子又说，扁头说爹也不想让他念书了。

哥哥气愤地说，老小都是糊涂虫！不念书就有好日子过啦？就有出息啦？

嫂子看着哥哥笑了一下。嫂子的笑就像春风拂来，即刻把哥哥脸上的阴云吹走了一半。嫂子说，你看你，一句话不合心意脸就不是个脸了。爹让去，扁头也愿意去，去了他就知道啥是苦啥是甜了，尝过滋味说不定他就能狠下心念书了。

哥哥不吭声了，眉间挽个结，很严肃地在想什么。

吃过母亲做的饭，扁头跟着哥嫂上路了。扁头穿棉衣戴棉帽，臃肿得像个小笨熊，但两条腿却十分灵巧，一蹦一跳跟在嫂子身后。

天还黑着。黑地里除了人，还有一头驴。驴驮着干粮水桶铺盖木棒铁锹什么的，凡是能用上的东西父亲几乎都让带上了。父亲说荒沙野地里找样东西难，拿去没用哪怕扔掉也行。反正驴驮着，父亲往驴背上驮什么，哥哥就让驮什么。

驴是嫂子从娘家借来的。借驴的事父亲和哥哥商量了一晚上，父亲认为借队上的驴难，碾米磨面倒没什么，若是使唤十天半月肯定借不来，即便借来让人知道是去跑沙窝就坏了，说不定会闹出啥麻烦事。父亲让嫂子去借亲家的驴。父亲对哥哥说，让你媳妇子借去，你外父那个老东西要是不借给，这辈子我就没他这个亲家了。父亲把话说得很绝。嫂子去借来了娘家的驴。扁头跟着哥嫂去过嫂子娘家一回，那地方是个沙湾子，挨着黄河，河边有很多的枣树梨树，还有就是家家都养着驴，从黄河里驮水吃。那一回扁头爬到树上偷枣子，看园子的老汉一喊，扁头急了，从树上一跳，枣枝把裤裆挂破了。扁头穿着"开裆裤"跑回嫂子家，把嫂子笑得眼泪都下来了。嫂子给扁头缝好裤子，领着扁头到园子里，瞅准一棵小枣树，抱住使劲摇了几下，红艳艳的枣子就落了一地。扁头两个衣兜没装下，索性脱下布衫兜了一兜。扁头很想再到嫂子的娘家去耍，可是哥哥再也没有去过。

扁头跟着哥嫂向北走不多远就到沙漠了。其实扁头的家就在沙漠边子上，这个地方扁头来过，但沙漠深处扁头却没有到过。人走到沙漠上，沙子吸人的脚，双腿就觉得沉重，人就吃力了。沙漠里冷清，小北风割得人鼻子疼，可是扁头的头上脊梁上却冒汗了。扁头摘下棉帽，擦掉头上的汗水，望一眼嫂子。嫂子也走得吃力，脚步不如以往那样轻盈。

闷着头走了好久天才亮了，天亮了仍然是满目的黄沙，望一眼让人心焦。扁头不吭声，跟在哥嫂后头紧走，走着走着扁头就后悔了。嫂子大概猜出了扁头的心思，扭头问，扁头，后悔不？扁头装笑说，不。哥哥拿鼻子冷冷地哼一声，说福烧的，非要跟上受这罪！扁头不敢回嘴，扁头紧走几步，伸手拽住嫂子的后衣襟。在这空旷的沙漠里，扁头觉得哥哥太严厉，只有嫂子才是最亲近的人。

嫂子说，走乏了骑到驴上去。

可是哥哥不说话，扁头就不敢骑到驴上去。哥哥有意要磨磨扁头的野性，让他知道啥叫个苦，啥叫个福。

扁头始终没敢骑驴，走到最后简直是跌跌爬爬。走到一个很宽阔的沙洼里，哥哥才不走了。哥哥说，到了。很简单的一句话，倏地把扁头浑身的气放了，扁头 啊呀长叹一声，人就瘫软在沙地上。日头已经斜在天上了，扁头和嫂子坐在沙地上歇气，哥哥就卸下驴背上的东西，然后拿出干粮让嫂子和扁头吃。嫂子喘着气说，这阵儿哪能吃得下。哥哥笑笑，自己拿个馍吃。扁头也想吃，却感到嗓子里在冒烟，就从袋子里摸出两根胡萝卜，给了嫂子一根。扁头吃了一根胡萝卜，嗓子里的烟气才压了下去。哥哥吃完馍，就寻一处沙坡挖一个供他们睡觉的地窝子。

哥哥挖出一个很大的地窝子，让嫂子去砍冬青。冬青眼前就有，冬日里叶子上泛着灰绿的油亮，很蓬勃的样子。嫂子没有喊扁头去，嫂子知道扁头走乏了，让歇着。但是扁头还是自觉地跟去了。扁头知道嫂子也走乏了，走了三十多里的沙路，没有不乏的道理。扁头把嫂子砍下的冬青枝条给哥哥抱去，哥哥在沙窝子里栽上木桩，再把冬青靠木桩续上，这样沙子流不下来，一道 "墙" 就砌成了。哥哥嫌嫂子砍得太慢，自己提了锹来砍。哥哥有着一身的力气，只一阵就砍倒了一片，剩下的由扁头和嫂子朝沙窝子跟前抱。哥哥造好地窝子，让嫂子进去看行不行，嫂子看了说行，有个窝棚遮风寒就不错了。哥哥又在窝棚里里外外看了几遍，该加固的地方加固，该续柴的地方续上柴，然后在窝棚前放了一堆火。哥哥说烧些火灰铺到窝棚里让暖着，晚上睡觉就不冷了。冬青的火头很硬，响着火焰的啸声，筋骨在燃烧中劈啪炸裂，溅出一颗一颗的火星。这一切扁头是未曾见过的，扁头感到新鲜，早已忘记了疲惫，咧着嘴欢畅地笑着。大火烧过，剩下一堆火星子，哥哥把火星子连同烧烫的沙子一锹一锹铲到窝棚里铺开。哥哥说行了，这回可以打蒿籽去了。哥哥没让扁头去，让扁头在窝棚跟前看驴。

已经是下午了，阳光把沙漠照射出无边的静寂。哥哥和嫂子去了沙梁那边，扁头爬到一个沙丘上瞅了半天都没有瞅见。扁头不仅没有瞅见人，极目望去，连一头牲畜也没有瞅见，沙漠空旷得只剩下奄奄一息的阳光。扁头想，沙漠实在是太大了，哥哥和嫂子会不会走丢呢？扁头不敢胡跑，他怕自己跑远了找不到窝棚。哥嫂不在跟前，扁头感到很孤独。扁头在沙地上坐了一阵，觉得瞌睡上来了，就去把驴拴在一棵冬青上，蔫蔫地摸进窝棚里。窝棚里很暖和，地上的沙子热热的，扁头在沙子上睡了。

扁头让哥哥叫醒时，天黑下来了。哥哥笑道，今儿把扁头累垮了。

嫂子在窝棚外掸着身上的灰土。嫂子说，扁头够硬气了，才多大点人呀，跑这些路，别说扁头，就是我都吃不住，累得骨头架子都散了。

哥哥长叹一声，说，不是一沟子的烂账，咱也用不着受这苦。哥哥的话里透出一股怨气。

嫂子看哥哥一眼，脸上笑开了。嫂子说，心疼你的钱啦？

哥哥说，我是心疼你。

嫂子说，心疼我还说这些？我知道你对我爹有意见。

哥哥说，没意见是假的，谁让他要那么多的彩礼，把人逼得没办法。

嫂子生气了，说，我这个大活人不值那几个钱？你要是觉得冤枉，我去把钱给你要回来！

哥哥见嫂子生气了，自己的口气软了，说，你看你，说着说着就要和人吵架哩。

嫂子说，谁和你吵啦？你不就是觉得心里冤得慌嘛！

嫂子的眼里有了泪雾。扁头一直以为嫂子在他家很快乐，没有人给嫂子气受，可是嫂子被哥哥气得眼里竟有了泪雾。扁头明白他们是为了钱的事烦恼了。哥哥刚找下嫂子那阵，父亲也嫌嫂子家彩礼要得太多。父亲为钱的事发愁，睡在炕上说嫂子的爹心太黑，把丫头当牲口卖哩，这些彩礼到哪里整去。父亲不打算给哥哥说这门亲事了，可是母亲却不同意，母亲说先把账借下，把人娶进门再说。母亲还说哥哥和嫂子多好的一对儿，同学了几年，知根知底的上哪儿找去。父亲还要坚持，母亲就低声骂了一句，老贼，是钱好还是人好？父亲不吭声了，在钱和人之间，父亲大概觉得人更重要。那一回父亲和母亲商量哥哥的婚事的时候，扁头正醒着，就把话听下了。扁头不希望哥哥和嫂子吵架，他认为母亲的话是对的，他觉得自己不能不吭声了，他看看嫂子，又看看哥哥。他说，哥，是钱好还是人好？

哥哥愣了，嫂子也愣了，都望着扁头。

哥哥和嫂子不再吵了。嫂子对扁头笑笑。扁头弄不清嫂子目光里亮闪闪的东西算不算感激，反正嫂子的目光像水一样的温柔。哥哥到那边去拉驴，这时候嫂子问，扁头，想吃饭不？

扁头说，你不乏？

嫂子说，想吃嫂子给你煮。

扁头说，熬米汤吧。

嫂子在临时挖下的灶坑架上锅，让扁头烧火。天黑透了，只有火光一闪一闪的，把扁头的小脸映得通红。扁头抬头望一眼天，天像一块幕布，大得出奇，上面缀满了星星。黑夜的沙漠更加寂静，静得扁头感到天正向地上压下来，扁头就觉得自己十分渺小。扁头想要不是跟着哥嫂，打死他也不到这地方来。

喝了嫂子熬的米汤，哥哥又把未燃尽的火灰铺在窝棚里，就早早睡了。扁头睡在最里头，哥嫂睡在门口。被窝里是哥哥的声音：还生气呀？嫂子没有言语，但被窝里响了一声，大概是嫂子甩掉哥哥摸上身的手，之后就静悄悄的了。静了半天，哥哥说，我顺嘴说说，你还当真了。嫂子说，咋不当真？我也知道我爹做得不对，我想咱俩只要下苦，不愁还不掉那些烂账。我跟你来，还不是为了……嫂子的声音低低的，却很硬，里头像藏了一根针，要捅破哥哥心里的什么。哥哥叹口气说，让你跟上受这罪！嫂子的声音里有了泪的湿润，嫂子说，我啥罪都不怕，就怕你揭我心上的疤。哥哥说，别说了。

扁头醒来，窝棚里不见哥嫂，他钻出窝棚，太阳已经蹲在天上了。这时哥嫂从沙梁那边走来，一人背一个口袋，那是打下的蒿籽，是哥哥还账的本钱。哥哥把口袋放在窝棚门口，很认真地看看天。哥哥说，没一丝丝风，有风我把蒿籽扬出来。

嫂子说，这阵没有，等一阵就有了。

哥哥让扁头把铺在窝棚里的布单子扯出来。哥哥把蒿籽倒在单子上，倒了很大一堆。尽管没风，包在蒿籽身上的那一层薄薄的壳儿还是被吹跑了一些。

扁头吃过母亲擀的蒿籽长面，细得线一样，一筷子挑起来找不着头，又滑溜又有筋骨，很好吃。扁头抓一把带壳儿的蒿籽，立刻就有一股淡淡的呛鼻子的清香。扁头让蒿籽从指缝间流下去，那些壳儿就在空气中飘动着和籽儿分离了。脱了壳儿的蒿籽是褐色的，小得能从针鼻子里漏下去。扁头奇怪这么小的东西竟能在沙漠上长成那么大的一棵，比自己还高哩！它是怎样长大的呢？

扁头一把一把地扬着蒿籽，他想自己是能弄干净这东西的。但是弄了好半天，扁头的手都冻僵了，却没有弄出一把干净的蒿籽。扁头沮丧地抄起冻僵的手，使劲吸溜一下流出的清鼻涕。沙漠里真冷啊，日头白花花的，冷气却渗人的骨头。扁头咕哝着骂一句，呆呆地望着家的方向。

哥嫂一人吃一个馍又走了。

哥嫂一连三天都这样，早出晚归，晚上只做一顿饭。

终于有风了，这是又一个早上，哥嫂一阵紧忙，在风地里扬干净打来的蒿籽。蒿籽装在一个细长的羊毛线口袋里，鼓鼓的装了大半口袋。哥哥说，打满这一口袋我就送回去。嫂子拍拍口袋问：这些能卖多少钱？哥哥把口袋抱在怀里掂掂斤重，说，怎么着也能卖一百多元。嫂子惊喜地说，能卖这么多！哥哥说，那咋的？你以为只值三十五十呀！嫂子粲然一笑。嫂子笑的时候脸上就有一片绯红，两条短辫子也快活地跳着。嫂子笑着问哥哥，还愁你的烂账不？哥哥说，我愁的是喂不饱你。嫂子的脸更红了，娇羞地斜哥哥一眼，又看了扁头一下。扁头不明白哥哥说的是什么意思，他觉得嫂子是大人了，还要让哥哥"喂"，真让人不好意思。但是扁头认为，只要他俩不吵嘴，他才懒得管他俩的事情呢。

嫂子红着脸扯下头巾，掸干净身上的蒿籽壳儿，说她得洗把脸。为了节省水，嫂子几天了没有认真洗过脸。嫂子不洗脸也是干净的。扁头闹不明白，都是人，嫂子为啥不惹灰尘呢？

驴背上驮着一袋蒿籽，哥哥要把蒿籽送回家去。哥哥说赶睡觉的时候他就到家了，明天吃早饭时他就来了。驴压得不停地扭屁股，可是哥哥还不走，哥哥一再嘱咐嫂子别走远了，别狠上劲干，能打多少是多少。嫂子笑着推哥哥一把，说你赶紧走，我又不是碎娃娃，要你安顿。哥哥赶着驴走了。扁头眼巴巴地望着哥哥走了。扁头也想回家，但是扁头觉得他要走了，沙漠里就剩下嫂子，嫂子一定会害怕的。扁头把舌头底下的话咽回去，心却跟着哥哥走了。

嫂子看出了扁头的心思，问，你想家了？

扁头涩涩地说，没。

日头还老高，还不是歇缓的时候，嫂子蒙上红头巾说，扁头，天还早，跟嫂子打蒿籽去。

扁头跟着嫂子去了。沙梁这边的蒿草基本上都成了秃刷子，上头的籽儿都让哥嫂打光了，嫂子就带着扁头往远处走。走着走着，扁头问嫂子，再往北走是啥地方？

嫂子说，内蒙古。

扁头问，还是沙漠？

嫂子说，是，腾格里沙漠大着哩。

扁头闷闷不乐地低下了头。

嫂子看了扁头一眼。这回是嫂子问扁头了。嫂子问，扁头，念书好还是受苦好？

扁头说，念书好。

嫂子笑着说，那你就好好念书，最好能念到大学。

扁头说，那你咋不念大学哩？

嫂子叹了一声，没有说话，目光就扯得很长很长。扁头能感觉出来，在那很遥远很遥远的地方，一定藏着嫂子的一个什么梦。至于什么梦，扁头想不明白。

蒿草上挂着细密的穗子，这里的蒿籽还没有被打过。嫂子到了蒿草跟前把什么都忘了，只顾一把一把地朝袋子里捋蒿籽。打蒿籽其实就是捋蒿籽，扁头抓住一枝，唰一下从根捋到梢，就是满满一把。捋了一阵，扁头觉得这样太慢了，还容易把捋下来的蒿籽撒在地上，于是，扁头撑开袋子，把蒿草枝条塞进袋子里，再捉住捋，这样蒿籽都落在袋子里了。扁头创造性的方法被嫂子看在眼里，嫂子夸奖一句，扁头你真聪明！嫂子也像扁头那样捋。日落时分，扁头和嫂子一人捋了一袋子。

扁头仍然睡在"墙"根，刚睡下一会儿，外面就响起风的啸叫，带着呜呜的哨音灌满扁头的耳朵。窝棚的门帘被风揭了起来，灌进一股呛鼻子的灰尘，嫂子爬起来压好帘子，又钻进被窝。帘子鼓起来，鼓起来又瘪下去，一鼓一瘪，声音一下一下撞在扁头的心上。嫂子问：扁头，害怕不？扁头没有吭声，扁头觉得他不应该说害怕，他害怕嫂子咋办？但是不害怕是假的，风狂野得像要把窝棚顶揭了。真揭了顶就糟了，这一夜咋过啊！扁头蒙住头想着，就听见嫂子又说，害怕了到嫂子的被窝里来。扁头撩起被子，真的钻进嫂子的被窝。扁头感到一种肉肉的温暖。嫂子身上有一股淡淡的甜香。扁头朦朦胧胧地记得母亲身上也是这种味道，扁头的鼻翼动了几下，心里就有了一种滋味。扁头流泪了，扁头怎么也忍不住流泪，他觉得很丢人，可就是忍不住。嫂子搂着扁头，嫂子说，别怕，有我呢。扁头的头在嫂子的胸前拱了拱，睡了。

天终于亮了。扁头不知道天已经亮了。扁头睡得正香，被嫂子的一声惊叫惊醒：天呀，门都叫沙子堵住了！扁头爬起来，把帘子拨个缝探出头去。门确实快叫沙子堵住了，扁头只能爬出去。扁头让嫂子递出锹来，小脸通红地朝开扒沙子。嫂子能够钻出来了。嫂子钻出来就接过扁头手里的锹，笑着清理门口的沙子。嫂子说，咱俩差点叫活埋了！嫂子的辫子散了，头发里钻满沙子，一动沙子就朝下淌。扁头也咧着嘴笑了，扁头笑的是沙子总算没有把他们埋住。

哥哥赶着驴来了。哥哥到了窝棚跟前，嫂子还在扒沙子。哥哥说，这风刮得我一夜都没合眼，担心死了！

嫂子说，扁头都吓哭了。

哥哥说，打完这趟就回，咱不受这罪了。

嫂子说，不受这罪钱从哪里来？

哥哥没声气了，过了一会儿叹息说，过日子难呀。

哥哥接过锹来挖沙子。哥哥心里像有巨大的愤懑，沙子扬得把天都遮黄了。

哥哥扬沙子的时候，扁头拿了一个袋子朝沙梁那边走了。扁头走出一截，听见嫂子对哥哥说，扁头懂事了，说啥也要让他把书念下去，别像咱俩。

哥哥说，只要他念，再穷再苦咱也供！

嫂子说，爹要不让念呢？

哥哥说，由着他呢？咱不能误了扁头一辈子！哥哥声音很大，里头仿佛燃着火。

嫂子咯咯地笑了。嫂子说，你敢拗了爹的脾气？

哥哥说，咋不敢！爹糊涂咱也要跟上糊涂？

嫂子说，我就喜欢你身上的男人气。

扁头听着哥哥和嫂子的话，眼泪怎么也忍不住了。扁头流着泪匆匆朝一道大沙梁上走去……

碧玉环

吕　言

　　电影《色戒》炒得很热，严鸿想看看，但刚刚高考完的女儿佳佳一直黏在身边，她怕真有什么不雅镜头，不敢看。她疑问为啥叫色戒而不是戒色。就给晓路发了信息，让他看看，给她说说色戒和戒色有什么区别。

　　几天过去了，却不见晓路来电话，严鸿有点耐不住，想打个电话，却一时没找见存在手机上的号码。买饮料回来的佳佳见严鸿拿着手机，眼里闪过一丝诡谲，但没说什么出去了，可当电话打通后，她又突然进来了。严鸿措手不及，可为了不让女儿看出什么，只能硬着头皮继续和晓路说话。要不是晓路那边可能是手机没电而突然断掉，严鸿真不知该如何往下说。就在严鸿感到刚松了一口气时，佳佳却问你给谁打电话？

　　严鸿说是同学，语气努力显出一副轻描淡写的样子。手机又振聋发聩地响了，一看是个陌生的固定电话，就知八成是晓路回过来的。佳佳盯着她，严鸿无奈地接通了电话，先入为主地把话向最无聊的地方引，然后不待晓路热情复燃，就以有事为由挂掉了。佳佳笑着问电话里的叔叔是谁？也想和他说说话。

　　严鸿知道这是女儿故意给自己为难，但就是发不起脾气。拨电话时，她真希望晓路别接，可电话还是通了，严鸿只好说女儿要和他说话。

佳佳抢过电话，第一句话说："你和我妈妈什么关系？我妈妈都告诉我了。"

不知晓路说了什么，她脸色一变，挂掉电话，一脸鄙夷地说："那人什么素质？竟然和你能成为朋友，如果真和你有什么关系，妈妈，我鄙视你！"严鸿大脑一片混乱。

严鸿一阵刺痛，见女儿倔强地与自己对视着，感到心头一酸，就转身进了卧室。夜深了，佳佳进来要和严鸿睡，被她撵了出去。严鸿无法入睡，凌晨时分，丈夫刘天瑜回来了，推门看了看，就洗了澡去了自己的卧室。第二天严鸿感到在女儿和丈夫面前很不自然，总觉得他们以别样的目光看着自己，晚饭做好后，就以身体不舒服为由躲进了卧室。刘天瑜询问的目光望着女儿，女儿伸了伸舌头没有说话。父女俩同时看了一眼卧室，就各自低头吃饭，家里就突然显得少有的安静。

一

送女儿上大学回来，严鸿感到屋子里没了女儿，也好像没了自己，就开始看《色戒》。但《色戒》并没有让她理解到什么，反让她走进回忆。

严鸿说不清楚为啥会爱上那个长不大的晓路。大学时代同学们背底里叫自己"黑玫瑰"，常和章丽颖结伴。大二的一个傍晚，她俩去了校园文学沙龙舞会，她没想到会在那里与晓路相识。晓路班的赵志扬与章丽颖男友刘利是高中同学，他和晓路来到身边时，严鸿认出他就是在大一元旦晚会时在舞台上唱过歌的那个男生，就对晓路说了一句："你歌唱得真好！"章丽颖没想到严鸿会对一个没说过话的人的歌记得这么清楚，就很有意味地看了她一下，她这才意识到这句话太过暴露。舞会开始了，手搭在刘利肩上的章丽颖就顺势把严鸿推给了晓路。被晓路搂着，严鸿有点慌乱，舞会中间插有校园诗人诗歌朗诵，晓路站在台上朗诵时，严鸿感觉自己似乎也在台上和他站在一起，她被幻想弄得手足无措。朗诵结束，众多礼节性的鼓掌里严鸿的掌声有些另类，章丽颖拉了她一下，她感到脸好热。

从那以后，严鸿几乎每天下午都去看晓路打球。但真正走近晓路是大三春季运动会上。那次晓路参加跳高比赛，背越式收腿太猛，眉骨磕了一个口子。严鸿跑过来扶着他，翻找最干净的纸捂住晓路的伤口，带晓路去包扎。严鸿说不出为啥喜欢晓路，无理由地爱上别人是大脑缺氧吧？这是严鸿告诫自己的话。后来却说，缺就缺吧，反正人一生总要缺一回的。

晚饭后，两人第一次去田间散步，白杨沙沙，清风徐徐，抚着严鸿热切的心怀。晓路拉严鸿跨越一条小沟时，扑了个满怀，晓路嘴唇触到了严鸿的额头，晓路扶着严鸿，目光织在一起好久分不开。散步结束，严鸿去了晓路的宿舍，他捧住严鸿的脸，如火的初吻烧得她心狂跳难止，幸福的晕眩袭遍全身。

严鸿班要去沙坡头玩，她坚决拉上晓路。严鸿晕车很厉害，一路上脸色煞白枕在晓路腿上，晓路满脸焦虑却不知该怎么办。章丽颖过来用纸巾沾上凉水擦着严鸿太阳穴，让她稍稍舒服一些。腾格里终于到了，同学们欢呼起来。腾格里起伏连绵的沙丘赤黄耀眼，死亡之海宁静的波纹层次递进，宁静的沙海看起来柔情似水，就像严鸿对晓路的那颗心。

阔达的腾格里让严鸿病态的脸上笑出红晕。晓路和章丽颖扶着严鸿在一棵树下，面向黄河坐在沙丘上。黄河在这里转了一百八十度的大弯，母亲河气势蓬勃，腾格里沙海浩瀚，强烈的动静反差，景致独特令人震撼。严鸿忘了晕车带来的痛苦，拉着晓路跑下沙丘。黄河浩荡奔涌，严鸿抓住晓路的手，似乎要和他一同随着河水向前。他们跑上一块大石头，晓路指着黄河奔去的方向，告诉严鸿，再往前就是他的家乡，盛产枸杞，从六月起，家乡红果遍地，到处流淌着火焰一样的红潮。他的家就在那片红潮边的山上，红果红了，远看去，一片暗红就像大地隐隐流动的血液在风中漾动。那里还有一个黄河航运古码头，两千多年前，北魏两百多只大船满载军粮扬帆斩波，驶往东胜（今内蒙古境内），那场面是空前绝后的。说到激动处，晓路搂住严鸿的肩，要带她去看。严鸿晕了，捂眼靠着晓路。她真想去看，但是晕车实在难受。

晓路本想回家，但是严鸿为躲避晕车之苦，要晓路陪她坐火车。火车上，严鸿靠着晓路的肩膀，被初恋的温馨包裹进了梦乡。回到家后的那个早晨，严鸿赖在被窝里，想着晓路，掌心似乎都漾动着晓路的温柔。品味着来自晓路的甜蜜，严鸿觉得自己的生命就像个花瓶，正等待花枝的插入。

晓路在考入这所大学前，喜欢现在在南方上大学的玉玉。但玉玉对他似冷似热，严鸿走进他心灵的时候，他矛盾过，严鸿的关切和钟情难以释怀，两个女孩把晓路搅得一团糟。这个五一假让晓路走出玉玉，彻底走进严鸿。当他在宿舍胡思乱想时，严鸿来了。严鸿侧脸让晓路亲亲，就打开带来的一小包吃的。"真香啊！"晓路吃完，两人去打羽毛球。羽毛球传递着爱恋的弧线缠绕着他们，在来来往往的激情里穿梭。打完球，严鸿回到宿舍，洗完澡后换上套裙。晓路来了，倚门直瞪瞪地望着严鸿，走过来把严鸿揽在胸前。严鸿推开晓路，关上门返身抱住晓路。

晓路抱着严鸿，讲着山区家乡，讲着自己的童年，讲着自己的诗人梦，吟诵着写给严鸿的情诗。怎么没有声音了？严鸿抬头见晓路盯着自己走神。晓路突然抱住严鸿深吻起来。严鸿丰满的胸脯剧烈起伏，严鸿紧紧抓住晓路的手，都能听到自己的心跳声了。那晚晓路没有回去，他们之间有了第一次。严鸿并没后悔，但还是流下了说不清的泪水。晓路亲着她的眼泪说："鸿，今生我唯一的爱人就是你，我绝不辜负你！"

二

严鸿和晓路出双入对了，章丽颖调侃严鸿，说作为陪同人员她下岗了。除了上课，林荫道、水稻田、图书馆都留下过两人相依相偎的身影。一天傍晚，他俩跟着水流走进农田，严鸿在水渠边蹲下来，用小木棍挑起一条皮条虫放在晓路身上，咯咯笑着。晓路看上去高高大大，却最怕软体动物，他吓得变了脸色，生气了。严鸿的笑脸一点点凉了，生气他缺乏情趣，转身结束了这次散步。

那段日子，首播的《红楼梦》热遍全国，各系搬出电视机满足学生。严鸿几乎天天去看，那天因为晓路生气，她直接回了宿舍躺在床上。跟去的晓路抱着她一遍遍道歉，她也不理。晓路站起身，她却返身搂住晓路，缠绵之中再次接受了他的冲动。

暑假，晓路回去了。严鸿父亲的朋友刘云存，带着儿子刘天瑜来说亲事了。严鸿因此和父母产生了极大的矛盾，她想与晓路沟通，但在那信息闭塞的时代，最快的沟通方式就是见面，她就决意去晓路的家乡找他。见一个如花似玉的城里姑娘来看儿子，晓路全家就像过年般高兴，母亲做饭，父亲切瓜，晓路也第一次感受到了来自农家的诚挚纯朴。看见晓路因收割庄稼而被晒得皮肤黝黑，严鸿很心疼。她是因出现了爱情危机才来找晓路的，她要和晓路好好谈谈，但到底谈什么？严鸿却没有方向。

晓路带严鸿去一个被叫作小镇公园的青龙山玩。走过小镇时，引起小小的轰动，每个碰见的乡亲都向他投来询问的目光，晓路始终回答，同学！他们眼里意会的赞许，让严鸿有些不自然。一位被晓路称作嫂子的人说晓路带了这么乖的媳妇回家，真有福气。晓路想说什么，却被严鸿拉走了，身后漾起嫂子开心的笑声。青龙山上，树木层层叠叠，山下收割后的麦垛满眼皆是。北山脚下光影斑驳、色彩斑斓，一条明亮的光带在两边大片暗绿之中红光隐隐。晓路说那就是黄河，红光是成熟的枸杞在太阳辉映下释放出的激情之光。严鸿要晓路带她去看，晓路答应第二天去。

一棵大榆树下，严鸿靠在晓路肩上望着远处，任晓路抚摸亲吻。这个大男孩虽然占据了她的心，但她心里却总有刘天瑜制造的淡淡的失落。她无法抗拒刘天瑜的热情，也无力和父母争辩。她给晓路说了刘天瑜，也说了父母坚决反对自己和晓路。晓路着急了，问她怎么想，她摇摇头，说她的行动就是决定。晓路抱住她，抱得很紧很紧，似乎怕手一松就会失去她。

不远处，一丛油绿油绿的灌木吸引了严鸿，她来到那丛灌木前。晓路告诉她那是醉马草，有毒。严鸿奇怪，颜色这么好看，怎么会有毒？晓路说，就是有毒，牛羊都不吃那草，可上面有一种虫子，吃这醉马草化虫成蛾。世界就是这样，致命的毒素往往是最艳丽的诱惑。

晚上在小玉的房间里，严鸿久久不能入睡，父亲的严厉，刘天瑜的温存，母亲的叮嘱及晓路一家的淳朴善良在脑中闪过，爱情到底是什么？是不是就像那株醉马草，艳丽却存有致命毒素？晓路是专克自己的那条虫吗？拥有爱情就得具备百毒不侵的能力吗？爱情的标准又是什么？大概是自己未来的标准，选择什么样的人，意味着接受什么样的世界。她需要站在一个制高点上，看到底谁能让自己幸福……

严鸿很后悔那天没有去体验农民劳作的辛劳。严鸿要小玉带她去地里，小玉始终不同意。晓路和他父亲拉着一车麦子回来了，她的大男孩爬满灰尘的脸上汗水一道一道，如果不是装满温存的眼睛，她几乎认不出他了。她拿出手绢要为他擦汗，他摇摇头，和父亲卸车码垛。严鸿想去帮忙，却被小玉拉在一旁。严鸿心疼地看着晓路，她从没想过要做农民，近距离面对他们，那汗流浃背的身影，让她感到了疼。

如果与他在这里长相厮守，她也疼，更疼！

枸杞园让严鸿印象深刻，那色彩斑斓静静燃烧的画面，要不是亲眼看到，做梦都不会出现。黄河的背景里，千姿百态的枸杞树连缀成大片大片红绿相映的园林，枝条上枸杞晶莹剔透，红宝石一样笑得茨农心花怒放。火辣辣的太阳，火辣辣的枸杞园，火辣辣的汗珠，大姑娘、小媳妇，还有小孩子，提着小篮子采摘着点点霞光。她欢叫一声，拉晓路跑进枸杞园，摘下一颗枸杞端详着。新鲜的枸杞是宁静的火蛋蛋，柔嫩甘甜，严鸿很喜欢，一连吃了两大把。晓路拦住她，说不能多吃。严鸿问为什么，晓路满脸坏笑，说这枸杞种在地里地受不了，男人吃多了女人受不了，女人吃多了男人受不了，两人都吃多了床受不了。严鸿一时没有反应过来，追问为什么？晓路趴在她耳边讲了答案，就跑到一边大笑。严鸿脸色绯红，说晓路真流氓，就去追打他。两人在枸杞园里笑着，闹着……

三

严鸿回到家，父母一脸不快。母亲问她去哪里了，她没说话，进屋睡了。母亲买了雪糕放在床头柜上，告诉她刘天瑜刚才来过，就开始絮叨刘天瑜的好。在父母眼里，刘天瑜是最合适的女婿人选，了解底细，门当户对，长相人品无可挑剔。他们坚决反对她与晓路来往，认为一个山里孩子上大学已是人生最大出息，就是分配到省城，缺少关系绝不会有多大发展前途；分回去，仍然是山里人，山已刻在他的生辰八字里无法改变。母亲让严鸿好好想想，尽快定下与刘天瑜的婚事。严鸿默不作声，母亲摸摸严鸿的额头，出去了。

严鸿给父母说过，想找关系把晓路留在城里，父母坚决不答应。她不敢想晓路回到山里自己会怎样，她还有一丝希望，就是晓路考研。

开学前三天晓路来到学校。严鸿也来了，晓路迫不及待地送上拥抱，他要把多天来的思念用一个"想"字一股脑儿呈现给心上人。其实，严鸿的思念也水一样浸透了心灵的各个角落。在家这些日子，刘天瑜来过好多次，父母要她陪着看电影、逛公园，她无声地享受着刘天瑜的关心和幽默，心里却是晓路的影子。

期中考试后的一天，晓路远远看见严鸿和章丽颖陪着一个比自己个头稍矮一点的小伙子一路笑着走出大门。晓路没在意，去了阅览室。严鸿回来，晓路问那人是谁，严鸿没有说话。晓路明白了，严鸿没有如约定那样拒绝刘天瑜，刘天瑜还时不时到学校找严鸿。晓路很不高兴。严鸿说自己奈于父母，只好应付。晓路酸酸的，这酸把幸福的渴望变成烦恼和忧愁。

大四这年，严鸿和晓路剪不断理还乱地黏在一起，小矛盾发生过几次，但很快和解了。这期间晓路做了两件事严鸿至今难忘。一天下午，严鸿告诉晓路晚上有事，可能回来晚一点，让晓路不要等她。晓路从阅览室出来已经十点多了，碰见章丽颖说严鸿还没有回来，晓路不放心，去路口等。路口到学校有四五百米，以前严鸿出去，就约定时间让晓路接她。晓路拿了一本书坐在一棵树下等，快一点了，突然听见一声女人的惊叫就没了动静。那声音好像是严鸿，他急忙向发出声音的地方跑去，见两个男人撕扯着一个人，晓路捡起两块石头，喊一声放手！那两人看看晓路，其中一人拿着闪着寒光的匕首向晓路走来，晓路把石头使劲向那人甩去，石头打在那人头上，那人丢了刀双手抱住头蹲下。晓路举起另一块石头，骂他们还不滚就尝尝石头的滋味。这时晓路被谁拉住手，他吓了一跳，扭头一看，是严鸿。他让严鸿在地上捡石头给自己，那两人见情势不妙，跑进了树林。晓路让严鸿扶起地上的人，她是学校的学生，要不是晓路出手，就出事了。三人往回走，黑暗处飞来一个石块打在晓路的脸上，晓路捂住了脸，严鸿和被救的女生大声呼救，掏出手绢给晓路包扎。送那个叫唐玉娟的师妹回去时，唐玉娟万分感谢晓路和严鸿，深望一眼晓路走进了女生楼。严鸿问晓路怎么回事，晓路说自己等着接她，没想到碰上了这事，以为是严鸿，没想到救了唐玉娟，也值。那夜，严鸿对一个人有了深深的挂念，尽管距离如此之近，那挂念就像一片轻雾罩着自己。

另一件事是晓路考研结束，与严鸿深谈，得知她父母还是不接纳他，问能不能改变，严鸿说改变一个人都难，何况要改变一家人。晓路想见严鸿父母，他要为爱情尽一切努力。严鸿说一切努力都是徒劳，唯一的办法就是考研成功，留下来。这次考研晓路不敢抱太大奢望，暗自决定见见严鸿的父母。

晓路出现在严鸿家，严鸿吓了一跳。严鸿让晓路回去，晓路说既然来了就见见吧，不然他今生心不能安。严鸿母亲出来看见两人在门口撕撕扯扯，晓路向严鸿母亲问好也没理睬。那表情是一个信号，严鸿只好拉着晓路来到公园。一片树林里，晓路想亲亲她，那似乎是他唐突行动最有力的支撑点。严鸿推开晓路，一脸焦虑，让他回学校，别再添乱了。晓路没说话，他要把想做的事做完，他要一个明确答案，不想再让等和时间泡软意志。严鸿明白，晓路不会放弃行动，如果他考研失败，结局只有分手。她不想过两地分居的日子，父母会坚决把自己嫁给刘天瑜。晓路有不顾一切的冲动和渴望，却不知该把力用在何处。严鸿无比烦乱，不知该怎么样劝他，说了句不要胡来，就回去了。

晓路再次出现在严鸿家门口，她没再阻拦，在院子里独自流泪。晓路见到严鸿的父母，说明来意，严鸿父母脸上应酬的笑掩饰不住眼底的鄙视。晓路极力让发僵的脸绽放笑容，那笑就显得滑稽。严鸿的父亲说绝不会干涉严鸿的婚姻大事，这是她自己的事，让她决定。他们的交谈是傻小子与老滑头的交谈，不在一个档次。晓路说他爱严鸿，严鸿也爱他，希望二老成全。严鸿的父亲叫来严鸿，让严鸿表态，要是她愿意和晓路在一起，他绝不阻拦，会帮忙把严鸿调到晓路的家乡。严鸿泪如雨下，什么也不说。好久，严鸿的父亲说，既然严鸿没表态，那就请你再也不要打扰严鸿和我们一家了。

严鸿回到学校，一直躲着晓路。最后一个五一假后，她刻意打扮了一番去找晓路。晓路眼圈发青，严鸿生气地质问他，你又是写信又是去家里，你有什么资格这样做？晓路在去严鸿家之前给严鸿的父亲写了一封信，言辞激烈，恳求他同意自己与严鸿在一起。晓路一言不发，严鸿就像电影中的女孩，拳头在晓路胸口用力砸着。晓路不躲不闪，直到严鸿手酸了。晓路抱住严鸿，呢喃着，太爱你了，不愿与你分开，想尽最大努力争取！严鸿被晓路紧紧抱在怀里，无声地哭泣。晓路问她为什么不表态，严鸿说太了解父亲了，那只是应酬的话，绝对不会同意的，针对他们的任何努力都是给石头说话。没有支撑点，晓路做多少努力都是枉然，他说这在别人眼里也许是错，但为了爱明知无用也要试试。严鸿说你真傻，就捧着晓路的脸亲亲再亲亲。那几天，严鸿把晓路关在自己的宿舍，为爱疯狂，为爱痴癫，在爱情的死亡线上挣扎，似乎疯狂就是爱情的最后一线生机。

晓路考研失败了，爱情进入了死亡前的休眠期。严鸿忘不掉他们针对爱情的最后一次谈话。那是在初夏的田野里，他俩在流淌的水沟边进行的一次深谈，晓路从一个中国男人的角度衡量着如果与严鸿分手，严鸿在刘天瑜身边将得到怎样的待遇。晓路说自己是负责任的人，他不愿严鸿清清楚楚看见是坑还要往里面跳。严鸿眼圈发红，她无法断定自己以后将会怎样。最后，严鸿说分手吧。转身的那刻，严鸿觉得自己丢了，心丢了，她的身体可以走出晓路，心却还在怀念，尽管刚刚分手，却立刻就挂念着那个人。但是她不能回头，只能走，走到没有目标的远处，走出一个界，进入另一个界，却在心里又设立了一个模糊的界。

四

晓路回了家乡。严鸿在省城六中做英语教师。严鸿的一切都是父亲操办的，父亲说严鸿适合做老师。严鸿与刘天瑜的婚事上了家庭大事记，刘天瑜以准女婿的身份亮相在严鸿单位和家庭中。除了严鸿，家里人都说这是一桩美满婚姻。刘天瑜每次来都带些时鲜水果和礼品，严鸿的父亲和母亲见到刘天瑜笑得眼皮都眯在一起了。

严鸿家把严鸿封存了，对她只开放刘天瑜一条路。严鸿在家有父母，在学校有同事和学生，这两点之外的世界，都有刘天瑜。起初严鸿很不自在，慢慢也就习惯了。严鸿接受刘天瑜经历了一个极大的心理过程，她总是在心里把他和晓路做着比较。刘天瑜成熟圆滑，有政客头脑；晓路外向执着，骨子里有一股天不怕地不怕的不服输的劲头。毕业后的第一个元旦，章丽颖结婚，严鸿去参加婚礼时，刘天瑜来了，要陪严鸿一起去。严鸿傻了，这是同学中第一对结婚的，也是毕业后第一次同学聚会，还有，就是想从同学那里了解晓路的近况。刘天瑜陪她去，严鸿无法接受。严鸿知道这是父亲的安排，她想不出办法支开刘天瑜。在车站，刘天瑜去买车票，严鸿拦住他说："我真不想让你去，章丽颖结婚，我们同学几乎都去了，我暂时不想让你去，我想和同学好好玩一天，你去了我会有负担。"

刘天瑜说："你的同学又不是不认识我，陪你去，你玩你的，我能把握得住。再说，我们也快结婚了，去看看他们的婚礼，也为我们做准备啊。"

严鸿不高兴地说："你去了，我怎么能玩得开心呢？我希望你给我一点自由。还没有结婚，你就这样限制我，真结婚了，我可能一点自由也没有了！"

刘天瑜看着严鸿，想说什么却停住了。他买来一张车票和饮料，掏出一个小药瓶，说是晕车特效药，盯着严鸿吃下去。车开了，严鸿回头，刘天瑜还站着，她被这个男人感动了，但感动和感情一字之差，却是千里之遥。

来到章丽颖家，两人说着半年来各自的新鲜事。章丽颖奇怪严鸿怎么一个人来了，严鸿说难道还要谁陪吗？章丽颖说，晓路走了，不是还有一个紧盯着你的刘天瑜嘛，为啥不叫他陪？严鸿摇摇头。章丽颖诡秘地一笑，说好多同学明天来，估计赵志扬今晚来。这是好消息，是吹给严鸿的一缕暖风。赵志扬一定知道晓路的近况。

新房里，刘利问严鸿怎么不带心上人一起来，严鸿假装怨恨地调侃刘利："把我的闺密抢走了，恐怕早就飘飘然不知所以了，还有心思管别人啊？我们章丽颖是不是已经……"她停了停，看着章丽颖。

刘利笑着说："那很正常啊，她是我老婆，干什么都是应该的啊！"

章丽颖骂刘利不要脸，严鸿开心地笑着。严鸿好久都没有这样笑过了。

刘利去了饭店，章丽颖和严鸿在新房等赵志扬。章丽颖问她咋打算，严鸿不知道该怎么办。章丽颖劝严鸿好好想想，如果能做通家人工作，就先苦一两年，与晓路在一起，总会有办法的。严鸿说父母坚决不同意。章丽颖看看严鸿，叹息一声："你瘦了！"

赵志扬来了，他们一起去了饭店。饭桌上，严鸿想问赵志扬，却欲言又止。章丽颖很随意地问赵志扬晓路现在在哪里，赵志扬瞟一眼严鸿，说晓路在离他家不远的乡上做文书，工作之余就把自己封存在屋里。严鸿忍不住问赵志扬最近见过晓路没，赵志扬说没见过，这些事还是听同学说的，听说有一个低两级的女生唐玉娟去过晓路的单位，晓路请她吃了饭，送走了，那女孩子哭着拉住晓路的手不放，晓路硬把人家送上车。赵志扬还说快毕业前，唐玉娟来过他们宿舍，那段时间晓路一直沉默无语，唐玉娟给晓路洗衣服，晓路不拒绝也不说话，每次小唐要晓路出去转转，晓路坚决不去，一个人闷着。这让他们很不理解，劝晓路礼貌一点，晓路默不作声。那个女孩子家离晓路家不太远。临毕业时，小唐来送晓路，晓路只是淡淡地说了句再见。

唐玉娟让严鸿泛起一股醋意。晓路不给她回信，把自己关起来，是真受伤了。严鸿忍着去看他的冲动，痛着，伤着。刘利给男士倒酒，看看严鸿，严鸿端起酒杯喝完，又递给刘利。章丽颖拦住刘利，递个眼色，向服务员要了饮料。但严鸿还是喝了很多酒，她有点发晕，吃了菜喝了水，还是晕。严鸿去了客房，靠在床头。她觉得这世界真可笑，自己可笑，晓路可笑，刘天瑜更可笑，不知自己将要面对谁，可是还要去面对，她忍不住想笑。

严鸿醒来时，已是傍晚。女同学还剩下两个，严鸿倒杯水一口气喝下一半。张静说刘天瑜来了，叫车去了，准备接她回去。还说刘天瑜很帅。严鸿笑笑，没有说话。刘天瑜来后，严鸿问刘天瑜怎么找到这里了，刘天瑜说问了县城的朋友，刚好是章丽颖的亲戚。严鸿喝多了也是他说的。严鸿有点难为情，刘天瑜的出现让她心头一阵热，她为让他看到自己的失态不好意思。

第二天，刘天瑜来严鸿家，抓住严鸿的手看着她，严鸿推开他红着脸走出屋子。刘天瑜跟出来，约她去公园玩。这次出游以不很愉快开始，到严鸿笑容灿烂为止。为了走出晓路，严鸿迫使自己打开心扉，让刘天瑜进驻。正月十五，刘天瑜和父母来到严鸿家正式提婚，并定下结婚的日子。一切都成定局。严鸿的父母也曾征求严鸿的意见，严鸿现在已认为，这个世界上没有完美的人，只有适合自己的人，刘天瑜只能说还适合自己吧。

五

严鸿好几次想给刘天瑜讲自己的过去，可是一看到他愉快幸福的眼神就忍住了。婚庆那天，刘天瑜笑脸灿烂，严鸿却一脸茫然。新房在刘天瑜单位家属院，章丽颖夫妇和同学陪着严鸿说笑，喝多了的李洋大着舌头调侃说："新房是新房，人可能早已不新了吧？"严鸿脸色绯红，偷看一眼刘天瑜。刘天瑜笑嘻嘻地说："这，我们夫妻知道，不能说的。"

一大帮同学朋友闹洞房一直到深夜。夜深人静，刘天瑜关上门，走过来搂住严鸿。严鸿被动地接受刘天瑜的亲吻。刘天瑜把她抱起放在床上时，她有点木。新婚的激情过后，刘天瑜长叹一口气，脸色暗得像深夜。他没想到这个以前连手都不愿让自己拉的女人会不是处女。他不相信，他无声地躺在床上，想听听严鸿的解释。严鸿躺在不知所措的茫然中忐忑不安，闭眼等待刘天瑜质问，如果他问起，她会告诉他。刘天瑜没说话，严鸿的样子让他明白了，这个女人在演戏。她的纯真是假的，这个水性杨花的女人一切都是假的。刘天瑜长嘘一声，又翻身压住严鸿……

第二天，刘天瑜洗漱完毕，拉着严鸿的手去了父母家。婆婆拿出一对绿莹莹的玉镯套在严鸿手腕上。

回到家，刘天瑜就躺在床上，严鸿过来倚在刘天瑜的身边，刘天瑜伸出手臂让严鸿枕着。严鸿知道，这个将和自己相携走过后半生的丈夫，她别无所选，只能全身心地依恋。

初春，严鸿怀孕了，刘天瑜对她十分宠爱。严鸿害口，想吃西瓜，刘天瑜托人从南方带回来。他把西瓜拿回家时，严鸿欢叫着奔跳过来，刘天瑜说了声小心，扶住严鸿。严鸿在他脸上亲了一口，刘天瑜摸摸严鸿亲过的地方，脸上露出了复杂的笑。严鸿吃着西瓜，看着刘天瑜，他的大度让她愿为他去死。有时严鸿也会想起晓路，只一瞬间她就摇摇头，尽快让他走出脑海。这时如果刘天瑜在，她会红着脸看丈夫，走过去亲亲丈夫的脸颊，为思想的瞬间出轨道歉。有时她真想把一切告诉他，她记得这么一句话，善意的欺骗可以保护爱人和自己，遂又觉得还是别把一切都明晃晃摆出来伤害他和自己，让那些事在自己私密空间藏着吧。刘天瑜不会不知道她的秘密，她也希望他问起，但他始终不提这个话题。有时严鸿希望刘天瑜尽快问起此事，向自己发脾气，或者打她一顿，她也有一种释放的快感。但这一直没有发生，严鸿背负着压力感激刘天瑜的超俗气度，觉得总欠着丈夫很多。此时严鸿也感激家人，为她找了个能拿得起放得下的男人。

严鸿的妊娠反应比较强烈，母亲看她，刘天瑜过去搀扶岳母进来。母亲给严鸿讲着注意事项，刘天瑜冲杯橙汁，双手递来。母亲对刘天瑜说："这段时间小鸿需要好好照顾，你多照顾啊，要是忙照顾不过来，就送到我家里，我们帮着照顾。"

刘天瑜笑着说："妈，你放心，我妈也常过来照看，如果妈想她了，回去住几天也行！"

严母笑着说："要好好疼惜媳妇啊！"

刘天瑜急忙说："看妈说的，自己的媳妇怎能不疼惜呢？"

岳母高兴，直夸女婿。严鸿说："妈你这样说他，不把他宠上头了？"

母亲说："从小就看这孩子好，没想真做了女婿，小两口日子过好，最让大人安心！"

刘天瑜对岳母笑着，转过身的那刻，嘴角撇撇出去了。

刘天瑜的母亲又来了，两亲家给严鸿讲着育儿心得，絮叨许久两人才走。十点多，刘天瑜还没回来。严鸿睡得迷迷糊糊，就感到有人压在自己身上了。醒来看见是刘天瑜，严鸿推开他，说这几天是胎儿最脆弱的时候，千万不能。刘天瑜满身酒气，熏得严鸿胸中一阵翻腾，起身拿出盆呕吐。刘天瑜说："真扫兴，妈的，不让我干让谁干啊？"

严鸿一惊，刘天瑜的话让自己十分难受，心就像被捏了一下一阵疼痛。她一边呕吐一边流泪，无法发作，只能把苦咽进心里，再从眼中流出。她恨死晓路了，作了孽躲在一边，所有罪责由自己独自承受。严鸿蹲了好一会，她想好了，要问问刘天瑜是啥意思，然后把一切晾开。来到床边，刘天瑜已呼呼大睡。不知是真睡还是假睡，看着蜷缩在床上的丈夫，严鸿给他盖上被子，躺在另一个被窝里任伤痛悄悄流淌。那夜，晓路又来到她心里，恨！恨！恨！无数个恨再次掀开了严鸿早已沉默的心。

六

毕业典礼后的那场舞会，礼堂到处拥挤着同学，那时的分配原则是哪里来的回哪里去，除了极个别有变化外，其他同学都要回到家乡。

那天，毕业班的同学在分别时刻把四年朝夕相处的情谊肆意宣泄。舞曲《让我再看你一眼》响起时，晓路出现在严鸿身边，向她伸出手。这之前，严鸿也在人群中寻找晓路，但一直没看到他的身影。晓路猛然出现在面前，她不知所措。他拉起她的手，在缓缓的乐曲声中，盯着她的眼睛滑向舞池。一曲跳完，晓路捏捏她的手，说了声再见，转身出了舞厅，让她的眼神伤感而无奈地停在门口。严鸿恨自己那天为啥不在那张脸上扇两巴掌？她叹口气，看看熟睡的刘天瑜，找不到方向的心慢慢游进梦乡。

严鸿在一片丘陵中走着，被一条水沟挡住了去路，那条水沟不太宽，她准备跳的时候，手被谁拉住了。她吃了一惊，睁开眼睛，看见刘天瑜抓着自己的手笑嘻嘻地让她起床吃饭。

严鸿说："正做梦呢，你吓死我了！"

刘天瑜还是笑嘻嘻地说："饭都做好了，赶紧，吃完了去上班！"

那天，刘天瑜用自行车驮着严鸿到了公交车站，看她坐上车他才去上班。

严鸿的课是第二节，想着昨晚的事，隐隐感到刘天瑜不简单。可今早他让她纳闷，昨夜的话，大概是言者无心听者有意吧。严鸿看不透他，那颗心像鸟蛋，把一切藏掖在光滑的蛋壳里，在无缝隙的世界里无声地孵化，不知要孵化出什么。她真想把那蛋壳敲破，给自己透一点信息。

严鸿准备去上课，电话响了，刘老师拿起电话，叫严鸿接电话。是刘天瑜打来的，他让严鸿不要在学校吃饭，中午他带她一起去外面吃，一再嘱咐一定要等他。快要上课了，严鸿急忙答应，匆匆走向教室。严鸿专业知识强，教学从不生搬硬套，在课堂上与学生交流互动，课堂气氛活跃，还常与学生在课余时间搞些英语对讲活动。课堂上严鸿显得疲惫，尽管她竭力调整精神，学生们仍然看出了变化。下课时，一个学生调皮地用英语说："老师今天有些心不在焉！"她笑着回了一句："身体不舒服，没有休息好，下次一定注意。"

严鸿回到办公室，刘天瑜在她的办公桌前坐着，翻看她记杂事的小本子。严鸿有记日记的习惯，写了好几本日记，她很看重这些日记，锁在一个箱子里。刘天瑜站了起来，合上小本，脸上的笑容就像随手粘贴的，瞬间就灿烂迷人。严鸿很累，不想出去，刘天瑜搂着严鸿的肩说："夫人是重点保护对象，走吧，增加点营养！"同事羡慕的眼光让严鸿不好意思，跟他出去了。

整个孕期，严鸿被刘天瑜悉心照顾着，举案齐眉的背后却是各自的心事，看不见摸不着。严鸿固执地要把心意渗透给他，而听者也只是听着，很少表态。他有时回来很晚，严鸿想听他的解释，刘天瑜把一切沉寂在笑脸下。有一次，严鸿正睡得香，被刘天瑜吵醒，她有些不痛快，问他怎么回来这么晚，刘天瑜没有回答。严鸿有些生气，有了吵一架的冲动，问他自己在他心里到底是什么，为什么半夜回来也不给这个妻子一个交代？刘天瑜依旧笑着不说话，被严鸿吵急了，抱起被子躺在沙发上呼呼大睡。严鸿气得直流泪，刘天瑜很关心她，可她总觉得自己是被关在的笼子养起来的鸟，那颗心好像始终与她在河的两岸举案齐眉。严鸿在受伤，那伤没有出处，伤得隐隐约约，痛得明明白白。对丈夫，她认为错在自己，总想努力寻找挽回的入口，目标清楚，可就是找不到那入口。她的努力就像石头投向死海，没有响声也没有水花。她不愿放弃努力，认为只要孩子出生，那片海就会有水花，就会有声音。她用泪水做着滴水穿石感天动地的努力。

严鸿的努力在风平浪静的日子里继续着，她是一位别人眼中的贤良女人，孝敬公婆，操持家务，不顾身子笨重，尽量把家里打点得温馨宜人。随着临盆之日临近，严鸿得到了很多来自丈夫的回报。他每天回家就和她规划着即将降临的孩子的未来，谈论着不论男孩女孩都是自己的心头肉的话题，讨论着孩子的名字。刘天瑜说如果是男孩就叫磊磊，严鸿说叫祥祥，最后严鸿做了让步；刘天瑜说要是女孩就叫玥玥，严鸿坚持叫佳佳，刘天瑜做了让步。严鸿的母亲来看女儿，刘天瑜就会和岳母一起安慰严鸿。他的安慰很细微，似乎不像来自一个男人。一次，严鸿看着母亲和丈夫，不知怎么流出眼泪，刘天瑜递过一张纸巾的同时，也递给严鸿一张亲密的笑脸。那一幕让严鸿的母亲从心底为女儿高兴，也让严鸿看到了清晨来临的光亮。

严鸿进产房前，婆婆和父母都给严鸿宽心。刘天瑜还讲了一个笑话，说一个近视眼回到家里，看见墙上有一个黑点，就说老婆真不错，钉了个钉子，脱下帽子挂上去，结果帽子掉了下来。原来那个黑点是个苍蝇，老婆笑他真瞎。下午回来，看见那里还有一个黑点，就骂那狗苍蝇又来哄他，悄悄走到黑点前，举起手掌拍了下去，哎呀一声，他甩着手跳起来。原来他去上班，老婆真在那里钉了一个钉子。一家人和护士都被惹笑了，严鸿的紧张情绪松弛了，感激地捏捏丈夫的手。严鸿进了产房，他们在产房门前焦急地等着。婆婆盼孙子，严鸿父母盼母子平安，刘天瑜陪着老人，笑容怪怪的。

佳佳的出生让严鸿进入了幸福的旋涡，月子里，父母疼惜，丈夫呵护，婆婆关心。女儿一天一个小变化，十天一个大变化，看见可爱的女儿，刘天瑜的笑容让严鸿觉得那是从心底释放的。严鸿由衷地欣慰，感谢这个小生命，让她看到了结婚以来丈夫来自心底的笑容。月子里，几乎是母亲陪着严鸿度过的。晚上下班回来，刘天瑜先回家看孩子，看到还没洗的尿布，也不嫌脏，笑呵呵地洗着。

孩子满月了，满月酒摆在鸿运楼，这是严鸿选的。倒不是这里的菜有多好，而是她觉得这三个字充满了吉祥和喜庆。刘天瑜没有表示异议，笑看严鸿一眼，转过身去，眼角露出一丝不易觉察的冷笑。酒宴进行一半，孩子哭闹得厉害，严鸿和母亲、婆婆、刘天瑜的嫂子抱着孩子回去了。也怪，孩子回到家里就不闹了，严鸿喂奶哄孩子睡了，就和她们拉家常。下午六点多，她们走了，严鸿认真地洗了澡，坐在沙发上逗孩子，孩子的每一个笑脸都让她欣喜。

刘天瑜回来时，孩子已经睡熟了。严鸿有了空闲，刘天瑜迫不及待地搂着严鸿亲吻着。严鸿完全被丈夫俘虏了，全身心投入到这份情感中。严鸿真正感受到了作为一个女人的幸福，幸福让她忍不住地高声叫了起来……那晚，严鸿一次次挑逗着丈夫，也一次次感受着来自丈夫的幸福，直到累了，她仍然紧靠在丈夫胸前，意犹未尽地抚慰着他。

严鸿醒来时已快九点了，丈夫已上班去了。她回味着夜晚的幸福，纳闷为什么刚结婚时没有这种感觉，与晓路在一起时为什么也没有这种感觉。晓路出现在她脑海中时，负疚和罪恶感让她压抑，她挥手扇扇充满肉欲的空气，试图从那包围中解脱出来。

七

接下来的日子，刘天瑜的注意力似乎都落到女儿身上了，回到家就直奔孩子，给严鸿的眼神里没有了丝毫温情。快一个月了，严鸿期待的那种美妙没能再次出现，刘天瑜回来不是大醉，就是太累，睡在沙发上，一张大床完全留给她母女。严鸿以为自己是忙于照顾孩子，没有好好打扮，缺少魅力。

一天，孩子睡着了，她下床认真梳洗，在镜子前一遍又一遍修改着期待的美好。刘天瑜回来了，女儿粉嫩的脸让他感觉超棒，他躺在沙发上，斜眼看看满脸期待的严鸿。严鸿有点耐不住了，就来到沙发前，拉着他的手说："沙发冷，到床上去吧！"

刘天瑜没有吭声，慢慢抽出手，坐起来，冷冷地看着严鸿，从衣兜里掏出钱说："这是我的工资，你拿去，照顾佳佳。以后我的工资都会如数交给你。"说完又躺在沙发上。严鸿看着丈夫，心里有一团火在悄悄燃烧，她本想说我想要你，谁知出口却是："我……那你怎么办？"刘天瑜生硬地回了一句："我，你不用管！我累了！"说完转过身装睡。

严鸿怎么也无法入睡，她心慌意乱，没来由的焦躁让她辗转反侧。她想让丈夫躺在身边，她想让丈夫拥抱她发烫的身体，她想让丈夫亲吻她，她想……作为一个女人，她想得到丈夫的很多，但面对丈夫的冷遇，她觉得自己要有矜持，不能让丈夫认为她是一个轻贱的女人，在这样的矜持里，她在无言的煎熬里度过了一夜。

几月来，不论丈夫躺在沙发上还是彻夜不归，严鸿的夜晚都是被煎熬撕扯到天亮的，每一晚她都是在自己唯一一次做女人的满足里回味着，那回味像一把利刃，割得她的心一阵燥热的疼。这个家在丈夫眼里似乎只有女儿一个，那么自己呢？丈夫怎么这样对待自己呢？难道自己不是他以前疼爱的妻子吗？难道他不知道一个女人多么渴望与丈夫一起享受人生的快乐？难道他……严鸿不敢再往下想了。

有一晚严鸿被时光和自己点燃了，被躺在沙发上的丈夫点燃了。那晚，严鸿半夜起来，梦游一般来到沙发前，趴在熟睡的刘天瑜身上，亲吻着抚摸着。刘天瑜惊醒了，喷鼻的脂粉气息里，下意识地紧紧抱住严鸿，盯着那张被欲火烧得发红的脸看着，使劲把严鸿推在地上。倒在地上的严鸿吃了一惊，翻过身抱住刘天瑜的腿，哭着说："求你再给我一次……给我一次吧……"一丝轻蔑、一丝冷漠，还有一丝不易觉察的快意搅在刘天瑜嘴角："不可能！"他抬起严鸿的脸，捏了捏严鸿丰满的乳房说："你愿给谁就去给谁吧，我再不会和你有了！"说完穿上衣服摔门走了。

门的碰撞声惊醒了严鸿，她号啕大哭，边哭边在脸上扇着："叫你贱！叫你贱！"女儿被吵醒了，在床上大哭，严鸿跪在客厅地上痛哭。女儿的哭声沙哑了，严鸿感到一阵钻心的疼痛，她放低哭声，哭着过来抱起女儿，把乳头塞进女儿的嘴里。女儿吸吮着奶水，严鸿的眼泪一滴一滴滴在女儿脸上。严鸿用纸擦去女儿小脸上的泪水，捂住眼睛无声地哭着。

女儿睡熟了，严鸿放下女儿，在昏天暗地的哭泣里想着晓路。那个该死的晓路出现在她眼前，她挥臂狠狠扇向晓路，黑暗里却把自己带了个趔趄，她顺势倒在床上又哭起来。她哭着进入了梦乡，在睡梦中还念叨着："晓路，该死的晓路！"

严鸿心里的苦楚没处说，在单位和娘家人面前，却还要极力要装出一副幸福的样子。她明白了，以前刘天瑜对她的好都是装出来的，她的多少努力都掉进了陷阱，她是在一个聪明的男人设计好的报复圈套里幸福着。她感到自己的心死了，死在刘天瑜残酷的笑脸里；她的心也活了，活在对晓路的念想之中。这些天晓路一次又一次地来到她心里，来到她梦中。尽管她从表姐和其他人那里得知刘天瑜和一个叫杨艳的女人混在一起，知道这事后她很平静，她最想知道的是晓路这个该死的家伙到底在哪里？严鸿记得不知从哪本书上看到过这样一句话，每个人的心中只有一个人是自己心灵深处的另一半，不论阅人多少，那都不是最重要的，不论那人在哪里，只要出现在心里，就有痛或甜蜜，那是其他人无法散出的味道。如果晓路还会接纳自己，自己会毫不犹豫地离婚。可是孩子，孩子怎么办？用什么理由向两家的父母说呢？不管这些了，主要是晓路，要找到晓路。她找了刘利，托刘利找晓路。

借给女儿断奶的时机，她去了晓路那里。她去晓路那里没告诉任何人。

严鸿清楚地记得，自己离最后一次见晓路已经三年了。来到小镇，严鸿没有直接去晓路家。也巧，就在她头昏脑涨地扶墙歇缓时，晓路从她身边走了过去。她张嘴想喊，却鬼使神差般没有发出声音。事后她一直纳闷，那天自己明明喊了怎么会没喊出声？晓路回家了。她拦住一个小孩问知不知道晓路，小孩点点头，她给了小孩两块钱，让小孩叫晓路出来。小孩刚走，她就看见晓路过来了。看着晓路走来她不知所措，晓路从她面前过去了，她清楚地看见晓路看了自己一眼扭头走过去了。严鸿傻了，眼睁睁看着晓路向小镇的那头走去，消失在一个大院里。

严鸿心疼，疼得满眼泪光，在心里喊道，晓路！该死的晓路凭什么这样对我？天下男人谁都可以这样对我，唯独你晓路不能！可晓路就这么无视自己的存在走了。在小镇，严鸿在招待所里把自己关了三天，隔着伸手就能摸得着抓得住的距离思念着那个人。去不去晓路单位找他让严鸿思索了再思索，最后她想，不管晓路怎么对自己，都不顾了，就想知道晓路心里到底有没有自己。在晓路单位的大门边，她却退缩了，她只让晓路留在了心里。

严鸿在小镇上待了三天，最后去了青龙山。在山上那株醉马草边，她站了很久。她看见自己戴在手腕的那对碧玉镯和那草碧绿油亮的色泽几乎一样，她取下来细细对比，二者都是那种透着油光的碧绿，绿得耀眼。她把碧玉镯套进手腕的时候，心中一动，她似乎走在这对玉环里面，在一种近似毒草的绿色里转着圆圈。从小镇回来后，她把玉镯收了起来。

十多年后，当说起那次小镇之行，她问晓路自己喊他他为啥不答应时，晓路十分诧异，说自己根本就没有听到喊声，要是听到了，看见她晕得昏天暗地的样子，早就心软了，根本不会有不理她的事发生。其实晓路心里明白，那天晓路回到单位，就为自己的鼠肚鸡肠懊恼。在严鸿把自己关进客房后，晓路找遍了小镇也没有找到严鸿的身影，就以为她回去了。后来晓路说："苦难没有结束，我们还框在自己设定的圈子里走不出来，心中还有一道道界无法越过，要是那么容易见面，上帝也太宽容了！"

八

刘天瑜的风流事已是圈子里公开的秘密。那个杨艳原是秦腔剧团的角儿，后来调到刘天瑜单位打字，听说长得很漂亮，丈夫在下面一个市上班。刘天瑜在杨艳的宿舍里上演欢爱夜戏，杨艳坐在刘天瑜腿上打字。口口相传，这些严鸿都听说了。严鸿知道，告诉她这些的无非三种人：一是打抱不平陪她流泪出主意的亲戚；二是刘天瑜的暗恋者，假装关心，用洞察秋毫的得意眼神看自己笑话的，唯恐天下不乱的女人；三是对自己有好感，用关心来博得自己以身相报的男人。其中有一个人严鸿并不讨厌，就是说话很幽默的张彰。张彰是刘天瑜很近很密的朋友，直接开玩笑说："你们夫妻自打生完孩子就没有那事儿了吧？你一直闲得难受，我很心疼，人怎能没有那个呢？要是你需要，首先选我吧，我身体好，又能关心人，很乐意帮你这个忙！哈哈！"这是在朋友聚会的饭桌上，张彰的笑让严鸿哭笑不得，难堪又心存感激。她调侃张彰："还是留给你的胖老婆吧，要是不能让她满意，她会在夜里把你压死！"严鸿不想接受任何一个男人，刘天瑜的残忍、虚伪和自私，晓路的寡情和冷漠，让她心灵备受伤害和摧残，她怎么会让身体和心灵再加入别的男人？她的心和身体只能接受晓路和刘天瑜，一个是自己的，一个是女儿和家的；一个来自精神，一个来自现实和责任。

　　刘天瑜的艳事起初让严鸿很生气，表姐和女友讲着听到和见到的关于刘天瑜和杨艳的故事，陪她流完眼泪，就给她出主意，让她在晚上去杨艳宿舍捉奸，抓花那个女人的脸，臊臊刘天瑜，让他接受教训好好回家过日子。她们还打听到了杨艳丈夫单位的电话号码，说把奸夫淫妇抓到床上，就通知那位在一百多公里外被戴了绿帽子的男人，一同教训这对狗男女。但严鸿只是听听，不想去实施，她这样子就让那些好心人很看不起。尤其是那位见到帅哥骨头就轻三分，曾经多次勾引刘天瑜未果的姚丽丽，对严鸿极为同情和关心，对刘天瑜的出轨发表了一腔深恶痛绝的演说，结论是必须彻底灭之才能维护人间正理和家庭道义，她最瞧不起严鸿的懦弱。严鸿心想，你姚丽丽凭什么瞧不起我？我严鸿再生气也不想用你们的方法处理问题，不想让自己受到更大的伤害，我要用自己的方法解决。严鸿想自己要找一个合适的理由，从一个框定的圈子里解脱，从一条无形的线边跨出去。

　　严鸿给母亲讲了刘天瑜的冷暴力，那伤透人心的冷暴力比刀剑更残酷、更致命，是一把在灵魂深处剜剔精神血肉的无形的刀。其实父母从严鸿失神的眼神和憔悴的面容看出了她的无奈，也知道刘天瑜和杨艳的事。但他们还是相信没有看错人，认为男人都有糊涂犯错的时候，尽管这样刘天瑜也不失为一个出色的男人，当他明白那些女人只是一段艳史和生活，并不是家，也不是日子，他会回来的。严鸿不接受父母的劝说，她告诉父母自己要离婚。离婚？父母认为严鸿疯了，在他们眼里，离婚是女人不光彩的经历。再说孩子怎么能在没有父亲或者母亲的家庭里健康地成长呢？她能经受得起这样的打击吗？刘天瑜把每月的工资都全数交给严鸿，对家还是很负责的。严鸿说女儿自己带，自己不想再在那个充满冷漠的家里承受丈夫的冷眼，她说那冷漠和孤夜把自己的心揪得疼了再疼，自己的每一个黑夜都是泪水洗亮的。离！哪怕永远一个人也不后悔！严鸿决绝地说。但父母给她的回答仍是不同意她离婚，让她好好养育孩子，争取拢回刘天瑜的心。严鸿不想再听父母的，但是她又一时拿不定主意该怎么办。女儿，可爱的女儿，真不愿让你受到伤害，可是妈妈又该怎么办呢？一次又一次，严鸿在心里这样拷问自己。那个晓路，此时严鸿念想他，恨他，恨完了还是念想。对刘天瑜，严鸿总感觉是自己错在先，她没有恨，也恨不起来。

离婚！严鸿主意已定。她想先去看看已经很熟悉却没见过的杨艳。严鸿去了刘天瑜的单位。刘天瑜的那些同事看见严鸿来了，好惊奇好兴奋，皆像鸭子一样伸长脖子等待着一场热闹的好戏上演。可是严鸿去了表姐的办公室，与表姐下楼时碰见一个女人，表姐拉拉严鸿的手，用表情告诉她那就是杨艳。杨艳确实很漂亮，是那种很能吸引男人的漂亮。严鸿看到杨艳比自己年轻一点，那张脸保养得很光鲜。杨艳看见严鸿，眼中现出一丝惊异，随即就镇静下来，眼神里多了一些防备，也有一丝蔑视，若无其事地走进打字室。刘天瑜从打字室出来了，露出意外的诧异，那份若无其事没有掩盖住内心的紧张，问："佳佳在谁家呢？"

严鸿答："在姥姥那里！"又问了一句，"晚上你回去吗？知道你忙，晚上回家我有事和你说。"

刘天瑜脸红了，说："行，好几天没见佳佳了。"

严鸿走了，刘天瑜那些伸着鸭脖子的同事很失望，他们不明白，刘天瑜的妻子为啥悄悄来又悄悄走了？为啥不为维护家庭安宁与杨艳大干一仗？

那天，严鸿下班接孩子回到家，刘天瑜在厨房忙着。佳佳看见爸爸，扑上去搂住他的脖子，父女俩亲热地闹在一起。严鸿走进厨房，看到米饭已蒸好，高压锅里冒出炖排骨的浓香，案板上切好了女儿爱吃的青笋，盆里泡着自己喜欢吃的蘑菇。晚饭在女儿的笑闹里展开，气氛和谐融洽。严鸿和刘天瑜的谈话则是在孩子睡了后进行，主题是离婚。严鸿开的头，说："杨艳我见了，比我漂亮，作为你名义上的妻子，我在你眼里其实就是一个不值一提的贱女人，你一直都这么认为。虽然我为自己的以前忏悔，尽最大努力弥补，但没起到一点作用，你现在碰都不愿碰我，这夫妻还有什么意义？我们离婚，你和她过吧，我也希望你幸福！"刘天瑜听着，没有丝毫愧疚地听着。严鸿见他不说话，接着说："我曾经为遇到你而庆幸，以为你很男人，很大度，为你的男人气度让我死也愿意，可是我错了，你接纳我是为你传宗接代，为你生儿育女……"严鸿的眼泪下来了，她擦擦泪接着说，"对你而言，我的任务完成了，没有用处了，就是作为你泄欲的工具也不配了。我是一个女人，有自己的情感和需求，现在，我只有一个愿望，就是离婚，请你答应，至于佳佳，你想好是你带还是我这个母亲带？"

刘天瑜没有说话，嘴角挂着的冷笑和不屑让严鸿心里冷冷地疼痛，她真想伸手撕下那笑，看那冷酷下面藏着什么，有没有人性。严鸿再次追问时，他站起身来，甩开严鸿的手走了。严鸿坐在沙发上呼呼喘着。离了婚去晓路那里她早就决定了，但是寻找晓路失败后，她曾安静了一段时日，她不想再活在刘天瑜的轻视之中，不论结局如何，要找回自己，就必须离婚。

九

　　刘天瑜不离婚，两条理由，一是女儿他无法带，他也不想让严鸿单独带。还说了很多残忍的话让严鸿不能接受。刘天瑜说的这些严鸿不想记住，可她忘不掉的是："你的那个他还是单身，你离婚就是想与他重温旧梦，我绝不会让女儿和他在一起。你害了我，就这么走了，没那么便宜！我就要让你在痛苦和煎熬中消磨，你还可以去找别的男人，我不在乎，让人们看看一个曾经貌似清纯的淑女是怎样一个烂货！"

　　这是女儿熟睡后的一次谈话。严鸿被一个聪明人的残忍报复刺得遍体鳞伤，她的精神被刘天瑜残忍地杀死了，当晓路再次出现在她的脑海时，他同样用冷漠和拒绝打垮了她。刘天瑜摔门而去的时候，严鸿想哭，真想哭。但是也仅仅流出了两滴泪，心在干号，无声地干号。那颗心干号了很久，她迫使自己不再号，拿起一把锋利的水果刀看着，然后在左手腕上横着切了一刀。深深切了一刀。切罢，又竖着切了一刀，顿时血流得满腿都是。她看着笑着，血慢慢流到地上。门开了，刘天瑜进来，看见地上的血和脸色惨白的严鸿还在笑着，他惊呆了，扑到严鸿跟前，找了一条丝带紧紧扎在严鸿的手臂上，拨通了120。

　　十多年后，刘天瑜再次与严鸿和好后，提起那晚的事，浑身仍然颤抖。他说他没想到严鸿会那么不顾一切，那天他没有去单位宿舍，只是在楼下坐了一会，要是再来晚点，就永远背上杀她的罪孽，永远是一个罪人，会活在自责之中。

　　医院里，人们问她怎么回事，她说是在冰上滑倒，戳在地上一个铁东西上面了。不管别人相不相信，她绝不解释。母亲哭得伤心，父亲一边叹气。严鸿安慰父母说没事，几天就好了，只要人在一切都好。没人时，母亲问她是不是因为刘天瑜，严鸿摇摇头。母亲流着泪说："小鸿，好了你想怎么就怎么，我们不拦你了！"严鸿笑笑，安慰母亲。

在医院的几天里，两家人早晚换班陪着。严鸿不让女儿来医院，一再安顿不要告诉女儿。因为要照顾女儿，刘天瑜在白天来过几次。

从医院出来，严鸿不再提离婚的事了，她变了，除了女儿和工作，她对一切都不在乎了，不论刘天瑜怎样，她都不愿再往心里去。女儿的生活和学习成了她的主要任务，在她眼里，女儿就是一切。也是在那个时候，杨艳调走了，去了丈夫的身边。杨艳走时刘天瑜设宴送行，杨艳依依不舍，刘天瑜难舍难分。后来，刘天瑜去找杨艳，是杨艳夫妻接待的。杨艳对丈夫温情脉脉，夫妻俩上演着卿卿我我夫唱妇随的温馨。刘天瑜脸上笑着心里发酸，回来后在家闷了几天，又开始了半夜不归的生活。他对严鸿的态度始终没变。严鸿对丈夫不管不问，对身体的需求克制了再克制，实在燥热难耐时，就用凉水冲，一直冲到身体凉下来……

严鸿极力让自己的生活安静下来。她知道，她的表面上安静了，但内心却仍然存在着很多想法，只是她克制着不让想法流露出来。一次章丽颖来，她稍稍流露了一下心迹，说这年代想法没有变化快，尤其是红尘男女，想好好过日子，却总得不到自己该有的生活。她现在啥也不想在乎了，不想再要求什么了，好像日子平平淡淡的有了滋味。说完嘴角绽一丝苦笑。她明白自己的日子那是别人眼里滋味，她有的只是痛苦和思念。章丽颖提醒她，说她反应过激，已经超出了一定的界限。严鸿却说，界限？人在潜意识里都给自己定下了界限，出界与入界都是潜意识里挣扎的结果，对与错都是自己与世界的观念对抗产生的结论，界其实是给自己的世界定下的界。章丽颖惊异地看着严鸿，说严鸿什么时候变得哲理了？严鸿的高论不止这些，她说还有世俗生活中的很多男女，也许针对爱情而言，丈夫或者妻子总是矗立在界限之外；针对责任而言，情侣或者情人则是界限之外的参照物，这就是那句有名的话，有的夫妻一起生活了几十年，也许永远不能称之为爱人。

严鸿还有一件事谁也不知道，后来她讲给晓路听，惊得晓路张大嘴说不出话。那是她寻晓路不见，从医院出来后，身心俱损，心灰意冷，当身体折磨得她无力自拔时，她真想毁灭自己。有时回来晚了，走过一段黑黢黢的路时，她没有了害怕，甚至渴望某个角落里突然钻出一个不认识的男人，用刀逼着她，打劫她，要她什么都行。她说想要就要吧，她不会反抗，既然自己曾经爱过的两个男人都不要自己了，那谁要谁就拿去吧。听着这些，晓路的眼泪下来了。说来也巧，就在一天晚上，夜很深了，有一丝很淡的月光，她遇到了一个男人，估计也就三十岁吧，他捂住她的嘴，让她别动。她使劲扳开那人的手，静静地望着他。那人被她的镇定镇住了，用刀逼在她胸前，她望着他说了一句："你要什么就拿去吧，用得着拿刀装样子嘛。"没想到的是，这句话却让那男人崩溃了，拿刀的手发抖了，扯下她的项链抢了她的包，立刻消失在黑暗里。讲完这事，严鸿笑了，说男人看似雄赳赳的，伟岸坚强，有时候很脆弱，比女人还脆弱。听她讲完，晓路抓住她的手，望着她半天说不出话来。

　　一天晚上，严鸿一个人在家里，呆呆地想着什么，感觉心好空好空。突然，她看到了自己的心，看到了晓路，那里始终有一丝对他的牵挂和深深的恨。她再一次找好久没见到的晓路，用手机和同学联系，从同学那里她得知晓路当了个副科长，偶尔也写些小诗发表，也成家了，有一个儿子六岁了。从那以后她有了晓路的手机号。

　　此前，严鸿得知晓路在离省城不远的一个地方学习，就带着十一岁的女儿去找他，去时天空晴朗，半路上却起了沙尘暴，风沙打得眼睛都睁不开。在风沙中走了几公里才找到那里，但晓路却不在。女儿埋怨走了半天来到这个破地方，还白跑了。那一刻，严鸿的满心希望被风沙吹打得七零八落。如今有了手机号，他就是躲在天边也能把他找到。她盘算着，调整好心情，在合适的时间与他相约。她想也不知道他长大了没有，过得好不好？唉，算来已经十五年了，都快四十岁了，这个害了她一辈子的人，该还债了！想想就能听到他的声音，就要见到他的人了，严鸿心里有一股情愫漾漾晃晃，呼吸都急迫了。

十五年了，那个大男孩变成啥样了？严鸿拨了那个让她心乱的号码。拨电话时，严鸿觉得这些年经历的一切好像只是一个女人给自己当初的决定找一个借口，其实早就心知肚明。她输给自己了。她渴望尽快与那个藏在心里不出来的人发生些什么。

电话里熟悉却又显得有些陌生的声音传来，严鸿的眼泪顿时下来了，心也狂跳不止。近十年来，她以为自己的眼泪干了，没想到还藏在某个地方，在最不想哭的时候，一下子涌了出来，止都止不住。电话那头询问的声音焦灼而关切："严老师吗？你好吗？你怎么了……"短暂的沉默后，严鸿说话了，还带着一丝哽咽："是我，你好吗？我以为这辈子你再也不愿见我了！"电话那头晓路说了一句话让严鸿一直记着："我只是想把自己关起来，关得再深也关不住对一个人的思念，我总以为自己恨，有了恨就能把一切都放下，可总也放不下。"最后晓路说三天后去省城看她。

十

晓路要来看严鸿，严鸿很激动，在镜子前仔细梳妆，竟好像第一次似的，发现自己的脸很苍白，眼圈周围的暗晕怎么都遮盖不住。这是多年内心的阴郁积淀起来的，一时无法消除，严鸿有点丧气。但再想想，觉得还不是因为他才成了这个样子啊。严鸿不再刻意修饰自己了，心里一松说，就这样！

严鸿去学校签了到就请假出去了。她打车去了饭店，要了包间，点了几样小菜。给晓路发信息，他回信说马上就到。马上就到！严鸿重复了短信的话语，感到心跳有点按捺不住。大约半小时，晓路出现在门口。晓路有点羞涩，在门口停了一下才缓缓走到严鸿面前，抓住严鸿的手，叫了一声："姐！你好吗？"

严鸿眼泪哗啦一下就流下来了，她看到晓路几乎没怎么变，只是稍稍胖了一点。严鸿真想把他紧紧抱住，希望他就像在大学时那样带点鲁莽，带点粗野，对她为所欲为。但这一切终究没有发生。晓路的手有点抖，严鸿的手也有点抖。晓路扶严鸿坐下，他又挨她坐下。就像在学校时，严鸿把菜都摆在晓路面前，看着他吃，就那样看着他。严鸿说她一直在找他，为什么躲着不见？晓路说，有个心结无法解开，她已是他人之妻，见面了该如何面对？严鸿很生气地说："我是他人妻？我连个女人都不是了，你把我害得还不够吗？他在躲着我，你知道嘛！不论你跑到哪里，我总是想办法找到你的影踪，好多次想去看你，可就是下不了决心。我倒要看看你能跑到哪里去？不会出国吧？"晓路笑笑说："自打分手后，我就把一个恨字装在心里……"严鸿说："什么分手！毕业后我一直四处打听你的消息，一直等你来找我，可你……你知道我有多恨吗？"晓路看着严鸿，微笑着没再说话。严鸿拉住晓路的手臂，眼泪喷涌而出。

晓路慌了，两只手搓着，不知该怎么办，看见桌上的纸巾，抽出几张递给严鸿。严鸿接过纸，泪眼中看到这个局促的大男孩还是没有长大。她擦干眼泪，问他："吃饱了吗？"晓路点点头。严鸿说："那就上去吧，给你要了房间。"

关上房门，晓路就像回到大学时代，慢慢走到严鸿面前，捧住她的脸。严鸿期待着他的亲吻，还有他不安分的手在全身的抚慰，当嘴唇接触在一起的时候，严鸿张开了双臂紧紧抱住了她的大男孩。很久很久，大男孩松开她。她的脸红红的。她真想哭，为今天的相逢，为这个大男孩，为她消磨掉的宝贵年华。这十几年她在一个又一个难熬的夜晚期盼他，但他不知道。她一次又一次承受来自丈夫的侮辱，心都要碎了，他仍不知道。在一个又一个惦念他的夜晚泪水湿了枕头，他还不知道……晓路又来到严鸿面前，捧住她那张憔悴的脸吻住了她，那双不安分的手伸到她的胸前时，她开始呻吟了。当晓路把她压在床上，她推开晓路说：这十多年谁也没碰过我，请你给我一点时间，让我调整下心态好吗？晓路不好意思地点点头。严鸿站起身，捧住晓路的脸亲了一下，整整自己的头发。她让晓路好好洗洗，等她。晓路问她啥时过来，她羞涩地看一眼晓路，没说话走了。

严鸿是第二天早晨来的。在难以遏制的燃烧中，晓路和严鸿用内心深藏的那份情和恨互相把对方"折磨"了一番，以至于严鸿在身体释放时哭了起来，哽哽咽咽特别伤心，似乎伤心到了极点。哭声把晓路吓了一跳，他紧紧抱着她吻着她泪水的溪流。严鸿哭着紧紧抱住晓路。晓路问她为啥哭，她说是她的心在幸福地欢叫，这份幸福她从没有得到过……

那个早晨是严鸿今生最美的早晨。那个早晨，让她这个女人一生没有遗憾。那个早晨，她向晓路讲了十五年来自己受到的委屈，还有常人难以忍受的冷暴力。她说要不是因为晓路，她绝不会遭受那些的，之所以不离婚，还是因为他，当然还有女儿，如果他那天不是那么冷落，她就离了，不管与他有没有结果，至少她还有寄托。那次回来，她心死了，熬着等着，自信总有一天晓路会回到自己心里。她说自己一生都好像是为他准备的，她的第一次给了他，这十多年守着谁都不让碰的身体也给了他，今生好像就欠他的一样。严鸿又撒娇般笑笑，说这不，你又到我的心里了，你要为自己犯的罪负责，要负责到底！不管我老成啥样子了，都不许嫌弃！晓路问她，怎么负责？难道要离婚吗？严鸿笑笑说，不，就这样，永远这样！只是你回家一定要对她好，别冷落她，千万要对她好！晓路点头答应。

中午，两人打车去了腾格里湖和枸杞观光园。

在腾格里湖，他们还像学生时那样，赤脚走在沙丘上，坐羊皮筏子在黄河上漂流，坐沙漠冲浪车……严鸿叫着，笑着，好像回到和晓路谈恋爱的那个时候。严鸿诧异，就像划船、坐羊皮筏子，严鸿以前根本不敢，她不只晕车，还晕水晕船，只要船动水流她就晕，就吐，但这次她坐在他对面，看他划着小船在湖里转也没有反应，感觉还特别好。严鸿感谢晓路让她有了好多第一次，有他真好！

枸杞观光园，严鸿笑着摘着枸杞，一颗一颗往嘴里喂，吃到第二把时，她想起了第一次在枸杞园，晓路给她讲的关于枸杞的笑话。她拿一颗往晓路嘴里喂，晓路看看四周摇头。严鸿不依不饶，有点流氓地说枸杞两个人吃了床才受不了，那就都吃点，看床受不受得了，就捏住晓路的鼻子硬往晓路嘴里塞……

第二天清晨，洗漱之后，严鸿简单地化了妆。晓路惊异地发现，短短两天时间，严鸿的皮肤发生了变化，最初见到的暗晕少了，干燥的皮肤似乎光滑细腻了，散发出的自信和微笑让她展露着成熟女性特有的魅力。

十一

刘天瑜也回来了，是在晓路回到严鸿心里半年之后。一天晚上，严鸿刚刚睡着，刘天瑜来到她的房间，悄无声息地钻进她的被窝。严鸿惊醒了，把刘天瑜推开，用被子裹紧自己。刘天瑜给严鸿道歉，说这些年委屈她了，他一直以为自己是个能提得起放得下的男人，对她却表现得十分小男人。刘天瑜趴在严鸿身边喋喋不休，说无数遍对不起，也骂了自己无数遍。严鸿无法彻底拒绝，也很难接受，在矛盾中被刘天瑜以半强迫的方式进入了。尽管刘天瑜十分卖力，但严鸿的身体和心灵在那晚彻底分道扬镳，再次觉得自己成为了一个不贞之人。

严鸿迷恋晓路，是刘天瑜把她的心彻底交给了晓路。她的身体不能拒绝丈夫，她又一次站在分界线，不知道该进还是该出。她拒绝和丈夫同床共枕，说这么多年习惯了一个人睡，身边多个人她睡不着。她也想过离婚，但犹豫中觉得这个年龄了离婚还有意义吗？

严鸿与晓路在后来的几次约会后，关于心灵和肉体的归属成了两人探讨的主题，到底以心为界还是以肉为界，谁在界内，谁又在界外，两人有了一个共同的认识，就是以法律和传统道德为界，晓路是严鸿家庭的第三者，严鸿是晓路家庭的第三者，尽管不破坏各自家庭，却使各自家庭潜藏了危机。严鸿说作为第三者和出轨者，在承受罪责感的同时，心却不让她退出。晓路说那就他退出吧，严鸿骂晓路说屁话，他退出不就意味着自己也退出了吗？她不能没有晓路。严鸿说自己背负了一种家庭罪责，晓路说那算什么罪责，你那婚姻名存实亡，有的只是一个证书；你那名义上的丈夫，不知有多少个杨艳，十多年来他除了给你造成伤害给了你什么？良心发现之后，给你道个歉，偶尔给你一次身体上的关心，这就是完整家庭的内涵吗？你说你背负了罪责，可你知不知道，我每次面对她，一个贤惠善良的农村女人，我心里不知道有多对不起她！她默默操持家务，养育孩子，任劳任怨，我唯一能做的就是为她买件稍稍像样的衣服，说几句感激的话，她就高兴得不得了，我……晓路看着严鸿，摸摸严鸿的脸又说："可我想起你，也有一种挤都挤不出去的自责，想想你因我遭受的侮辱和苦难，心就像被刀剜。以为放下你了，没想到那个'恨'里却深深种下你的影子，无法做到舍你不顾，哪怕就是一点小小的关心，只要你觉得心有依托，我也不能放弃。你知道吗，赵志扬问我是不是和你见面了，我说是，他挤眉弄眼地说我学会了生活。学会了生活？难道生活就是这个样子吗？我不管别人眼里的生活是什么，可我面对你和一个家，唯一能做的就是绝不会再有第三个人出现，以前不会，今后更不会！这就是我矛盾地遵循的生活原则。"

严鸿拉住晓路，把脸埋在他的怀里，连说谢谢，一会儿抬起头又说："不说了，不管了，我就想这样，哪怕只是远远一声问候，我也需要，也知足了，让那些伤脑筋的问题见鬼去吧！"

"是，不想这些了！"晓路说着话，把严鸿抱在了怀里。

……

女儿高考后等待录取通知的两个多月时间里，严鸿没有和晓路见面。严鸿和女儿很融洽，像密友几乎无话不谈。女儿闲下来的那些日子，只要严鸿有空，就黏在严鸿身边，赶都赶不走。七夕那天，晓路发了短信，打了电话，严鸿没机会回，也没有接。严鸿出去买东西时，准备给晓路回电话，没想到手机忘在茶几上，回来就有了女儿、晓路和自己三者之间的电话风波。

"妈妈，我鄙视你！"女儿的这句话深深扎进严鸿的心，让她有了罪孽感。她其实早已一分为二了，每月有一天是为自己和所谓的心灵偷偷摸摸活着，其他时间就为家和另一半光明正大地活着。她本想向女儿袒露，但最后决定什么也不说，每个人都有自己的生活经历，谁的就让谁去经历吧，以后女儿会明白的。从电话风波到送女儿上大学回来，严鸿再没接晓路的电话，两人每天至少一次的通话中断了近半月。在北京五天，严鸿陪女儿逛街，给女儿购买生活用品，教女儿一个人怎样在外面生活，很累。要回去了，女儿和同学把她送到火车站，临上车时，女儿眼泪汪汪地叫了声："妈妈！"抱住她的手臂说了声，"对不起！妈妈！"严鸿拍拍女儿的小脸，笑了笑。火车开了，严鸿的眼泪也下来了。

严鸿回到家已是第二天下午五点多了，她洗了洗，吃了点东西把屋门锁上，躺在床上让大脑空出来，在不知不觉中睡着了。她醒来已是第二天六点多了。这是多年来她最沉的一次睡眠，身体像刚刚从负重中解脱，有些疲惫，但轻松舒畅。她躺在被窝里给晓路发短信，告诉晓路她回来了。

发完短信走出家门去学校，在路上严鸿面向太阳深深吸口气，又长长地呼出去，顿时觉得身上轻松了许多。她伸伸手臂，像要拥抱金灿灿的太阳。不一会儿，她收到晓路的短信，说要来省城开会，下午动身，让她安排一个地方坐坐，住处不用安排。她笑笑，回了一个"好"字。

严鸿从学校早早回来，吃了饭，开始了雷打不动的午休。她想把自己打扮得靓丽一点，换衣服时，看见那对碧玉环，拿起看看，思索一下，戴在手腕上。

严鸿睡足了觉才去和晓路见面的。在饭桌上她对晓路发脾气，说他怎么会对孩子大呼小叫呢？晓路双手合十道歉说，对不起！对不起！请夫人原谅！那顽皮让严鸿无可奈何地摇摇头。晓路拉着严鸿的手，涎着脸说一时大脑缺氧才那样，严鸿推开他的手，叹口气让他赶紧吃别凉了。吃饭间，严鸿说她的几个侄女也是自己找对象，也有那事，也是家里人不同意硬硬分开，又和别人结了婚，可都过得很好啊，卿卿我我很是甜蜜，可我怎么就……晓路笑笑说人的意识进步了，开始看重人这个主体了，其他显得轻了。严鸿重重地叹口气为自己鸣不平，最后问晓路看《色戒》了没。

晓路说我们该怎么戒？我们不色，而情，是因外界阻挠错位的情。当然男女之情浓了，性就自然有了，那是不一样的。至于电影，女主人公为了事业和大道，牺牲身体、爱情还有尊严，当女主人公被枪毙的场面出现，让人痛惜、痛心、痛恨，她的牺牲值不值？最不值得一提的是赤裸裸的性交场面，好多人为之叫好，狗屁！那是迎合了一些人迷恋情色的心态。过分迷恋情色，是人类精神返祖现象，是精神死亡的先兆，是人在放弃进步了千万年的文明和道德，踏上了向畜生回归的道路。人在情色之中看到的往往只有欲望和下半身，这是人把自己当成单个人的悲哀。当人用一块兽皮、一片树叶把下半身遮掩起来，就让一种被称作文明的遮羞布遮住了羞丑，文明也就一步一步进化。可以设想一下，如果人类还是光着屁股行走在社会中，被现代人叫作做爱的性交场面可能随处可见，人可能会在任何时间任何场所无所顾忌地交配，那是文明还是丑恶？有人把光天化日下性交称为艺术，把性交镜头搬上荧幕也称为艺术，那是狗屁艺术！是畜生艺术！那不是人的艺术，那艺术只配被人鄙视！你我会把只能两个人做的事摆在大街上做给人看吗？不会！因为我们知道羞丑，虽然我们没有高尚到为社会做什么榜样，至少要为子女积点德，给子女留点面子。有些事只能私下里做，私下里说。人知羞才是人，否则，与畜生何异？

听着晓路的宏论，严鸿不时点点头。突然她把手腕伸向晓路，让晓路看她的一对玉环，问晓路玉环的颜色像啥草的颜色。晓路一时没想起来，严鸿就说："呆子，像不像青龙山上长着的一株醉马草？"晓路恍然道："是，几乎一个颜色！"严鸿说："这是他妈给的，因为它像毒草的颜色，我本不想再戴，今天特意让你看看。其实戴不戴有什么关系呢，这世界万物几乎都是有毒的，饭吃多了胀死人呢，毒药却在某种时候是救命的良药……"

说话间严鸿的电话响了，是刘天瑜打来的，要严鸿早点回去，说晚上家里要来人，让她好好准备一下。严鸿看看表，说时间不早了，要回去，她让晓路好好吃，她晚上就不过来了。

晓路送严鸿出了饭店。严鸿走了几步，回头见晓路还站在饭店门口，斜阳照得那张脸光亮光亮的，身后拖着一条长长的黑影。她转过身，知道自己身后也跟着一条长长的黑影，但她却再没回头。

给你同样的一个梦

马凤义

一

文霞是我的初恋，也是我唯一爱着的女人。但命运注定我要失去所爱的人，而且失去的是那样扑朔迷离和富有戏剧性，简直可以用一场梦来形容。

四年前，我大学毕业考上了塘塬县特岗教师，回到了我曾读过书的塘塬中学。说来也是缘分，我在塘塬中学与文霞不期而遇。我们在一个办公室备课，改作业，四个月后在一个双休日确定了恋爱关系。

那天绵绵春雨下了一夜。雨停时已经是早晨了，太阳艳红艳红的，天空如洗过一样鲜亮。我的心情也如天空一样清澄。走进塘塬中学二楼文科组办公室，首先进入我眼帘的就是文霞。文霞匀称修长的身材，穿着粉红色高领蕾丝边紧身线衣，凸显得胸部饱满而不夸张；乌黑发亮的长发瀑布似的披在肩上，纯朴而又优雅。她见我进来，便站起来对我微微笑着，算是打了招呼。我有些腼腆地向她微微点点头，算是回应。随后，她又重新坐下开始翻看教材。我坐在她对面，同样翻看教务处早已放在我桌上的课本。

我与文霞坐下来看书或批改作业正好面对面，文霞有时有想不起来的成语解释、填古诗名句等一些问题，就抬头问我，我便回答她，她就感激似的对着我微微一笑，我也同样以微笑回敬。时间长了，也就成了习惯。直到有一天，同办公室的秦淑莲老师好像看出了什么门道。当我回答完文霞的问题，相互微微对笑的时候，她走到我们面前带着笑容说，干脆把你们的亲密关系公开吧，不要遮遮掩掩，好在都是大学毕业的大龄青年嘛，秦淑莲老师像是认真又像是开玩笑似的这么一说，倒让我和文霞都有些尴尬，连微笑都不自然了。但我俩却不约而同地特意注视了一下对方，也就各上各的课去了。下午放学的铃声响过一会了，文霞与几位女老师一同同家，在楼梯上我与她险些碰在了一起，我还没来得及向她打声招呼，她匆匆扫了我一眼，微笑着擦肩而过。我不由自主转过头，望着她下楼时的倩影怦然心动。

那天晚上，我真正体验了失眠的滋味。

二

教学工作本来就够忙的，可是本学期教育局把全县的"两基"（基本扫除青壮年文盲、基本实现九年义务教育）工作迎接国家检查验收的任务分解到了各个学校，实际工作也就落在了每个教师的肩上。贫困地区资金缺乏，领导提出的口号是义务奉献"迎国检"，艰苦奋战一百天，丰硕成果定灿烂。

为了弄清上学学生、失学学生、脱盲人数与总人口比例的真实以及毕业生的去向，我们走村串户核实，接着就是没完没了填写各种表格等，牺牲了节假日不算，有时晚上还要加班加点。就这样才完成了任务，总算松了一口气，终于迎来了双休日。我用双休日的时间改完学生作业、备完了星期一要上的课，拿出考研资料正在看的时候，文霞老师转发来这样一条短信：教师生活极其琐碎，"迎国检"让人崩溃，校长一叫立即到位，劳动法规统统作废。走村串户自己破费，日不能息夜不能寐。

这是哪位老师在发牢骚？我想，我们都是光荣的人民教师，趁年轻力壮，多为人民做点奉献不更好吗？唉，牢骚满腹防肠断呀！哦，这也可能是文霞故意用来逗着玩儿的。我看了后暗暗发笑，也没有在意，随之删除，继续进行我的学习计划。不一会儿，秦老师又打来手机热情地说，一段紧张的工作过后，为了放松一下，她约了同办公室的老师在老地方饭庄聚会，请我立刻过去。

我急忙赶到老地方饭庄，进入包厢，坐着的只有秦老师和文霞。这是我早就预料到的。因为在百忙的"迎国检"间隙，热心的秦老师就不断地穿梭于我与文霞之间，为我们的婚姻推波助澜到底。但我还是有点发呆，经秦老师招呼才坐下。秦老师批评我说，你呀，真像个皇帝的太子，好难请啊！我让文霞老师发了短信你不来，还要我亲自打电话请你才来！

我有点丈二和尚摸不着头脑，感觉有一种不知所措的羞涩。文霞在那里暗暗发笑，端起茶杯以喝茶作为掩饰。秦老师怕我难堪，又接着说，好了好了，啥都不说了，我们一起欢欢乐乐，吃个饭，轻松轻松。

饭桌上早已摆好了菜肴，我们边吃边谈工作上的一些事，而且谈得很投机。随后，秦老师把话锋一转，表明她一定要当好我俩的月下老，又特别对我说，文霞老师讨厌死皮赖脸一再讨好女人的男生，所以从上大学到走上工作岗位，一直没有碰上合适的恋爱人选，如今遇到了你，她不嫌弃你出身贫穷，而是喜欢你规规矩矩做人、好学和博学。我与文霞谈过，你正是文霞喜欢的那类男子，也是她心目中的最佳人选。我看你们是天生的一对，我建议你作为男子汉应该主动点才是。

我有些不好意思，但心里却非常感激秦老师。秦老师的意思是让我俩确立真正的恋爱关系。关于这一点，我与文霞好像早已心有灵犀，几乎同对都有些羞涩地微笑着点头同意。此刻，我再次注视了一下文霞，她仍然带着羞涩的微笑，而且比平时对我的微笑更加富有情感，我内心的潮汐不断翻滚，便激动地说，我和文霞对秦大姐的恩德永世下忘。

文霞接过话茬说，你还能说出哪些甜言蜜语？

我们三个人不约而同地相互对视着大笑了起来。

三

我与文霞的恋爱关系完全确定并正式公开了，这让学校里的年轻教师无比羡慕。文霞在各个方面对我的关心照顾无微不至。我住学校单身宿舍，她特意来到我的住处，看到随处放着的书籍和凌乱的被褥，便边整理边和蔼地说，你总得讲究个整洁吧，这样学习起来舒心，休息起来舒适。我有点羞涩地望着她笑笑。

从此，文霞便为我整理书籍、被子，洗衣服。她凭自己的经济基础对我帮助非常周到。我的经济赤字了，她慷慨解囊，鞋袜破了衣服旧了，她就买了来。我一个堂堂七尺男儿接受一个弱女子如此的恩惠，心里感到十分别扭。她看出了我的心思，便很亲切又如开玩笑似的说，你还跟我见外啊？不要有那么多顾及，现在我不惜付出一切帮助你，也就是给你投资，希望你今后出息了给我更大的回报。哈哈哈。

文霞给了我激情和力量，也给了我灵感。我经过一段时间耕耘，终于结出了果实，组诗《唱给大山的歌》和短篇小说《爱情不是毛毛雨》发表了。文霞比我还要兴奋，她看了以后说，诗歌写得很灵气，小说所写爱情力量是那样的伟大，我看着好像在写我俩呢。

我很认真地回答说，是有我们生活的影子。说话的当儿我做出一个决定，用我所得的稿费请文霞吃饭。她非常愉快地接受了我的邀请。

我们仍然在老地方饭庄的 66 号鸳鸯包厢，不过这次只有我俩。我让文霞点菜，她没有客气，点的菜全是我平时最喜欢吃的。没想到她对我的生活习性了解得如此细致，这让我非常吃惊，心里只有暗暗感激的份儿。

我俩慢慢品味菜肴，谈工作，谈李白、李清照、鲁迅、巴金、雪莱、莎士比亚等等。在谈到各自的理想时，文霞表现出极大兴趣，她诚挚地对我说，你有实力，我全力支持你考研深造。我在感动的同时很认真地说，真正相爱的人理想多是相同的，我们互帮互助一块战斗，成功了就叫作比翼双飞，向着光明的未来。你就是词儿多，老是面向宏伟理想。知道吗，一个成功者的后面要有默默的奉献者才行。她的话很坚定。

我再一次特意注意了她的容貌。喝了香槟的她，脸上泛着红润和妩媚。她仍然穿着紧身的有着蕾丝花边的内衣，把身材勾勒得线条分明而优美，透射着无穷的魅力，无穷的诱惑力。我一下子感到浑身像一团火一样熊熊燃烧，拉着座椅向文霞靠近。文霞与我的感觉一样，急不可耐地离开座位，飘过来落在我的腿上，双手搂住我的脖子，嘴唇热烈而又深情地贴在我的嘴上……

有才气而又腼腆的男人最可爱，你就是有才气腼腆的男人，我爱你。文霞情不自禁地说。

文静而又优雅的知识女性是仙女，你就是仙女，我就是你的董永。我也情不自禁语无伦次地说道。

突然，文霞冷静了下来，闪电般离开我回到了原来的座位。这个突如其来的举动，使我莫名其妙。

我俩默默地、静静地、拘谨地对坐了片刻，她打破沉默说，只有和你在一起，不知为什么就控制不住自己，才有了这样的冲动。这样的行为，你是不是认为我是个放荡的女人？

不不不，你是唯一的第一次与我这样做的女人！请你相信，我对你的爱是刻骨铭心的。我慌忙真诚地解释。

于是，在又一次面对面的微笑之后，我很放松地亲吻了文霞。她也表现了相应的自然和温柔。

谁想，从这一刻到以后交往的日子，文霞与我的爱情却一直停留在相互亲吻的阶段。

四

又是一个双休日，文霞约我上她家玩。我心里叫明白，文霞一定是想让她父母见见我。我特意收拾了一下自己，穿一身崭新的西装，很酷。尽管文霞坚决反对我给她家买任何东西，但我还是买了点上档次的水果，她只得默认。我们从学校出发，走到政府南街，穿过文联巷，来到盖有两层楼房的院子里。整洁的院子中有个花池，牡丹、对红正开得鲜艳。文霞和我上楼时，刚好与她母亲碰面了。

文霞的母亲身材高拔俊俏，穿着税务服，显示出文静和优雅。浓妆淡抹也没掩盖住岁月刻在她脸上的角尾纹。看来，文霞是继承了母亲的优点。见了文霞的母亲我这么想

文霞问母亲，我爸在家吗？

你爸太忙了，谁知忙啥事儿，刚被县领导又叫去了。母亲随口回答。

在文霞与母亲对话之时，文霞的母亲仔细打量了我魁梧的身材与近乎皎白如月的面容，一下子满脸阳光灿烂。还没等我问好，她就十分热情地将我招呼到二楼的两室一厅，又是沏茶又是端瓜子、水果，弄得我好不自在。好在文霞善解人意，给了我本近期的《读者》让我翻阅。文霞则拉着母亲去了厨房。

一会儿，文霞端着饭菜面带着微笑向客厅我坐的地方走来。她母亲跟在后面，满脸浓云密布，当面对我时才带上了苦笑，让文霞陪我，她匆忙向客厅外走去。我感觉有些不大正常，便问文霞，你母亲怎么

突然不高兴了呢？

文霞不以为然地回答说，对不起，不理她，你好好吃饭吧。她就那样，动不动就喜欢给我来点威风。我没好意思再往下追问，和文霞一块默默吃饭。一直到我离开文霞家，也没有再见到文霞母亲的面。

文霞与母亲之间究竟发生了什么事？回到学校，一直让我很郁闷，私下里想，是不是她母亲反对我与她恋爱？这个问题我必须当面问明白。可是当着文霞面前我就没有了勇气，几次都是这样。因为文霞仍然一如既往地待我，让我把精力放在工作和学习上，那点郁闷早已抛到了九霄云外。

五

初夏的一个星期天，早晨空气特别新鲜，我充分利用这大好时光，在操场上背诵考研的英语单词。文霞突然来找我，说班上一位叫张惠芹的学生因家庭贫困不上学了，要跟村里人出去打工挣钱。

我不解地问，学校不是给学生实行全免费上学，并有生活补贴，为什么还上不起学呢？

文霞说，她父亲有糖尿病没钱治疗。哎呀，不问那么多了，我想救助她，决定去家访，让她重新上学。可是，要去她家还得翻两座山梁，坐班车也不能到达，没办法，只有请你无私援助，烦劳你骑摩托车带我去。

好呀，鄙人愿效犬马之劳。我班里的一位同学最近成绩滑坡厉害，是不是家里有什么事影响了学习，我也打算去家访，这样一举多得。我高兴地答应了文霞。

当摩托车驶上第二道山梁，蓝天白云下连绵起伏的群山给人一种磅礴的气势，开满山野的野花在微风中展示着艳丽的姿态，给人一种烂漫的真实，让人心旷神怡。文霞又兴奋了起来，要我停下来，她要观赏景色。我将摩托车停放路旁，文霞就拉着我跑向花丛中。在阳光的沐浴下，我们尽情享受着眼前的美丽景色。文霞远眺一阵后，扯扯我的衣襟，手指着说你看，那就是我们要去的村子。

我顺着文霞手指的方向看去，山沟里炊烟缭绕的那个村了尽收眼底，还不时传来农人耕作时吆喝牛的声音以及狗吠、鸡鸣。这些声音混合在一起，犹如优美动听的交响乐，像在特意迎接我们。我们肆无忌惮地嬉戏，文霞还哼着《万水千山总是情》，硬要拉我跳慢四舞。

我欣赏着面前的文霞，她就是开放在山野的一朵最鲜艳的花朵，那样夺目，那样多姿。我不由激情奔放，顺手摘下几朵花握在手中，双手做着要献花给她的动作，吟诵出这样的诗句：

> 翻开群山的真实
>
> 看见你我就用鲜花倾吐内心深处的爱
>
> 如果你还铭记着
>
> 那么我就把这首诗
>
> 放在景色宜人的天堂
>
> 让她在季节的阳光里
>
> 沐浴我的灵魂

文霞听得如痴如醉，夺过我手中的花朵，以一种无可阻挡的勇气一跃扑在我身上，像个小孩似的搂住我脖子边吻边用花朵拍打我的脊背。不知是激动还是什么原因，她眼里噙着泪，自言自语地说，父母嫌我们门不当户不对，真是徒劳，谁也别想改变我的选择！

我无言回答，心底里只是快速掠过一丝凉意，但很快被我给文霞贪婪而又深情的吻完全淹没，幸福感满满地从头顶一直灌到脚底……

六

　　我如期参加了全国研究生统一考试。之后，我胸有成竹地等待着。

　　暑假到了，我接到了录取通知书。当然，文霞是除我以外最早知道的人。文霞激动地说，我请客，咱们好好庆贺庆贺。

　　我说，不必了，我能不能上还是个未知数。因为妹妹也考上大学，父母已经把供妹妹上大学的任务给了我。要是我读研究生，妹妹的大学也就无法上了。

　　文霞说，你平时不是都昂扬向上嘛，怎么这会儿泄气了？现在党的政策多好，只要考上大学，哪有上不起的呢？哦，我知道还有这样的政策，如果教育局、人事局都同意了，你可以带工资去上学，这样你的问题不就解决了。

　　我说，那是有关系的人才能办到的事。我一没关系二没钱，哪有能耐办通带工资上学的事呢？尤其在贫困地区，想要办带工资上学就更难了。

　　文霞说，你没有去办，怎么知道就办不通呢？车到山前必有路，放暑假了，你先回老家做你该做的事，到时候会水到渠成的。我感到诧异，但还是说，只有到时候碰碰运气了……

　　告别文霞回到老家偏僻的山村后，我决心趁着假期替父母多干点农活。父母已经年迈，干起农活来乏力，尤其到了收小麦、胡麻等夏粮之际，更是显得心有余而力不足。我顶着伏天的毒日头，和妹妹一道帮父母抢收完责任田里的夏粮，并打碾入仓。此刻，气象意义上的秋天已经来临，假期还没有结束。为了早点办好上学的手续，我就急忙赶到了县城。来到我的宿舍，打开抽屉，取出录取通知书，心想找文霞一块儿为我办手续，也许她会帮上一点忙的。但又一想，文霞事事都主动帮我忙，不能再烦劳人家。再说，我一个男子汉，干什么事总不能都靠女人吧。我还是决定自己去办。

从教育局出来，又匆忙赶到人事局，没想到手续办得万分顺畅。走出人事局大门，我小心翼翼展开录取通和公函，带着愉快的心情仔细观看，还是公费带薪上学。这样一来，我和妹妹都如愿以偿了，怎么能不让人心花怒放呢！我要把这个好消息第一时间告诉文霞，也让她分享我的喜悦。

真是巧得很，我刚从兜里掏出手机，铃声就急促地响了。看一下来电显示，正是文霞打过来的。她迫不及待地对我说，要和我结束恋爱关系，她已经与别人家的孩子订婚了。我问是谁，她一提名字我就清楚了。对她的通告，我犹如冷不防接受了一个巨雷，震得耳膜都要破裂似的，眼前也一阵阵的眩晕。我尽量的镇静情绪，蒙眬中，生出无数感慨，很多很多个疑问在我的脑海里变得鲜亮起来。

别的恋人闹分手，一般来说，都会闹得沸沸扬扬，不像沙尘暴那样天昏地暗，也像秋风吹起的树叶那样刁蛮和放纵。而我与文霞之间，她提出分手的前一秒钟，却丝毫没有表现出暴风雨来临前那种沉闷的征兆。

难道我是那种对女性没有吸引力的男人？或是把握不住自己恋人的男人？难道我就像一篇小说里说的那样，一对恋人中，一个有了外遇，另一个不解地在心底里叹息："鸳鸯路上野鸭多。"文霞是不是陷入野鸭群中不能自拔了，或是受到什么刺激了，文霞怎么就闪电般地投入到了一个初中没毕业现在经营着一家酒店的纨绔子弟的怀抱？难道就是因为那个人的老爸有权有钱吗？唉，《十万个为什么》也没有把一切的问题解答完，我即使用去一生精力，也无法弄清那么多问题啊！此刻，文霞往日多姿多彩的形象，在我脑海里突然变得模糊一片，如印象派的一幅人物肖像画般。

然而，这毕竟是个现实，我必须面对。在这个阳光万分明媚的初秋，我和文霞之间的爱情，竟然以落花流水的形式呈现了，而且还显出了一种沉重实在的沧桑。这种沧桑仿佛一夜之间就浓重了，没有丝毫的时间转换。

<h1 style="text-align:center">七</h1>

　　我没有停留，立刻搭上出租车赶到了工作单位——塘塬中学。文霞好像知道我要来，早就等在学校门口，她见到我，急忙拉着我的手面带难色地说，真对不起，为了我们的分手，我来给你饯行。我买单。

　　我还能说什么呢？只是满脸的迷惑，感觉到有什么东西堵在嗓子眼里，噎得慌。

　　吃饭地点本来打算联系在文霞将来的老公经营的那个青苹果酒店，但她却临时又改变了主意，像要寻找一个"世外桃源"似的，一会儿到这里，一会儿到那里去寻找。无奈，我只好像个听话的绵羊一样跟随着她。

　　转来转去，不知怎么又来到了老地方饭庄门前，我与文霞两人都停了下来。文霞尽量以平常的神情待我，但眼里还是饱含了许多的失意与哀怨。而我在文霞面前努力体现大度，可眼里还是充满了疑惑与愤恨。

　　文霞说，进去吧。我抬起头又看了看"老地方饭庄"几个宋体大字，迟疑了一下，跟着她走了进去。到了大厅，我无意地看了一下手表，时间正好下午六点半。

　　我们就在大厅里随便找了个餐桌面对面坐下。文霞招手把服务员叫到面前，顺便要过服务员手中的菜单，向我递过来说，这次你来点菜吧。我推辞说，还是由你随便点吧。她便点了我平时爱吃的三丝、凉拌牛蹄筋几个菜和一瓶啤酒，她给自己要了一瓶小香槟。

既然有怀旧的意思，为什么又不去那个包厢？真是个变化无常的女人。

老地方饭庄的大厅里播放着轻音乐，一曲刚结束，另一首又舒缓地响起。曲子好熟悉，我注意听了一下，就听出曲子是《狼爱上了羊》。此时，夕阳透过门玻璃，血红血红的几束光线射进大厅；秋季潮湿的风从门缝吹进来，我一下子打了个冷战。一种好像是无奈又好像是忧伤的情绪浓浓地漫过我的心头。与文霞原来在一起时的那颗相当灼热的心，现在却到了冰点。我无暇顾及没有了文霞我今后的爱情会是怎样，只对我们之间将要分道扬镳这件事产生了无尽的失落，并尽力默默地承受。我想，也许文霞这样做自有她的道理。我是每月只有一千五百块钱薪水的特岗教师，扣去养老保险、医疗保险、生活费，给父母亲不多一点孝敬费以及家里妹妹更少一点的生活补贴费，这几项加起来，保证让我每个月都会赤字。我在这个小小的山城无法为文霞提供最起码的住房条件和更多实际生活必需的东西。而那个纨绔子弟，则会给她提供优越的居住条件，一切的生活必需品，而且可以满足她的消费水平。这是不争的事实。就这一点，足以让我自卑万丈。可是我也明白，这实在不是分手的充分理由。难道能使真正的爱情变得苍白无力，像木棉一样飘浮不定的，就是经济的贫乏？

服务员将饭菜端上桌，我们之间出现了一阵死一般的寂静。掩饰的行为就是夹饭菜放入口中，慢慢地咀嚼，艰难地吞咽。

我们结婚的那天，你能来吗？文霞首先打破寂静。

去，一定去。不管我们之间情感故事的结局如何破烂不堪和目不忍睹，我都要去为你祝福。不然，我一辈子也不能心安。毕竟，你给我的成功以极大的帮助和推动力；毕竟，我们志同道合地走过一段历程；毕竟，我们都相互付出过一份纯情。我像个又傻又天真的孩子，没有了年轻人特有的醋意，一味地情绪激昂，一个劲儿地大度。然而，这些豪言壮语，只不过成了我当时表面华丽的应付而已，以后并没有付诸行动。

我还以为你会记仇呢！文霞说这话的时候眼里噙满了泪花。可是这种情形，很快就被她喝香槟的动作所掩盖。你怎么突然把爱情当儿戏了？是你的意愿吗？还是你另有什么秘密不能说出来呢，我喝了半瓶啤酒．心里有点激动，又感到极度酸楚地问文霞。

你怎么知道我……你的想象力好丰富啊！文霞又喝了一口香槟，但声音却明显有点沙哑。

你再不要骗自己了，你的眼睛和你说话的声音早就告诉我了。

文霞有些难堪，再一次的无语。我看得出她内心的波澜一刻也没有平息下来。我想，这种时候对她一再追问下去，简直是对她灵魂的一种摧残。我认真审视文霞，希望她能给我一个说法。但我又不想再继续为难她。

对面桌上坐着的一对恋人嬉笑、碰杯、亲吻，如入无人之境。大厅里响着的乐曲好像也是为他们伴奏的。我与文霞向那边看过去，继而又同时相互注视，只见文霞脸上有了难受的表情，我陡然感觉到，这里的空间变得过于狭小，空气也变得令人沉闷。一个即将结束的爱情，两个人之间的谈话是干巴巴的敷衍，像一块上好的牛排，缺了调料，淡而无味。我想，既然你文霞什么都不愿意告诉我，那我们在一起还有什么意义呢？我把你当作唯一的爱，才执着地去追求，你却道貌岸然，张口谎言，轻而易举、不明不白地将我伤害得极其悲惨。我的心情真是糟透了，产生了一种莫名的愤怒，将剩下的半瓶啤酒一口气吞下。好了，一切就此结束，你去当你的阔太太吧！我愤怒地对文霞一面说一面猛然站起来，转身快步走出老地方饭庄。

云峰，我……后面，我只听见文霞好像是带着哭腔哽咽着叫出了三个字。

我没有回头。在已经是满天星斗的夜色里，大步向学校走去。在厌恶、憎恨，甚至诅咒中，我连文霞的手机号都从我手机的通信录中删除了。

我去了外省一所重点大学攻读硕士，又开始了学生生活。我全身心投入到学习中，没有时间也没想着与文霞联系。也许是长时间的忍耐和冷静思考，对我与文霞的突然分手在心里没有什么明显反应。我不但不感到愤怒和怨恨，反而不知为什么，却常常对文霞心存感念，对我们的那段恋情有着刻骨铭心的怀念，而且越来越强烈。因此，就产生了无尽的苦痛，而且这种苦痛伴我一年又一年。其间，老师、同学都关心我的婚事，张罗着为我介绍了好几个对象，其中不乏研究生、厅局级干部的女儿。但我们接触过一段时间后，就自然地断绝了关系。交往中她们没有给我一丝的感动，我更找不到与文霞一起时的那种感觉。老师、同学都说我傻，说我自己反对理想主义的爱情，自己却又不现实。

然而，不管怎么说，我总感到与文霞的那段生活、那段时光，像一首优美的歌，一遍又一遍打动我的心，融化我的心，给我可以依靠和奋进的力量。所以，我下定决心，硕士毕业后我要回到原单位。如果可能，再与文霞一起，寻找失去的爱。幸亏我还记着文霞的 E-mail，我就把我的意思发了过去。苦苦等候，却杳无音信。

正好又是放暑假。这一天，我终于坐火车回到省城，马不停蹄坐班车往回赶。到了塘源县，已经是下午五点多了。刚出车站，走在街上我就想第一时间去找文霞，但又怕她不接受，我又想到了秦老师。

我买了点水果去秦老师家。当我跨进秦老师家门时，秦老师正在洗衣服。她看到我先是吃惊，尔后沉着脸说，你这个陈世美，回来干什么？

秦老师平时快人快语，但也温文尔雅，今天说话却异常尖锐，像一枚重磅炸弹专门对我轰炸。我想我的容貌都扭曲得不成样子了。我感觉我成为一个特别不受欢迎的人。我还能说什么呢？只是目不转睛地看着她。秦老师见我表情难堪，急忙把我招呼到屋内，慢慢说明了文霞的情况，

　　原来，那个暑假我回家帮父亲抢收夏粮之际，文霞央求她父母为我办带工资上学的事，她父亲提出的条件是只要与我断绝恋爱关系，并立刻和她现在的丈夫成亲，就一定给我办。没有办法，文霞只能答应她父亲的条件。我发脾气彻底离开文霞后，她精神一度几乎崩溃，好在有个热心肠的大姐秦老师，苦口婆心地天天劝导，她才振作起来。然而，勉强的婚姻是不幸的。那个纨绔子弟与文霞结婚后，仍然不务正业，到处寻花问柳，文霞实在无法忍受。秦老师眼里闪着泪花说，她人已经完全变了，一副消瘦憔悴、郁郁寡欢的样子，看了让人心酸。那个热情活泼、纯洁文雅的文霞不见了。

　　文霞现在如何？我这次回来，正想要和她、同事们一道在塘塬中学大干一场呢。听了秦老师的诉说，我心里有一种钻心的痛。

　　秦老师仔细打量我一下，很惋惜地叹道，一年前文霞就不教书了。她婆家在省城买了一套楼房，婆媳都住在那里。唉，怎么说呢，如今的文霞好像忘记了自己还有工作，只是伺候婆婆，干着家庭主妇的活儿。

　　真是一种对自己人生理想的践踏，一种对自己灵魂的毁灭啊！我在心里暗暗感叹。

　　我不知道自己是怎样从秦老师家走出来的，我只感到有些头重脚轻。天色这时也阴暗了下来，天空中稀稀拉拉地掉起了雨点。想赶回乡下老家，却已经没有开往老家的班车了。我觉得在这里没有了文霞就没有了着落似的，非常孤独寂寞。我去附近一个饭馆里要了一碗面，算是晚饭。吃完饭时我就想好了，晚上住招待所，明天去省城找文霞。

深夜，我躺在床上难以入睡。外面淅淅沥沥下着雨。我的心情与这天气一样。在头脑极度清醒的状态下，我自己骂自己是傻瓜、笨蛋、混蛋……在人生的道路上，怎么就一个劲地自我臭美，却没有发现自己已经丢失太多。想着太愧对文霞了，她现在婚姻的不幸，我也可以算得上是罪魁祸首，从某种意义上说，是我毁了文霞的一生。总之，我明天一定要见到文霞，不管她对我愤恨或不理睬或不接受，我都要把对她的爱，毫无保留地献给她，哪怕是微不足道的一点，我也要给她，让她得到最多最大的幸福。在思绪不断地漫游中，我慢慢进入了梦乡。梦里我飞到了省城，找到了文霞。我要对文霞赔礼道歉，文霞却理智地阻止说，我早就知道你的意思，既然来了什么都不说了。我尊重文霞的意见，不再负荆请罪，不问她收到邮件为什么不回，等等，只是愧疚地说，你受苦了。文霞说，我说了什么都不要说嘛，如今只要你决定了，我会坚决地跟随。文霞说着抱住了我，用嘴咬住我的肩膀，虽然我感到非常非常的痛，但还是说，你就再狠一点吧！　就这样，我心里才舒畅了许多。

村官马尔都

黑占财

一

马尔都要回村里当村官了！消息一经传开，立马就像平地上飙起的旱魃，吹遍了铜场堡村的每一处犄角旮旯。乡党们的议论声嗡嗡一片，轰响在村庄上空。

说起马尔都，那可是铜场堡村家喻户晓的人物。经名尔都，大号马翔。他虽说自小殁了妈，爹又瘸了腿，家里穷得像个烂店，吃不好穿不暖，连个自行车都骑不起，经常步行走学。但娃娃没娘，自小刚强，从跨入学校那天起，他就显示出与一般农家子弟不一样的超常天赋。老师讲的知识他一听就懂，一学就会，年年学校拿第一。从小学到高中，一路走下去，高考时以全县第五名的高分，考入外地一所重点大学。

如果就这些，马尔都也不会有这样大的名声。更为辉煌的是，马尔都在大学里品学兼优，出类拔萃，是学校学生会主席，是整个大学里最高奖学金的获得者，他经常用课余时间干些抹桌子洗碟子的活，不但不花家里的一分钱，还寄钱回家养活老爹。大四时他被省团委表彰为省级优秀志愿者。

大伙听说城里几个大单位抢着要马尔都，工资每月上万；还听说马尔都早就被省城一个亿万大款选为乘龙快婿，要他当上门女婿。这样一个从西北山沟农家走出的小伙子，乡党们对他的辉煌前程有过上千种猜测和设想，而今他却要回到庄里当村官，在庄里引起轩然大波也就不足为怪了。

无风不起浪。马尔都回乡当村官，不沾亲带故和与己无关紧要的乡党们议论议论也就罢了，该干啥还干啥。但在铜场堡村至少两个人对马尔都的回来不想是不行的，不琢磨是不由人的。

头一个是马尔都他爹马二古白。老汉今年五十多岁，当年学大寨时，是大队的火药管理员兼放炮员。一次放炮时，因躲避的地方选得不好，结果被飞石砸瘸了腿，在家里缓了两年，成了残疾人。随后老婆又产后大出血离开了人世，只好和儿子相依为命

别看马二古白腿瘸走路不干练，但小算盘打得一点都不赖。他躺在炕上，不怨真主不怨人，每天加减乘除，得出的结论是：不种梧桐树，引不来金凤凰，要想出人头地，要想光宗耀祖，自己肯定没戏了。只有儿子读书一条路。书中自有黄金屋，书中自有千盅粟，书中自有颜如玉嘛。好在儿子争气，书念得顺风顺水，一晃就要大学毕业了。好消息不断，前程一片光明，马二古白眼看着苦尽甘来，要跟上儿子进大城市，吃山珍海味，穿绫罗绸缎，住高楼大厦了。没想到儿子脑子里竟然进了天牛，回来当什么村官！起初马二古白打死都不信，自己如此聪明的儿子咋能做这样没棱没沿的荒唐事呢？无奈村里传得风一股雨一阵的。马二古白急了，急忙央求邻居小杨拨手机询问，结果确实如此。

"哼！没命的王宝钏，扶不起的阿斗，看老子咋跟你算账！"受到了几乎致命的打击，马二古白成天昏睡在炕上

第二个是丁大头。大头是外号，本名丁兆玉，年纪跟马二古白相仿。丁大头在铜场堡村可是个跺上三脚能吓死几个胆小的主儿。自20世纪80年代起，二十多年来，他指靠着精明强悍、财大气粗、家族人多势大，

每次换届都稳坐钓鱼台，坐在村里书记兼主任的宝座上稳如泰山。

大头心眼活络，从倒贩羊皮羊绒发菜开始，靠精明的敛财聚财手段发家，家里堆下了一座不小的金山。家产不要说是铜场堡村，就是整个苦水河流域都是数一数二的。时下，他占了109国道边的一块风水宝地，盖了五进六出的大庭院，经营着一座三层楼的君悦宾馆，日进斗金。更不得了的是他生了四个貌若鲜花的闺女，除四女子还待字闺中外，三个已出嫁的闺女招来三个膀大腰粗、精明彪悍的女婿，有些想和大头见高低的人来，大头一声喝，叫上三个女婿，准能把闹事的吓得栽一溜跟头。自从听说马尔都要来村里挂职当副主任，大头就打心眼里不舒服。明摆着这尕子年轻，文化高，见的世面广，对自己的位子是个不小的威胁。大头想：这尕子不是成心下我的台，篡我的位，断我的财路吗？哼！我大头不是吃素的，你尕子识相还罢了，不识相就没你娃的好果子吃。

第三个是丁大头的四女子法土麦。法土麦虽说连个大专都没考上，但姿色娇媚，受大头的遗传，口齿伶俐，会来事，心眼多，善于察言观色。眼下，她任君悦宾馆经理，把偌大的宾馆打理得滴水不漏。要说马尔都和法土麦的关系，真可谓青梅竹马，两小无猜。俩人自小就在一起玩耍、上学，从小学到高中都是同学，好得不能再好了。马尔都家里穷，初高中六年，马尔都的学费、花销几乎都是法土麦背着家里人资助的。两人的交往乡党们都一清二楚，时常开他们的玩笑。

马尔都考上了重点大学，进了省城。法土麦回到了家里，成了农民。但两人的交往和原先一样甚密，每当寒暑假，两人连人都不回避，亲热地走在一起，有说有笑。法土麦出于联络感情的需要，还给尔都买了部高档手机，几乎每天都要通上一阵电话。

听说马尔都要到大城市就业，还听说马尔都成了某大款的女婿，法土麦的心里又酸又疼，整天无精打采。猛下里又听说马尔都要回来并且挂职了，法土麦原先的担忧一扫而光，心里的甜蜜滋味甭提多浓了。她兴奋得一天几次梳妆打扮，整天打问马尔都啥时回来，连宾馆的事都托付给手下的一个姐妹去管理了。

二

铜场堡村背靠巍巍米钵山，南临平展展的撒不拉滩，一条山溪从村中穿过，浇灌着肥沃的土地，风景优美，自然条件优越。109 国道从村前经过，东下可抵西安、银川。西上可达兰州、西宁，终日车水马龙，交通便利。但就是这样的村子，老百姓却富不起来，人心涣散，上访者不断，每年考核几乎都是全乡倒数第一。正所谓守着金山没柴烧，捧着金碗讨饭吃。

"铜场堡村的优势在自然条件，问题在人，铜场堡是你家乡，你对情况熟悉，年轻人，有文化，有朝气。这次你回去担任村支部支委，挂职村委会副主任，要从头做起，争取在最短的时间内，改变铜场堡的落后局面。"离开乡上时，乡党委李书记拉着马尔都的手，可着大嗓门安顿了几遍，并嘱咐司机一定把马尔都平安送回家。

八月，正是山里最美的季节。这年雨水好，沟洼里山坡上马兰花、喇叭花、野韭花，姹紫嫣红，热热闹闹一片连一片；绿油油半腰深的苞米，云蒸霞蔚的荞麦花粉嘟嘟铺在山野，大块大块的秋胡麻蔚蓝的花儿正在盛开，嗡嗡的蜜蜂、翩翩飞舞的蝴蝶穿梭其间；土百灵、布谷、骚姑姑鸟婉转悠扬的叫声飘满山间，把秋天的原野渲染得五彩缤纷，生机勃勃。

车子行驶在通往铜场堡村的砂石路上，车后卷起一股旱魃样的沙尘。马尔都望着车窗外惹人的美景，心里盈满了久别归家的深情。他本来是有机会留在城里工作，但回到家乡当人们称作小公务员的大学

211

生村官,是多种因素的结果:一来他老爹年事已高,人又残疾,他是独子,理应回家孝敬老人;二来他是学农学的,在城里专业就得荒废,以己之短比别人之长,时间长了,肯定没好日子过;三来他是吃家乡的饭喝家乡的水长大的,为家乡做点事,他认为是自己的本分;第四就是他和法土麦的恋情了,痴女子貌若貂蝉,美赛西施,面若鲜花,柔情似水,一直迷恋着他,多年来给他心灵莫大 的抚慰。

"这次回来,事儿肯定不少,村里的不说,光老爹这一关就不好过……"马尔都正想着,"吱——"一声,轿车停在了他家门口,打断了他的思绪。等他下车后,司机道声再见,小车又拖着一路烟尘回乡上去了。

马尔都眼前的家,三间土坯房依旧低矮破旧,院墙像老人的牙齿豁豁牙牙,破烂的街门被雨水冲塌了半边,和周围高大明亮、窗明几净的大瓦房相比显得寒碜不堪,风水一下矮了几丈。想到老爹多年一人孤苦伶仃地过活,马尔都眼里湿润着,心里一阵阵发酸。

马二古白这几天心情不好,没心气下地,一个人胡乱地吃点,整天躺在炕上想心事。听到门口有车声,他知道儿子回来了。一想到儿子,马二古白就气不打一处来:老子多年的心血就换来一个土农民,不把他赶到城里去,老子的脸面都叫狗啃了。

马尔都从阳光下猛一进门,屋里暗得啥都看不见。还没等他问候老爹,就听见正在煮饭的马二古白厉声问道:"你来还走不走?"没等马尔都回答,马二古白又问,"听说你回来当什么狗屁村官,是不是?"马尔都回答:"爹,不走了,我回来就是孝敬你老人家的,再说……""我把你个不识抬举的东西!"马二古白趔趄着身子,顺手抄起擀面杖朝马尔都抡了过来,马尔都一躲,擀面杖砸在了案板上。马尔都见老爹这样,知道老人一时想不通,一切得慢慢来,只好转过身来到了门外,在村里溜达着想心事。

在村部前，马尔都见到了从办公室出来的丁大头。大头剃个锃亮的光头，大腹便便，一身黑色西装，脖项里系一条花里胡哨的领带，脚穿一双白色旅游鞋，手里握着一卷报纸。"哈哈，我们的大秀才啥时回来的？"没等马尔都问候，大头咧着大嘴朗声问道。"今天回来的，我正想去看你呢。"道了色俩目后马尔都说。"好嘛，你的事我都知道了，老了，看来，建设新农村还要指靠你们年轻人呢。"大头看着马尔都说。"丁叔，这次回来，我懂的不多，还要你多指点。"马尔都诚恳地说。"甭着急，慢慢来，走，到家里去，我早猜到你爹的路路道道了。"

刚走几步，大头回头低声问马尔都："回来的路上你碰见艳艳没？""没！""艳艳早上就到崾岘梁上去迎你了，咋没碰着呢？"大头奇怪地问马尔都。"叔，我坐乡上的车回来的，大概卯掉了。""你看，艳艳也没个记性，啥时光了还不回来。"大头望着崾岘梁的方向说。"叔，你先回，我到前头迎一迎。"说着朝村外跑去。望着马尔都的背影，大头脸上写满了意味深长的笑意。

法土麦知道马尔都今儿个回来，就特地起个大早。认真梳妆打扮一番，骑上心爱的小木兰摩托到崾岘梁上去接马尔都了。为给心爱的人一个意外惊喜，她和摩托车都躲在苞米地里，像猎豹伏击羚羊出击前那样，紧张地守候在地里。没想一个早上过去了。她也没见马尔都的身影。日头都挂在半天空了，法土麦心里一阵惆怅："挨刀子的，看我咋跟你算账！"

有心栽花花不开，法土麦骑着木兰转过山嘴，就碰到了她朝思暮想的马尔都。"尔都哥！"法土麦心里喊了一声，跳下摩托车，和马尔都拥抱在了一起，半天才分开。"站好，我看变漂亮了没有。"马尔都笑着说。

眼前的法土麦，上身着紧腰淡粉色半袖衫，下身穿湖蓝色七分牛仔裤，脚蹬白色皮凉鞋，长发披肩，胸部挺耸，皮肤细嫩，胖瘦适中，浑身洋溢着青春活力。此时，法土麦秋波四盼，歪着头看着马尔都，满脸幸福和调皮。

"美不胜收！"马尔都下了结论。"尔都，你不表示点什么吗？"法土麦的声音小得像蚊子叫，低头抠着手指。马尔都走过来，捧起法土麦的脸，在她额头上亲了亲，说："别闹了，亲爱的，你不知道，我遇到了难恔事儿。""啥事，对我说，我最拿手的就是解决难恔事儿。"听到马尔都遇到了难题，法土麦精明的一面马上暴露无遗。

马尔都一五一十地将自己为啥回来的想法，老爹的态度，回村后的打算对法土麦叙说了一遍，最后说："亲爱的，我很苦恼，需要你的支持。""我当是啥难恔事儿，小事一桩，放心，有我你就没啥难恔的！"对马尔都的为难，法土麦不以为然。

"上车，本小姐替你处理！"法土麦发动摩托车，说，"坐好，搂住我的腰，亲密点，回家喽。"法土麦喊着。

三

通往铜场堡村的砂石路上，几台挖掘机挖砂垫路基。拉运砂石的汽车、蹦蹦车来回穿梭。马尔都和县交通局的技术员看着图纸说着什么，铜场堡村几百号以工代赈来挣钱的村民在法土麦的指挥下倒砂卸砂。

路边，村委会副主任马尔都特意从村小学借来插在路坡上的彩旗迎风飘展，整个铜场堡村显得纷乱热闹。人们在感叹：自大集体解散后村里还没有过这样的热闹场景。但可以预见的是，不久那条走过了几辈子庄户人的砂石路将要变为沥青路了。

与村外热闹场景正好相反，铜场堡村委会院子里冷冷清清，办公室里静悄悄的。丁大头一个人双脚搭在办公桌上，头靠在椅背上想着心事。大头最近心情不好，一切都与马尔都有关。真没想到，一辈子老实无能的马二古白竟然生出了这样一个让他怄火的臭尕子，把他这个长辈兼领导的话当成了耳边风。嫩娃娃全然不考虑自己吃了几两盐，过了几座桥，不知饭香屁臭，天高地厚，想在铜场堡村扬风拃毛地把自己晾在一边显能。还假装正经，显得刀枪不入，软硬不吃，你娃也想得太简单了。不信咱们放羊喝花儿，吆喝着看……想到这里，大头就气不打一处来，脑子里浮现出三幅场景来。

马家尕子回来那天，四女子没个稳重样，把马二古白的臭尕子引到家里来，有说有笑，好像几辈子没见过男人似的，激动得差点唱道情了，显得一点没家教。娃她妈那个老不死的，一点长辈的样儿都没有，又是沏茶，又是摆干果，还没出息地张罗了一桌子好吃的。姓马的尕子吃也就罢了，还在饭桌上口出狂言，设想什么修路、装自来水、建沼气池子、改茅厕、平房改造，也不掂量自个儿有几斤几两重，还假惺惺地向自己请教。要不是碍着四女子的颜面，自己早就发作了，人老几辈子都这样活过来了，就你娃能，就你尕子行。

那天晚上开支委会研究支委分工的事儿，马家尕子根本没把党支部放在眼里，对支部让他抓宣传、计划生育、团支部的工作竟然不接受，异想天开说自己要干些铜场堡村老百姓最盼望的大事实事，还是那些修路、引水、改厕之类无边无影的空中楼阁。更气人的是，三个支委有两个假装听不懂自己旁敲侧击的暗示，瞎着个眼睛看不见自己使的眼色，还一个劲地鼓掌叫好，说些年轻人魄力大眼光远一类的光面子话。要不是党的组织原则是少数服从多数，自己早就行使书记的否决权了。结果会开了个不欢而散，这在铜场堡村的历史上还是头一遭。

姓马的尕子开会后的第二天，连老爹的脑子都没洗好，就背个破电脑包，鼓捣个烂电脑匣子，颠驰颠驰地走乡里、上县城，说是跑立项，争取项目资金，要改变村里的落后面貌。说实在话，这尕子还真行，不到一个月，县里的交通局、水务局的技术员就来了，又是测绘，又是设计，搞得一个庄子的人心热乎乎的。

不过话说回来，这尕子太张狂了，干事可以，但干事不能不要党的领导，不能不把领导放在眼里呀，做这样的大事连个招呼也不打，你尕子迟早要犯错误呀。不行，得立马敲敲边鼓。要不是四女子跟他好得邪乎，自己才懒得理睬这臭尕子呢。

那天，大头以长辈、上级和未来岳父的身份，在盖水塔的工地上找到马尔都时，马尔都满身泥泞，脸糊得像大戏里的包公，大头差电没认出来。大头问："尕子，这又修路又引水的，这事经过村两委班子讨论了吗？"马尔都说："这是大好事呀，是县里乡里定好的，难道村里不同意吗？"大头说："好事是好事，大好事。可啥事你也不能乱了规矩呀？"马尔都说："那天夜里村上的会不是通过了吗？再说，乡党们都这样热心，这是好事呀！"大头说："停下来，立马停下来，待村里商量后再说！"马尔都像没听见似的，说："丁叔，你忙你的，我没时间说闲话。"话不投机半句多，转过身子，钻进了盖水塔的钢筋网子里。大头一肚子的气，扭转身子往回走，心里却想：哼，不给你尕子点颜色瞧瞧，不然你还不知道米钵山是谁都可以爬上去的……

大头感到难受。他难受的不是工作遇到了阻力，而是姓马的尕子一搅和，他从这些工程中得到的好处就黄了。多年来，他坐在书记主任的位子上，随便拨拉拨拉，就有实惠，日子过得顺风顺水。现在，他能允许别人在自己的锅里舀肉吃吗？

离家不远，大头就听到自家羊圈里传来羊的咩咩声。他知道羊又圈了一夜无人添草。他气得冒火：四女子跟着姓马的尕子乱唱道情，老没出息的臭婆娘也倒着个脚片子乱颠，整天不落家，饭不煮，院子不扫，羊不喂，这不是跟自己示威吗？大头走到羊圈前，抱起一捆草扔到羊圈里。"不行。没家法了，简直乱了祖传的规矩，再不拾掇，后院非起火不可！"家事村事，事事不顺心，老的小的，个个不像话，大头感到自己的威望受到了挑战。这样下去，后果简直不堪设想。他必须立马想法子挽回。想到这里，大头已经等不及了，掏出手机拨出了一串数字。

四

傍黑时分，浓厚的乌云从西北的香山深处向东南铺漫过来，妖冶的闪电不时划过黑舌的根部，隆隆雷声轰响在铜场堡夜空。

夜幕下的雷声中，君悦宾馆楼会客大厅四周的沙发上坐满了人。放眼望去，全是丁家人。他们刚吃过大头的五十大寿宴席，现在喝着饭后茶，抽着饭后烟，等着大头和他们议事。

"各位老辈子，再等一等，我外父刚打来电话，说他马上过来。"丁大头的二女婿玉贵一边往茶杯里添水，一边对众人说。

话音没落，房门大开，大头气呼呼地走了进来，喘着粗气，一脸怒容，一声不吭走向老板桌前的皮转椅，重重地坐了下去，大伙见状，不知出了啥事，个个面面相觑。

"在座的都是当家子，我大头亏先人了……"大头没头没脑地说道。"出啥事了？你说明白。"大头的大爹丁老爷子问道。"好大爹呢，说出来丢人，老人们常说，外贼好捉，家贼难防，我家里出家贼了！"大头喘口气说，"我屋里的四女子，一天脚片子不着地，张明挂榜的为马尔都树威望不说，还贼头驴计地背着我往马尔都的手里借钱。""是不是？"玉贵有点不信，他知道小姨子的脾性，向来小气吝啬。他平常不要说是揩点油了，就是她姐借点钱，都被妹妹法土麦轰得远远的。见众人一脸的不信，大头索性说："这些天我就纳闷，马尔都修路、安自来水、挖沼气池，垫付的钱是哪里来的？今儿个我到信用社一查账户，我这几天少了五万多，这还了得，回家一问，原来是我屋里的

217

和四丫头背过我借给了马尔都。还给我讲了一通大道理。"

"我的真主啊，五万多！"丁老爷子惊叹。"你们说胆子大哇，我叫她们明儿个立马把钱要回来，光喊了几句，老不死的臭婆娘竟扯住我的衣领，撒泼打滚地跟我见高低。没好话骂的死丫头说我属钱转生的，不像个党员，不为老百姓做事，气得我脱下鞋抡了过去，你们想怎么着，死丫头瞪了我一眼，拉长个脸子，一言不发，转身子回了西厢房。大伙儿听听，这不是没家法了吗？"

"后来呢？"玉贵担心出啥事，赶紧问道。"你姨娘叫我赶出了家门，死丫头让我锁在了西厢房里。""不会出啥事吧？""死了才好呢，眼不见，心不烦，耳根子清净。"大头几乎喊着说。

大头知道说这些事不是找当家子来的正题。于是言归正传，说："今儿个叫家门里的来，有个事跟大家扯磨，俗话说有千年的当家子，没百年的亲戚。最近一阵子，大家都看见了，姓马的尕子在庄里闹腾的动静不小，处处叫我下不了台，这是要把我比下去呢！""马尔都干的全是全庄子人盼望的好事呀！"大头的一个堂弟插话说。"糊涂！"大头一声断喝。"听你哥说！"丁老爷子赶紧圆场。"我是这样想的。再不想办法，叫姓马的这样闹腾下去，我们丁家在铜场堡就算完了，再说从大集体到今儿个，我们啥时候容得下杨马二姓的旁人造次过，大家说是不是这个道理？今儿个我们当家子一起得商量个主意。挤住姓马的尕子，不然，我一倒台，家族里的日子就不好过了。"大头抛出了话题。丁老爷子见状感慨地说："马二古白合作化时，才从甘肃河州拉棒要饭来到铜场堡，我们老弟兄们看他可怜，帮着办了个寡妇，留了下来，后来又残了，不是丁家照管，恐怕他活都活不到现在，没承想今儿个坐大了，想外来的沙子压住本地的土，门儿都没有！家门里要齐心，这不是小事，关系着家族的名声和好处。"大头接过了话说："这些年我替丁家在铜场堡当家做主，家门里哪个没沾过国家扶贫款、退耕还林补助的光？姓马的尕子上了台，有丁家的好果子吃吗？我看这样，从明儿起，村里所有姓马的尕子使唤的什么修路、拉自来水、挖沼气池子一类的，我们丁家人一律来个抵制，我们不干，杨马二姓的他不敢干，晾他的场子，让他知道铜场堡是谁的天下，大家看咋样？"

"这样做能行，我只是担心法土麦这女子，和马尔都好得邪乎，弄不好会出事儿。"丁老爷子担心地说。"这你们放心，连自个家里的人和事都料理不了，我大头真的亏先人呢。"大头的一个堂弟接过话说："这样干，我们一天哪里挣八十块钱去，过日子难着呢，这不是找着吃眼前亏吗？" "鸡的嗉子老鼠的眼，吃不多的看不远，咋光看脚背子，要往远里看呢！少了那几个钱，你锅能挂到墙上吗？"大头有些生气，就放硬了声气又说，"就这样，咱丑话说到前头，谁要是吃里爬外，坏了丁家的大事，别怪我不客气！"大家见大头发火了，再不吱声。"明儿起，我们丁家人这样干。"

众人散去后，大头打电话叫来三个女婿，以岳父的口气安排了一番，但他还是觉得有些不放心，坐在皮转椅上低头沉思起来：前些天，听人说市农业局的领导看上了马尔都，如果马尔都同意，叫到市农业局下做，这尕子还不知道这事：如果这事能成，马尔都离开铜场堡，四女子到了城里，是一举多得的好事。想到这里，大头恍然大悟，脸上一下堆满了笑意。

这时，窗外响起哗哗的雨声。大头已经等不及了，翻出雨披套上，叫宾馆的服务员料理了一份礼品提上，冒雨出了宾馆门。

马二古白近来心情依然不好。自儿子回来当了农民，把自己的劝告当成耳旁风，没一点回心转意要回城的意思，他觉得亏了三辈子先人，真把人丢尽了。这些天儿子见了面，虽然爹长爹短地喊，家里家外地忙活，他都拉长脸，转个背影子，一言不发。几个夜里，儿子提出要跟自己说道说道，但自己不理不睬，一声不吭。近日来更怪，儿子虽不打照面，法土麦却每天上家里来，做饭炒菜，端吃端喝伺候自己。每当见到法土麦，他心里会暖和上一阵子。在自己心目中，法土麦是自己看着长大的好娃娃，人才好，脾气好，能说会道。这些年，法土麦和马尔都相好，自家如果没了法土麦的照看，日子早就黑灯瞎火了。好娃娃呀！可越是这样，马二古白心里越不是滋味。按说，马尔都到了城里，和法土麦成家，凭两个年轻人的本事，过上一般日子是不成问题，可他们为啥要在铜场堡这三尺大的天底下谋光景呢？

今儿个晚夕，吼雷打闪下雨的，儿子照旧没回来。马二古白坐在炕上，也不开灯，摸黑听着外边的雷声雨声，盼着儿子早点回来。

门响了，马二古白拉亮了灯。一看进来的不是儿子，而是丁大头。马二古白奇怪了，除当年抬埋娃娃他娘时大头来过一次外，多年来大头从未踏进这个穷家破舍一回，今儿个咋个太阳打西边出来了。"支书来了，快脱了雨衣，上炕来坐着。"马二古白招呼着。"老哥，我给你报好消息了！"大头放下礼品，脱下雨披说。"啥好消息还能轮到我头上，支书你甭开玩耍了。"马二古白有些不信。"好消息，绝对的好消息，昨儿个县里来了通知，说市上农业局要马尔都，叫他去面试。"大头坐在炕沿上，"到了市上农业局，当了国家干部不说，还进了城，这是很多人脑袋挤破都挤不上的大好事呀。""真的吗？"马二古白有些不信。"千真万确，"大头展开说，"马尔都是个好后生，我看上哩，我想娃娃们大了，该成家了，到了市里，我出些钱，再贷点款，买上套楼房，我知道你拿不出来，嫁妆钱我出，叫娃娃们自己过日子去，我们做老的，操心啥时间是个头呀！"大头的语气很诚恳。"他叔呢，你为我想得太周全了，不知上辈子积了啥德，我遇上了你这样一个好亲家。"

马二古白有些激动。"不过，我要提醒你，现今的年轻人和你我不一样，路数子多，我们可要把住趔，不然过了这个村就没这个店了。"

大头强调说。"他叔，你把心放得宽宽的，有我呢。"马二古白沉浸在自己的幸福里。

五

像是晴天里下起了白雨，腊月里响起了惊天雷，昨天还人头攒动、热闹得如集市的铜场堡，转眼间哑咪儿悄气，冷冷清清，没了一点生气和红火。

下午，雨后的天上白云朵朵，秋天的原野芳草萋萋。庄稼经雨水洗涤后，黑黝黝布满铜场堡山野。

马尔都在村东头的老榆树下，背靠树干坐着。他一向梳理齐整的头发乱蓬蓬的，脸显得疲惫憔悴。几天来发生的一切，令他有些猝不及防。眼看进展顺利的事，没想到转眼间就瞎灯塌火了。怎么干点事儿就这么难呢？

昨天早上，天气晴朗，阳光金灿灿照着，马尔都正在村西头举着洋镐，满脸汗水地帮马寡妇家挖自来水管道，法土麦打来电话说，他爹马二古白在修路工地上抱住铲车的轱辘死活不起来，谁劝都不听，工程都停工了，让他赶紧过去看着处理。他一听头就大了，爹呀，你不帮忙也就罢了，咋竟干些猪八戒照镜子里外不是人的事呢？这不是成心给我添乱吗？事已至此，他顾不上多想，骑上马寡妇家的电动车，一溜烟朝修路工地跑去。

嶙岘梁的路上，一台熄了火的铲车旁围满一圈人，铲车司机坐在驾驶室里悠闲地吐着烟圈，似乎一切与己无关。铲车下，马二古白光着脚，满身一个土榔头，横躺在车轱辘下，双手抱着铲车轮胎，闭着眼睛，嘴里不停地喊着："我今儿个豁出去，命也不要了，拿我这老羊皮换你们这些二毛子，谁也别劝，本事大从我身上碾过去。"

法土麦蹲在旁边，大爹长大爹短劝了好长时间，好话说尽，但马二古白一言不发，躺在地上一动不动。法土麦急得眼泪满眼眶眶里转。围观的人看着这难得的西洋景，开心地说着笑着，一些年长的和马二古白开着粗俗的玩笑。

拨开围观的人，马尔都走到了他爹旁边。马二古白见儿子来了，把车轴辘抱得更紧了。"爹，你这是干啥呢？给儿子个面子，快起来吧，有啥话起来说。"马尔都劝说道。马二古白向来呆头呆脑，是个没有嘴的葫芦撞不响的钟，历来性子倔强，像一条宁折不弯的桑木扁担，是那类一条道往黑里走的主儿，躺在地上一言不发。"爹，你说，抱住车轴辘到底为啥呀？"马尔都想知道他爹为什么这样做，好对症下药解决问题。马二古白却说："你别叫我爹，你是我爹。"马二古白知道，你有千条计，我有老主意，这时候再不拿做住，目的肯定达不到。这样一想他索性眯住眼，大字形躺在地上，随马尔都咋样说就是一言不发。太阳已经高过东坡上的移动通信塔顶了，马二古白觉得这样下去也不是个办法，就对儿子摊了牌："你答应我，明儿个就离开铜场堡，到市里农业局上班，我就起来，不然你就收拾着抬埋我吧。"马尔都一听，哭笑不得，这些没踪没影的事，爹咋就知道了呢？"爹。没影儿的事，我没法答应你。""好尕子，你就等着收尸吧。"马二古白丝毫不松口。

马尔都急得团团转。"马主任，你都看见了，不是我不干活儿，是没法儿干，合同上订的是包天活儿，一天的工钱你们是要照单付款的。"铲车司机养足了神，伸长脖子对马尔都说。

"快来人呀，打架杀人了！"不远处传来一阵惊呼。围观的人群朝传来声音的方向望去。不远处，一辆正在施工的挖掘机下，有两个男人扭打在一起。马尔都拔腿朝前跑去，跑到半道，就见挖掘机司机扭脱追打。爬上挖掘机，发动机器一溜烟开走了。

"站住！"马尔都气喘吁吁地喝道。他到跟前才见一个留着平头、戴着墨镜、穿一身宽大牛仔衣、膀宽腰粗的汉子站在路中央，偏着头，斜睨着眼，显然等着马尔都的到来。"混账东西，你为啥打架？"马尔都有些激愤。平头汉子一脸不屑，左手拿把刀子，用右手拇指试着刀锋，说："叫唤啥呀！爷们等你多时了，小子哎！爷爷行不改名，坐不改姓，吴家嵝岘的金立就是爷爷我。""我管你是谁，打架是违法的事儿。就不行！"马尔都义正词严地说。"呵！你小子看来还没放过血，是不是胀得慌，爷们就打架了，你怎么着？敢跟爷爷我叫板，你小子今儿个死定了。"说着直奔马尔都而来。

"你动一下刀子我试试，看把你能的，有种的跟我来！"法土麦挺身迎了上去。金立好丧气，一向惹不起的小姨子咋就来了，想是这样想，但他嘴上并不示弱。说："走开，与你无关，站到一边去！"法土麦脸冷森森地说："姓金的，信不信，你今儿敢动他一手指头，黑了我就叫你少一条胳膊，不信等着看！"金立知道小姨子的脾性历来是说到做到，惹不起只能躲远点，金立转身借坡下驴，说："小子，有种的等着，爷爷有会你的那一天！"说完悻悻地走了。

众人的情绪还没平定，又见马二古白抱过轱辘的那台铲车冒着黑烟，轰隆隆响着。显然铲车司机已经知道了这里发生的一切，趁马二古白爬起来小解的机会开着车跑了。马二古白在车后提着裤子，一瘸一拐地追着喊着。

一波未平，一波又起。中午，村妇女主任周晓萍紧张地跑来告诉马尔都，说丁家人今儿个一早好像是约好似的，说是忙，没一个上工地来修路的。还齐声说家里都用不着拉自来水、挖沼气池子。问为什么？回答都是一样的：河里的水吃了人老几十辈子。没见死过人，装自来水既费钱又费事，划不来。挖沼气池子臭烘烘的，熏得人头疼，影响卫生，没意思。大头的大女婿田金和二女婿玉贵光着膀子，瞪着眼睛在巷子里晃来摇去。

丁家是铜场堡的大户，外姓人户一看丁家这架势，只好扛着工具回家。他们惹不起丁家。丁家不愿干的事儿，他们想干也不敢出头干。这样，还不到吃晌午饭的时候，热闹的庄子一下寂静得像一座古庙。

日头快挨到米钵山的山尖。老榆树的树影遮住了大半个山坡，马尔都依旧靠在老榆树的树干上，苦恼地思谋着愁怅事儿，不时地仰头长出一口粗气。农村现实的复杂，各种势力的交错，利益的占有与冲突，说实在话，对于他这样刚走出校门的大学生来说，不要说经历过了，就是想都没想过。他天真地以为凭着自己的一腔热情、美好的设想，加上自己不怕苦的劲儿，就能实现干一番事儿的愿望，结果往往适得其反。

傍晚，西边的晚霞映红了半个天空，马尔都正准备起身回家，法土麦骑着木兰找他来了。法土麦这些天除了照应自己家宾馆的事儿，还不时帮马尔都忙这忙那。今儿个下午，她从一个姐妹的口中知道了庄里发生的事儿，知道马尔都遇上了难处，便骑着小木兰转遍了整个庄子，才在村西头找着了马尔都。

"发啥呆呢，我当是你自寻无常了呢。看你这副落魄样儿，是不是魂儿丢了？"见马尔都一副愁怅样儿，法土麦开玩笑说。"法土麦，你看这副烂摊场，我都愁怅地不知咋办了，你还有心思开玩耍。"马尔都的嗓子有点沙哑了。"把你的二十四个心放宽，没事儿，不就是几万块钱吗？不就是我爹的那些路路道道吗？不难对付。"法土麦安慰说。在马尔都有难处的时候，法土麦总是给他及时的坚定的支持。马尔都心头一热，抓住法土麦的手说："你家的事，我也知道了些，为我和我爹，你受委屈了。另外我还要说你几句，不管咋样也不能背着老人往外借钱，不然显得你我不仁不义。""没事儿，借给村里的是我爹给我的私房钱，我爹就那样，外冷里热。过一阵子就没事了，甭愁，有我呢。"法土麦突然幽幽地低声说，"只要和你在一起，干啥我都有心劲，你要是对不起我，我……"马尔都用手捂住了法土麦的嘴，两人紧紧地拥抱在一起。

六

一大早，借宿在村委会接待室的马尔都还没起床，就被一阵电话铃声吵醒，电话是乡上李书记打来的，通知村里三件事：一件是市农业局让转告马尔都，决定正式录马尔都为局里聘用干部，作为市上的农业科技特派员和大学生村官，留在本地在基层一线工作；一件是要求铜场堡村在秋收前完成修路、改水、建沼气池的任务，为秋后建招商引资石料厂、危房危窑改造打好基础；另一件事是通知村里，修路、改水、建沼气池的资金到账，让村里派出纳办理。

李书记知道是马尔都接电话，就询问马尔都工作情况。马尔都把村里发生的事儿向书记做了汇报。李书记在电话里告诉马尔都不要有什么顾虑，放手大胆地干，乡上支持他的工作。至于丁大头，李书记说抽空找丁大头谈，亲自处理村里的矛盾和问题。

接完电话，马尔都把乡里的通知内容用电话告知了丁大头。这个电话让马尔都心里一阵阵的高兴，他想自己的工作终于有了着落，而且就在本乡本土工作，既能照顾老爹又能发挥专长；乡里决定在村里建石料厂，利用当地丰富的岩石资源，会更快地壮大村级经济，使村里抹掉多年空壳村的帽子，而且还能给村民提供更多的挣钱机会……想到这些，马尔都感到浑身轻松。

走在铺满阳光的村里，马尔都身心放松，打量着生他养他的故乡，远看近瞧，风景如画：米钵巍巍，小河淙淙，白杨飒飒，庄稼盈野，牛羊欢叫，鸡犬相闻，一派祥和的气象。不知怎么，他心里突然冒出了初中时学过的"暖暖远人村，依依墟里烟。狗吠深巷中，鸡鸣桑树巅"

的诗句来。

马尔都走进家中时，老爹马二古白正在喂鸡。见儿子进门，马二古白依旧吊着脸一言不发。马尔都急忙把市上对自己的安排向老爹述说了一遍。马二古白听完，一下蹲在窗台下，抱着头，老泪纵横地哭了起来。马尔都正劝着，马二古白突然站起身子，显然他已经等不及了，催促马尔都立马把这个消息告诉法土麦，一分钟也不能等。马尔都笑了笑，走出了家门。

法土麦打理好宾馆的事，正走在给马二古白做饭的路上。痴女子近来无论多忙，都叼空来煮饭烧水扫院子，照料马二古白，马尔都的事就是自己的事，能为亲爱的人分忧解愁，法土麦觉得是特别幸福的事儿。今天她来得早，忙活完，还要和马尔都去喇嘛井村，这是昨晚两人商量好的。她没想到路上就遇到了马尔都。没等她问话，马尔都就把乡里通知的事告知了她。她听了非常高兴，激动地抱住马尔都，原地转了几圈说："太好了，事儿都解决了，我真高兴！今儿晚上叫上哥们姐们，定要庆贺一场！"

忙活完家里的事，两人就准备去喇嘛井村。喇嘛井村在铜场堡村南边十几里的地方，是个有近千人的大村子。马尔都准备骑自行车去，却被法土麦掀到了一边："去去去，以往能成，今儿个不行，打车走。"去喇嘛井村是他俩商量好的事，找高中同学石光帮忙。老同学经营着一家建筑公司，手下有百十号人马，发展势头不错，事业有成。

由于电话里事先约定好的，出租车进村不远，就看见老同学笑盈盈地在家门口等他俩。老同学多年不见，见面自然亲热得不行。

七

早上，太阳刚露出东崾岘梁顶，村东的路上轰隆隆开来几台挖掘

226

机，后面跟着一大帮扛着修路工具的人。接着挖掘机开始铲土垫路基，人群也分散开来忙活起来。

村东的一切早已惊动了推出摩托车，准备去城里跟集的丁大头。丁大头好生奇怪，修路的事不是早让自己搅和黄了吗？谁吃了熊心豹子胆敢这样张榜挂名的开机器修路呢？这不是太阳打西边出来了吗？

正寻思着，当家子兄弟丁耀邦跑来告诉大头，说姓马的尕子擅自做主，将村里的修路工程包给了喇嘛井的同学，还不要村里的人干活挣钱。问丁大头知不知道这档子事，丁家该咋办？丁大头一听禁不住火冒三丈，好呀，姓马的尕子太欺负人了，简直没把村支部村委会放在眼里，这不是骑在自己的脖子上拉屎吗？是可忍而孰不可忍，再不给这尕子点颜色看看，自己这张老脸在铜场堡算是连屁股都不如了。丁大头思谋片刻，说："快叫上丁家的老少爷们，去做了姓马的尕子！"大头气急败坏，集也不跟了，对自家兄弟喊了一句，就心急火燎地跑出家门。

修路工地上，马尔都和老同学跑前跑后指挥着修路的车和人。马尔都还不时地朝西边村门望着，像是在等待着什么。不一会儿，就见从村中走出一群人来，有男有女，有老有少。马尔都定睛一看，全是丁家人。走在最前面的是丁大头的大爹丁老爷子。他心里不免窃喜。

丁家人一到工地，分头挡住了正在作业的挖掘机，围住了干活的人群。工地上的机器全都熄了火，干活的人停了手里的活。

"马尔都，你给我站住！当着全村村民的面，把这些给大家说清楚！"丁老爷子喊住正干活的马尔都，厉声说道。"村里的工程为啥包给别人，纯粹的是吃里爬外！""经过村民一事一议了吗？马尔都你太不把村民当人了。""钱给别家子挣，你当的哪家子村长？"丁家人立马将马尔都团团围住，乱嘴喊着嚷着，个个脸上挂着激愤的表情，气氛剑拔弩张。

"丁爷，咱不能不讲理呀！"马尔都对丁老爷子说，"你知道，路要修，水要通，沼气池要建，这是村里与乡里签了工期合同的，按期完不成是要受罚的！可明摆着，停工两天了，村里没人愿意干，放着钱没人挣，我有啥办法？只能包给别人干，总不能叫工程就这样停着。"马尔都说着又转向众人，"大家说是不是这个理儿？"众人一时无语。丁老爷子没想马尔都会来这一手，也一时语塞，但眉头一皱，心想不好，再不转个话题，自己就被动了。"你包给别人干，跟谁商量的？村里两委班子决定了吗？村里没人干，说明工程不得人心，放着钱没人挣，表明大伙儿对你不放心。"丁老爷子看着马尔都说。"丁爷，你是我的长辈，也是多年的老党员老干部，你说村里干的这些工程，不是好事，不得人心吗？我是你看着长大的，我是啥人，你知根知底，我又跑不掉，大伙儿咋能对我不放心呢？再说，工程是县里乡上决定的，村上只能配合，无权决定，用不着商量。"马尔都不卑不亢地说。"不行，把工程包给别人，不让我们干活挣钱，说破大天也不行！"丁耀邦在人群里喊道。"丁爷丁爷，来抽烟，有话好说，光嚷不解决问题呀！"石光不知啥时候挤进人群，掏出烟递给丁老爷子说，"听说你们村的路没人修，我的工程队正好没活干，马主任是我同学，他着急，我就帮忙来了，反正哪里都是个挣钱，丁爷，你说是不是这个理儿？"

丁老爷子反问："你为啥不让村里的人打工挣钱？"

石光说："丁爷，当今这世道谁活得都不容易，我手下近百号兄弟要养家糊口，活儿你们干了，他们喝西北风去。没办法呀？"石光一点不通融。"你带着你的工程队走开，铜场堡不欢迎你。""姓石的，哪里来哪里占，活自有人干。""外来的沙子想压住本地的土，你想得美！"……丁家一帮人喊叫着，声音嗡嗡一片。

石光拉过马尔都，对着众人朗声说道："这就日怪了，你们铜场堡的活自个儿不干，钱自个儿不挣，挡着又不让我的人干活挣钱，不干了，我立马走人。""等等，你先别忙着走，"马尔都对众人说。"你们挡着不让别人干，村里的人又不愿意干，这路就不修了吗？""叫他走人，活我们干，钱我们挣，离开他，路一样修！"丁老爷子嚷道。"工程队放走了，村里人再不干，你让我咋办？"马尔都问丁老爷子。"你让他走人，修路的活我们保证干！"丁老爷子干干脆脆地说。"不干咋办？"马尔都追问道。"我拿我的老脸和人格担保，让他走人，活儿我们保证下午就干！"丁老爷子做了保证。"大家说话，活儿我们干不干，钱愿不愿意挣？"马尔都问众人。"我们干！""愿意！"众人一片声地喊着。

本来，早上的事丁大头原打算要亲自出面的，但转念一想，自己是村里的一把手，直接出面，一旦事情闹僵，连个回旋的余地都没有，会伤自己的名誉和威望呢。加上满庄子的乡党都知道，自己四女子和马尔都闹对象，万一当着众人的面，和姓马的尕子夹枪带棒的弄得下不了台，作为长辈老脸就没处搁了。他才不干那二百五转脑子的傻事呢，让当家子弟兄找姓马的尕子见高低，自己躲在幕后操纵坐收渔人之利，这才是明白人干的聪明事。

吃过早饭，丁大头焦急地等待着事情的结局。但一个人也没等来，倒是接到乡上李书记打来的电话，要他到乡里谈村上的工作。

刚走到村口，大头碰到扛着工具往村外走的兄弟丁耀邦，他停住摩托车想顺便打探一下事情办得如何，就问："你忙着咋走？""修路挣钱去。"丁耀邦回答。大头一听就来了气，说："糊涂！不是商量好晾马家尕子的摊场吗？""哥，你知道我的两个娃在城里上高中，满年吃喝交学费，花销大，我不找钱行吗？再说，马尔都干的是好事，钱又不咬手。"说完头也不回地走了！"你……"丁大头气得没了话语。

这还了得，家里着野火了，必须立马灭火，不然非坏大事不可。丁大头想到此，掉转车头，去找大爹丁老爷子。进门一问，结果是大爹早就上了修路工地。又接连问了几个本家，回答都一样，上工地干活挣钱去了，丁大头骑上摩托车向修路工地赶去。

　　修路工地上，机器轰鸣着装土运土，人们忙着摊土搬石头，其中就有不少是丁家人。马尔都和法土麦指挥着，整个工地像蜂巢蚁穴般的纷乱而有序。丁大头在工地不远处停下摩托车，打量着工地。他往前走了几步，犹豫着停下脚步，蹲在地上思想好一会儿，像下定决心似的猛地站起身，跨上摩托车快速朝乡里驶去。

杏花沟

李四营

一

乔木森曾断言自己这一辈子除了杨杏花外再也不会爱上任何姑娘了。乔木森做出这种断言是他们从学校毕业时分了手。

十三年前,二十二岁的乔木森像一只落群的大雁从省城一所会计学校毕业又回到了干岔沟。看到儿子失魂落魄的样子,乔木森父亲的心情立马变得非常沉重,时代在变啊,中专毕业国家不再分配,得自找门路。这可如何是好啊,乔木森的父亲在干岔沟生活了一辈子,祖上几辈辈都是土里刨食的农民,哪有门路能给儿子找个轻省饭碗呢?乔木森的父亲本以为儿子考上中专就能成公家人,谁料世事变了啊。当不了公家人也无所谓,儿子中专毕业就是把他养活在家,乔木森的父亲也愿意。儿子总算是给乔家人老五辈毫无光色的祖堂上贴金了。但可怕的是儿子回来整个人变了,原来活泼爱动的一个小伙子。变得郁郁寡欢不思饭食,人瘦成了一把柴……乔木森的父亲感到了从未有过的压力,夜里长吁短叹彻夜无眠。乔木森的母亲更是六神无主,看着儿子疼在心里,尽力把儿子的伙食弄得更可口。家里人只知道是儿子寻不上工作心里吃力,可他们压根儿不会想到他们的儿子正经受着一生中最可怕的失恋。

乔木森像是个精神痴呆症患者，他静静地坐在小房子的炕上，时而目光痴呆、时而泪流满面，父母的出入似乎与他毫无关系。他想就是一生漂泊讨饭，只要能和心爱的杏花在一起就是最幸福的，可惜杏花竟然和自己分道扬镳了，这是他百思不得其解的地方。杏花那样懂事那样温柔那样爱他，怎么会和自己分手呢，并且是那样的突然……乔木森满脑子都是心爱的杏花，想着她，他的心就十分疼痛，想着想着，他就有了轻生的念头。若不是爱怜自己的母亲，他已经变成洋洼山里的一个孤魂了……母亲每日给他端吃端喝，在炕头抚爱着他的头说好话宽心他想开些，就是进不了国家门，家里不是还有他的土地嘛。唉，没有文化的父母怎么可能理解他的心思呢。父母只知道种地，多喂养几头猪变钱，从牙缝里抠钱给儿子成家，男女间不管有没有爱情，只要能给上彩礼的人家就是好亲家。他们怎么可能懂得爱情呢，爱情是高雅文明的事，穷山沟里谁讲这。总之乔木森是不可能向自家人吐露一丝儿关于自己失恋的事。要是他说出来家里人不但不理解，肯定还会骂自己心爱的姑娘是"妖精"，传出去外人也会笑掉大牙的。但他也没想到自己的痛苦竟给家里人带来了如此的愁怅。他甚至连没有分配工作的事也想不起来，只是默默地一个人承受着失恋的伤痛。要是在学校，他可能还会向好朋友说说，缓解心中的压力，眼下真是连个说心里话的人都没有，失恋痛苦漫长的过程只有自己一个人慢慢背负着。

乔木森和杨杏花在会计学校上学时是同桌，还是来自同一个地区的老乡，从开始他俩就用故土方言交流，又因为他们都是学校文学社的活跃分子，常常在一起谈理想谈未来，慢慢他们谈成了"一对儿"，班里所有同学都知道。杨杏花刚入学时还是个土人，并不洋气，在城里生活了两年后，杨杏花慢慢变成"洋杏花"了，本就天生丽质的她一下子花枝招展，非常可人。乔木森非常喜欢杨杏花的变化，他常常有意无意间看到她细微的变化，连她描过的一丝极淡的眉也要盯着看半天，甚至连背影连那日渐润泽的头发……同学们为了成全这对佳缘，还帮他们成了同桌。

第三学年，杨杏花交往的圈子明显扩大了。她不仅和乔木森好，也和班里很多男同学都好，甚至还有外班外校的一些男生。有一天，乔木森竟然发现杨杏花有一个汉显传呼机。乔木森说杏花你要那干啥，瞎费钱。杏花说马上毕业了，为找工作图联系方便。乔木森心里隐隐有些难受和酸楚，觉得有种被抛弃的感觉。特别是当他听到丁零零的呼声，看到杏花读着信息两腮绯红，又飞快跑出去回电话时，就觉得自己的风筝快断线了。但是他又想杏花是该多些朋友才是，自己不该那么自私，就有意提醒她和他们交往要有分寸，她笑着说知道，他也就不好说什么了。他一向都对她那么好，像个亲兄长。

时间飞快，三年的中专生活很快就要结束了，他们还是一直非常友好地相处。实习后，同学们都忙碌着托门路找工作。他也常约杨杏花一起去应聘找工作，但到处都是闭门羹。他们相互鼓励，继续寻找，可每次都是双手空空。

就在毕业的前几天，杨杏花告诉乔木森一个好消息，说她在城里找到工作了。你说是我们两个人吗？乔木森惊了半天问。只要我一个。那我呢？你可以快快找啊！总不能回咱们那穷山恶水的地方去吧。噢！……乔木森倒抽了一口气。

一星期没有见杨杏花，她似乎变得更加洋气大方了，汉显机也换成了小灵通，淡粉色的连衣裙合体地贴在散发着淡淡茉莉花香的雪白肌肤上，脸越发白净娇嫩，双眉如新月一样弯弯地挂在一对清泉般明亮的大眼睛上，嘴角露着浅浅的微笑，一双高跟鞋恰到好处地体现着她的曲线……花儿正灿烂地盛开着。不，在乔木森眼中她不是那小小的一朵杏花，而是那出污泥而不染的荷花，是那么高洁，唯美。

寻不到工作的乔木森沮丧的心情因见到杨杏花猛然间欣喜了。他不知盯着她看了多久，可能时间不长，也可能很长。总之等他明白过来只听她说还有事要走，他要送她出去，她不让，这在以前是不曾有的。他笑着说："这下就成城里人了？不认得我这个乡巴佬？"他还是坚持把她送出门去了。

杨杏花不像以前和乔木森走得那么近，这让他感到意外。

快出校门时杨杏花突然红着脸说："不要送我了。木森，求你了。如果你真是为我好的话。"这话让他有些莫名其妙。在他愣住时杨杏花跑了出去。过了会儿，他慢慢出了门，他看到不远处杨杏花挽着一个男子的胳膊走着。乔木森明白了，他觉得眼前黑一片白一片的，很久才扶着墙头站好。他再看时，他们走了很远。更叫他心碎的是杏花蹲在地上给那个男孩系鞋带……乔木森的梦想全完了，他一心要和杏花一起在城里找工作的想法被眼前的一幕粉碎了！

你个杨杏花啊，怎么能为个工作作践自己呢？哪怕我们流落街头，也不必这样……

乔木森怀着非常沉重的心情和她做了最后一次交谈。杨杏花说只要他能在城里给自己寻个工作，她也会给他天天系鞋带。她说无论如何她是不会再回故乡去的。

乔木森听了杨杏花的话，对寻工作的事无兴致了。等到毕业，他把毕业证扔进包里，就回到了干岔沟。

失去杨杏花，乔木森伤心欲绝，万念俱灰。

二

干岔沟更名为杏花沟是近三年的事。提出更名的人是乔木森。

这个以干旱闻名的干岔沟，山大沟深，干山秃岭，土地贫瘠。现

234

在这里满山满洼都生长着杏树，春天到了，遍地都是杏花，粉红的、粉白的，甜蜜的花香飘得到处都是……

这里的变化都是乔木森的功劳。

乔木森怀着一颗失落的心回到故乡后，近半年时间都窝在家里。他一直咀嚼着内心的痛苦，没白没夜地咀嚼，觉得自己快要被痛苦吞噬了。一点儿都不夸张地说，他被失恋折磨得骨瘦如柴，最后下地都要人扶着。他痛恨自己真是个没有出息的男人。杨杏花没有跟自己是她有眼光，如果自己经不起生活的打击死了，她该多苦呢。

事情还是有了转机。那年国家实行退耕还林还草政策，乔木森和本县其他毕业在家的中专生一统子招去当了护林员，成了国家干部，并且在本乡开展工作，这事让乔家人大为高兴。尽管所学专业驴头不对马嘴，但他们的儿子总算是没有白白念书。乔木森的父亲高兴地告诉了所有的亲戚，乔木森的母亲在灶爷神前连烧了一月长香。可家里人谁也看不到乔木森脸上有一丝笑容，他们只是庆幸儿子总算成了"公家人"。

干岔沟方圆几千亩旱山干沟都被圈了起来。说是护林区，只是光山秃岭，连年的牛羊牲口的践踏，草也不多，能长成林吗？谁也没抱太多希望。乔木森对这事也不感兴趣，他只是听从了安排，不让自己闲散着咀嚼内心的伤痛罢了。

山顶上为护林员建的小房也成了，树苗也拉上了山，乔木森每天钻在种树的人群里，握着国家下发的文件向人们宣传国家退耕还林禁牧的政策，在大山里转悠比待在家里舒畅多了。

第一年种的树没有几棵成活的。一来是因为禁不住牧，二来是因为干岔沟过分干旱。倒是乔木森在他护林的房边上种下的几棵杏树，开春就发出了嫩芽芽。

乔木森的工作就是看好圈起来的荒山，不让任何牲畜进入"林区"。

和他一起工作的是个将要退休的老工人，起初他们俩一起上班，上冬后老工人咳嗽不停，乔木森让他回去了，整个山上只他一人。天色好了，他穿上工作服走一圈，放羊的人看到他来了，赶紧把羊赶出护区，他一走羊又进去了。天色不好时，他也不出门，管他呢，他想。与其说乔木森是护林员，倒不如说他只是守护着自己栽种的那几棵杏树。

在山上的乔木森整个冬天听到最多的是那呼啸的寒风。他缩在屋子里无所事事，拿起失恋后再也不曾动过的笔随意写道：

大西北粗犷的风啊
磨砺着我的肌肤我的心灵
我沉入在这里
无人所知
……
我的爱人
我不停地诉说对你的思念
初次的所有的都是一样滴血一样伤怀
远方的爱人
我不停地为你祈祷平安
永远都不会改变
……

乔木森发现只有在他一个人的世界里，他比以往更加的思念昔日的恋人，对她的情感更加真挚，是那样的让他痛苦又是那样的让他幸福。他竟彻底地喜欢上了这种孤独，这个山峦，这种环境，这份工作。他劝走了给自己做伴的父亲，也劝走了看望自己的母亲和别的亲人。起初他是劝，后来他竟为他们的到来发脾气了，说这是他的工作，希望家里人不要过问，家里人也就不敢多去了。因为种的树不成活，县里检查组对乔木森进行了严厉批评。"种树要选树种嘛，因地而种嘛。我看这旱岭上除了种杏树别的都不成。"他指着小房边上长了半人高的小杏树说。工作组林业专家看到那几棵小树苗，再看看村里仅有的几棵开着花的杏树说："向上反映情况，种杏树。"听到这话，乔木森眼前一亮，他仿佛看到一片杏花林，他在林中徜徉欢呼。

很快，乡政府就拉来了杏树苗儿。乔木森不再缩在房子里了，他成天亲手栽树，一双手磨得起了一层又一层血泡，但是他因为种树而内心高兴着，杏花，杏花，你永远不会离我而去了。

自从种了杏树，乔木森就真正成了护林人，像个虔诚的教徒维护自己心中的殿堂一样，晨暮中就开始在林中转悠，天完全黑了才回到小屋。他还买了几本杏树种植栽培与修剪的书籍，每晚都会读上半夜。他严惩进入林区的羊只，周围的老百姓都骂他是"六亲不认"。他严厉的态度得罪了村里人，乔木森家里的人都让村里人骂得不敢出门。但乔木森根本不知道这些，他只是心系着每一棵树苗，绝不容许它们受到任何蹂躏。

第三年春天，种下的杏树苗几乎全部成活。还有大片的荒山没有种植，可惜林业局不再发放树苗，乔木森就自个儿掏腰包在方圆各村收购杏仁，收来一个人慢慢种。反正每一粒种子都会长出一棵参天的相思树，总会开出美丽的杏花儿。柏拉图式的爱情滋润着乔木森甜蜜而痛苦的精神。乔木森忘记了自己劳作的艰辛，生活的平淡。他累了就看看过往的飞鸟，饿了就来几口干粮冷水。他认真地恪守工作职责，那些放羊的人也远远避着他。他好多天不会主动去寻找人说话，他甚至觉得话语是那样的多余、苍白而又可怜。乔木森已习惯了种着杏树，望着鸟，读着书、写着字的生活。

看吧，有只鸽子飞落在他的小房窗上，他随手写道：

进来吧，我心灵的鸽子

飞进来吧，你可捎回来我爱人的消息

要是不曾捎带

你也飞进来歇歇哟

自由永远属于你

可爱的鸽子

……

种下的树苗一年年长高了。当乔木森在春天的一个早上看到小屋旁边一棵树竟然悄然开花时，他禁不住泪流满面。杏花，杏花，美丽的杏花啊，我看到你的娇柔妩媚，嗅到你的芳香沉醉。

那些天他怀着非常激动的心情在山里到处走着。

后来很多杏花都开了。乔木森成天陶醉在花丛中，在这边看看，在那边望望，像一个重症的精神病患者。乡亲们都说杏树精把他迷住了……

一丛丛一树树杏花啊

我并不想用如花的美文

你让所有的赞美都黯淡

对你，我并不仅仅是个爱慕者

而是怀着教徒般的虔诚

你赐予我爱的甜蜜

你让我心甘情愿地坦露对你的真情

我生命的空白任你彩绘

我愿用一生的热情

凝望你永不回头的背影

……

在山上的这些年，乔木森写下的纸张已经装满了两个大木箱子.
可他从来不会回过头去看自己写的东西，也不认为自己在写诗，那仅
是一种心情而已。有时，他甚至要写给谁，似乎都不重要了，只是把
它们像宝贝样地收藏起来。

经过乔木森十多年的守护，原来的干岔沟变样了。昔日光秃的荒
山披上了婆娑的花草，常年干枯的沟壑盛开着美丽的杏花。因为护草
种树，一条细细的水流慢慢从干岔沟村里浸润而去，村里往日常干的
井水旺了起来。

时间过得飞快。十年树木，没有想到转瞬十多年过去了。对人的
一生来说又有几个十年呢？三十五岁，风华正茂的乔木森不由为自己
过去的生活大大地发起感叹来。

三

对于乔木森来说，他最后悔的就是同意和一个名叫芳芳的女子成
婚。他觉得自己的同意不但害了自己，也害了芳芳，还害了两个家庭。
可惜人又不能重新选择生活，真是一念之差铸就终生恨，唉——

就在乔木森当上护林员时，不知有多少人想把自家的姑娘嫁给这
个"公家人"。但是乔家人当时眼高，他们也想给儿子寻个"双职工"。
让乔家人不解的是，有了工作的儿子变得更加古怪。他们想着给他寻
个对象可能会好，但是只要他们一提，乔木森就变脸拒绝。虽然如此，
他们还是暗暗给他寻访着。

毕业第三年夏天，乔木森在县城开护林会时，他就给省城的同学

打了电话。乔木森如一粒尘土飘落在故乡的土地上，好久都没有和外面的同学联系了。

事情太巧了，那个同学酒喝大了，咿呀咿呀地说了半天，还非叫他到家里一块儿喝酒，并责怪乔木森为什么不早打电话呢？乔木森说他在老家呢。同学噢噢了半天才说以为他是来参加杨杏花婚礼的，并说："杨杏花她也邀请你了吗？你怎么知道的？杨杏花现在混大了，又找了个男朋友，好有钱呀……"乔木森听到这话，顿时心如刀割。他挂上电话，蹲在地上很久才捂着疼痛的心慢慢走了。他真的受不了……祝你幸福！祝你永远幸福！亲爱的人，只要你是幸福的，我就会因为你的幸福而幸福！他默默地祈祷着……

然后乔木森断然发誓：从今后只要有人再给自己提亲，无论是谁，是高是低，是胖是瘦，是俊是丑，是少女还是寡妇，眼睛是明是瞎……只要是女人，他都会一口答应。

回到护林地后，父亲又来看乔木森了。父亲怕他发火，带着讨好的微笑问长问短，最后才说到了"访儿媳"的情况。父亲把能打听到的"公家"姑娘都打听了，人家都不跟他这个"山汉"，所以父亲只好打听有一点文化的。高中毕业的女子方圆不多，选来选去就选了一个可心些的，名叫芳芳，人长得不错，也结实，能劳动，要是他一直护林把她娶来倒给家里多了个帮手，这一回却出乎父亲的意外，乔木森说："家里看着办吧，我咋都行。"听到这话父亲高兴极了："这就对了，男大成婚啊，你的事把我操心得觉都睡不着。"父亲满心欢喜地走了。乔木森的心再一次回到了痛苦的边缘，你们想娶谁是谁好了，和我有什么关系呢？乔木森就这样轻率地把有关自己的事以无关的态度答应下来。

等家里把一切准备好，乔木森的婚事已成定局时，他才明白自己错了。他根本就不爱芳芳，怎么能把她娶进门呢，这太荒唐了。

之前对于芳芳乔木森只是见过两回，一次是她在山顶上问路，一次是她上山寻柴火。他把她严厉地说走了。后来他才知是芳芳，其实那是芳芳使心计故意去接近他的，但当时他并没有看她，也没有多想，只到后来成家他才知道。

婚礼在热烈的鞭炮声中进行着。乔木森在姐姐的装扮下非常时尚，一身笔挺的西服，鲜红的领带。可整个人就像一截木桩，胡茬就像乱草，眼睛空无一物，表情木木的，这热闹的场面好像与他无关。夜里，村里的毛头小伙子还是粗野地闹了一把床才归去，芳芳听着远去的脚步，听着没一丝响动了，羞涩地对乔木森说，咱们睡吧。你睡吧，我看会书。乔木森随手拿着一份旧杂志读着。可他哪里能读下去呀，他想着杏花的婚礼，想着杏花的新婚之夜，柔情、妩媚、相拥，热烈的吻……乔木森的心里就有了一丝嫉恨，嫉恨那个男人，嫉恨杏花。

而这时，芳芳试探性地向乔木森靠拢，他抱住了那个娇喘的身体，疯狂地要了芳芳。当一切归于平静，芳芳还娇嗔着乔木森弄疼了她的时候，乔木森感觉到自己像掉进了无底的深渊，悔恨、绝望、罪孽像千重浪连续不断地向他击过来，而后又死死地纠缠他，包围着他。他感觉到窒息。对不起，芳芳，我们没有爱情，如果你想走就走，不想走就把我每月的工资领上花，想领多长就领多长，领一辈子都行。乔木森说完这几句话逃命一般奔向了护林房……

起初父亲要替乔木森工作，让他在家多陪陪芳芳。他把父亲说回去了。后来是岳父要替他工作几天，让他回家休息几天。他劝不走岳父，岳父生气地说，你以为你这个放羊的工作谁不会干啊，这和放羊一个理，放羊是不让进庄稼地，护林是不让羊进林区。这大大地伤害了乔木森。就是啊，我是个放羊的，你把我怎么样呢。你原来是个半吊子。岳父不客气地走了。乔木森新婚后两个月都没有回家。父母和岳父母都多次来给他说好话，乔木森就有些可怜他们了。他口头上应许着，可他还是不敢回家。他不敢面对那个叫芳芳的女人，他不想让她成为爱情的牺牲品，但结果已经成了。

芳芳可能最快乐的事就是每月领乔木森的工资。工资领了，她想怎么花就怎么花了。乔木森不过问，乔木森的父母觉得欠儿媳妇的很多，也不过问。芳芳还是到山上来了。乔木森把写的那些像诗一样的东西锁上以后就去山里"工作"去了。终于有一天芳芳的耐心消磨光了，她哭着骂乔木森不是人，她想抓乔木森的脸，乔木森制住了她，冷静地说："你可以走人再找个好人家嫁了吧，找个爱你的，你也爱的，我对不起你，你的嫁妆我来给你置办。"这话让芳芳吃惊得说不出话来。她不明白这个男人怎么会这样不通情理，难怪进了公家门，也只能是个"放羊倌"。但是她想找一个拿工资的"放羊"人也不容易，所以她一直没有走。可是她三天两天和乔木森的家人闹，没有办法只好把她分开过。但乔木森的干粮还是从父母家拿，还是回父母的家。此时，乔家和芳芳娘家人只认为他们生了个呆儿子找了个傻女婿，似乎也安静了下来。

乔木森自从新婚之后，他对杏树愈加爱护了，他觉得自己有罪，只有倍加护林，似乎才能减轻罪孽。因对树的科学护理与栽培，乔木森的护林不但成了县政府的杏林栽培示范地，而且每年仅杏仁一项收入，都使整个干岔沟的日子越来越好。乔木森的事迹还上了省报，省电视台也做了专题报道。得到实惠的乡亲们也不再谈论他的"古怪"和他的婚姻了，县政府也决定给干岔沟更名为杏花沟。

乔木森越来越后悔给自己娶媳妇，他觉得世上再没有哪一个女人会像杨杏花那样让他疼爱过，也没有哪一个女人会走进他的心灵。他的心被杏花占满着，他相信永恒的爱情，就是对方不爱他，但他却会永远爱她。默默地，默默地爱着。

让我也变成一棵树吧

把根深深地扎进土地里

我奋力地生长着

向参天的方向

不是为了显示我的高大

只是为看到远方的你

我总是默默地等待着

从很久以前到很久以后

我渴望心事被你看穿

又生怕被你看穿

我怀着羞怯等待着

……

　　除过乔木森写的这些无题的文字能懂得他的心外，他觉得这世上再没有几个人能懂得自己，所以他也不和别人交谈，他只能在心里和自己交谈，和他的杏花交谈，和小草山野的风交谈……他过的生活表面上是平静的，没有一丝鲁滨孙在孤岛上生活的惊险，但他的内心每天都经历着甜蜜与痛苦的折磨。

四

　　乔木森做梦也没有想到杨杏花会在杏花快开败的时节来到杏花沟。这已经是他们分别后的第十四年了。

　　"请问乔木森在这里上班吗？"一大早提着干粮袋准备巡山种树的乔木森被一个女人如此有修养的问话惊呆了。

　　他们竟然认不出对方。

但他们很快就认出了对方。

"木森！"

"杏花！"

首先是百感交集，欣喜若狂，之后是内心泣吟般的沉默……

乔木森曾多次梦想着有朝一日要是见着杏花一定要紧紧拥抱她。但她现在就在自己面前了，他却只是握了握她的手。眼前的杏花已经不是十多年前的杏花了，她虽然经过过分的修饰，但仍然无法掩饰她被生活风霜打磨的痕迹。又可能是爬山的原因，她显得憔悴不堪。当年粉色光洁的脸蛋不见了，她的脸使乔木森突然想到脚下凋落的杏花。

长年行走在山里的乔木森也大变样了。整天在山上风吹日晒，脸黑红黑红的，身体反而比以前结实高大了，他一直保持着上学讲卫生的好习惯，穿着很清洁，整个人看上去还是很精神。

"木森，你还好吗？"杏花说着眼圈已经红了。

"我挺好的，你看，满山都是杏树，工作轻松，空气清新，收入也不错……"

"木森，情况我已经知道了，我先去了你家。这些年苦了你啊，生活对你太不公平了。木森，我杨杏花不值得你这样做呀……"杏花最终还是哭了。

乔木森像被电击了一般怔在了那里，任感情的狂浪在自己的内心奔涌着。乔木森一再告诫着自己，决不在杏花面前流泪。杨杏花终于安静了下来。乔木森给杏花倒杯水，杏花又破涕为笑了，挂满泪珠的笑脸楚楚动人。乔木森又看到了十四年前的杏花。

"走吧，杏花，我们去树林里走走，只是有些杏花儿刚刚败了。如果你早来几天还可以看到更美丽的杏花，要是你夏天来，那景就更好看了。还好，蕨菜也出土了，可以采些招待你。"

杏花换上乔木森的新球鞋，虽然大得能装下她的两只脚，但总比穿高跟鞋舒服。走进杏林的杨杏花，也像着了魔似的，满世界的粉色、满世界的芬芳弥漫在她整个心田。走着走着，走累了的杨杏花靠着一棵花开得最艳的杏树又开始嘤嘤地哭了。无论乔木森怎么拉，杏花总在哭，哭够了的杏花掏出了数码照相机对着整个山林开始拍照，她似乎要把整个山林都要装进去。

……

中午饭是乔木森从家里带上山的干粮馍，菜是他们亲手采摘的蕨菜。

"你平常就是这样吃饭的？"杏花问。

"是的。蕨菜俗称寿菜，我常年就吃这菜，春夏秋三季吃鲜的，冬天吃干的。这菜非把我养成个千年王八不可。"乔木森在杨杏花面前永远是个风趣的人。"怎么样，我这世外桃源的生活，你羡慕吗？要不要也体验一下山里的日子呢？"他打趣地问。

"唉，木森，我已经没有这个福分了，我也不配在这里待下去……"

"呵，这里到处都是杏树，我已经成了杏树精了，我会永远待下去的……"

接着他们之间又是长久的沉默。

"你生活的太苦了，木森，我对不起你，这样的生活对你不公平。"

"杏花，不要说了。我们彼此都忘掉各自的不幸吧。让我觉得你一直生活得那么好，让笼罩在我眼前的你幸福的光晕不要破碎吧。我常想着有人心疼你，爱着你，我的心就安了。眼前我生活的不是好好的吗？不必感到遗憾，我们都有各自的生活，不必要强求谁和谁一致，我们走的是不同的道路，但我相信，我们都懂对方……"

"不，你不要再这样生活了，这对你不公半，你怎么就不明白呢？这样生活下去……"

"只要你生活的好，我的生活也是很好的。真的，我现在什么也不想，只想多种些树。去年我们村里的人摘的杏儿交到干果加工厂收入不少呢。"

"生活为什么给我们开了这样一个玩笑呀！真是让人一言难尽啊！"杏花还是忍不住向乔木森诉说，他也就不再劝阻。她诉说自己不幸的婚姻，事业的惨败。乔木森听着听着，默默为她流泪。杏花说当我看到你种树的事迹，我就明白了，今天看到这满天的杏花，我知足了，即使死了，我也心甘……"乔木森不哭的防线坍塌了，最后他们都泣不成声了……

杨杏花把沉重留给乔木森后一身轻松地走了，现在乔木森又无可选择地背着她的痛苦。他想了很多天，他想杨杏花为能够在城里生活轻率地把自己嫁了，她错劲大了。那个叫芳芳的女人为了寻一个有工作的男人把自己出嫁了，她更是错到底了。而自己呢？为了他心中不灭的爱情，他选择了这样的生活，他也错了吗？为什么每一个人都不能按自己的想法生活呢？他越想越不明白。

亲爱的人儿啊

如果你的心灵有一分不快

我的心就会万分悲痛

如果你在世上承受着不幸

我将活在地狱最深层

如果生活叫你沐着弱风细雨

我疼你的心就会被狂风暴雨吞噬

我期盼今生的心事最终被你猜透

可是命运却叫你我永远天各一方

哦，如果还有来生

我将鼓起勇气把心底所有的秘密毫无保留地给你……

想得时间久了，乔木森一个人扑在草地上竟哭起来。他再次感到心力交瘁。他没有想到生活过去十多年，他的躯体健壮了，他的心灵更加不堪一击，为一个深爱着的女人，为一个永不属于他的女人，为一个他无法保护的女人！

乔木森望着面前的树丛，有几棵树的树枝上苦蔓花儿缠绕得紧紧的，从树生长起时就缠着，年年如此。是啊，人何尝不是和花和草一样呢？不就是也这样依附着一个支点生活吗，只是有的人依附着物质，有的人依附着精神，谁也改变不了他们。那么你为什么一味地沉浸于这样无法分担却背负痛苦的生活呢？人活在世上都要担起自己该担的那一份，乔木森觉得他对永远爱着的女人的爱虽仍然如故，但是他的心慢慢站起来了。这样也好，他不再终年累月把心靠在她的心头，过多的感受她的欢乐痛苦，只能远远地为她祈祷。他猛然想起法国女作家杜拉斯的《情人》开场白中男主人公对女主人公的话：

现在，我是特地来告诉你，对我来说，我觉得现在的你比年轻时更美，与你那时的面貌相比，我更爱你现在备受摧残的面容。他又拿起笔写道：

我依然默默无语，像你第一眼看到我时一样爱着你

你依然美赛花儿，像我初次见到你时一样令我神怡

过了几天，乔木森又扛着铁锹去种树了。

当他再次走进树林时，满地都是枯萎的杏花，眼前枝头上结着一嘟噜一嘟噜小指大的酸杏。今年春天风和日丽，杏花没有受损害，看来秋后杏子又要丰收了。

软房子

石 也

　　家里窑洞裂了缝，下雨天遮不住雨，刮风天挡不住风，沙粒一个劲从裂缝呼呼往下掉，搞得人鼻子不是鼻子眼睛不是眼睛。父亲把盖新房的意思说了很多遍，却迟迟不见动静。母亲每回打扫屋子时总是忍不住一遍一遍叹息，甚至三番五次地追悔起自己的婚事。而我，他们这桩不幸婚姻的产品，总是像一件碍手碍脚没有用处的家具，软绵绵地卧在窑洞门口随意搭起的简易木床上，静静地看着日出日落，也静静地等待着父母给我嘴里塞进一些食物，然后扶我到外面腾掉被我消化的食物。父亲的责骂，母亲的唠叨，连同他们无休无止的争吵，还有窑洞外的风雨声以及鸡鸣狗吠，就是我的全部世界。倘若哪一天少了某种声响，我就会感到不舒服，偶尔也使性子拒绝父母塞过来的食物。

　　事实上，在我更年轻一些的时候，我也是个"攒劲人"。我为人诚恳、踏实，没有半点坏心眼。长相虽不英俊，却也不至于是"恐龙"。我还有泥水匠的手艺，瞧，这一院虽然破败却风骨依存，曾让庄邻艳羡不已的阔大窑舍，就是我一手设计，我和父亲苦干十多天的结果。那时我是个出色的泥水匠，乡邻建新房打围墙都喜欢来请我，做完活计总要给我一些酬劳，三二升小米啦，七八块钱啦，甚至几句客套话啦。我不在乎这些，也从来不主动讨要。庄户人的日子都不敞亮，谁忍心再从他们嘴里夺食？我的"作品"遍布整个山区，山下也有人慕名来请。来我家请我的人络绎不绝，我家热闹如集市，我是来者不拒。无论如何，我家那时的光阴在村里还算殷实，有些人家甚至愿意把他们还没成人的女儿早早许诺给我做媳妇。其实那阵我什么都不懂，总觉得娶老婆过日子是很遥远的事。我可不想让人们过早谈论我的婚事，但是我又不能对人们的美意说三道四，有时也嘻嘻哈哈和他们乱开几句说过就忘了的玩笑。人们似乎特别爱开我和村里那些正在长大的闺女的玩笑，看着他们笑得浑身颤抖，我也跟着颤抖个不停。后来我发现，人们不再开我和其他闺女的玩笑，转而专意把驴贩子李树林的二女子李金枝往我身上编排。

在过去和现在的一些时候，我总能模模糊糊地看到未来的某些影子，虽不太确定以后要发生什么，可那些影子幻觉似的总在眼前晃动。李金枝是个乖巧的好女子，但我分明看到，在我滑向一个无底黑洞的同时，她却披红挂绿地做了别人的新娘。我想努力看清那人的面目，那人却越走越远，在我眼里只剩一个越变越小越变越圆的黑点。往往，我看到的都是事情灰暗不利的一面，这种时候我就会失声表达自己的意见。

那年给村长家盖新房的时候，大伙又起劲地编排我和李金枝，说我们门当户对，是天造地设的一对。李树林钱财广，又舍得花钱，到时一定舍了老命狠狠给尕女子置办个排场的婚礼。等我们成亲的时候，大伙就可以美美吃上顿好席。他们说得唾沫星子乱飞，有人甚至为时过早地流下了哈喇子，还有人抽动鼻翼，想要提前闻到空气中飘浮着的酒席的香味。可空气里只有早春的草香和新鲜的泥浆味。我本该配合他们，让他们尽情地笑上一回，但我却在这种时候不合时宜地大喊了一声"不好"。

这一声晴天霹雳似的喊叫来得太突然，太不是时候了，所有人都吃惊地停下了手里的活计，和泥的忘了和泥，抹灰的忘了抹灰，上料的忘了上料，砌墙的忘了砌墙。所有人都停下了手里的活计，定定地望着屋顶上挥汗如雨的我。

最先打破沉闷的是李树林的本家侄子冬生，他噗一声吐掉嘴里刚刚点着的香烟说，你这个碎屁娃娃还能得不成，我家金枝哪点配不上你了，也不撒泡尿照照自己，金枝她怎么就不好了？人们马上七嘴八舌说起李金枝的好，仿佛我真的是一个挑肥拣瘦好歹不识的家伙。其实李金枝真的是一个再好不过的姑娘，她眉眼很不错，精干、勤快、懂事，嘴还甜，十分招人喜爱。唯一让人发憷的是她那个为一点利益和人斤斤计较算计了再算计的贩驴的父亲。李树林的精明总是让人想想都打怵。

门当户对一说也很有问题。李家是村里的大户，拥有绝对的话语权，而我家是单门独户，在村里缩手缩脚一点也不敢亮，就算日子过得再光堂也不敢戳到人群里大声大气地说话，永远无法躲开旁人无休无止的取笑。李树林这一支世世代代都是生意人，能说，会算，精明过头，会大把大把往自家衣兜里扒拉钱，是奸商。我家则是世代受苦受穷的老实巴交的庄稼人。

冬生开始大声吆喊着骂我。一边骂我一边赞扬他堂叔李树林的家势。冬生骂一句，下面干活的人就会附和一句"就是"。有人甚至腆着脸给他递烟送火，活像骂人也是一桩劳苦功高的事。冬生由我骂起，骂着骂着把我一家老小都骂进去了，甚至不忘把我那些早已故去多年的先人也一道骂了。我强忍着怒火，手一刻不停地做着活。随他去吧，骂又伤不了我半根毫毛，我那些先人更是不疼不痒。只是因我的不争，让家人和先人陪我一起受辱，让我心底泛起一股深深的愧疚和难过，眼泪和着汗水就一道从我脸上漫过。我重重地抹了把脸，灰黑的泥浆瞬间爬满我温热潮湿的脸颊。下面的人轰然笑了，笑得东倒西歪。冬生更来劲了，他用锹指着我说瞧瞧你那讨吃样儿，脏不拉叽恶心到家了，以后再敢打我金枝妹的主意，老子非一锹拍死你。

冬生终于骂累了，扔掉铁锹，一屁股坐到沙堆上。这时候冬生哈欠不断，他摊开四肢，仰躺在沙堆上。夏日火热的太阳把沙堆晒成一面滚烫的火炕，只见他舒服地翻转着身体，嘴里吧唧着。

人们又开始编排我，说我看李金枝的眼神就很说明问题，谁也瞒不下，我要是再嫌嫌弃弃的，这不好那不好，搞不好就会像村口的精神病"赵站长"打一辈子光棍。这一天对我来说倒霉透顶，我已经没来由地挨了半天冬生的骂，我可不能再轻易接他们的茬了。

村长的宅院在村子中央的一块高地上。村长建的是一砖到顶的两分水新居，屋脊很高，站在屋脊可以将村子四周的景象尽收眼底。村里人的光阴过得都不够敞亮，村长家所谓"一砖到顶"其实很有水分，说白了就是那种"砖包皮"，后大墙用泥坯砌，用黄土掺了麦草的稀泥抹，这种房子外表光堂，内里粗糙，真正是"驴粪蛋子外面光"。虽是不够体面气派，却能省不少砖和水泥。村长家的新房眼看要竣工了，两边的瓦已经铺好，瓦是清一色新的猩红釉面瓦，在阳光下闪着夺目的幽光，明亮，光滑。我正在屋顶砌屋脊的镂空花栏，人们还在起劲地编排我和李金枝。李金枝果然被他们念叨出来了，我看到身穿蝴蝶蓝碎格裙子的她正手搭凉棚的向这边眺望。一定是我的眼神出卖了我，下面有人叽叽咕咕说李金枝肯定会从村长家东面的斜坡上过来。

要命，李金枝果然迈着细碎的步子缓缓向这边走来。

我忽然感到一团浓浓的凉意在胸前荡开，起风了。我看到李金枝裙裾飞扬地出现在村长家东面的坡头，一双胖腿在微凉的夏风里像房柱一样挺拔。人们也发现了突然出现在眼前的李金枝，他们停下手里的活计，挤眉弄眼地爆出一片不怀好意的哄笑。李金枝大大方方地和人们打着招呼，还说这么热的天，咋都不知道喝水。说着她就去拎来水壶，挨个给大家送水喝。下面所有正在干活的人都喝上她端来的水了，冬生也一骨碌爬起来，拍打掉身上的沙土，抢过李金枝手里的水壶，准备对着壶嘴喝。李金枝一把夺过水壶，嗔怪一句吃货，还有人没喝呢！冬生一口就把一杯水全都灌到嘴里，却不急于咽下去，像是真正焦渴的地方不是肚子，而是嗓子和嘴巴。

冬生慢腾腾走到后墙根，噗的一声把水喷在墙皮上，不看我也知道，潮湿的墙皮会脱落一些，露出里面筋骨似的麦草。这时候李金枝已经搬来长梯，端着水杯，准备给我送水。

冬生及时伸手制止，说金枝你也不看看他娃娃抹的这是什么狗屁墙，连泥都挂不住，还有什么脸喝这香甜的茶水？

水壶瞬间又回到了冬生手里。他不管不顾地用嘴噙住壶嘴，美滋滋地喝了一口又一口。

我赶紧硬着心肠说，金枝你千万别上来，我不渴。

冬生得意地吧唧着嘴。李金枝眼泪汪汪的，最后她重重地跺了一下脚，转身跑开了。就在我痴迷于李金枝奔跑着的好看的背影时，冬生又开始了对我新一轮的羞辱。这次，他不再骂我和我的先人，而是专门挑我手艺的刺。我能忍受他的辱骂，却不能忍受他对我钟爱的泥水匠事业和技艺的羞辱。原来冬生躺在沙堆上一刻也不停地琢磨羞辱我的新招，他知道我真正在乎什么，他的话越来越刻薄恶毒。我是真的被他骂急了，惹恼了，一时管不住自己的嘴，我说有种你上来试试！话一出口我就后悔了，我仿佛看到厄运正张开身子向我扑来，我想躲开，可是已经来不及了。

冬生正在笨拙地爬梯子，搭在房檐的梯子忽闪忽闪摆动着，并且吱吱扭扭响个不停，像是不堪承受冬生肥大的身躯。危险！我忙伸手压住梯头，却不想脚下打了一滑，顿时陨石一样跌向瓦砾丛生的墙根。梯子也顺势倒了，连同冬生肥大的身躯一起砸到我腰上。我听到咔吧一声脆响，我感觉我浑身的骨头在那一瞬都断了。一起断了的还有我关于泥水匠的所有梦想。无数瓦砾闪着金灿灿的光，逼向我，远离我。

金枝啊……

村长家的新房没有因我这个小插曲而稍停半晌，它已经卓尔不群地挺立在村子正中。说到底，我的摔伤只是个意外，如果这一切确定不疑是我的命数的话。那天我很快苏醒了，我看到周围影影绰绰全都是人，有的慌乱，有的紧张，有的难过，有的麻木。我突然看到李金枝拨开人群，急慌慌地挤进来，带着哭腔问怎么回事。怎么回事啊！不多会儿，父亲母亲也来了，父亲神色慌乱地在我这里捏捏那里摸摸，母亲哭天抢地眼泪一把鼻涕一把，仿佛正在面临一场诀别。有人大声喊着，都别乱动，赶紧送医院。后来，父母和众人一道把我抬上村长家的手扶拖拉机，急匆匆赶往县城。

县医院因我伤势严重，拒绝接收。我的身体不再属于我自己，我又不能准确表达我的意愿，我只能任人摆弄。他们一遍又一遍把我从家里搬到医院、道场，甚至一些游医的诊所，然后又绝望地把我重新送回家里。父母额头的深皱从此再也没舒展过，他们的头发也在一夜间变得灰白。我家的光阴也一落千丈，父母用千倍万倍的辛劳操持这个眼瞅着没有一点希望的家。他们的超常付出只会有一个结果，那就是加速他们的苍老。从言语中却听不出他们对衰老和死亡的恐惧，他们真正恐惧的倒是我这个一无所惧也一无所能的家伙，念叨的是往后我可怎么活啊。而我，只能用我已经麻木的眼神目送父母苍老再苍老，打量这个温暖并有无限凉意的世界。我开始了我度日如年的苦涩生涯。日子对我已经不再有意义，活和死对我也没意义。好在，光阴在我的冷漠和麻木中，倒也如"白驹过隙"。一晃十多年过去了，我已经面色黧黑胡子拉碴，渐渐逼近死亡之地。我喜欢那种香甜的滋味，我渴望早早结束所有的痛苦。

村长还算仁义，他答应为我家盖一座五间砖房的新宅院。他已经联系好了山下的水泥厂，要他们即刻送来十吨水泥。我想说这远远不够，但看父母千恩万谢唯唯诺诺的样子，我还是努力忍住，什么也没说。作为把一个好端端的家带进无底深渊的罪魁，我说什么都是多余，只会招来无尽的呵斥和怨恨。我早已学会并长于忍受，不能轻易地胡乱表达了，纵使这表达是正确的、利好的。我想让父母获得内心的欢愉，哪怕这欢愉是短暂的，易逝的，指靠不住的。

　　窑洞门口挂了一张细竹编成的门帘，因年代久远，风吹日晒早没了娇黄的竹色，苍黑成了它的主色调，看上去就像一张历尽沧桑的老农人的脸。阳光被竹门帘切割成无数细条，挨挨挤挤地落满窑洞门口。我想父母安排我睡这儿有充足的理由，一来可以充分享受阳光，二来能够吹吹我身上经年累月积攒起来的浊气，当然还能让我看到门外的风光，虽然这风光也是被竹门帘切割过的。我大部分时间都用来昏睡。白天和黑夜，有阳光没阳光都和我无关，我只能在我的角落里想些没有用的事。有阳光的日子里，我会在心里默数有多少块阳光落进窑洞，就像我一秒一秒数我还有多少时间用来煎熬。数着数着我就会沉沉睡去。可笑的是我还有梦，梦里的世界才够精彩。梦里还是那个精精神神的我，盖了无数的新房，还有很多姑娘……偶尔会有人探进来问我哪里不舒服，想吃什么等问题，我习惯用眨眼代表回答。我想让所有人忽略我遗忘我，就像忘记一片落叶那样。

　　我家的新房也开始紧锣密鼓地筹建，村长李树远包料，我家只负责人工。看似我家得了便宜，实际我们的负担更沉重一些。我家能出的劳力只有父母两个，其他的人手要花钱雇，偏偏人工工资翻了许多番，合计起来多得吓人。作为这片土地上曾经最优秀的泥水匠的我不再参与自家新房的建造，只能看着、听着新房的成长，这简直是在要我的命。父亲眉头紧锁，脸上的皱纹刀刻一样。母亲只知道哭哭啼啼，吵得我心烦。父亲好像更烦，每到这样的时候，他就会甩手走开，就像要把这无尽的苦恼丢给屋里一个话多一个瞌睡多的人。父亲要是不离开，母亲就会找茬和父亲骂一架。任何事情都可能成为他们骂架的由头。母亲哭够了总会拿起笤帚里里外外的打扫窑洞，她扫得特别细，一边扫一边唠叨，最后总是集中火力埋怨我，好像满屋的灰尘都是我带来的。我害怕这样的时刻。

就算有千难万难，我家的房子还是如期开工。门外吵吵嚷嚷到处是人，父母更是忙得脚不沾地。偏偏这样的时候有人来报告，说李树林新买的几头驴子进了我家的玉米地，父母扔掉手里的工具就赤脚往庄稼地里跑。结果还是迟了，大半块玉米已经被驴吃光了。父母回来后又说少了两袋水泥，我想母亲是气糊涂了，她抱怨说我吃个食也该叫个鸣，咋不知道看着点，就是扎个雾人也能吓个麻雀，你嘛——到底能干个啥？

我不能做什么，也不能说什么，只能任由眼泪在眼眶里凶猛地打转。

这晚，李树林破天荒地来我家和父母商量驴吃秧苗的处理办法。他说别家的庄稼地都薅得干干净净没一点杂草，只有我家为盖房耽搁了田里的活计，草比粮食多，渠里也长满了草。驴是撵着吃草的，而不是专意去吃粮食，驴毕竟是畜生，不懂事理，吃着吃着吃顺嘴了，祸害几棵粮食也是难免的。他说一句问一声是不是，对不对，父母连忙点头如捣蒜，就像理亏的是我们。李树林说他不是不讲理的人，事怕颠倒理怕翻，说父母为操持这个家，养活一个残废儿子不容易，又不能庄稼房子两头顾，驴已经把庄稼祸害了，作为驴的主人，他理应赔偿。但看在他家树远哥不惜老本为我家盖房子的份上，数量上应该合理一些有人情一些。

一百五十斤玉米！李树远最后下结论说，还得等到秋天新玉米打下了再给，问你们看行不行？父亲张了张嘴还想说什么，却被母亲扯了一把袖子，随后满脸堆笑说，成哩，成哩，咋能不成？

李树林刚走，他的尕女子金枝就进来了。她一屁股坐在我的床沿上。她说都赖他爹没圈好驴，祸害了秧苗又不真心实意赔偿，她的心里很过意不去，她会想办法补偿我们的损失。她说现在村里各家都在盖房，多数人家都盖的是"砖包皮"，水泥价一下子涨了很多，大多数人家都用黄泥砌墙。劳力也是个问题，大工难找，小工也不好找。她说要是我好着的话，一定会盖出村里最漂亮的房子。我很享受李金枝小嘴吧嗒的样子，她说的每一个字都带着甜丝丝的味道，馨香无比。窑洞里很快充满了这种醉人的味道。我恨透了那张走风漏气的竹门帘，不让我在这迷人的香味里多待一会。可是不行，李金枝坐了不多一会就起身告辞，临走，她往我嘴里塞了一颗糖，又给我掖好被角，然后拍拍手就朝外走。到了门口又回过身来嘱咐我要好好吃饭，说她有空还会来看我。

我眨了眨眼。

无论一个人多么喜欢阳光，也吃不消长时间在七月流火天干活。我一动不动地躺在床上的阴凉里，也被汗水浸泡着，身下的床单都湿透了。不断有干活的人跑进窑洞喝水，乘凉，当着我这个"活死人"的面抱怨事主招呼不周。他们说水泥早就没有了，只能用黄泥代替。他们说大工本事不行，架子却一个比一个大。他们说一句我就眨一下眼，他们像看西洋景一样看着我，嘿嘿，瞧这家伙，还会眨眼呢！我在他们的阵阵笑声里，感到了丝丝凉意，但我什么也不说。

窑洞门很快被一堵高大的砖墙遮挡，我已经看不到外面的世界，只能用耳鼻感知。村里新建的房子先后落成，人们喜气洋洋的搬进新居，欢庆的味道一波一波在村里荡开。父亲和母亲也喜新厌旧地从窑洞里搬了出去，就让他们在簇新气派的新屋里过几天舒心的日子吧。我祈愿。

可以想见，现在村里一定湮没在一片新屋的辉光里，到处都是坚固如城堡的房屋和院墙，处处都是改天换地的新气象。可是，我分明感到一丝不安，这些房屋就像漂在水面的纸盒，软软的没有筋骨。我想告诉父母一些什么，可是他们太忙了，一早胡乱给我塞些食物就再没踪影了。

炎热的夏天很快过去，入秋以后雨水多了起来。老天像要把攒了一夏的苦水全倒出来，雨下了一场又一场，越下越大，仿佛要洗尽山旮旯儿的泥尘。

这一天夜里，蓦地惊雷阵阵，闪电把天空撕得支离破碎。窑洞里外亮生生的，就像在天空挂了一盏高度数的灯泡。窑洞的裂缝在雷电中越来越宽，雨水裹挟着沙粒一个劲地往里钻，竹门帘早已被风卷走了，冷气和风雨也一个劲地往里钻。我的耳朵、眼睛和鼻子也好像不起作用了，风雨中我听到远处和近处都有垮塌的声音，接着是人喊狗叫，世界似乎在雷雨中全乱套了，村里到处都是恐慌之声。雨水不断涌进窑洞，一开始，地面还能像一张贪吃的嘴巴，进来多少吸收多少。后来，大概喝足了，吃饱了，开始拒绝送到嘴边的食物。雨水不断从门外涌进来，越积越多。我看到水已经漫到床沿的位置，床单和被子都湿漉漉的，空气中有股逼人的寒气。我不怕，我甚至用带着欢悦的心情来迎接不断涨高的雨水。在这样的时候，如果我淹没在泥水里，人们一定不会为我的离去有太多的想法。

我知道明天一早，太阳照样会从某个山坳升起，村人照样会为了生活四处奔走，人们还是会以冷漠的眼神看待我。只是在这个村里，一定会发生一些改变，留下一些深刻的记忆。

石片老师

黄　辉

一

常石片拔麦子回来，娘手里捏一封信在坡沿上等着。石片接过烂了皮皮的信，抽出一方红色信瓤：一行烫金字的请柬。

"娘，咱同学聚会哩！"石片抓一下娘枯瘦的小手后，奔院里，进伙窑，也不用水勺，趴到盛水的酱缸沿咕噜咕噜痛饮一气。

吃罢一碗面，娘盛着饭问："啥叫聚会？"石片给娘说："就是——我们同学再到一起见面、说说话！"

搁下饭碗，小院里容不下石片一颗激动的心，出门朝沙河里去。他要上大青山。

登上山，赶上半轮太阳架在西山峰顶。此刻，正值落日余晖浓烈如血浆泼洒在连绵起伏的山峦上，大山显出了它最壮美的景色。石片举起手里的请柬，罩在晚霞最浓的天边瞧一阵，就有濡湿的红晕从眼里旋开。

"你们还记得我——他冲群山喊去。"

天转黑，山野归于寂静。石片躺在山顶看低矮明亮的星辰，就仿佛又看到了那熟悉的几十双眼睛。后来在无数的繁星中，他盯住一颗亮得发白的星星想起了她，因而，这颗星在他眼里闪闪烁烁越加亲切、生动……

很晚了石片才下山，走进沙河。来到泉子边脱下布衫兜了泉水从头浇下。他听到了白天晒得发烫的肉体与冰凉的泉水相碰发出的噬噬声。他要用这甘甜的泉水沐浴过自己，去见分别已久了的老师和同学。回家里，石片睡下了又起身摸黑往学校去。来到学校摸了教室的门锁，察看了窗户。哪怕只要离开一天工夫，他都要这样做，这是习惯了。

天麻亮，石片撵早上路。才出庄，斜坡小路上立个人影儿。

"蜡梅老师！"他喊一声。

"常老师！"蜡梅叫一声后就放声笑。

石片知道蜡梅是笑自己手里的行李呢。

"现时连讨饭吃的都背擦油包包哩，你手里这个像是去借粮的，怕要难堪了老师同学。说话间蜡梅泪花花在眼里打转。她接过石片手里的化肥袋子，麻利地把里面的东西往预备好的双耳彩条纤维包里盛好后，拉好拉链递给石片。这时刻，她再也忍不住眼里夺眶而出的泪水，叫一声："石片哥！"扑进石片怀里。

这突来的举动惊得石片不知所措，周身木然一动不敢动，只感到一颗女子的心嗵嗵敲着他的胸口。伴随天亮，大山在天的蓝色背景上显现了粗犷的轮廓，叽里啾溜的鸟儿开始鸣唱。忽然，山洼上一阵牛谣儿吆喝开来：

　　唉——西山的蔓儿呀东山的瓜哟

　　没有那个蔓儿呀，哪有这个瓜哟

　　没有那个籽儿呀，哪有这根蔓哟

调是夜里寻牛回来的憨爷吼出的。

"咱给瞅见了。"石片说。

于是泪涟涟的蜡梅从怀里脱出来，两人在默默中离开。石片翻过一架山，又上了一架山的顶顶，回头来，见蜡梅站在他刚走过的那架山顶上。

"到城沿就把包包里的衣裳换好！"寂寞了一宿的大山把女子喊的话连哭腔清清楚楚传过来，石片听得真切。

走进山沟，有一阵子石片觉得眼前的天、地、群山都是自己的，他拥有这里的一切。但，当他又一遍抚摸着胸口一坨泪打湿的地方时，心里潮起的不安和痛苦开始折磨自己。

……五年前，他只求她留下来，帮他教出狼叫团第一批五年级毕业生。如今这个愿望实现了，而她却为了这个愿望付出了沉重的代价：被男家休了，还瘸了一条腿。而今，哪个汉子肯娶她？山里人最忌讳这个呀！

"蜡梅——我把你害了！"石片止不住内心的愧疚，冲眼前的大山吼叫一声。山空空的，声音去得老远。

"我不图娶蜡梅做女人……"那痛苦的一幕又回到了眼前：他跪在地上给蜡梅的爹娘、给庄人起誓、赌咒。

大山里行走的人必须学会用回忆来填补眼前的空旷与孤寂。山的每一道皱褶，都可以是一个回忆的故事。于是，许多往事就在石片的脑海里拥挤倾诉起来。要过一截石砭处。他想起上师范那年，爹赶着自家的青骟驴送自己去县城，在这石砭里还避过一阵子雨。到县城，爹再送他坐去省城的火车，青骟驴被火车站工作人员扣下。坐车的一路上，他都在担心爹和青骟驴会不会给放出来。他知道爹身上只揣着一叠圈烟纸。后来，爹说起这日塌人的驴又拉下一堆粪，害得他用硬纸片片端出了车站。

二

常石片赶到师范学院门口，正值华灯初上，暑假里的校园一片宁静。

又见到了熟悉而亲切的门楼！石片心中荡起层层热流。八年前，是她热情地迎接了这个远山来的儿子；今日，他以一个远离母亲重又归来的怀着无限眷恋之情的游子心，来看望久别的母亲！他张开两只粗壮的胳膊紧紧抱住洁白的大理石门柱。当他仰望门柱上那盏温暖的灯时，他想如果自己是一只山鹰，是这里使他长成了丰满的羽毛：这里给了他一个五彩缤纷的世界；这里使他认识了一个美好的自我，懂得了生命的价值；这里给他的人生道路上点亮一盏明灯，赋予他一生追求的崇高事业。几年来，他为这个崇高事业吃过怎样的苦，流过多少泪。石片像受委屈的儿子，把一张粗糙的脸久久熨贴在门柱上，胸中似有千言万语要倾诉……

有隐约的乐曲声传来，石片看见校园北面的教学楼上一排窗子透出灯光。他一下子认出那是多么熟悉的灯光，心里腾起一股热潮。这灯光曾经伴随他度过了多少夜晚啊！他拿出蜡梅为他备好的一件的确凉褂，一双蜡梅亲手做的方口千层底布鞋换上，赶快去见离别许久的老同学。

一踏上楼梯石片磕绊了几次，他已经忘了走这种排列有序的道路了。

"狼！"一位出门提水的同学叫一声，上前抱住石片。石片的出现使教室里再掀起一阵高潮，大家围住他呼狼唤狼，拳头杵在他结实的背上。大家对石片有一种特殊的感情，上学期间他为大家当了三年的生活委员，为每一个人端过饭盒，发过菜金。他有一手好针线活，为男同学缝鞋补袜，给女生们补缀衣物。令大家更感亲切的是，他给聚会带来了一股大自然的清新、质朴，他还是那个憨头憨脑的原型，让人可亲可爱可敬。他仿佛就是一座山，一块山石，大家看到了一片绿茵丛生、苔藓覆盖、野花漫满的自然景象。

最后一个握住石片手的是两鬓已显灰白的班主任夏老师。石片问候一声："老师好！"热泪止不住滚下。就是这双手，在石片无半点后援的困境中，在漫长的春日里，饿得头晕眼花时，把几十元钱塞进石片的怀中。这五年里，有多少孤独无援、苦闷难熬的日子里，每每想起这双温暖之手，就有一股力量在支撑着自己。

教室里复归平静，活动继续。进行的内容是大家畅谈分别五年后事业、工作、家庭的成就。渐渐，石片知道了唯有自己一人还打着光棍，而有的同学已有过二次婚史。令他新鲜的是许多同学已经跳出教师行业，在银行、商业、机关工作，里面有做了主任、科长，大到局长的领导；也有当了老板、经理，有的工厂买了小汽车，随手捏着手机。

到石片向大家介绍自己时，他就不知道该说什么好。踌躇一阵后他说："我五年给咱狼叫团送出了头茬五年级毕业生。"

教室里静了那么一阵，突然有人说："石片，给老同学讲媳妇五年生了几胎？"

"对，咱狼的媳妇一定是朵山菊花吧！"

"我——我还没成家哩。"石片缓缓说。

"石片准是给百花缭乱了心眼吧！"有同学开玩笑。

停一阵石片突然鼓足勇气说："我有了——我今晚夕就在老同学们的面前，把她订下了！"满屋人就觉得石片很有意思，急着想知道他订下的什么姻缘。

"这女子和我一搭里是庄上学校的民办老师，她叫蜡梅，以前我拿不准心思，今晚我拿定了！"石片话音一落，就有人喊一声："全体起立，为石片大哥今日订婚之喜举起杯来，干——"大家在一片热烈气氛中举杯庆贺。捏住一瓶啤酒的石片，面对为自己而祝贺的老同学，心底呼唤着："蜡梅——蜡梅！"

集体活动一结束，教室里放起快乐的舞曲，会跳舞的人捉对起舞。要喝酒、打麻将的到隔壁教室。剩下石片什么也不会，便动手收拾桌上的果皮饮料罐，想再体会一下生活委员为大家服务的滋味。之后，他找到原班长交聚会的活动费用。

"我们组委会商量过，不收你的一分钱，你能来这比二百块钱有意义得多！"石片坚持要交，哪怕一半都行。最后老班长说："这样吧，你用这钱给未婚妻买两件衣服，就作为我们全体同学为你们订婚的礼品吧。"班长的话得到了麻将桌上人的赞同。

下楼来，石片想趁这个机会把带来的一袋小米给夏老师送去。这是他亲手耕耘、收、打、筛出来的金灿灿的小米，他知道老师害老胃病，小米汤能和软胃肠哩。

从老师家出来，夜已过半，楼上教室的灯光依然通亮，时而缠绵时而激昂的乐曲融入操场夜空。夏夜的空气里混合着植物成熟了的幽香。石片一个人在操场游走，这里对他有着特殊的感情，给他留下了一生回味的东西。记得寒冷的冬夜，同宿舍的人钻在厚厚的被褥里睡得香甜，他冻得无法入睡便到这里来跑步取暖，或在单杠上翻轱辘御寒。闷热的夏夜无法入睡时，就到操场乘凉，忍耐饥饿想家或背题到深夜。最使他难忘的是入学那年，学校的秋季运动会上，他参加的五千米长跑项目一开始，便紧咬领头的那个历届长跑冠军。那是个高挑个，一身短衣短裤，身捷如鹿的老生。十圈以后，老冠军的步子略显迟缓，这时候夏老师在跑道边上给他面授策略。等到剩下最后三圈，这时刻运动场上达到高潮，数千人喊声四起，班里有激动了的女生将手中的花手绢投向跑道。该是执行夏老师策略的时候了，他甩掉脚上的方口布鞋，凭一双赤脚与对方展开角逐。他的举动更加把观众的心绪推向高峰，有班里男生朝他喊：把长裤也脱掉！

　　石片心里想，能脱长裤吗？里面的半截裤全烂的是洞洞哩。最终，他把冠军扔下五十余米，创了本校五千米最好成绩。现在穿在身上印有"师范"字样的背心就是那次运动会的奖品。他一直保存着这件象征信念的奖品，每逢开学日子才穿一次。他就经常拿这件事来鼓励自己的学生好好念书，咱山里人有的是力气。

　　石片向操场东南角走去，那棵耸立在夜空的百年古槐已映入眼帘，他闻到了极熟悉的槐叶在夏夜里散发出的那种甜涩味。这位沉默的树老人为他蕴藏着一段珍贵的往事哩。

　　一个平平常常的星期天，别的同学上街下馆子改善生活去了，连班上同样是山区的几个同学都有这七天一享受的条件，石片没有。他有的是另一种享受，这就是独自躲在古槐下读书、睡觉、挨饿、幻想。这天午饭时，他起身要走，发现树缝里夹着一叠菜金，他抽出足有二十几元钱的菜金和饭票，心惊肉跳地在手里捏一阵，又放回原处。回宿舍的一路上，他都在想是谁丢的？谁能把这么贵重的东西丢了呢！他扳指头计算，是将近半个月的伙食哩！

　　星期天，上灶人不多，石片打一份洋芋菜吃光，肚里仍像没吃东西。看着一碗一碗从眼前走过的红烧肉片，就再也无法忍受欲望的折磨，出餐厅朝古槐奔去。当他捏两张菜金回到卖饭窗口时，心快要蹦出来了。一阵犹豫之后，他终于刹住了自己，举着空饭盒退出来，再把东西送回原处。为此，他整天昏昏沉沉守在树下，怕东西落入不是主人的人手里，虽然他知道这里很少有人来。

　　第二天天蒙蒙亮，石片趁上厕所又去了一趟古槐下，见菜金上几粒朝露闪着奇异的光斑，他心里安静了许多，暗暗发誓：不再碰一下这美好的东西。这一天里，他心中时刻储存着一个金灿灿的食品库。

　　等到下了晚自习后，他再去古槐下探视，树缝里多了指头宽的一张字条。

"王玫！"本班一位不起眼的女生：墩墩的身材，敦厚的相貌，连那一举一动都那么敦厚踏实，所以她不像班里别的打扮成花蝴蝶一样的女生，引得男生转圈扑打。她和石片是同一个县的老乡。几年来，他和王玫只有过一次较近的接触。有一回，王玫在深夜犯急性胃炎，校医疗室无人，一时又寻不到车子，女生们就想起了生活委员。他来背了病人往离学校近处的一家医院猛跑。到医院很快止了疼，天亮几个女生回校上课，留下他这个老乡守候。早饭时他到小饭馆用自己的校徽做抵押端来一碗稀饭给王玫吃。过后，他想这是上天有意赐给自己对她的一次报答机会吧。记得那次长跑夺冠激动之后，他才想起光脚上的鞋来，便赶快到甩掉鞋的地方四处寻找，王玫用塑料袋给他提来。这件事使他心里一直过意不去。

夏日的夜晚，月明星稀，偶有猫头鹰在古槐枝头歌唱，树底筛下一片斑驳的月影，他们相偎依在移动的月影中。

"我是个啥嘛？"他自卑地问自己，同时也向对方透露这种不安的心境。

"你是个男——子——汉！"王玫指头刮一下他的鼻梁，在他脸上热烈地亲一口，再亲一口……黑地里，石片摸到那坨发烫的脸，是的，这句热恋中产生的赞美，在他以后的事业和生活中起过不可估量的作用。确实，他以一个真正汉子的骨气走到今天。

石片抚摸着古槐干裂的皮肤，往事在心中荡开一层涟漪：王玫把他们的爱情季节安排得恰到好处，等有人发现他们相爱，毕业来临。

俩人同一趟车回到县城，王玫的母亲在车站等候他们。一桌丰盛的晚餐，等于接纳了他这个未来的女婿。饭桌上，石片才知道王玫的爸爸是县财政局局长，并不是王玫说的一般干部。饭后，在大街上散步时，石片擦着额头上的汗珠子说："这顿饭我差点吃不下来！"王玟知道他没吃饱，领他到一家饺子馆吃饺子。"如果我早就告诉你我爸的官职，你怕是自杀呢！"王玟看着吃饺子的石片甜甜地说，在县城的一星期，王玟给他定做了柔软的夏装，领他吹剪了城市青年的发型，带他看电影，吃火锅，游玩县城的名胜古迹。读书几年，使他对城市生活很快适应并产生了越来越强烈的欲望。尤其对城市生活的逐渐了解，以前的那种自卑心理开始淡化。他对自己有了新的定位：论学业，他在班里第一刻苦；论成绩，从未下过前十名。他相信今后工作上也绝不会逊色于城市人。

一个中午，石片独自一人登上县城古高庙的顶端，极目眺望，城市林立的楼群、大街上匆匆如蝼蚁的行人尽在眼底。他脱口而出："一代伟人毛泽东，也是从农民到读师范，继而开辟了一个新世界！"他想好了，第二天就动身回老家去给父母报双喜。

在汽车站，王玟依依不舍送他上车："快回来，我每天都等着你！"王玟挂着两行热泪向他摇手——那是一幅多么生动的肖像画儿……

一片槐叶落在石片仰起的脸上，触摸树叶时脸上竟也挂有泪迹，这时候他才发觉站在背后的人影。

"我知道你躲在这里。"还是从前那个敦厚的声音。

"王玟——"石片叫一声。

王玟怀里抱着睡熟的儿子靠树坐下来。黑地里石片慌得要脱褂子给她垫，她说："和以前一样吧，给我一只鞋坐。"

"我能抱抱你儿子吗？"

王玟把腿上的儿子给石片。

"吃得憨哩。"他说。

"叫啥名？"他问。

"准你们养一胎，娃子跟心哩！"他再说。

"吃得憨实哩！"他又说。

266

王玫双手抱住膝盖，脸枕在膝头上，一动不动静得像一尊石头。"我托人给你捎过一袋小米，那人没文化找不见你家门。"石片想引出她一句话来。

　　两人默默坐了许久，石片知道她不会对自己说什么，也知道自己把对方的心伤得太深。夜深了，石片说："咱回教室吧，怕娃着凉！"王玫先起身在古槐树上摸索什么。她摸到了，桃心是他们在一个明月的夜晚，两只发烫的手握一把小刀刻下的，意在心心相印。古槐做他们永远的月下老人。

　　回到楼道灯光处，石片见王玫已是满面泪水。

　　第二天，聚会活动安排乘车一日游。一早，大家在教室等老师一到就出发。一会夏老师手提石片昨晚放在家的包，缓步进来。他还是习惯于在三尺讲桌前站好，然后，环顾大家说："今天想和大家商量，能不能把今日的活动改变一下，因为我有个建议。"他从手里彩条包掏出那件对襟白布褂来，打颤的声音说，"这是常石片平日穿的，现在穿在脚上的鞋，身上的衣服还是别人的。你们谁能想象出他是在怎样的条件下生活吗？他为了把庄上的学校办下去、办好，竟把自己的一份工资分三份，为学校雇着一个老师，还养活着一位退休民办老师。我为有这样一个学生自豪，也想你们为有这样一个同学值得骄傲！"夏老师濡湿了的眼睛看着大家，低软的语调说，"我是说，咱们能把今日的旅游费节省下来，捐给常石片同学成个家吗？"

　　"不，老师，这咋成哩，我成家不花钱。"石片声音低一度说，"我说下的这女子是二婚，再说一条腿还有毛病，只要我说一声咱就一搭里过了。"石片现在才后悔，昨晚心里一热把什么都给老师说了。石片还在说着什么，却被一阵共鸣声淹没。

　　"我十分感谢大家能支持我的建议！"夏老师整理衣扣庄重地向大家鞠一躬。这时候，王玫三岁的儿子手里捏一叠钱走到夏老师面前，

267

奶声奶气地说："给叔叔学校的。"

夏老师迟疑一下，双手接住钱，对这个忽闪着一双童真大眼睛的孩子说："我代表深山里那些孩子谢谢你！"然后，他也掏出两张百元加进去。

这恐怕是聚会中谁也没料想到的一个节目，然而它却成了此次聚会中最有意义的活动。霎时间，几十名老同学纷纷解囊，把代表着一份心意的捐款，送到昔日里只摆放一盒粉笔、一本讲义的讲桌上。尤其那些已经离开了教师行业的同学，把这个机会当成一次心灵上的补偿。

聚会活动把晚上的内容提前到白天进行。在市区包下的一家卡拉OK厅，跳舞狂欢。石片坐在一间散发着香水味的包厢里逗王玫的儿子远远玩，远远抱一瓶啤酒要与他干杯，他拗不过孩子的真诚，便喝下一杯。见石片连啤酒都不能喝，远远觉得与他没意思便也下了舞池，点脚扭小屁股晃着身子在人伙里独舞。令石片惊奇的是和他同是山区的几个同学也在舞池中跳得如痴如醉。他想，这里唯有自己什么也不会，连靠在软座上的脊背都酸困发虚。奇特的音乐、奇特的歌词让他耳目一新又惶惶然，加上室内奇妙的灯光摇曳，恍若置身另一个世界。

石片的大脑里开始渗进了酒精，突然，在如峡谷激流般的乐曲声中他听到一阵涓涓细流，他想起来，这是外国电影《魂断蓝桥》里的音乐。还是在师范餐厅里看过这个电影，他谈不上理解乐曲的主题内涵，可是它是那么深刻地印在脑海。优美的钢琴弹奏曲如一谷清泉从青石的断层上荡下，又在新的石面上组合，时旋时畅。他的思绪一下子飞到了家乡：大青山在清澈的月光下沉睡了；坡地上的麦穗在一阵微风中荡漾起金灿灿的细浪；那些身穿杂色补丁衣裤、一脸黄土的学生娃在峁顶的校院里耍山鹰捉小鸡的游戏。最后，他的思绪之网紧紧把她包围起来。是的，他那么想她！相处五年的日月里，她像一只没有经验的鸡婆婆照看着一群小鸡渐渐长大。而他也像一只不成熟的公鸡，东跑西颠，有时不得不躲在她的膀下喘息。她虽没有眼前这些女性妩媚娇艳，但她有一颗善良纯朴的心。他还要什么呢？有这些就足矣！

优美的乐曲被一阵疯狂的"摇滚乐"代替。石片的五脏六腑随之颠簸起来，加上和远远喝下的两杯啤酒的效应，一时间只觉得悠悠晃晃浮在半空。

那一阵子他多么强烈地渴望城市生活，而今才真正懂得，这双脚只有踏在那块黄土上，才是踏踏实实的，也只有在那块黄土上，才能体现出自己活着的价值来。他一生追求的事业在那块土地上，他想赶快回去。

三

王玫和儿子远远来送石片到车站，为石片买了回县城的车票。上车时，石片发现王玫脖子上戴着那颗鸡心石"吉祥符"。班车启动了，代替王玫摇手的是远远，渐渐加速的车轮很快拉开了他们间的距离。"快回来，我每天都等你！"石片耳畔又响起那个亲切的声音，思绪也像闪电将人生的幕布撕开……

班车到达终点站乡政府，已是天黑地麻，石片还要徒步走十几里路才能到家。学业成就，又跻身于城市，他的一切将伴随着好运改变。"山窝窝里飞出金凤凰"，这不正是喻自己的吗！心情愉快时，他脚下的路也变得短了。在一场雨刚刚起头他进了庄子。雨点在石板坡上击起一层沙沙声响，他放慢脚步把自己也融入这天籁之音里。从小就听惯了这种悦耳的雨声，这是大山的交响乐！

要走过岇顶上的学校时，石片停下来。儿时的学校在黑地里像一位风烛残年的孤独老人默默守在雨夜。他知道，这原是庄上一座风神庙，后来拆平了顶就变成庄上的小学校。

雨下大了，斜风直把雨丝朝脸上刮，石片试着推一下教室单扇门，门竟然敞开了。进门走两步就摸到一张熟悉的青石板课桌，他便在石板上坐下来。

外面，雨声一阵紧似一阵，石片就想小时上学的情景。爹领他来占了靠窗的这面石板桌。爹知道近窗通光足。当凳子的石礅上铺着爹用芨芨编成的圆巴巴，铺这草垫屁股下面夏凉冬暖，上体育课抱了草巴巴到坡项上往下滚，他的巴巴常比别人冲得又快又远，总得第一。有清凉的水滴滴在脸上，房顶开始漏雨了。念书时，学生盼雨得很，房一漏老师就散学回家。一处已经漏得大了，一串雨滴敲在石板上，使担空的青石板发出木琴般的音律来。

石片听着雨滴声靠着被卷渐渐迷糊了。

"石片哥——"

石片一头惊醒，天已大亮，门口站个手拿鞭杆的女子。石片认出是刘家的二女子，这才清醒。在学校里过了一宿，被卷和一身衣裳全被漏雨淋湿。地上做课桌的石板上积了许多明亮的小水坑，屋里散发着一股浓烈的腐臭味。

"梅梅是来捉贼的吧？"石片想掩盖一下自己的狼狈样。

"是寻咱家的老母猪。"

这时石片才看见黑板下的讲台上熟睡了一头大肚子猪，也唯独猪睡觉的地方没有漏雨。梅梅帮石片把散开的被卷往外抱，一摞书由被卷里散落在脏湿的地上，就把女子吓得不知所措。

"不咋的。不咋的！"石片没责怪的意思。

雨后，是个崭新的天，又圆又大又金的太阳冒出大青山顶子，油油的青石山亮得照见人影。狼叫团迎来了夜雨后的一个大好日子。庄人见石片晒得冒白气的被褥，笑话石片娃书念得呆了，搁家不回睡庙里淋雨。随后，庄上像出了大事情，大小的人都拥上峁顶，站在坡腰坡根处见狼叫团的秀才归来。

"石片娃把书给咱念回来了！"

"石片娃是咱狼叫团解放前后头一梢状元哩！"围住石片的先是一伙有尊容的老汉们。有老汉把按满烟渣的旱烟锅递给石片吃。石片说不会吃，老汉生气骂道：

"杂碎骨头，上几年洋学堂把咱土味扔了！"石片赶紧接住吃一口，呛得眼泪鼻子淌，惹得周围人笑，这才想起挎包里有王枚给爹买的纸烟，便拿出几盒给老辈们敬。里面却没有谁先接烟，都把眼光向一个方向瞅去。石片看到蹲在一个竖起的石碌上的爹，爹没有朝他这边看，却瞅着山尖尖几朵棉花一样的游云。

"爹，你吃这个！"石片叫了两遍爹才回过头来。石片双手把烟举到齐眉，爹接了烟才发话："都尝尝，尝尝娃子的洋烟。"

娘站在一伙老婆子堆里，石片上前叫一声："娘！"

娘一把揪住儿子湿淋的衣襟，两股清泪翻涌而出："你咋就睡烂学校过夜？娘几晚夕都合不拢眼等你哩！"

见娘苍老了许多，石片心里酸楚得厉害。他知道供自己上学，娘差不多把有生之命快消耗尽了。

之后，石片便是庄上年轻人敬慕的人物了。人群把他围在中间叫他讲念书的情景，讲城里人咋过光阴，问他打算咋把庄上的娃们往好里教，晌饭时辰，人还不散，村长徐石匠喊大家回家煮捞面、沏干饭吃，饭罢把石片娃抬了给山神、土地爷夸夸。

庄上早先有马地主置下的一副花轿，破四旧那会放火烧了。在村长家院，有人就想出个办法，把两耧杆并了，中间网一排绳子，老队长先坐了，由四个后生抬起在院里颠一圈，喜得上面人叫唤："软哩！软哩！"

271

一面车轱辘大的牛皮鼓，垫一圈小铜锣，加一杆独唢呐，嘭嘭嘭，咣咣咣——呜哩哇啦一响唤，庄上老少由门洞跃出，冲下跑。常石匠家才搁下饭碗，鼓声就到了。石匠拿出儿子带来的香烟，一一给院里人散。石片见这阵势心里虚起来，他劝院里人都进窑喝茶吃烟坐一阵罢了。

"你娃书念成了，这不光是一个人的事情，全庄人都荣耀哩！如今庄上出你一个，往后要出十个八个呢！"老村长说。

石片知道这些话里的分量，心里滚烫烫的，但又觉惭愧得很。想到自己是要离开这窝生育了自己的热土，心里就涩沉涩沉的。老村长催他上轿，他为难得直后退。爹手里捏一面大红绸被面从窑里出来。

"叫你坐你就坐，是抬你哩？抬咱庄的荣耀哩！"爹说。

队伍在鼓乐声里进入沙河，向沟门口走去。坐在绳网上的石片在前拥后挤的人面上抬手悄悄抹掉脸上的泪水。从小就受到祖辈们对文化和文化人崇拜、敬重的熏陶，现在他更加感到家乡人需要文化、期盼文化的心情不亚于文明的城市人。望着高深的天，耸立的大青山，还有这些古老而又欢快的乐曲声，他的心很疼很疼。

鼓、锣、唢呐合奏出的是古老的"龙嬉凤、九连环"。一庄人前前后后撒开一条沙河，吼喊笑闹声传出很远。队伍到山口，几个老辈人由山嘴的一石洞抬出一方门扇大的青石板。人们看着常石匠把做成一朵花的红被面搭在青石上，便有四五个小伙抬起石板朝大青山上走。狼叫团有大事情，这面青石就要出世。石板上凿刻着一头牛的头像，一代一代的人传说，狼叫团是狼的窝巢，人畜无法在这里扎寨，自从有了这头尖牛，狼就不敢张狂。后来，尖牛还是被狼群咬倒。但，从此这里扎下了人户，狼叫团的先人就把这头牛凿在青石上，成为后人敬拜的图腾。

队伍上了大青山，鼓乐便在半空响唤。沟底扔下许多年岁大的老人，他们坐在沟底仰了脸看山、看人。随轿还抬上来一杆高射炮，这是公社时期发下来打冰雹云的器物。抬上来的青石在山顶供好，石片三炷香燃着，这时候曾经培训过的炮手把烟头往炮弹捻上一对，手一松炮弹先掉进六尺深的铁管里，就听管子里闷雷一震，山顶摇晃未定呢，天上又一声炸雷。隔了许多年月的炮子竟是五炮十响。礼炮不为天皇不为地神，是为石片鸣响的。满山顶的人把脸朝了天观望，寻找空中响过后出现的一坨烟雾。同时，人群锐叫起来：

"像龙——咱石片是龙！"

"像凤——咱石片是凤凰！"

"像鹰——咱石片是大青山上的鹰！"

石片望着那最后一炮的烟坨，在蓝净的天空变幻成一个牛头的图案，尤其是那一对尖利的显示着雄性威武的犄角，让他备受感动。"我是牛，是那头曾经与凶恶的狼群战斗过的公牛！"他的心在打颤。

晚上，石片辗转难眠，几次起身想把要进城工作的喜事告诉父母，又觉得还不是时候。睡不着就出小院往峁上的学校去。

明亮的月光下，破旧的学校更显孤独。看时，那一门一窗宛若一大一小两只哀怨的眼睛瞅自己。这时，也有一个人影走上峁来。

"是我，石片哥！"

"你家的猪比人精哩，尽寻宽敞地方来睡。"

"有了人猪就不敢来。"梅梅说着把一摞书给他，"糊脏的我都擦净了，石片哥，我能借一本书看吗？"

"你看书？"石片迟疑一下，"看吧，只要你爱看。"梅梅拿一本书走了。

寂静里，石片终究无法回避这双眼睛的审视，他走进教室在石板桌旁坐下，看从墙洞里射进的一束月光与门口的月光，在黑暗的屋里交叉在一起。偶有墙缝里的旱蝈蝈弄出几声凄厉的叫唤。

石片就这么陪伴着孤独的教室坐到天亮，他也终于有了一个令自己激动不已的计划：趁假期这段日子把学校尽最大力量修整一番，这样自己走后也算对良心是一个交代。大山的清晨空气沁人肺腑。院里的石片大口大口吸一阵后，又把学校里的广播体操认真做一遍，然后去察看教室周围的墙壁。山墙除了两个大洞外，整个墙体随下陷的墙基裂开能伸进手的斜缝，如果不是夹墙中间的"土柱"支撑，这座不知年岁的古庙早就倒塌了。眼见几截墙石扔在半坡，他心里涌出一阵酸楚。

庄子的轮廓在晨曦中显得宁静苍凉。石片伫立在峁顶，直看着太阳从大青山顶上升起来。他觉得很饿，很饿。

早饭是黄米杠子，他硬硬镶下一肚子，然后给娘说："天黑回来。"便扛一根硬木扁担，提上爹用的锤、钎、凿往青山脚下去了。

拔麦季节忙，晚夕窑里油灯前爹的一口烟冒出来说："先把石活搁下来咱抢黄天。"

"爹，麦倒就要开学，补墙石还差得多哩。"

"再差多少也得缓着干，凭一个人能把一座山担来。"娘心疼地说。

满天星斗时，石片和下麦趟的爹娘起炕出门。爹娘朝西去了，他照旧往东边的青山去。

这晚，拔麦回来的娘煮好了饭，院里长等短等不见儿子回来。星齐了，月亮从青山顶上升起来，沙河里扯起一条条白的炊雾，还见不着儿子的影。娘便去高峁上，夸嗓口一般唤起儿子的奶名：

"石——娃，石娃——饭熟了！"喊声漫过静下来的庄子渗进长长的沙河。

"石娃——饭盛上了——"喊声引起几声空旷的狗吠。

不见儿子的影，爹娘慌得往山底下的采石场跑去。

"石娃——"沙河里石片娘再喊起来，声音里扯着哭腔。月亮底下，采石场上扔着家具，却没了人。爹急慌慌在石缝里寻人。

娘的喊声石片听到了，他在大青山顶上，想给娘还个声，可怎么也喊不出来。他手里捏着王玫的来信，信上催他赶快回城办手续，他分在县城一所中学；信上还说一年后就送他到学院进修大学。直到听见爹娘在山脚下的夜地里找人，他才赶忙起身往下走，一边还声：

"娘，我在哩！"

等光脊梁只穿条半截裤子的儿子出现，爹先按不住火头吼："日他个先人哩，咋了嘛？深更半夜的，是嫌咱死得慢哩？满地麦头头朝地掉，你来弄屎闲石头！"

"倔头——倔头，儿子好好的你喊啥丧。"娘护着儿子。

"娘，咱回吧。"石片担起两截石条前头走，跟在后头的爹见儿子和石担打绕绕，就软了声气喊：

"放下我担。"

"我行哩。"石片不肯放下。

爹撵上来从石片肩上扯下石担自己担走了。

"挑石的步子咋走？踏碎步才出路。"爹一百遍给他教走路。爹终归老了，走一截就迈不开步。他要接，爹不丢手，最后他说：

"爹。咱抬上走。"

石头抬到峁顶的学校院里，爹咳嗽得上气不接下气，石片在爹的背上捶打一阵子爹才缓过气来。回家路上，他寻思晚上就把来信的事情说给二老。

一家人就着昏黄的油灯吃过饭，爹倒在被卷上就睡过去，石片只好等明晚再说。

一桩悲惨的事情落在庄上刘家、李家头上。这天将近日落，沙河里走来个拄着棒的人，等人们认出是刘家老二时，知道出了大事。翻过年，有人约了刘家哥弟俩和李毛头到兰州下苦挣钱。活干到西安时每人腰里挣下了七八百元钱，同房住旅馆的一个人建议，四人凑钱做一桩挣大钱的活。第二天那人装了他们身上所有的钱，几个人便到包工头家去送情揽活，到一栋住家楼前，那人说先上楼看看包工头在家不，然后再叫他们一齐见人。三个人在楼下等了一天，不见了那人，才知道钱被骗走。他们想弄些回家的路费，受人指示夜里溜进火车站，扒上一辆货车行至一段荒郊野岭，按照指示人说的正要往下掀货呢，被车上人发现，三人贼急跳车，哥哥和李毛头摔死在深沟里，刘二折了一条腿带个活口沿路乞讨回来。

闻此灾祸，一整天石片茶饭不思，独自躲在峁上的学校里为死于非命的伙伴悲伤，抚摸着与他们小学时坐过的青石板课桌默默流泪，天黑透也无心回家，下峁朝大青山去。

李毛头的老娘在沙河东崖上立起的一座空坟旁给儿子烧纸钱，黑暗里毛头的老娘佝偻的身躯伴着一坨火光颤悠不止。石片脑海里出现了儿时毛头、刘家兄弟的情景。他们是同龄人，一块耍大的好伙伴，如今两死一残，令他悲痛至极。他清楚，三个人是无法再忍受这种苦日子才出门的。记得过罢年他们是一起去乡汽车站的，一路上三人轮流给自己背着炒面袋子，说他书念得身子嫩了。分别时，他给每人了五元钱要他们一路买馍吃，三个人感动地说等挣了大钱回来供他上学花费……

想到狼叫团的祖辈们都是挑着石器出外换钱养家糊口，山顶上，他止不住哽咽起来："难道狼叫团人只有这条生存的路吗？大青山啊！"

站在大青山顶，石片第一次感到了什么是茫然。

大青山是方圆最高最宏伟的一座山，这里的每一处几乎都留下过他儿时的脚踪，他喜爱这架山的高大，喜爱这架山的纯青，喜爱这青石缝里长出的甜荬花儿。放羊放驴时都爱上这架山。站在山尖上，目览群山，眺望头顶的矮星低月，心里总有一种不可名状的冲动，觉得这架古老的青山总向自己昭示着什么，有什么话要告诉自己呢！脚下正是那日架炮的石面，眼前满天星斗替代了那团烟图，群山万籁俱寂。石片面向夜空的北方凝视许久，七颗明亮的北斗星在他心里已不单是儿时的"饭勺"，也不是人们说的朝着它的方位就一定能够走到北边。但他知道，北斗星的下面有一座美丽的城市，那座城里住着自己的恋人，她为自己在那里安排了一个幸福的未来。他渴望与心爱的人在一起，他向往城市现代文明，她和那个城市正等待着自己哩！

石片低下头，月色里看见的却是像一堆垃圾一样拥挤在一起的生他养他的家，这个被世人遗忘，蛰伏在大山皱褶里的一伙现代原始人群——他的父老兄妹，包括自己……石片感到胸口处有一阵撕裂般的痛，无力地倒在山顶上。

沙河里偶有毛头娘的哭泣声飘悠到青山顶上，石片屏息倾听那破碎成一小片一小片的悲泣声。

在大青山顶上，石片度过了不眠之夜。一夜间，经过了灵与肉的搏斗，经过了血与火的煎熬，伴着东方曙光新露。他终于看到了进入人生的又一个驿站："我要带领我的亲人们出山，加入到人类文明的行列中去！我是当初带他们进山今天要率领他们出山的那头公牛！"石片止不住心中的亢奋，对着已经苏醒了的群山大声呼唤，"大青山啊，你为什么不放我——"然后止不住失声哭起来。

紧张的麦收后，庄人才发现峁顶上学校院里垒了一码新石条。再见着石片时看他又黑又瘦，全不像个书读高了的人的样子。

爹喜气洋洋谋划在小院里盖三间房的大事。木料三年前就备停当，盖房用的一方子青砖整齐码成一人高的墩子备在院心，吃的、喝的攒足了，儿也功成名就回来了，这意味着老石匠一生最辉煌的时刻要到来。

将近小夜时分，石匠从外面回来，一进门高兴地嚷："苦水沙河的大阴阳给咱掐下个大好日子哩！"爹上炕响响地吃着碗里的新麦捞面，老碗大得把半个脸子遮没。

"爹！"坐地下石凳上的石片叫一声，"我想和您老人家商量个事。"

爹把脸从碗里抬起来："我也有事与你说哩。"爹舔尽最后一舌碗底说，"苦水沙河王狗狗的女子连你念过中学吧？王家大小人都把你装心里，你抽把空出沟会会面，中意了，咱把房子扶起来就娶人。"说罢松快地躺倒在炕上。

"爹，咱把房子慢怠上一年半载盖，咱家的木料、砖石凑上把庄上的学校——"

爹从炕上坐起的虎势打断了石片的话："狗日的，把书念进驴肚子了。"脸笑笑地骂一句地下的石片。爹要吃烟，石片赶紧取筷子夹了灶火的火蛋放在烟锅头上。

"爹，儿当老师，站在雨水不遮的屋里咋给娃教书呢？"

爹冒出一口白烟，避开石片的话说："她娘，明日起就少了一天，该淘几斗麦子，哪阵该上磨早早动弹。"说毕和着一口浓烟吹灭灯睡了。

第二天，爹起个早找一副家具也去了采石场，他怕备下的房基石条不够用，还要多备些。离山还远，就见光了上身子的石片已经叮叮当当在石上做活。一晌，石片没有与爹搭话的意思，石片要把一担石头往回担，爹喊一声，"先搁咱家里用。"

石片依旧把石条垒在学校院里日渐高起的料堆上，回石场后还是犟了性不与爹搭话。

父子俩都较了劲．把气往锤上使，沟里争抢响着叮当的急促声。日头过午，没有谁先回家的意思。娘把饭罐提到石场来，盛上两碗饭送到父子俩跟前，可谁也不去端，喜得一群绿屁股苍蝇站在碗沿上欢吃欢喝。石片把第二担石头担回学校后，便在教室的石板桌上躺着谋划修学校的事，娘再把饭罐提到学校来。

苦水沙河王家带话来，要常家人下去浪浪。

早饭时，爹把脸喜成一朵菊花说："浪浪好！浪浪好！王家人心烫哩！"见石片愿意去，就从窑天窗取出一个生牛皮缝制的钱夹子，扯出十元大钱安顿，"往庄东面子有个小卖铺子，买上二斤糖，一斤砖板茶；糖要一红一白的。"娘慌可可从板箱里拿出那身从城里穿来的软料衣裳，替半墙高的儿子穿戴，一边委咐："见了人家大小的嘴放甜些，该姨爹长、该姨妈短的要叫哩！"

石片背个黄书包走了。老两口一直送到沙河沿，又目送儿子消失在石褶里。

"干部儿子相媳妇哩？"庄人给石匠两口儿道喜，就把老两口美得头重脚轻朝前栽着走路。

石片哪里是去浪。为修学校他心里沉得压上块石板。早有心要找住在苦水沙河的学区负责人，把狼叫团学校的情况反映了，看能不能要些修危房的款。来到苦水沙河，他找到小卖铺买了一红一白二斤糖，一斤砖板茶，一盒纸烟去了学区负责人家。

学区负责人倒是十二分地同情狼叫团小学："全乡最数这个学校烂，那个破庙也叫人很害怕哩，情况也给乡管教育的领导反映了，可眼下就是没有钱嘛！"临走时，这位负责人紧握石片的手说，"听说你岳父是县上掌财政的官哩，请他往咱山沟拨些钱，修房也就不愁怅了！"

天下黑时，石片回来，爹娘在灰坡洼上等得眼红。

"见着他家的女子了吗？"爹问。

"门上挂着锁呢。"石片说。

娘问："你咋脸子黄蜡蜡的？"

石片说："喝了泉子水肚子疼了一阵。"

爹思谋说："噢么，改天再去会，是咱常家的人就跑不了。"

一家人进院里，石片发现房基石的线绳已经下好了，条石也在院里摆开。黑饭是油烫辣子捞面，爹也高兴娘也滋润，饭间石片趁爹在兴头上，心想该是机会了，就说："爹，咱的住处还宽敞哩！"

"娃呀，爹这些日子明白你的心思，修路、搭桥、办学堂都是善事，阳世积德阴世享受，按说人都抢不上哩。可你哪明了爹的心思，爹是个平常庄户人，过一辈子节省日月，终了就是愿望棚几间房子，活着做人光堂，死了做鬼也不往穷鬼堆里挤。"爹说得动了心，两眼里泪花花打闪。

"爹节省了一辈子，穷了一辈子，到头来还穷，这是啥原因嘛？就是没文化，在石沟里禁了一世，若有文化，凭爹这把雕石手艺满世上风光哩。你这辈老了，总盼下辈人富富堂堂过日月嘛，如今的日月咋过法？不是靠苦力就能过到前面，要靠科学文化，有文化就能满世上挣钱。种庄稼也少不了文化，有了文化技术咱山沟里也办工厂，把上好的石料、石雕器运到外面挣钱，这些首先要靠咱的学校指路子。"石片说到高兴处，把饭碗撂下，"爹，咱先拾掇学校，学校修好先把您老的大名姓凿到墙上留给后人纪念。以后，沟里人富裕了，那先是咱爹的功德哩！"

"那我先问，我娶儿媳进门往哪住？住你那睡觉的半截窑窑？那是扎火场、堆烧炕粪的地方。"

"我给王家女子说，咱暂且住半截窑窑里，等三五年后咱盖满院房子，她拣着住。"

"我丢不起这份人。"爹也把碗筷撂下，"人家大富大贵的能到你这石头沟来，都算弯腰折福了！"

"她嫌咱穷就别来。"

"噢么，你当你是什么人？就是念了几日学校，我看把书尽念到驴肚子了。"

"爹骂人。"

"骂你，还打你碎婊子儿哩，三娘还举起戒尺教不孝子呢！"

"爹，你不讲民主，咱家三口我和娘都一路心劲。"

"盖房钱是我一个一个从嘴里抠下的。"

"你独。"他头一回拧脖筋在爹面前立成一截石柱子。

"你反？"

"就反。"

"你敢？"

"敢给你看！"他扭头出门，拔掉院里放线的木橛子。

爹忽刮一股风出门来，拾起院里一把锹吼着："我砍了贼！"砍向他的腿。他闪开爹的头锹，那二锹带着股冷气过来却被他捏住锹把，父子俩扭在一起。娘撕扯不开，一双小脚奔到窑头顶扯腔腔喊："老天爷呀，杀下人了——人砍下了！"跑来的人硬把石匠从儿子身上撕开。老石匠气不消拿头去碰石条，被院里人架住劝进屋吃烟。这一夜，石片就在学校教室里坐过来。

三天头上，王家老汉赶两只肥坨坨的羯羊来给常石匠搭盖房的人情，满庄人嚷红了，夸常家祖坟冒青烟，寻下一位富亲家、好亲戚。常家老两口更是脸面艳艳的，炒蛋、杀鸡、打油水饼，出门借酒、请人来招待上门的新亲家。娘跑三趟石场叫不回石片来。爹跑两趟，最后一趟要给石片弯腿下跪呢，石片才来。

两家老人搁下话，待房子一举起来，择日子订婚，秋后就把人娶过来。王老汉临走交代，上梁正日子，他们要全家合营来帮亲家忙，给亲家装人哩。把常家老两口感动得眼泪花成串。

两家老人搁下的话，石片后头才知道。

"爹若把盖房的材料先让出修学校,我娶王家女子。"

"我不哩?"爹坐院里石条上,噙着熄了火的烟锅阴沉着脸子说。

"不?不就都了了!"石片硬硬地说。

"你、你——娃呀啊——"爹放脱苍老的没了一点水分的嗓口干号开来,引得好些庄人扎院里劝说半夜。这晚常家三口人都没合眼。

天未亮,听见院里有响动,石片从门缝瞧见爹赶着王家送来的两只羊出院,便也悄悄随在后边。直到沟口,看着爹佝偻的身影消失在泛灰的山沟里。

"石娃,罢伤心!"听见背后娘孱弱的声音,石片转身来,蹲下去抱住娘的双腿默默流眼泪。娘一双枯瘦的手被石片满面泪流染湿。"石娃,娘知道你的心思,知道得很哩,你出外念书就是为咱庄上的学校!"

常石匠的房墙砌到窗台高的这天后晌,庄上来了一个大地方的女子。说是来找常石片的,人就往青山石砭处指,女子就不顾一切朝那里去。看着穿戴阔气的女子一瘸一拐走进沙河,庄人都朝峁顶上蹿。

"是来领咱石片的。"人们嘴里传开。

"把个常石匠烧燥得盖房哩,盖了房谁住?"

"早听说人家进城呢,儿子进城住洋楼,穿洋布,娶洋女人养洋娃娃呢,老两口还蒙在鼓里哩。"

给常家帮工盖房的人也歇了气,扔下营生往峁顶上蹿。开先常家老两口还不信,上峁来跟着人的指头瞅见了沙河里那个女子,心里的疑惑才解开。

来人是王玫。叮当声响把王玫引到山脚下。她先看到了戴着凉帽的采石人后,又继续在满眼乱石处寻找自己的恋人。

石片歇锤的当儿,发现了来人,脱口喊一声:"王玫!"就不敢动弹。他知道自己这样子把对方吓了,惊了。

峁上人见他们不往一搭里靠,憋不住了有人就捡起石头片朝他们的方向扔。就这阵，见石片起身向女子走去，人堆里有的埋怨说："把头上的鸡罩子扔了嘛。像个叫花子一样！"

见石片往女子脚下一矮再矮，矮下去，峁上人炸了窝：

"是蹲哩？"

"下跪哩！"

"怕是欠下人家的！"

有人想讨教石匠老两口，老两口却早就溜得不见了人影。

人都猜得对哩，石片是一条腿蹲着，一条腿跪下用两片大手抹去王玫鞋面上厚厚的黄土。皮鞋的两个后跟不在了，两只脚肿得要从鞋窝里溢出来。石片半提半搀着王玫走过沙河，走进庄子。

王玫歇在石片睡觉的半截窑里。晚饭是娘用头茬新麦面薄擀细切精心调出来的面条子，碗面上挤一层黄灿灿的鸡蛋花。饭摆上桌来，娘先拿一把芨扇把烫面往凉扇。这时候，一堆一堆的人挤在院门口，猴在崖头顶上眼睛朝常老汉家院里掉。因常家盖房，院里杂乱，所以院门拿两根棒撬上不算，常老汉还守在院里，一锅一锅冒烟。

天下黑，浅浅的半截窑里装不下一盏油灯的光亮，许多光线就射到门外。坐炕沿上的王玫把一双红肿的脚泡在地上的石盆里，看门口摇曳的灯光。

"娃，咱这泉水里有药性。"娘把热水往王玫一双脚面上撩着说，"你打个信来叫石片下山去，看把一双脚磨成个啥样子！"娘喊石片把锅里的烫水再盛些来。

烫了脚，王玫感到舒服多了，对石片说想去大青山上亲眼看看是不是像他讲过的那么美。石片一阵犹豫后说："你的脚怕是不行，咱明日再去。"

王玫坚持要去，石片只好抱了炕上的被出来搭在院里青骟驴背上，拉驴到窑门口再把王玫抱上驴背骑好出院。背后，娘追出院委咐石片黑灯麻乱的把驴上人扶好。

走进沙河，骑在驴上的王玫一只手紧抓石片的肩膀问："山沟里有狼吗？"

"没有狼咋叫狼叫团。"石片说着握住肩上的手，"有我哩，大小的狼只要听到我的咳嗽声，统统给我让路。"

"狼怕你？"

"咱这沟里，狼不惹人，人也不欺狼，人和狼和平共处！"

沙河里响着驴蹄碰击石子的清脆声。

驴开始爬山，上面的王玫吓得惊叫起来，要下来走。石片提醒她光着脚哩，就是穿鞋也上不去。他把一只胳膊紧紧箍在她的腰际，这样，她还不放心便用一只胳膊搂紧他的脖子。

"上了山顶真能和星星对话？"

"能，我想你时就问北斗星，王玫这阵干啥哩？星星回答我，她在想一个叫石片的汉子。我对星星说，那汉子就是我！星星闪着嫉妒的眼睛不再吭声了。"

石坡越来越陡，驴嘴里喷出大股的白气，碎石被驴蹄踹得扎扎响。

"石片！"王玫叫一声，她摸到了他脸上湿湿的东西，是汗还是泪水？此时此刻，她心中又涌起难过的潮水，于是止不住的泪水夺眶而出。接到石片的信，几个晚上她不能合眼。她相信所爱的人决非轻薄之人，一定为这种抉择忍受了多大的痛苦。她知道他牺牲美好的爱情，舍弃舒适的城市生活一定是有更大的理由让他这么做的。直到现在，她还那么崇尚他的真正的男子汉气概，她为有这样一个爱的人感到自豪。她来的目的不是一定要让他回城，是想再看看她爱过的人，她知道，这一分手将意味着什么……快到山顶时，坡陡得厉害，王玫无法骑在驴上，石片拴了驴把赤脚的王玫背在结实的背上爬山。等爬到山顶，石片开锅一样大口吐气，背上的汗水把王玫薄薄的衣衫浸透。

284

"快让我下来！"

石片仍背着背上的人昂首山顶："你看到北斗星了吗？"

"我看到了！看到了！"王玫动情地说。

"我要给北斗星看看，我没有说瞎话吧！"

他们坐在大青山顶。王玫仰望满天星斗，虽不是石片所形容的那么低，但确实离人间近了许多。她第一次看天蓝得这般纯净，蓝得这般深奥，也看到这里的天空和星光没有被世尘污染过的痕迹。

"玫！"听见石片的叫声，王玫忽然觉得夜轻薄起来，随之，看到东边一幅巨大的幕帘徐徐拉开．由丹青渐渐变成薄粉色，粉色，重粉，粉色艳到极处，一坨血粉冒出东边天际，直到一轮圆月囫囵供在山顶。王玫看得呆了。

有一阵，层层山峦被月光腐蚀如镶上一边粉金，山不是山，美得如同神话里的境界。

"石片，比你讲给我的还要美！"这时，王玫才发现石片不在身边。

月亮是由低于大青山的山峦中升起来的，所以置身于大青山顶，等于坐在月亮的高处观看圆月。月亮升起来，流动的月光下群山在涌动，渐渐显出粗犷轮廓的大青山在涌动，山顶的人也在涌动。王玫张开双臂，但她克制了自己呼唤的冲动，而是静静地拥抱着感受着眼前这一切，就觉得这是大青山和石片给予自己最美好的礼物。

石片捏一把甜茨花来，摆在王玫的脚背上："这是咱大青山的名花，还是一味草药，能消暑解毒。"

王玫就真的感觉到掩在野花下的两片脚生出一股清爽，同时一股幽香扑鼻而来。

"玫，你猜这石头下面有什么？"

王玫搬开身边的一块白色石头，下面压着她写给石片的第一封信。王玫从鼓起的信封里抽出了一圈毛线，月光中的红绳上串一叶石坠。

"是我为你打磨的吉祥符，我们山里人把这种紫红的鸡心石当作吉物。这是从牛大的一块石头里剥出来的，我能给你戴上吗？"

　　王玫慢慢把头靠在对方宽厚的胸上。她听见了那颗有力的心跳在胸中轰鸣。

　　"玫，你能原谅我吗？"

　　"我知道你舍不得扔下他们远走高飞。"王玫用很低的声音说，"你太善良了！"

　　皎洁的月光洒在大青山上，群山默默孕育着宁静的美。王玫枕着这块平滑的白石头，发出初睡的鼻息。石片把采来的一怀抱野花一朵一朵覆盖在王玫的身上，然后像一位守护神一样守候在她的身边，直到第二天太阳升起。

　　王玫醒来，她看到自己和大山被朝霞染得彤红。

　　"如果我是他，我能舍得离开这里吗？"她在心里追问满天的朝霞。

　　石片领王玫来到峁顶的学校。他让王玫参观自己儿时念书的石板桌，指给王玫看石板桌上的石坑，说："这个石窝是我盛炒面的，有一次上课我忍不住舔了一口炒面，老师看见了就叫我念'人之初'，我把满嘴的炒面全喷在桌上。"

　　王玫噗地笑出声来："这样石窝越舔越深，不知道吃进了多少石沫，怪不得你坚硬如石。"她爱怜地抚摸着石窝，如果不是亲眼所见，真难以相信国土上还有这样贫苦的学校。令她更伤心的是石片还要继续在这里生活下去，禁不住泪水簌簌流下。

　　晚上，石片对王玫说："我爹娘的心思，叫你住两日再走。"

　　"行里忙，只给了我两天假。"

　　安顿王玫睡下。石片被爹喊去说话。

　　"人家来叫你。你就走吧，我还有你娘伺候着。"

　　"我不走，哪都不走，我给她说了。"

"石娃，你走，我连你爹还活几日？你要朝下活人哩！"

鸡叫，王玫吃了石片娘连夜包的扁食，骑了青骟驴往乡里去赶班车。庄上几乎所有家户的灯都点亮了，院墙上、窑顶子、崖头沿、峁尖上立着庄人的影子。没有人言语，偶有伤风了的咳嗽声打破宁静。石片在前，驴在中间，后面是石匠老两口一前一后行走。一行人下了坡走进沙河。

"大叔！大妈！你们回吧！"驴上的王玫说。

"爹、娘回吧。"拉着缰绳的石片催。

"朝前走走。"爹说。

"闺女，骑稳！"娘说。

直到沟口，石匠老两口才驻足。王玫再回头看，石头上立两个细瘦影子，此刻，一种从未体验过的感情占据了她的心头，来之前的痛苦心情此刻得到了缓解。是啊，没有了石片，他们靠谁生活？他们更需要他……

伴随东边越来越多的灰白，出现了远山近岭的轮廓。驴蹄在忽高忽低的山梁上行走，王玫在驴背上悠晃。天上的星在晃，山峦在晃，前面的石片也在晃。寂静的山野中，王玫多想听石片讲些什么，可他沉默得像一块只会移动的石头，她知道他在想什么，也知道有刀子在他心里割着！

"石片，总不会有狼吧？"

约莫下了一个山坡，又上了一架山梁，山野为之一颤，石片一口吼出：

　　瓜儿呀，蔓儿——
　　生着那个不分离哟——
　　你呀，我呀——

287

空旷的山野瞬息静极。突然，远去的声音被群山挡回来，声音就不是人的声音，是大山的"呜呜"共鸣声。

日头落山，搽在沟口石嘴上的一抹晚霞由艳渐暗，最后渗进青石缝里。突然，有人喊："回来了！"石匠家的青骟驴拖一截缰绳出现在沟口，常老汉扑到驴头上问：

"石片哩？石片哩！"

青骟驴两只饥饿的眼睛看着主人不作声。

石匠软软跟在驴的后面往回走，来沟口的许多庄人也朝回走。唯独石片娘如一截枯石端坐在山嘴上望那望不尽的群山。

星星出齐，憨爷赶牛从青山上下来，朝沟口吼常老婆子快回家煮捞面，石片在哩，在青山顶上躺着，歇会就下来。听这么说，娘鼓了劲手当脚用往青山上爬，她明白儿子心里药毒了一样的难挨哩。

回庄的憨爷把石片在青山上的消息传开，一窝一伙的人遂往大青山撵去，"咱石片没走嘛！"

"看他修学校的劲，就是不走的心思哩。"人们议论着，在沙河里迎住石片。

当夜，石片病了。一夜烫得身上火燎满嘴胡话，吓得娘在水碗里立筷子，院门口烧纸钱，十字路口泼汤水。爹摸夜担两担泉水往儿子身上泼。天亮烧还不退，爹也没了心思盖房，守住儿子长吁短叹。还请来庄上的刘阴阳，给石片号过脉。

"娃是着了凉，加上急火攻心血脉不畅，先取几样草药喝了看势头。"阴阳先生说。

石片昏睡到三天头上，才想喝一口凉水。喝了娘喂的水，他觉得胸中开了一道缝，能说出话来："爹哩？"他问娘。

"他给你修学校哩！"娘含着两包眼泪说。

石片要出门看，娘就给虚脱的石片当个拐棍出窑来。院里的石条不见了，青砖没有了，那砌成半人高的房墙和立起的门窗全不在了。他扔脱娘，跑出院爬到自家的窑头顶，看峁上学校里爹蹲在揭了房顶的教室墙头，举着白净的新椽子铺顶。学校院里，坡上坡下拥着许多干活的庄人，吵闹声传得哄哄扬扬，满庄子都听得见。

"爹——"窑顶上的石片大喊一声后，立马觉得身上病势减了大半。他又喊院里娘，说自己想吃硬硬的黄米黏饭哩！

这晚，石片在枕头下发现了三百元钱。他知道这是王玫偷偷留下的。他捏着钱，仿佛能感觉到她身上的余温还在，他对了摇晃的煤油灯坐至深夜。天亮，他便动手把家里还剩下的一根大梁找来木匠破成条板，先把教室里裂了缝的石板桌面换下。一百元钱除去木匠工费，还有一些剩余，他托人从乡里买来两袋水泥，找庄上泥活最好的匠人来换掉墙上以前用石板拼的黑板。

四

车到县城已经后晌，石片下车急急朝有大商店的中心街去，先到百货大楼里买一面国旗，然后到二楼打算给蜡梅买一身衣装，这是老同学们的一片心意。在各色各样的衣架上，他看到件件都是好衣裳，但是那标价吓得他不敢问津，只好退出来往市场去。

在市场卖衣物的楼上，他一眼相中一件水红短袖衫子，便坚定地掏十五元钱买下来。之后，他寻思也要给蜡梅买一件细腿裤子，把山里女子穿的那种宽腰大裆阔腿裤子换掉。于是，在一位卖裤子姑娘的诱导下，就买下一条时尚牛仔裤。他甚至连想都来不及想，掏五元钱买下一块塑料壳子手表。这块表是他和蜡梅乃至全校拥有的财产，狼叫团学校也要按照作息时间上课下课了。转到卖老年人用货的摊上，他给娘买一对扎裤腿的带子。挣钱都五年了，娘还捡灰坡上的烂布条当扎腿带。给爹要买的东西他已经想好，每到冬天，爹满手满脚的口子，疼得走路打瘸，耐不住时便打了糨糊抹在碎布上粘冻裂的口子，他要给爹买一卷卷真格的胶布。

离开市场的路上，他心里深感对不住爹娘。现在兜里就装有两千元钱，可是他舍不得动，他给爹发过誓，三年还清修学校用下的钱。摸摸胸口胀鼓鼓的一沓钱，他心里又在为新的计划激动不已。

石片在去汽车站路过一家废品收购站时，从窗口看见废品堆上一张揉皱的地图，就像看见宝物一样，进店里把地图一遍遍用手捋平后，要把这张中国地图买下来，店主要他交四角钱拿走。见石片这般珍爱地把皱巴巴的地图卷成筒，店主好奇地问他啥地方人，知道了他是一个山旮旯里的小学教师，遂生同情之心，问他还要书不，他被领进套间后，惊讶得半天说不出话来，眼前简直是一个无人收拾的藏书馆。

"你要多少就挑吧，我照收购价给你。"店主说，"咱也给山区孩子送点精神食粮。"说着还找出两条盛过化肥的袋子给石片。

石片跪在书堆里一边浏览一边挑选，竟不知不觉过了几个小时，直到店主要关门，他才赶紧把选出的书往袋里装，惋惜的是只装了选出的五分之一。出门时，他意外地发现一摞装订整齐的《中国少年报》，吹掉上面的尘灰，看到由1994年第一期直到年终的最后一期全存下来，心想要把这份报挂在教室里让学生们读。

"狼叫团学校里也有一份报纸了！"他激动地朝店主喊出来。

石片挑着和石条一样沉的两袋子书往汽车站去。正是城里人下班时间，步行的、骑车的人们喜气洋洋一脸轻松，石片心想：各人都有自己高兴的事情，他要给狼叫团学校担回一个图书馆。一个未来的世界正挑在他的肩上哩！

　　汽车站候车室已经上了锁，这时候石片才知道自己想错了，汽车站不同火车站一样。马路对面就是小旅馆，他踌躇再三还是决定省下几元钱，几元钱就能买一根椽子哩，他打算就在车站的一扇大玻璃窗下过夜。

　　到来的夜晚更能显出城市的特色，街灯、霓虹灯、汽车灯，各式各样的灯火将市区装扮得灿烂辉煌，连行人身上都载着一层光轮。饭后的城里人开始出门散步乘凉，成双并对的青年勾腰搭背嬉笑着远去，石片的脑子里就出现了王玫的影子，出现了毕业那年和王玫进电影院的情境……

　　当一对穿锦套丝的年老夫妇走过，石片又想到家中晚饭后的父母来：爹一手端住烟锅，一手摸着粗糙如石的脚片，一脸日月煎熬的痕迹；娘在昏暗的煤油灯下补缀手里一生都补不光堂的衣物。在这里他感到孤独。他想家，想峁顶的学校，想蜡梅。

　　蜡梅——石片心底升腾起一股热流：蜡梅，你知道我对老同学说了什么？蜡梅，我把你娶下了，你知道吗？此时此刻他那么的想她，立刻就想见到她。蜡梅也正是街面上这些女子的芳龄，水红衫子扎进裤腰，腰身立马现出，胸子鼓得实在。绷腿的裤子也会把两条腿显得修长，一头浓烟般的秀发齐腰剪了，任风一吹，变幻着迷人的风采；大青山做她的背景，蓝天当她的镜子，白云是她搽脸剩下的粉团。石片眼前鲜活活一幅画儿游动。蜡梅，你这阵做啥哩？他多么想念她呀，恨不能一个跟斗立在她的面前。今天，他才真正发现自己五年来深深爱着的人是蜡梅，无论以前他们之间横着多大的阻碍，这阻碍只是阻止了他爱她的语言、行为和举止。但没能阻挡住他的这颗心。一想到来的时候立在半坡的蜡梅满眼饱含深情，欲语不能的双唇，离着他那样近的脸面……他浑身燥热，四肢发抖。"我要往死里搂，我要往死里亲!"他低低地吼出声来。如浪潮涌来的爱情仿佛要把他碾成碎片,他能听到自己的血在血管里奔流燃烧的噬噬声。为不让自己到发疯的地步,他掏出废纸堆里捡到的一本雪莱的小诗集朗朗读起来:

"你呀,甜美的恋人,当我身边无人,你曾对我报以热烈的爱情,啊,为了那一时刻,我从痛中苏醒。"

他陶醉在诗情和现实的爱情之中。他不敢面对行人,只怕城里人把他当成疯子或捡破烂的。他对着窗玻璃,于是,玻璃上便出现了他甜蜜的脸。

"啊,为了那一刻,我从痛中苏醒……"石片眼睁睁熬过了一夜。这个夜使他等来了人生最幸福的时刻:回家立马和蜡梅结婚!从此蜡梅就是他常石片的媳妇了!他和蜡梅就要同吃同睡,生儿育女,还要教出狼叫团第二届、第三届毕业生。想到他俩的结合将意味着要给狼叫团带来什么。熬过了一夜,终于等来了发往山区的班车,石片头一个冲上车门。

一截路面塌了方,班车停下来。石片第一个跳下车领头从沟里抱来石头垫路,这样耽搁了一小时。一小时对归心似箭的石片来说又长了一天,长了一夜。汽车开始上路,石片眼里送走一架山又迎来一架山,车的轮子就把这山山相连的道路一截一截缩短。车轮的颠簸不由使他联想到,人生的路不也正是在缩短着山与山之间的伸延吗?

学校翻修好后,新学年开学的日子也即将到来。学区领导通知石片到乡里开会,会上宣布石片分配到狼叫团学校任教并兼狼叫团学校负责人。这是石片早预料到的,因为他知道没有哪个公办的,包括雇用代课老师愿到狼叫团来,倒是主管教育的乡领导常用"不听话就把他弄到狼叫团学校去"的带有"发配"意味的话吓唬那些不顺眼或工作不上进的教师。他知道别人对狼叫团怎么瞧不起,甚至到了侮辱的地步，这是因为狼叫团贫穷落后的缘故。他要改变狼叫团。他想到了雕刻在青石上的那个公牛头像。

回家路上，工作的第一步方案在石片胸中渐渐成熟起来。辞掉原庄上的两个民办教师。他要以自己的标准聘一位老师，如果没有合适人选，就由他一个人来任所有教学工作。他要成功地带出狼叫团第一批毕业生。

进庄后，石片没有回家，先去找原来的刘老师。刘老师，庄人习惯称他刘阴阳。刘阴阳是狼叫团老辈人唯一识字的人，前辈人做阴阳，自小随父亲跑江湖识得只字半句，解放后就做了庄上的教师。在石片念一年级时，刘阴阳教的还是烂在肚里的《三字经》《百家姓》，至于上面发下来的语文算术，刘阴阳弄不通也无心弄。刘阴阳好一口酒，课堂课外手里总是攥个小酒壶抿。石片上三年级时，隆冬的一个后晌他替爹放牛，牛群撵草场走得离庄远了，回家时天黑地麻被几只狼围在一个山弯。他目睹了牛是怎样与狼群进行殊死决斗的场面，他曾把这一场面讲给班里同学听，因而他得了个"狼"的外号。那次回到家他大病一场，病好后再背着书包踏半尺厚的雪去上学，学校冷清得早没了人。后头，娘领他到苦水沙河姨妈家浪，就在那里上了学。

石片辞掉刘阴阳，刘阴阳当晚就去找了常石匠，口口声声"养不教父之过"。半夜，石片忙完学校的事情回来，都睡下了又被爹喊起。爹的话不多，可都有石磨重的分量："刘先生是你的老师，如今你也要当老师，你的学生把你朝台台下扔你心里咋想？咱家的祖坟是刘先生的先人看定的风水，所以这辈才出了你个娃，咱总不能不讲良心吧？刘先生老两口快七十的人了，日子靠庄邻抬着，你下了他的老师，就等于踹了他的锅灶嘛！你真要把他下了，我立马拆顶、拆墙拉我的东西。"

爹使出了致命的一招。

天未亮，下刘阴阳当老师的风便在庄上散开了。

"才出窝窝的狗，屎沟子还带着哩，就回头咬娘哩！"庄人给刘阴阳抱不平。刘阴阳这时候蹴在庄子最高的峁顶上，手里捏住空酒壶，一副给人欺了的可怜相亮给众人。刘阴阳的女人就闲不住一双小脚，见哪人多就往哪撺。常石匠在自家的窑顶上远远看她指天戳地、捶腔砸大腿，虽听不见刘家女人弹嫌什么，但他知道与自己家有牵扯。常石匠一口气咽不下去，回院里拿了凿石的锤子、绳子去了学校。时辰不大，就见常石匠背上码着一人高的新木料板往家去。

是蜡梅跑来告诉石片的。石片正在石场方几块当桌面的青石板呢。

石片要蜡梅帮他往背上上一片青石，他得赶快回去一趟。

"石片哥，我也背一块吧。"

"死沉哩！"

"我能行。"蜡梅把脊梁给了石片，石片给她背上上了一块青石板。

石片背着方好的石桌面顾不得远远落在后面的蜡梅，一口气往学校来。爹把做凳面的木板全都拆走了。石片在教室里呆呆坐到天黑，直到娘喊他吃晚饭时，才出门去了刘阴阳家。

刘阴阳家里冷锅冷灶一副凄惨样子，两位老人呆若木鸡坐在炕上，四只眼睛空洞洞望着门口。

"刘老师，您是我恩师哩，我咋敢糟践您！"

"嗯！"刘阴阳咂一口空酒壶，"一日为师，终身为父嘛！"

"我就是您老人家的儿子，您退职在家消停享老，我把地给您犁了、种了、收了，一日间有个担水烧炕的事我都揽下。"石片还说，"你也是老教师了，下回我到乡里为您老争取些退休养老金，把您一日里的酒钱少不下！"

"娃呀！"被感动了的刘阴阳说，"你当是我难为你娃哩，我是怕这日月无法熬到头了．我也知道我连自己都老糊涂了还教哪门书哩……"

安慰好刘阴阳，石片踏黑向庄南头住的贵娃家去。贵娃长石片一岁，一起念的书，也是在那个下厚雪的冬天辍学的。石片上中学那阵，乡上管教育的贵娃的舅提贵娃当了庄上民办教师。贵娃家养了一只卷毛烈狗，石片就不敢轻易下脚，立在崖头顶上喊贵娃哥，那狗呼——立起半墙高，嗓口滚动着打雷一般的声音。院里西窑屋贵娃小两口的灯亮着，石片再喊："贵娃哥——"屋里就黑了灯。

石片折身回到学校软软地坐在峁顶。不大会，有个人影子朝峁顶来。

"石片哥！走近的蜡梅把一本书和一沓钱给石片，"我知道你正愁用钱哩。"

"梅梅，你哪这些钱？"

蜡梅一个无声的笑。

"你要暂时不用的话，我就先借下。"石片感动地指着教室窗子说，"我天亮就买玻璃来，把这些遮窗子的硬纸片片换掉。"

蜡梅走后好一阵子，石片突然一拍大腿：'她是个现成的老师嘛！"他来不及细思量，从书摊中挑出两本书拿了朝蜡梅去的方向撵。贵娃家的卷毛狗咬起来，这狗咬出的声音雄厚、空旷。

后晌，石片背一摞裁好的玻璃、一只新水桶和一圈新麻绳回来。在上学校峁坡时，他显得很疲乏。

今天，石片顺便去乡里找到乡主管教育的人。提出给狼叫团教了几十年书的刘老师补助些过日子的退休金。对方笑他年轻有为，精神可贵，但是现实是严酷的，正当的教学经费已经拖了三年，还有闲钱照顾闲人？随后，这位领导批评他随意辞退民办教师，目无组织，目无领导。石片与对方争执起来：

"他们是不合格的老师，你们总不能长期把狼叫团学校遗忘吧？

希望你们公正对待！"

"有本事你娃一个人教嘛，这世上就不公正得很，我今日把话撂下，你下了我外甥的教师，别想算日后再添半个人蛋。"

"我要向上反映事实。"

"小心你娃的饭碗，比你强的我叫他尿淌，他就得淌尿！"贵娃舅一脸城府。这是石片与人头一回红脸。回家路上他把厚厚的浮土踹起一浪一浪。

晚饭后，石片寻思无论如何先要给刘阴阳个囫囵希望。要进刘老汉家门口时，石片强拿精神，先做一副笑脸："刘老师！"他把一沓钱双手递给炕上人，"这是上头发给您的几十元钱，月月都有！"

刘阴阳从炕上跳下来一边接钱，一边说："多了！多了！上面还记着咱哩！"刘阴阳眼窝泛起红潮。

"您老也给咱庄上的学校尽了心，庄人记住您呢！"石片心生一股酸楚。

从刘阴阳家出来，石片便急急去找蜡梅。昨晚，他撵到蜡梅家当着蜡梅的父母一家人，说要聘蜡梅给庄上的学校当老师。一家人高兴得很，单蜡梅犯起忧虑，他以为蜡梅是怕不会教书呢。

"学，从头学嘛，有你初中三年的基础哩。"石片鼓励着，"我要教你把师范的课程学完，那时你就知道自己肚里有多少知识使唤。"见蜡梅还是眉头不展，他愤愤地高了声说，"咱狼叫团的人活得低得很！"

来蜡梅家的路上，石片又想起与乡教办主任的争执。人家分明是要贵娃继续当老师，可是贵娃连二位数乘法都不会，咋能把学生往上教？石片坚定地踏进蜡梅家院。

"明一早就到学校报到上班。"石片对站地上的蜡梅说。蜡梅闪着一对眼睛，还忧心忡忡。石片又说，"每月发给你六十元工资，你嫌少咱再添。"

"石片哥，我咋嫌少哩，我也是狼叫团人嘛！"

"蜡梅妹，咱一起鼓个劲，狼叫团人也有血性，有骨气，别让沟外人把咱看扁了！"石片叫蜡梅把一本数学书拿到灯下，指给她前面的东西，要她带夜预习一遍，明天他先给她上第一节课。

石片从蜡梅家出来走不远，黑地里贵娃正蹲在一斜坡上等他。贵娃拦住石片硬把一支烟塞他手里。

"贵娃哥，兄弟我如今得罪了你，往后我给你娃身上补！"石片撂下愣愣的贵娃走了。

清晨，蜡梅鲜活活穿一身学生蓝制服，头光脸净捏一本书走过庄上，庄人见了就夸这女子一夜出息了个美人子。蜡梅走进教室，石片已经在等她。

"石片哥！"蜡梅叫一声。

"往后咱们老师相称。"石片说。

蜡梅看到崭新的黑板上写一道"1+1=2"的算术题，她一下就领会了其中的意思。

石片说："咱俩合一心，拧一股劲给庄上争口气，给咱狼叫团挣个月亮圆的脸面，看往后谁还敢小瞧咱们！"接下来，石片以黑板上这道算式向蜡梅传授怎样来教学生的方法，怎样运用形象语言、生动比喻来沟通教与学之间这道无形的障碍。之后，他给蜡梅布置了练习题要她在黑板上演示，对着无人的教室练习讲课。

石片出门拿一把锹平整校院的洼坑，清扫脏物，还利用剩下的石条和青砖，为读书的娃们在坡道上铺出一条台阶路，防下雨下雪娃们跌跤。

装了玻璃的教室窗子日头一照满眼亮灿灿。正值麦场后的一段消停日子，三三两两的庄人踏着坡上修整好的石阶路来逛学校。爱好的女子妇女们照着窗上的大镜面拣掉头发上的草叶，抠耳根洼洼的垢甲，照照一场麦收后毒日头把脸子晒黑了几成。以常石匠为首的一伙烟友蹴在院心谝古论今，讲今年收成，谈论常家父子对学校的功德。有娃们提前背了巧手娘用彩色布头缀成的书包，满院里夸耀。有了生气的学校，一下给庄人长了一面子精神。

天下黑，玻璃窗上便有了灯光。灯光一直持续到深夜。

石片决心要把蜡梅教成一个合格的老师，把师范里学到的知识从头给她灌输。

每当灯亮时候，学校对面的峁顶上便有一双眼睛紧一阵松一阵盯住教室。几天后的一个晚上，石片坐在下面，当老师的蜡梅正在讲台上实习讲课，突然一阵急风把灯闪灭。蜡梅正找火柴哩，玻璃窗上趴一个人头，吓得蜡梅惊叫起来。等石片撵出门来，院里什么也没有。

可就在开学前五天，出了事。后晌蜡梅突然没到学校来，石片正等得心焦，蜡梅娘来了。

"石片呀，蜡梅的书教不成成了，今日女婿家来人订日子娶人哩。"

"蜡梅才十五岁嘛！"石片一脸惊疑。

"噢么，早寻上个好人家。过自己的日月踏实。"

"我去给来人说话。"

石片要走，蜡梅娘横身子堵住说："常干部，蜡梅有爹有娘的你操心多了怕惹闲话哩，咱乡邻乡亲的……"

石片还要说什么，蜡梅娘扔下他去了。石片急得心口生火，立在峁顶眼巴巴瞅蜡梅家烟囱里冒出的浓烟柱往天空高处升。

晚饭时辰，石片终于等来蜡梅。蜡梅怀里抱一摞书眼睛红肿，一脸哀怨。

"石片哥！"蜡梅叫一声泪水就下来。

石片两只大手钳住蜡梅的胳膊："你真糊涂呀，才十五岁正上高中的岁数，咋就有了婆家？"一句话问得蜡梅呜呜哭出声。

"如今，你拿主意咋办哩？"石片问一句。

"家里人要我把书还你，你另找人。"

"蜡梅，你才十五岁，你有权利拒绝结婚，有婚姻法给你做主。回家告诉他们，你不到结婚的年岁，谁要强迫就犯法哩。"

蜡梅在这儿长了精神，抱书走了。然而，第二天直到中午蜡梅还没音信。偏后晌，石片等来的却是蜡梅的爹。老汉犟哩，隔门把书扔进来一声不吭掉头走。

"你们要犯法的！"石片冲老汉背后喊。

"嘿——"老汉笑出一串古怪的声音下坡去了。

晚夕，石片跑一趟蜡梅家，家人说蜡梅随女婿到靖远城打嫁妆了。蜡梅娘亲亲贴贴拉石片到无人处说话："石片，你娃是一片好心，咱也不打算蜡梅今年出嫁，可谁把风传到亲家耳眼里，说你连女子黑天半晚夕钻一起的闲话。女娃大了，有个闲言碎语的，咱都把头折到裤裆里活人呢。"

石片晕晕昏昏出院朝沙河里去，他想上大青山。

四天头上，一大早娶亲的人就进庄，来的十人赶着四条背上搭了红毯子的毛驴。狼叫团驶不进大小车辆，娶嫁也只好沿袭着传统做法。

石片还躺在半截窑炕上想主意呢，蜡梅的小妹子跑进窑来，递给石片一张字条，字条上写着："石片哥，快来救我，我还小！"一跟头翻下地的石片，在地上找鞋哩，就不知道昨晚脱在哪，便赤了脚朝蜡梅家奔，灰坡上踏起一浪烟尘。

这几日，蜡梅被封在家不得出门，石片寻不下个说话的机会，后头他动脑筋以登记学生入学为理由，叫来蜡梅的妹子，把一张字条带给蜡梅．却没想到娶亲的日子这么火急。

嚷仗一开始，石片对付着两家十几号人马。石片将蜡梅护在宽大的后背，与娶亲来的人周旋，直到对方动手抢人了，石片抄起院里的担水扁担扫开一个台场，使抢亲的人无法靠近，于是对方也各自寻了家什逼近石片。这时，老村长披一件布衫露着一身骨架骂骂咧咧到院里："狗日驴下的，谁的裤带没扎紧露出了你们几个龟头？"

听到嚷仗声，攒来的庄人满崖头顶扎着。

"好，两家把家什都扔下，有理说倒天嘛！"老村长叫出蜡梅，"今儿是要娶谁结婚哩？是咱蜡梅女子！现在蜡梅女子说一声要嫁哩，天地老子挡不住，任娃走。"

"不，我还小哩，我、我不嫁人！"蜡梅哭得极伤心。

老村长平和了脸面对来娶亲的人说："这路亲戚回吧，攒主家的席面去，天热得很哩，苍蝇多，蛆也旺。"老村长又喊石片，"常老师，把蜡梅老师叫到学校预备啥预备，明儿是开学日子，别耽搁下。"村长还说，"咱的学校咱要操心哩，以后学校要有个大事小事的，都要支持办，为谁哩，都为了咱的儿孙辈们！"村长像捉住了个说话的日子，临了，又高声对庄人说，"往后，女子长不到十八的岁数不出阁，咱狼叫团也划在共产党的圈圈里，国法咱不能不照办！"

狼叫团学校在乡教办规定的日子正式开学了。开学两周后，各学校校长被通知到乡里集中三天开会。石片临走，把学校大小事情安排给蜡梅老师操心。

学习会剩下半天时间了，正在屋里听文件的石片从窗口看见了爹的脸子。他出来，爹一脸神慌叫他到墙根处说话。

"蜡梅昨半夜给婆家人抢跑了。"

石片呆愣一阵问："学生哩？"

"这半日刘先生守着哩。"

石片问："爹没吃肚子吧？"

"还吃啥哩，腔里胀胀的。"

石片领爹到供销社旁边的一家饭馆，给爹要下了两碗白米饭，一大盘粉条炒猪肉片让爹吃着，又出去给娘买来一包白糖，把手里攥的一瓶酒给爹斟上半碗："爹，你下酒吃肉！"他也给自己倒上半碗，一仰脖子喝干，然后，掏出一卷钱给爹，说是发下的两月工资。

"爹，你吃了喝了先回家，叫刘老师把学生照管好。"

"石娃，想开些，不行就把贵娃起用上。他不服哩，娶蜡梅的弯弯圈圈都是他谋划的。再说，人家舅是你头上人，往后碰碰磕磕的咱单亲单帮的弄不过他。"爹一面说话把喝剩下的酒往瓶里归好。

石片送爹上了回家的路，撇了下午的会直奔七眼井庄。

昨夜，蜡梅是在睡梦里被娘喊醒，说是有事哩，等她把衣裳穿好，窑里扑进了四个脸生的男人把她箍住，两截绳子绑了手拴了脚，一疙瘩新棉花堵了嘴，装进门口一个芨芨编的盛粮囤子里，然后四个人两根棒抬上消失在沙河里。

蜡梅抬到的当早，便匆匆拜了天地。

石片赶到七眼井寻到周家，立定看时，但见红砖到顶的门楼，停放在门口的手扶拖拉机，就知道是个日子殷实的家庭。石片才要举步，恰巧一身新娘妆的蜡梅从院门出来，看见他，叫一声"石片哥"便朝石片攘来。

这时，门楼里挤出一伙人也朝石片迎上，有人手里还捏着酒瓶子。"石片哥，快走！快回家吧！"蜡梅害怕得浑身打着哆嗦。

石片绕过蜡梅，与上前来的人碰住："能见见新女婿吗？"石片想拿稳自己，可先前喝下的半碗酒开始在血管里燃火。待新郎官过来，石片就无法控制自己，伸手钳住对方的衣领，"看你西装革履，一身文明样子，却抢人成婚！你知道不，现在都是80年代了，你的野蛮行

301

为已经构成了犯法！我叫你立即把蜡梅老师送回狼叫团学校！"

拥上来的人打脱石片的手，几个喝红脸的汉子将石片钳住。这阵门里走出的周家大主人喊住："是媳妇娘家的亲戚，咱当成贵客待称，请到上堂屋敬一杯喜酒；是来挑事、臊周家面皮子的，且好自为之。"

"石片哥，快回吧，我求你了！"蜡梅挡开扯住石片人的手，推石片赶快走。

"我叫你们把学校的老师送回去，过后再叫你们吃官司！"

"常老师，我现在是周家的媳妇了。"蜡梅收住手，突然面无表情对石片说，"我不是你学校的老师，我是周家的媳妇子，你走吧。"

叫周万的新郎拉上蜡梅要走，却被石片扯住另一条胳膊。

"我周家没招谁，没惹谁，没日天，没捣地，有人把一场席面毁了，羞得我把人丢了半道山砭，也该平气了吧。日你先人的，今儿给你脸你不要偏爱个屎沟子，那就给你个屎沟子！"周家主人发话，"把他抬出庄！"于是，石片被几个拥上来的汉子一阵殴打。石片不省人事。

是几个庄娃把石片吵醒。石片慢慢坐起，见自己被扔在庄外一口废弃的塌窖旁边。一个娃正往窖里浇尿，另几个蹲在他周围的娃睁着好奇的眼睛瞅他。见娃们肩上挎的书包，他知道是放了学的学生。他抬手要擦脸上的血，血水已结了干痂，就有个娃从作业本上撕一页纸，在纸上面吐了唾沫递给他擦。当石片看见纸上红色的对号时，遂有一股热流激荡全身。他努力站起来，一只手扶了受伤的腿艰难地朝太阳落下的方向走去。山的影子在暮色里越来越模糊，他想这不是离山远了，而是离山更近。他深知自己的躯体一旦挨上山体就会活下来，任何打击都摧不垮。

娘在月光下的沟口接住了石片，见儿子成了这副样子，一声哭开就没个住。

"娃——呀，你泼上命图个啥哩嘛！"

"娘，你扶我到学校里。"

庄上的窗户亮了灯，睡下的人又起来。人陆续朝峁上学校来。教室里油灯下，有人把烧好的棉花灰贴在石片头拐的烂处。老村长拿来半瓶烧酒往石片青了半脸的眼窝上搽，朝挨了棒的腿上搓。挤在教室里的人就围住村长计议。谋个啥药方方报复七眼井的周家人。

第二天撺早，石片挣扎着下地在院里找根棍捧撑了去上课。上峁时正碰几个早上学的娃，他们前拉后推才把老师弄上峁来。学校正常早操、上课、下课，教室里学生见自己的老师给人打成这样子，就有一股子劲使在念书上，半道庄子都能听到朗朗的读书声音。

晚上，石片带夜写好一份状子。鸡落三遍鸣时，他敲响刘阴阳的窗，安顿了学校的事，然后骑了自家的青骟驴出庄。老村长和三个庄人已经在沙河里等着，石片再三劝他们回家，说这是个明状一告就赢。

"学校要大家办哩，老师是咱集体的人，咱有责任保护。"村长说着一行人撺早往乡政府去告状。

他们早早来到乡政府找了乡党委书记，又找了管妇女工作的主任。女主任写了字条，叫他们拿上去乡卫生所仔细检查伤情。临了，女主任要他们放心，说这件事影响极坏，很快会得到处理的。

回家路上，几个人非常高兴，石片觉得被医生摸过的伤腿轻了许多，能在驴背上前后甩动，同时，他也相信蜡梅很快就会回到学校上课。几个人轮流着把一瓶白酒喝光还不消停，沿路装了一瓶凉水五呀六呀的划拳喝。

蜡梅出现在峁上时，学生正上早操。看见她披头散发，满身血迹，学生哇一声惊散，连站在院中心吹哨子的石片也吓一跳。

石片喊一声："蜡梅老师——"对方呆滞的目光瞅他。石片上前将蜡梅抱进教室，给她裹脚腕上的伤口，给她洗脸、拣头发里的柴草，劝她别往绝处想，好好活着还要教庄上的娃念书哩……

蜡梅听了石片的话没寻短见，可她一条腿终生瘸了。可恶的周家用锹刃扎断了她腿腕的一根筋。

当日后晌，蜡梅的家人、亲戚扑到学校把正上课的石片从教室牵出来，老汉老婆子一人抱住石片一条腿碰头撒死，说常家龟儿子把女儿的家巢毁了，要他赔财，赔人，赔三口棺房来。原来，周家随后打发人来说要休了这门亲事，吃的喝的小份意思不算，一页纸上记着穿戴、礼钱大头花销尽早备齐全送到周家。

学校峁上的吵闹声把下地的人从半路上惹回来。许多人还不明事理呢，就听贵娃把周家休蜡梅的事讲学得汤清水亮："咋了，还不明白？新人头夜睡哩就不见有个针尖尖的红丝出来，还咋哩！"

众人纷纷议论：这常老师就不对了，书念得这么高了，干部做了，这仁义理智德性咋就跌了呢！山沟沟里人自有一番伦理规范，最容不得的是捣散别人家姻缘。院里人开始冲石片翻眼、吐痰、甩鼻涕。有人卸下肩上的背箩用脚踢出一股灰尘。有人捣着手里的铁锹把平整的院里砍下沟槽。人的嗡嗡声淹过石片头顶。得了势的老两口越发不饶石片，牵着他在众人眼里转团团。这种刑法叫"驴推磨"，专臊人的脸皮子。

老村长哩？爹哩？娘哩？石片心里盼望有人来替自己说句话。然而，村长趁早溜得无踪影子，爹娘脸面羞得不敢露头。最后，石片扑通跪倒在当院，给蜡梅的双亲、满庄人下跪。

"我不图蜡梅，我没有沾蜡梅的身子，我只想把她给咱庄上学校留住，给咱娃们当几年老师！"石片委屈低沉地祈求给院里人下保证，"我打一辈子光棍也不图娶蜡梅——"

人都走了，院里剩下石片一个人可身可脸的黄土跪着。他跪了许久。

石片再写一份状告周家如何摧残蜡梅女子的状子，趁星期天去了乡政府。

　　没料到，石片却成了被告。具体管这件案子的乡派出所老李说，周家也有状子告他知法犯法，破坏家庭夫妻关系，插足他们的婚姻。经核实，人家的婚姻是合法的，受法律保护，结婚证上女子的年龄也不是他反映的那种情况。

　　石片一身灰冷，他最后决定把状子往县上递。

　　……

五

　　班车在崎岖的山路上巅了七个多小时终于到站。车还没停稳，石片迫不及待从窗口寻找蜡梅身影，急切切想赶快见到那张亲爱的面孔。下车来，一目了然的车站上不见蜡梅，他想蜡梅是怕人弹嫌她的腿哩，那么她一定是在庄外路口上等着，就赶忙拾掇好行李，担了他的宝贝书上路。

　　一路上没有蜡梅的影子出现，把石片的眼睛乏得直流眼泪。走过苦水沙河，天就不早了，东山顶上一层黑云彩往上蹿，硬硬的东风里刮一股甜腻腻的雨腥味。石片放快步子，想在雨来之前赶进庄。才翻过一道梁，一阵紧风就把雨头催过来，他瞅准一个山砭急撵哩，雨就到了。雨势来得猛，一会工夫石砭沿上便挂了水帘。石片望着玻璃丝一样透亮的水帘想：也许蜡梅在雨底下等着，那么她的衣裳全湿透了吧，他要在雨中就把新买的衣裳给她换上，要在这山这雨这风的景色里好好欣赏她，然后，郑重告诉她："梅，我要娶你——嫁给我吧！"

　　为了证实蜡梅究竟在不在雨天里等着，他脱下脚上的鞋，同时把两只鞋抛过头顶，连抛了三遍，只有一次是两只鞋口朝上的。他心里掠过一丝凉意，但很快又把儿时玩的这套把戏不当回事。

雨还没有停下来，石片再也耐不住性子等下去，从包里找出布衫，再脱下身上穿的，小心遮好两个装书的袋子急切上路。

走到沟口处还不见蜡梅，沙河里也没有，雨丝在黑下来的沙河里扯出白光。石片走得极为吃力，如果不是看到眼前越来越近的庄上灯光，他立马就瘫倒在地。他鼓舞自己一步一步朝前走，一边在点点的窗灯里寻找蜡梅家的那盏灯。

突然他想起雪莱诗里这样说："冬天来了，春天还会远吗？——是啊，窗灯已经出现，他思念的人儿就在糊窗纸的那面！

庄里寂静无声，石片用剩下的一口气走上峁顶踏进学校。这才是真正激动心弦的时刻到来，就想，这一阵千万不要出现亲爱的人。他颤抖着手从门框顶摸到钥匙开了教室门，点燃那盏小油灯，同时将灯头压到最小。他不想让蜡梅这一阵出现，他要给她一个惊喜。随后，他双手捧出叠得整齐的衣物放在讲桌上，衣物上再摆上那块十分好看的手表。当他在桌面上铺平这张中国地图时，他想起那年开春，和她带领学生到沟垴一架出咸咸石的山上，背制作粉笔的灰石时，蜡梅站在山顶极目群山自语道："我最远走过七眼井，这世界究竟是方呢还是圆呢？"他给她讲：地球是个椭圆球，咱中国是一只打鸣的芦花公鸡站在地球的东方，首都北京就在鸡的心窝上。还说有一天一定要让她看个大世界，在咱中国的地域上走几圈，不但走了中国，还能到国外逛逛。蜡梅信了。

把东西摆置好，石片便拨高灯捻让每一块窗玻璃都放出一片光彩，蜡梅将迎着光亮跑来，出现在门口。他仿佛听到了那极熟悉的一轻一重、节奏明快的脚步已经赶到了门口。

教室里亮堂时，石片发现地上清扫得干干净净，窗玻璃以及桌凳都擦得十分干挣。从洒了水的地上石片断定就是今天干的活。见一张桌上扣一本书。他近前拿起书，下面放一封信，没有封口的信封里除一页纸外还装一沓钱。

"石片哥，这会我真的走了！去什么地方连我都不知道，反正比七眼井远。书里的一千五百块钱是你的。五年来，你一直拿自己的工资给刘阴阳一份养老，给我一份发工资，其实我早就知道了，你发给我的钱除了给娘搭着还周家的钱外，我一分也没舍得动弹。石片哥，你用这些钱盖一间教室，把下一级的一年级和五年级分开教，成绩会更好。

让我最后叫一声石片哥！"

"哈——呀！"石片举着手里的纸笑出声，蜡梅和我藏蒙蒙哩——"但是，两脚就止不住跨出教室，也不辨峁坡深浅朝蜡梅家方向奔去。雨已经停了，石片眼里是大块大块的黑暗游动着。

跑进蜡梅的家院，先看到墙边摆放的几张宴桌，突然止不住地高声叫起来："蜡梅——蜡梅！"他不知道自己叫喊声多高、多急、多悲凉。

蜡梅娘从灯亮的伙窑出来："石娃，你回来了！蜡梅走时盼你把眼都急红了！"说话间老泪纵横，"蜡梅等你延晚到后晌才动身出的门。"

这阵石片才晕晕昏昏想起放假前，蜡梅有一次说起她姨娘要给她介绍一个瞎了一只眼的复员军人，还说这军人是二等残废。当时他正改着学生作文里的一个病句说："还是个英雄哩！就没把蜡梅的话往心里放。

蜡梅娘端一碗面递过来，石片接住碗两行泪水成串掉在喜面碗里。石片最后艰难地走出小院，淹没在暗夜中。

深夜，寂静的庄子里有过两声震动窗纸的吼声。只有两个女人听见了吼叫，一个是蜡梅的娘，清清楚楚听见是喊她女儿的名姓；一个是石片的娘，蜡梅女子出嫁了，她心里空落落合不上眼。

每场雨后，都有一个蓝莹莹的好天。天亮，日头冒花时，庄上一个人先看见大青山顶顶上扬着一个红被面子。有娃喊："是一面红旗哩，常老师回来了……"听到欢叫，看见红旗招展的娃们放腿朝大青山奔去。里面有狼叫团学校首届五年级毕业又考上乡中学的娃，他们手里举着才发到手的一方红色入学通知书，摇动着向大青山跑。

石片举在头顶上的五星红旗，被青山上的劲风掀起一道道红色波浪。

"蜡梅，你看到了吗？咱学校里也有了国旗——"

还是四年前，蜡梅就说，咱学校里要是挂一面国旗，天天都会在风中飘扬，咱山里有的是风景！说话时，她正在看课本封面上雄伟的天安门前国旗飘扬。当下他就许愿："一定要买一面，咱狼叫团也是中国的一部分！"又说，"把国歌教给学生，到时候还要进行升旗仪式。"那天下午，他先教她唱会了国歌。

"蜡——梅，看——咱——学——校——的——五——星——红——旗——"石片向南面的群山呼唤。他相信蜡梅一定听到了喊声！

石片用聚会时老同学的捐款和蜡梅留下的钱，带领庄人为狼叫团策划盖三间真正的教室。晚上，石片在灯下挥一把锤子在做前墙用的石条面上凿刻人名。为了赶工，爹也主动来帮忙。

石片在同学的通讯录上也添了爹的大名，添了蜡梅的名字和做废纸价卖给他书的那个人的名姓。他要把这许多人的名字雕刻在青石上，传给一辈一辈的狼叫团学生娃。

又一个新学期到来。开学前两日石片到乡里开会，会前新上任的乡教办主任对石片说："你的事迹乡政府已经上报县教育局了。另一件事，你学校那个叫蜡梅的民办教师，我们正式录用，并承认五年的教龄。"他还告诉石片一个更大的喜事，"蜡梅够资格参加十月下旬民办转公办教师的考试。"

"蜡梅，你在哪里？"石片在心底一遍遍地呼唤着！

开学了，石片早晚的立在峁顶上盼望新来的，却迟迟不见来报到的老师。许多时候，他站在明月下，在满目山峦中看见流淌着清辉的月光里走来一个人，可那熟悉的身影却永远也走不到他的身边来。

崀顶上有了新教室的校院里，一面五星红旗在夜晚的劲风中哗哗飘扬，石片时常静静地仰望着飞扬的红旗……

石片也常常想起蜡梅说的"咱山里有的是风景！"

老 赖

石 也

"爸爸，都到家了，你怎么不把车直接开到家里？"

金波抚摸着副驾座圆圆光溜溜的头皮说："儿子，我们得再等一会，等家门口那些黑头狗走掉才能回家。"

圆圆放眼望去，家门口守着数十个人，没有狗。

"爸爸，他们怎么总是蹲在我家门口，咱是不是欠他们钱了？"

"没有，没有。"金波赶紧否认，"他们都是些赖皮，是村里最坏的人，咱欠什么人的钱都行，就是不能欠他们的，儿子，等你长大了，千万千万不能和那样的人一搭里搅和。"

"败兴得很！"金波强调。

"黑头狗"们于烈日下三三两两地蹲在金波家门口，他们见天都要上门讨要上一年猴头果的货款，不达目的誓不甘休的架势。黑头丛里有一须发皆白的老人，他没有随大伙钻进树阴里，而是倚在金波家的绿漆大门上，直接与太阳对峙。很是显眼，看得金波心惊。都是庄前庄后的乡亲，他们的难处他知道，自己的苦衷他们不了解。他也想早点把钱还给他们，落一个清明瓦亮的好声誉。可是没有办法，他还得硬着心肠做些日子"老赖"。

金波从前在村里可是一个叫得响的"信誉人"，借了人钱物，说是初一还，决不拖到初二，答应人家的事，自己再有多么紧急的营生，也要先把别人的事处理了。可是现在，情况有变，他成了村里最不受待见的"老赖"，生生把上一年的猴头果货款拖到如今。这种情况，就是在整个盛产猴头果的诵经山区，也属罕见。金波无奈，只能陪上笑脸，信誓旦旦地给大家许下一个还钱的日期，到时又拿不出钱，只好把还钱的日子再往后拖一拖："一分钱能难倒英雄汉，这可是数十万呢，大叔大爷兄弟姊妹们，我金波是个吃人饭干人事的，只要我还活在这个村里，一定少不了大家的，就请再宽限几天吧。"金波不是英雄汉，就是勉强能算，也早给放翻。四十万！

"等我缓过气来，一定马上还大家的果子钱。"金波保证："一分不少。"

诵经山常年干旱，万物萧条，经济水平十分有限。近年因种植猴头果，声名远播，群众的生活质量也跟着大为改观，银行有存款，出门就坐车，有人甚至在城里买了房，村里城里两头跑。此果诵经山独有，个大肉厚，营养丰富，形貌却极为丑陋，像极一个个长瘟了的猴头，因此得名。现在，猴头果成了整个诵经山最重要的生活内容，人们张嘴必说猴头果，出门必做和猴头果有关的事。如果抽掉猴头果，诵经山将成一片空白，山不像山，人不像人。

在代办猴头果之前，金波是个老实本分的农民；经手猴头果的代办以后，金波就成了一个无利不往的商人。但金波觉得，自己从头到尾都是那样一个人，并无变化。金波平常快快乐乐，好像是个没有忧愁的人。其实不，他烦心事多着呢，他的快乐是装给别人看的，那些不顺心的事拧成疙瘩被他生生咽进肚子里，自己消化。金波所有的烦心事归结起来，就是简简单单两个字：儿子。在儿子之前，他和老婆通力合作，一气生产了四个女儿，如今四个女儿站在一起，已成一处"远近高低各不同"的靓丽风景。金波的代办做得风生水起，自家的猴头果也经营得有模有样，光阴眼见着在村里扶摇直上。但没有儿子，一切归零，挣再大的家业也是扯淡。金波为这事愁得经常吃不下饭睡不好觉，在人前人后也觉得短了半截。金波不怕"绝后"，他怕因没有儿子在别人面前显出"短"来——你看么，房前屋后，谁个没个儿子？独眼小强整天流着哈喇子，也没耽误他把儿子生下来；村前张登科的那个羊角风儿子，打光棍打了三十多年，谁想后来竟然找了个干攒的小寡妇，第二年就生下一个白白胖胖的儿子；紧邻许大旺本来有两个儿子，竟还不知足，说什么丫头大了知道心疼人，决心再要个女儿，却不料，又接连生了两个儿子，许大旺愁得直呻唤，哼！狗日的是烧心得不成；最可气的是已经儿孙满堂的周学章老汉，老婆在一次车祸中丧生，老汉不知从哪又领来一个灰不溜秋的老女人，据说已经年过五十了，就是这样两个老棒子，一年后奇迹般地折腾出一个儿子，儿子也就得了，还心疼得不成成。凭什么他们都有儿子，独独自己没有？金波恶狠狠地想。

随着年纪的不断增大，自家生儿子的希望越来越渺茫。但要儿子的想法，却水涨船高，越来越强烈了。

在生完第四个丫头后，老婆就做了绝育手术，自家生儿子的愿望基本落空。但金波不死心，老婆可以不生，儿子必须得有！金波不顾老婆的反对，决定抱养一个儿子。

可是抱养一个孩子已经很不容易，抱养一个儿子更是难上加难。

金波四处打听可以抱养的男孩，这事不是那么光明正大，打问的过程因此显得鬼鬼祟祟。如此折腾了两三年，金波仍旧没有一个儿子入帐。在村里，金波有个真正的"发小儿"，他叫刘其中，金波遇事总喜欢找他拿主意，刘其中也从不藏着掖着，无论好点子还是馊主意，总是无私地提供给金波。

"没想到抱个娃娃这么难肠！"金波感叹。

"现在人生的少，日子过的也好，没人愿意费劲巴火地生个儿子再送给别人！"刘其中帮他分析。

金波绝望，失神望着公路上一大群散学回家的学生娃，脸痛苦的扭曲着。公路上的学生娃不知道金波的痛苦，快快乐乐地追打、嬉闹。

"其实呢，抱养一个儿子也不是没有可能，关键看你的路子走得对不对。"顿了顿，刘其中又说："你想嘛，现在农村家庭基本都是生一个两个小孩，很少有人愿意多生，你只在这周围打转转能打问出个结果？"

淤积在心头的心事在脸上左冲右突，金波感到自己脸上疙疙瘩瘩很不像样。但他顾不了这些，热急巴火地追问好友，那该怎么办？

"医院里倒是有不少孩子，你应该在那个地方琢磨琢磨。"刘其中点到即至，再不多说一字。

医院里果然有很多孩子，男的，女的，丑的，俊的，壮实的，瘦弱的……各种体相的都有，看着让人眼馋。这些孩子有的躺在病床上，有的偎在母亲的臂弯里，更多的还住在母亲的便便大腹里，无惧风雨。无论他们眉头紧锁还是喜笑颜开，金波都觉得很生动，很招人喜欢，特别是那些"带把儿"的男孩子。可惜没有一个属于自己，金波愁肠。

金波在医院转悠了三天，眼馋了三天，同时也绝望了三天。男娃儿一个接一个地降生，他们偏偏和他没有半点关系，偷又偷不得，抢又抢不成。但金波确信他会有儿子。"必须的！"

儿子就是他的天就是他的生命就是他活着的全部意义。刘其中说得不错，医院确实有许多"儿子"，可那都是别人的，他没有办法把他们转化为自己的。简直要命！

三天里，金波脸也不洗头也不梳，他痛苦而又焦急地思谋着盘弄儿子的办法，但是不等着手实施计划，他又很快把自己给否定掉了。他只能看着那一个个活蹦乱跳的男娃儿降生，看着生了病被自己的亲人带来又带去男娃儿一个接一个走掉。那些男孩，还没来得及在他脑袋里多住一会，就像那长着翅膀的天使，一个接一个地飞走了，连个泡影也没留下。

绝望了！金波想暂时放弃医院这根稻草，他打算回去请教刘其中，讨一个简单易行的得到儿子的办法。但是他又舍不得立刻离开医院这个有很多别人的儿子，也让他保有要一个儿子的希望的地方。决意要走的时候他像一个即将远行的旅人，前前后后，左左右右，把医院转了个遍，看了个遍。

住院部后面有一大片空地，植有大量齐腰深的花木，甬道错综复杂，有如迷宫。花木用水泥护栏圈起来，两旁随意搁置一些木椅或石凳，供病人和家属小憩、闲坐。金波每天都会来这逗留一会，一面大口呼吸清新的花木气息，一面思谋盘弄儿子的方法，还要贼不溜地，观察来这闲坐、玩耍的那些男娃。那些娃娃喜欢在甬道里追打、嬉闹，冷不丁的，一个小小的身影就会从身边呼啸而过，不待看仔细，连个影子也没有了。金波想，如果把自己一米七五的身子扔进这片花木里，照样找不到。

此刻，金波一蹦老高，跳上水泥护栏，极目望着这片时有"儿子"出没的神地。可是很奇怪，真的要走了，金波的这一小小心愿也没法满足。林地静谧，只有一丝儿风轻摇树叶发出的沙沙声，没有"儿子"。神地不神。金波失望地跳下护栏，转身欲走。他忽然觉得有什么东西绊住了自己的脚，低头一看，是一个脏污不堪的孩子，他正抱住同样脏污不堪的金波的腿叫爸爸呢。孩子叫圆圆，人长得喜庆，小嘴也滑溜，父母带他来医院看病，却因付不起费用狠心扔下他跑了。

金波相信，这个圆圆是上天专意派给他的儿子，是他能捞到的最后一棵救命稻草。当他把孩子带出医院大门的时候，就感到孩子有点异样，浑身颤抖，萎靡得没一点精神。他不得不把孩子再次送回医院，检查的结果叫他大吃一惊，孩子病得不轻。

其时猴头果款项已全部到位，金波自信能治得好圆圆，自信能拿得起全部费用。为方便给圆圆看病，也为了伺候四个女儿上学，金波在城里租了一套房子。每次带圆圆上医院，金波都会得意地拍着新买的轿车说："儿子，别担心，爸有钱，一定能给你看好病！"

圆圆的治疗费用大得吓人，见天就得交一次钱。一趟趟放疗、化疗下来，金波手里的现金倏忽间就给蒸发掉了。这还远远不够，他不得不一次次从银行取款，找人告借。而这些钱，似乎也不能保证把圆圆的病治好。圆圆的情况虽有好转，但他的头发早已相继离开了头皮，还时不时地得上医院复查、治疗。但金波不愁，他现在是有儿子的人了，钱没有了可以再挣，儿子没有了可就没什么指望了。

偏就在这样的时候，村里风传金波在城里买了车买了房，卷走大家的猴头果钱逍遥地过上了城里人的日子。于是追讨猴头果钱的电话接连打进来，金波总是以果商还未付款为由支吾开。后来追得急了，他不得不开车回家"给大家一个答复"。

还没等金波回村，消息早已传开。所有还没使上果子钱的果农都撵了来，黑压压一片蹲守在金波家的大门口。这个情景金波早已料到，也做足了心理准备。躲不是办法，只能面对。

停好车，金波朝债主们抱抱拳："对不住了各位，'任大骡子'不讲信誉，今天推明天，这月拖下月，害得我跟着受夹板气，我倒也无所谓，主要是大家使不上钱，耽误了事。"

"任大骡子"就是猴头果的批发商，大家都认识，经年在金波家收购猴头果，然后再转手销售给各地果商，让猴头果这种带有诵经山味道的水果走进全国各地。"任大骡子"事业做得很大，资金广多。他因人长得高大，且又没有生养过人，脾气还坏，被人叫成"任大骡子"，他也不恼。作为一个买卖人，他大体上是讲信誉的，一是一，二是二，不含糊。

自然有人不信，"少扯那没用的，人家任大老板差这几个小钱？人家早把钱给你，是你赖着不给大伙发，拿着我们的钱买车买房过逍遥日子。你倒是说，我们的果子钱你到底给不给？"

"给！肯定给！等'任大骡子'把货款发来，我立马分给大家。"金波掏出烟递了一圈："'任大骡子'再有钱再神通再讲信誉，他也会有三紧三松的时候，这不是赶上经济危机了嘛，比'任大骡子'能耐得多的人说破产就破产，'任大骡子'还是比较能耐的，他没倒，这钱早晚会给大家的，放心吧。退一步说，如果'任大骡子'也破产，大家的果子钱由我这个代办来付——这样总可以了吧？"

金波真诚又惭愧地保证："决不会少大伙一个子儿。"有人立刻说，话虽这样说，可总得有一个期限，不能让大家为了几个果子钱成年累月地撅着你的屁股跑，就算能，也放不下家里的大事小情，又一季猴头果也马上上市了。"金波掏出手机背过人打了个长长的电话，随后就见他笑吟吟地向大家走来。

"'任大骡子'还真不错！他已经答应赶下月15号结清货款，大家请放心，都请回吧。"金波说。

"走吧，多的都等了，也不差这几天。"

"要是还弄不上，我们可不能再客气了。"

"果子钱还从来没有这样拖过，真是要命！"

……群众失望之余，丢下这么几句话，还是忿忿地走开了。

金波确实给"任大骡子"打了电话，电话内容也确实和钱有关。经济危机这个十分遥远的词，在不觉然间一下子贴近了普通人的生活，"任大骡子"也未能幸免，周转不灵，货物积压，资金链条咔嚓一声说断就断。他动用所有关系，率先保证了果农的货款，然而自己的果品批发事业却陷入前所未有的困顿。不得已，他向自己的所有合作伙伴伸出了求援的手，当时金波很慷慨，一下子支援了他20万。钱不多，远远不够"任大骡子"拯救自己的果品批发业，但他已经很感动了，抱着金波哭得半天出不了声。

此番告急，金波原本就不指望"任大骡子"一次把借款全部还了，哪怕扔个三瓜两枣过来，也好打发对果款如饥如渴的果农。"任大骡子"确实有了难处，但他还是于下午就打来 5 万，而上门讨要果款的果农有 40 余户，真真的僧多粥少。搁往常，"任大骡子"出手大方，回回堪称大手笔，区区 5 万，眉头都不带眨一下。5 万不多，仅够支付两三家的果款，如果一次发完，可以保证对个别人的信用，但会失信于绝大多数人。孰轻孰重，金波还能掂得来，分得清。偏谁向谁都不是办法，最好的做法就是一碗水端平，给每家每户先给一点，以解"燃眉之急"。金波想。

15 号一大早，催要猴头果钱的村民早早就拥到金波家大门口死守，生怕落了后。金波平常住在城里，把偌大一个家交给一把大铁锁看守，他座落在诵经山的家就是一座无人看守的空宅。大家也知道，金波平常住在城里，难得一见。但他今天一定会回来，把拖欠大家半年的果子钱还给大家，不然他真的没法在村里活人了。

大伙盼星星盼月亮地伸长脖子等金波，早饭都没顾上吃。金波家大门口黑压压站了一大片，人们一边焦急地等待金波，一边热烈地议论此番货款严重滞后的原因，太阳在人们的议论声里越升越高，金波却远得连个影子也没有，门锁骄傲地把人们挡在门外。不断有人架不住饥饿，纷纷跑回家吃饭，走前又喊来一个家里人"接班"，也有人给相熟的人留下电话，一旦有风吹草动，立刻电话招呼。债务面前，人人平等，攻守同盟正宜结成。

金波也惦记着这事，一早胡乱扒拉了几口饭，就准备回乡给乡亲们付款。车子刚爬上诵经山下长达 20 公里的大坡，偏头就看到圆圆再出症状，全身抽搐不止。金波来不及多想，立刻调转车头，直奔医院。

一番紧张的检查、治疗下来，日头早已偏西。对不住了，乡亲们——金波心说，等我熬过这一关，做牛做马报答你们。

等到吃晚饭的那个钟点，圆圆的情况才稍稍稳定。与此同时，金波手里的货款又减少了很多。没事。金波安慰自己说："我有儿子了！"这一段，金波总是用这法来激励自己，看一眼圆圆烦恼顿消，叫一声儿子精神百倍。金波四处求爷爷告奶奶又借了一点，这才驱车回村。

院门口的人大多已散去，但还有三五个聚成一团等待着。金波的车驶进人们的视野，人们立刻向他围拢过来，不多会儿，便有更多的人从四下冒了出来，他们手举白条，大声吆喝地嚷着要钱，有人甚至当面说金波在耍赖皮。金波也不辩解，欠着钱没还是事实，不容狡辩。

这一回，金波总算给部分果农支付了部分果子钱，也部分维护了他已经岌岌可危的信誉。每户一两千，不够"塞牙缝"，仅仅是货款的"渺渺之一"，但金波已经尽力。不给是一种姿态，给更是一种姿态。聊胜于无。尽管人们吵吵嚷嚷得不得行，可又不得不接受现实。他们埋怨金波不守信，但埋怨得又十分节制，生怕惹恼了他，真的卷走大家的果子钱再不露面，也怕下次使果子钱让金波"格外照顾"，发放无门。于是大家软声软气地逼着金波许下下一次还钱的日期，然后拿起自己薄薄一叠钱各自回家。金波保证："我就是不吃不喝，也会把大家的果子钱还掉的，一分不差！"

就这样，金波一边替圆圆治病，一边艰难和果农周旋，老赖的名头越来越响。金波在村里，已经获得了最广泛的不信任，金波不恼也不急，见人还是笑呵呵的。欠着大家的钱总归是事实，伸手不打笑脸人，金波信任乡亲，也希望重新获得乡亲的信任。金波暗暗发誓，赶在下一个猴头果销售的季节，一定还完所有的债，不然自己的代办都没法做了，代办做不成，以后的日子就难熬了。圆圆的病忽好忽坏，金波自己都知道，短期内还完所有债几乎铁定是一个悬而未决的疑案。

金波平日喜欢开车四处了解猴头果行情，及时掌握最新果讯，以便更充分地做好代办。无论走哪，只要圆圆的身体状况许可，他都会带上圆圆，他愿意把圆圆放在自己的视力范围内，切实的感受他的存在。有儿子和没儿子的感觉就是不一样，他喜欢实实在在拥有一个儿子的感觉。实在"很享受很舒服"，尽管这个儿子已经让他背上了巨额债务，和一个并非己愿的"老赖"身份。金波心情不坏，逢人就乐癫癫地抚摩着圆圆光光的脑壳说："这是我儿子，圆圆！"圆圆很配合，总是及时而又响亮地叫一声：

爸爸！

笑容立刻就会在金波脸上荡开，没边没沿的。

老婆一开始很反对金波收养圆圆，说如今时代不同了，生儿生女都一样，自家的四个丫头养活起来已经不易，再整一个不明来路的娃娃养上，还是个病孩子，日子只会更难肠。金波反对："再怎么说圆圆是个男娃，他管我叫爸爸！"老婆见他要子心切，而她又不能满足他，就不好再说什么了，但当为给圆圆治病花去大把钱的时候，总是忍不住要埋怨几句。金波很坚决："就是把这个家花个底儿掉，也要把儿子的病治好。"老婆无奈。圆圆很懂事，在家总会主动和每个人套近乎，见了金波老婆就叫妈妈，叫一声妈妈她的骨头就酥了，再叫一声妈妈她的心也软了，慢慢她也觉出圆圆嘴里的妈妈和四个女儿的不一样来，也就在心里接受了这个儿子。圆圆能清楚地分辨出大姐二姐三姐小姐，并摸透她们的脾气，总是投其所好地尽力讨她们的好，一嘴一个姐叫得顺溜，很招人喜爱。全家渐渐接受了这个家庭新成员，觉得他本来就是他们不可分离的一个重要家庭成员，他们为他的痛而痛，为他的乐而乐。

乡亲们上一年的果子钱，总这么拖着总不是办法。金波一面寻机会向"任大骡子"催要借款，一面想法筹钱给乡亲们还帐，同时还要照顾一家老小的吃喝拉撒。更紧要的是，圆圆的病。现在全家都在城里住着，既方便照顾圆圆，又可以借以躲债。城里的花费自不能和村里比，大得吓人。因为债务，全家连街也不敢随便上，生怕给人捉住，出个门都要偷偷摸摸的，"狼狈得很"，根本不似传说中那么潇洒。有时恼了，家里人也会责怪金波几句，金波也会想这样的付出值也不值——圆圆长大了不认亲怎么办？圆圆的病看不好了怎么办？圆圆的亲人寻上门了又怎么办？"任大骡子"还没缓过气，自顾不暇，根本没法给金波落实借款。碍着金波的老赖名声，能借到的钱越来越少，而果农催要债务的情绪越来越高。越来越急。金波也不愁肠，或者说，金波愁肠的时候就会想到圆圆，他强努出一脸笑容，他信心十足地说："我有儿子，什么也不怕！"面对如此内忧外患，金波的底气显然已是不够，但他依然兴冲冲地带圆圆四处游荡，他自己管这种做法叫"苦中取乐"。

老婆的担忧也在一天天加重："为给圆圆治病已经欠下一屁股债，我们拿什么还？"金波笑笑地说没事，果园的收入再不成一年也能弄个十来万，加上做代办的收入也有小二十万了，圆圆的病看得着地往前来，一定会好。

村里已经广泛流传着关于金波的一个最新版本：说是金波为了生儿子背着老婆在城里包养了一个"二奶"，他用大家的果子钱给二奶另买了一套房子。如今儿子大了，纸已经包不住火。金波倒也日能，大婆二婆都调教得服服帖帖，同在一屋檐下，却能和平共处，互敬互爱，堪称奇迹。

金波的"苦中取乐"已经难以维持，是因债主们寻到城里他的"家"，并扬言要扣了他的车和房，给大家还债。如果不行，就向法院起诉。

金波讨饶："各位大叔大婶兄弟姐妹，先饶我几天吧，扣了车和房，我没法生活，更难给大家还钱了。如果把我拘了，难道还能指望我老婆娃娃给你们还钱？”

　　大伙听他说的有道理，但又不想放松警惕：“那你倒是说，什么时候能一总子把大伙的钱还掉？”

　　“十天以后！”金波信誓旦旦地保证。

　　十天后，新一季的猴头果也即将上市，金波就是有日天的本事也不可能一次还完所有人的账。大伙怀疑，金波指天发誓：“一定能！”

　　新一季的猴头果即将成熟，长势凶猛，收益“肯定差不了”。但金波却在这样的时候作出一个大胆决定，他要将自己正处在盛果期的20亩猴头果园连同今年的果子一起贱卖40万，用来还大伙的钱。

　　老婆反对：“你这样踢倒江山以后不过了？简直疯了！”

　　金波振振有词：“钱没了可以再挣，果园没了可以再置办，但要是信誉倒塌了就再也扶不起来了！”

　　“你觉得你现在还有信誉吗？不如索性往烂杆混，信誉不能当饭吃！再说了，谁过谁的日子，管得着别人吗？”

　　“因为这样，我才要在没有烂到最坏的时候，赶紧扭转过来。”

　　“这日子没法过了！”老婆说着开始失声痛哭。

　　老婆最终没能拗过金波，说干就干，金波带着圆圆四处找买主。虽是贱卖，40万毕竟不是小数，村里光阴最最殷实的人家面对此数也会发怵。更何况，果园里的猴头果已近成熟，那才是火烧眉毛的要紧事。大忙季节，家家都在忙，自家的果子都顾不过来，一下子再接手20亩，雇不到人手，只能眼睁睁看着果子掉在地里，坏在地里。事实上，金波的20亩猴头果已然成了一块烫手山芋。

　　金波一连转了几天，也没找到一个合适的买主。倒是也有人表示愿意接手，但资金不能一步到位。这在金波决不能通融，没有缓和的余地。于是谈崩，不想后面连谈的机会也没有了。

　　金波苦恼。

老婆见缝插针地劝说，就算一定要卖果园，也要等这茬果子下掉以后再卖，去年冬天一老板出 50 万都没卖，现在这样卖，就等于给人家再送一年的收成，还贴着钱。当下最主要的是赶紧找人下果子，不能让果子烂在树上。

金波却说："一个都不能下！"

金波的果园到底没能顺利脱手，而约定的还钱日期却在一天天临近。没办法，金波只能找刘其中讨主意："好老哥，怎么办啊？"

"事也不难！"刘其中先给金波吃了一颗定心丸，然后拈着胡须慢条斯理地说："你这么着急慌忙地要卖果园，价钱上一定要打折扣。不如先以承包的方式把果园承包给山下失农民，有合适的买主再卖不迟。"

末了，刘其中又追上一句："咱丑话说到前头，我可是无利不起早。"

金波忙不迭地点头答应，一定，一定。

金波要贱卖果园给大家还债的消息已经在村里传开，这让先头那些撵上门追要果子钱的村民稍稍有点过意不去，是他们硬逼着他做出这号赔本买卖的。一念间，大家忽然觉得，金波其实不是那么可恨。

过了两天，刘其中就带过话来，山下有人愿意接手金波的果园，承包也行，转让也行，但付款方式等诸多细节还需仔细商议，他将作为资方的全权代理人与金波商谈。心头那座大山即将被铲平，金波高兴，抱住圆圆亲了又亲。

"你要是真敢卖了果园，我们就离婚！"老婆发狠说。

金波不理，抱起圆圆就去拿车。

现在，两个昔日好友坐在一起，就金波果园的转让事宜进行商谈。依着刘其中的意思，买主一次拿不出那么多现钱，在签定协议时可预付 30 万，剩余 10 万等卖了果子一次付清。不管最后双方以怎样的价位成交，都得由卖方，也就是金波支付给他百分之五的中介费。

金波答应得爽快，好。

协议双方知根知底，商谈一点不费事，刘其中拿出早已备好的协议书签字。签好字，刘其中转头问金波："把果园卖了，以后的日子你就不过了？"

"怎么不过？我是有儿子的人了！"金波得意地说。

刘其中哑然。

停了停，金波让刘其中透露一点买主的情况，刘其中含糊，说字也签了，押也画了，就算是他自己买，金波也不能再反悔了。

金波嬉笑："不就一张破纸么，防得了君子，防不了小人。"

"你敢？"

金波坏笑："有什么不敢的，谁不知道我是老赖啊？"

刘其中笑，金波也笑，哈哈哈。

突然，一阵急促的电话铃响，是久没音信的"任大骡子"。还没等对方说出一句话，金波已经满眼是泪。

发表于 2015 年第十一期《朔方》

桃花朵朵开

朱 敏

一

四五月，是村庄最美的时候。

远远的，就能闻见一股清香。走近了，才发现是一片花的海洋。桃花。粉嫩粉嫩的。那么多桃树，泛着古铜色的皮，静静地卧在那里，任由桃花妖冶地开放，不管不顾。

这是一个很小的村庄，远离县城。村子后面是一个坟场，大大小小的坟冢静静地伫立在那里，无声无息，像一颗颗散落在棋盘上的棋子。

这些坟冢大都没有墓碑，听老人们讲，村子搬来的时候就有，熟悉了，也不觉得可怕，反而成了孩子们的游乐场，追逐嬉戏在这里。

每天最爱在这里玩耍的是喜冬和桃花、桃子两姐妹。早上玩藏猫猫，下午就扮家家酒。喜冬和桃花扮爸爸妈妈，桃子扮成女儿，找些破碗破罐做家当，学着妈妈煮饭、吃饭，这样的游戏，他们能玩到天黑。

太阳落山，桃花妈站在巷子口喊：桃花呀，带着桃子回家吃饭来！那声音又长又细，穿过了整个村庄的炊烟，清晰地落在坟场上，三人这才慌慌忙忙地往回跑。

喜冬妈从来不喊。

喜冬家是山西逃难过来的，除了喜冬，家里人浓郁的山西口音总是被人嘲笑。

喜冬家和桃花家对门，隔一条窄窄的巷子，坐在各家院里，开着门，可以一边吃饭一边拉家常。喜冬端了饭碗，一溜烟就跑到桃花家门槛上坐着吃。喜冬妈低着声音骂道：小兔崽子，桃花家好得很，一刻都离不开！

桃花妈也笑：喜冬啊，来姨家当儿子吧，等你长大了，把桃花给你做媳妇。

喜冬吸溜着面条，也吸溜着快要掉下来的鼻涕，并不搭腔。

桃花羞得满脸通红，撒娇着喊声：妈！转身进了堂屋。

桃花和喜冬是同年生。一个开春，一个刚入冬。

二

桃花妈最喜欢看桃花。

每年桃花开的时候，她都要挪出半天时间，把自己和两个女儿拾掇得干干净净，去桃林里赏桃花去。桃花爸是犟脾气，眼睛瞪得倍圆：又不是过去的小姐，有啥好看的，能吃啊，还是能喝？

桃花妈忙着给桃子扎小辫，也不恼，还是笑笑的：我呀，还真不爱吃桃子，我就爱看桃花！那些花儿，粉嘟嘟的，像咱家两个闺女的小脸蛋，一嘟噜一嘟噜地长在树干上，看着就让人喜欢。

坐在小板凳上的桃子不愿意了，嘟个小嘴，一扭头：妈，你只喜欢姐，不喜欢我！

桃花妈扭过桃子的小脑袋，用梳子轻轻拍了一下她的头，说：谁说的，妈都爱。咱家桃子多乖啊，不仅漂亮，还能吃呢！说完，就照着桃子的小脸蛋咬一口，桃子呵呵呵地就笑倒在母亲的怀里。

出门时，喜冬早早地候在门外，还是拖着长鼻涕，衣服却换了干净的小布褂。喜冬妈坐在院里洗衣服，胖乎乎的手紧紧攥着一件衣裳，浸在冷水里，通红通红的。

喜冬妈看桃花妈出来，高着嗓子叫：他姨啊，这儿子白养了，听说你们去看桃花，一大早让我给穿新衣裳，饭都不吃，就等在你家大门后面。

桃花妈拉了喜冬的手，从口袋里掏出一条手帕子，把喜冬挂在唇上的清凌凌的鼻涕擦了，说：那可是好呢，我家就缺个好儿子。

桃子一把拽了喜冬的手，喊着：哥哥，哥哥！

喜冬却挪在桃花身边，轻轻拉着她的衣袖，碎步和她并肩走着。

桃花低了头，一条麻花辫滑到胸前，偷偷抿着嘴笑。就像一朵刚盛开的桃花。

三

桃林里，桃花开得正艳。

没有几个人赏花，都是庄户人家，有看花的工夫，不如去地头锄草。

一棵树，一棵树看过去，桃花一朵朵压在枝头上，整个一粉雕玉砌的世界。站在花丛中，人面桃花相映红。

桃花站着不动，问母亲：妈，为啥桃花开的时候没叶子啊？

桃花妈：叶子是陪着桃子长的，不陪花。你看桃子熟了，叶子绿油油地长成一片，衬得桃子又大又红，多美啊！

桃花声音低低的：那桃花多孤单啊！

桃花妈：这傻孩子，啥都是天注定的，不是你想咋样就咋样。

四

转眼上学了，桃花和喜冬一个班，小学、初中一路走来。

桃子也上学了。学校离村子很远，要骑自行车。桃子小，桃花妈让桃花每天骑车带她，桃子不。桃子只坐喜冬的车子，黑色的大梁车子。开始的时候，桃子个矮，跳不上去，喜冬就让她坐好了，他再骑。后来，桃子长高了，跟着车子跑，三蹦两蹦就跳了上去，像只跳龙门的小金鱼。

两人并肩骑在马路上，喜冬看着桃花，眼睛快要黏在她身上。桃花骑了辆红色的永久，艳艳的红，像盛开的桃花。

喜冬说：桃花，你骑自行车真好看。

桃花用柳叶般的眼睛，捎他一眼，并不答话，嘴角却挂起了一丝笑容。

桃子不乐意了：喜冬哥，你只夸姐姐，我长大了，骑自行车也好看呢！

喜冬应承着：好看，桃子圆嘟嘟的更好看呢。

三人一起笑，笑声丁零零地洒下一路。

五

桃花妈走的时候，没有一点征兆。

半夜还去田里给水稻淌水，天麻麻亮的时候，拉着铁锹一步一步地挨回来，额头上是豆大的汗珠。等桃花爸急匆匆地送到医院，医生说已经不行了。脑癌。医生埋怨着桃花爸：这么重的病，都不知道给治，人死了，才送来，真是……

中年汉子蹲在病床前，抱头痛哭，嘴里念叨着：她妈呀，我真不

327

知道啊！

跟着爸去医院的只有桃花。桃花拉着母亲冰凉的手，全身发抖，哭都哭不出来，只是一声接一声叫着"妈"。

桃花妈声息弱弱的，只留下一句：花呀，照顾好桃子，她比你小。

这句话是母亲留给桃花的最后一句话，桃花记了一辈子。

从那以后，桃花处处让着桃子，以前也让，只是现在更加让。桃花抱着桃子哭，说：妈走了，以后姐给你扎小辫，姐给你做饭，姐保护你。

桃子毕竟小，母亲走了，她也哭，哭了一两次，就不哭了。

桃花妈被埋在了坟场，是拐角的一个地方，远远的，可以看见桃林。桃花爸在坟头旁插了一棵桃枝，说：她妈呀，你爱看桃花，等来年这桃枝开花了，让你看个够。

<h1 style="text-align:center">六</h1>

桃花妈走了，家里一下冷清败落了。冷锅冷灶，悄无声息。

桃花爸每天忙在地里，侍弄着忙不完的庄稼活。

中午放学，别人家的娃进门就能在灶上端起热乎乎的饭菜吃，桃花姐妹不行。桃花忙着烧火做饭，做好了，让桃子先吃，自己用饭盆装了饭菜，用头巾裹了，再给爹送地里去。回来，她再胡乱吃几口，就到了上学的时间。

喜冬有时候会偷偷给她们送饭，拿大老碗装了，塞在衣襟下，一猫腰跑出家门，三步两步蹦到桃花家，把饭分给她们，再把老碗拿回去，对着娘说：娘，今天饭真香，我还想吃一碗！

娘疑惑着接过碗，说：咋吃这快呢？小心噎着。

又给盛一碗，喜冬这才坐在门槛上，慢慢吃起来。

七

有人给桃花爸上门说亲了。

桃花，桃子都不愿意。说的那个女人是十里八乡有名的泼妇，刚死了男人，这样的女人进了家门，能安生吗？

桃花爸蹲在屋檐下，埋头抽烟，一句话也不说。

媒婆劝着桃花姐妹：你爸一个人带你们两个，太辛苦，找个女人也能减轻你爸负担。你们放学回家也有口热饭吃。

喜冬站在大门外，帮着桃花爸卸车上的青草，一转身，看到桃花的眼泪落在小褂上，喜冬的心疼了一下，站在那里，恨不能进去赶走媒婆。

媒婆还在絮絮叨叨地说着。桃花爸依旧一句话也不说。

桃花站起来，看着爸：爸，我不念书了，我像咱妈一样操持家，你不要结婚行吗？

桃花爸惊恐地看着桃花。桃花学习一直拔尖，家里的奖状贴满了整个墙，全村人都夸桃花爸生了个好女儿，将来肯定是女状元。

桃子听了姐姐的话，小声嘤嘤地哭起来。

最终桃花爸没有再娶。桃花辍学了。那夜，桃花爸把自己喝个烂醉，趴在桃花妈坟上哭了半宿，说：她妈呀，我对不起你，对不起咱桃花，可我实在没办法啊！

桃花也哭，再有两年就可以考大学了，就可以圆她的大学梦了，可是命运就是这么不公平。桃花哭的时候，没人看见。她一个人躲在房上。屋后有棵沙枣树，她就坐在树荫下，看着天上的月亮，看着天上的星星哭。

喜冬啥时候上来的，桃花并不知道。听见响动的时候，桃花脸上还挂着眼泪。

喜冬挨着桃花坐下，从口袋里掏出两颗煮鸡蛋，一颗一颗剥了皮，塞到桃花手里。鸡蛋还是温热的，软软的，白白的蛋清，像是天上的月亮。

两人什么也没说，只是静静地坐着。桃花开始吃月亮，一小块，一小块的，她想：吃两个小月亮，吃完了就不难过了吧？

吃完了真的不难过了。桃花趴在喜冬腿上慢慢地睡着了。喜冬脱下外套盖在桃花身上，轻轻地用手拂过桃花黑黝黝的头发，低声说：桃花，你等着，我给咱圆大学梦，等我上完大学，我就回来娶你。

喜冬感觉腿上湿湿的，低头一看，是眼泪，桃花的眼泪，一行行流下来，流在他的腿上。喜冬也流泪了，他心疼桃花，心疼这个和他从小一起长大的女孩儿。

八

喜冬第一年没考上，差了二十分。

第二年复读，老师说他基础没打牢，让他插班进了应届班，和桃子一班。

每天晚上，喜冬过来和桃子一起学习，桃花给他们泡茶，煮馄饨。桃花看着他们头挨头坐在灯下学习，心里全是羡慕与失落。但是，她又安慰自己：只要他们考上了，就是替我圆大学梦，我一样地高兴。

来年八月放榜，喜冬和桃子真的双双上了红榜。

两家高兴地坐在一起吃了顿饭，喝过几杯酒，喜冬站起来，敬了桃花爸一杯，回头看了自己爸妈一眼，说：我想给大家说件事，我喜欢桃花，等大学毕业了我就要娶她！

全桌人一时间愣在那里。桃花没想到他会这么坦率地说出来，满脸通红，头深深地低下去。喜冬妈心里急了，桃花是好，可现在喜冬是大学生，大学生怎么能找村里的小丫头呢？可她也知道喜冬的脾气，拗，一时不知道怎么接话。

就在大家僵持的时候，桃子哭了，说：喜冬哥，我也喜欢你！你为什么不娶我？

桃花惊得差点掉了手中的杯子。桃子喜欢喜冬？这是她万万没想到的。可是，再一细想，她才想起许多细枝末节，是的，桃子是一直喜欢喜冬的，是自己太疏忽，一直把桃子当小孩看，完全忽略了她的感受。

桃花擦了桃子的眼泪，勉强挤出一丝笑容：喜冬和大家开玩笑呢，你好好上大学，等你毕业了，他就娶你！

喜冬妈舒了一口气，桃子又笑嘻嘻的，只有喜冬，直愣愣地瞪着桃花。桃花佯装没看见，摆弄着手里的筷子。

晚上，桃花和喜冬又坐在房上看月亮。

桃花淡淡地说：还记得小时候吗？你说我们名字好听，一个桃花，一个桃子，自己嚷嚷着要叫桃叶。

喜冬还在生气，不接桃花的话茬。

桃花：那次我妈带我们去看桃花，我问我妈为啥只有桃花，没有叶子，我妈说，叶子是陪桃子长的，所以，或许你就应该是桃子的，这都是命中注定的事。

喜冬跳起来，冲着桃花喊：我只喜欢你，不管桃花桃子咋长，我想娶的人是你。说完，蹭蹭蹭从梯子上下了房。

桃花抬头，月亮圆圆的挂在天上，那么明，那么亮。桃花想起了那晚喜冬给她的两个鸡蛋，还有在她耳边说的话，桃花的眼泪流下来，滴答滴答的，打在冰凉的胳膊上。

九

喜冬和桃子的录取通知书下来了，都在南方，虽然不在一个城市，却也是顺道。

那四年，过得很快。回来了，走了，走了，又回来了。

桃花依旧清秀着，帮爹把家里操持得停停当当。桃子也出落成大姑娘，只是和姐，变得淡淡的，不再像小时候那么黏。

喜冬也长高了，长壮了，白白净净的，越来越像个城里人。见了桃花，还和以前一样，该做什么做什么，只是不再说那些亲密的话，也再没有上房和桃花看月亮。偶尔看桃花，眼神流露出一丝温柔，也是不易被别人觉察到的。

桃子还和小时候一样缠着喜冬，每天喜冬哥长，喜冬哥短地叫着，快乐得像只叽叽喳喳的小喜鹊。

喜冬曾经提过的那个话题，再没有人提起，大家似乎都忘了。喜冬妈无数次在夜里，对喜冬爸说：阿弥陀佛，忘了才好呢！

从桃花妈走了，他们再没有看过桃花，怕回忆，怕伤心。

喜冬和桃子毕业那年，只有喜冬一个人回来了。县上接收一名大学生，要计算机专业的，喜冬和桃子都去报了名，考完试，只有喜冬和桃子符合要求，二选一。最终，桃子把名额让给了喜冬，她写了一封信，寄到家里，信上说：我喜欢喜冬哥，但我也爱姐，小时候不懂事，啥都跟姐争，现在我长大了，我希望姐姐幸福！

桃花拿着信，看了又看，眼泪流了一遍又一遍。

喜冬也看了，说：来年陪你看桃花吧，看了，你再决定是否嫁给我。

十

来年四月，桃花陆陆续续地开了，粉红粉红的，似乎比往年更艳更香。

喜冬拉桃花去桃林，指着花让桃花看，桃花看着，一朵一朵的花，恣意地开着，像是在向自己炫耀她们的幸福。

喜冬把桃花拉近，示意桃花看花后面，是一小瓣绿油油的叶子，像树芽，羞涩地挤在花中间。喜冬说：谁说桃花没有叶子陪，你看这是什么？

桃花笑着：那么小…

喜冬也笑：小也是叶子，证明桃花开的时候，它一直是陪着桃花的。转而深情地看着桃花，就像我一直陪着你。

桃花红了脸，低下头，闻了闻枝头上的桃花，一股清香扑入鼻中。

喜冬：香吧？

桃花微笑着点头。

喜冬：桃花不仅香，还会说话呢？不信，你听听看。

桃花真的把耳朵贴近桃花，什么也听不见，疑惑着，抬头看喜冬。喜冬笑着，靠近桃花的耳朵，低声说着：我爱你！

哈旦和哈旦嫂子

朱 敏

哈旦嫂子是后半夜从茅房找见哈旦的。她打着手电筒去茅房小便，发现门口横躺着一个人，脚上是军用绿胶鞋，再往上看，蓝色泛白的牛仔裤，再看，黑色的袄罩，再往上也不用看了，知道是哈旦。她大喊了一声，唤出儿子女儿，连拖带拽地把哈旦从茅房里拉进屋子。哈旦酒气熏天，睡得像死过去一样，怎么摇也不醒。

哈旦嫂子很生气，在他腿上使劲地捶打，嘴里叫着："哎哟！你这个死人，我恨死你了。"捶打完，又让儿子帮着给哈旦脱了衣裳，枕上枕头，盖上被子，在热炕上躺着去了。今天是大年三十，虽说回民不过年，但哈旦还是出去在麻将馆里和一帮汉民用摇碗子过了个年三十。这一摇就摇糟了，几碗子下来，输了两千多，身上摸来摸去只有二百块钱，好说歹说，开场子的刘三狗帮着垫付了，限哈旦过完年还钱。

哈旦从麻将馆出来，已经夜深了，村子里黑咕隆咚的，但是有炮声，噼里啪啦，咚……咚……咚，偶尔还有烟花冲上天空，咻的一声飞出去，炸开，散成一朵满天星，慢慢地滑下来，消失不见了。这是汉民的年，和哈旦没关系，回民过的是古尔邦节、开斋节。哈旦家在村子外面，是去年新要的宅基地，新盖的砖房子。也只是把房子盖好，里面什么都没收拾，打了两面炕，把旧家具又搬到新屋，将就着开火了。

这个村里的回民很少，也就哈旦一家，老庄子上是哈旦的爹妈家，哈旦的新家离庄子有两公里远，走路回家得一袋烟的工夫。这是哈旦第一次摇碗子，也是第一次输这么多钱，他有点后悔，也有点害怕，毕竟是两千块，不是二十，也不是二百。他和媳妇结婚这么多年，还从来没有存下两千块钱呢。盖房子花了三万，那也都是拼拼凑凑借来的钱，问爹要五千买砖，问妹夫拿两千买水泥，没有找外面的人帮忙，砌墙、上顶子都是哈旦和媳妇两个人干的。上大梁的那几天，小姨子和小舅子来帮了几天忙，忙完也就走了。

盖房子欠的债还没还完呢，摇碗子的债又来了。哈旦在黑暗中苦笑了一声。前面有些光亮，是村上的小卖铺，哈旦没有多想，直接走了进去，摸出身上仅有的三块钱，换了一瓶二锅头出来。要说回民是不能喝酒的，哈旦也一直不抽烟不喝酒，但今天太郁闷了，太点背了，如果不喝几口酒压一压，他感觉自己的心要蹦出来了。他用牙咬掉瓶盖，咕咚咕咚猛喝几口，又辣又呛，他望着远处，黑魆魆的田野，心里是火辣辣的烫，他突然觉得爽快，又连着喝了几口，愣是把一瓶二锅头全部灌进肚子。路上没有人，大概都回家过年去了。他觉得轻，像踩在云朵上，东颠西晃，他顺着那条小道一直走，一直走，他知道，这条小道走到头就是他的家。

在哈旦顺着小路回家的时候，哈旦嫂子正从大路往来走，她去找哈旦回家。进了麻将馆的门，里面的一窝男人就笑开了，他们喊叫着："你家哈旦这回给你挣下了！"哈旦嫂子习惯性地裂开嘴笑："挣下了就好嘛！"那些男人又喊："输了两千呢！回去好好收拾他！"哈旦嫂子惊了："啥？两千？他咋不死去啥！"那些男人得意了："把他休了，我给你当老汉去！"哈旦嫂子笑："行嘛，你先入教，入了就过来。"一屋子人笑。在烟雾缭绕中，人世间好像已经没有了什么痛苦的事，都是欢乐，都是幸福。

哈旦嫂子从屋子里出来，一股冷风扑到脸上，她有些清醒了，嘴里咕囔着骂道："这个该死的，存心不让人活了。"她的脚上是一双穿了好几年的高跟靴子，跟已经磨偏了，走路时腿不由得向里撇，村子里的路又是土路，坑坑洼洼的，她走的就有些跟跄，像喝醉了的女版哈旦。她顺着原路找回去，没有找见

　　那个"该死的"男人，她又回到村子，去婆婆家找，还是没有。她有些着急了，和哈旦一起耍的几个男人都还在麻将馆里，他能到哪去呢？她有些委屈，险些掉下泪珠子，这个混蛋男人，输了钱还有理了，还要让我三更半夜地找他。她慢慢地蹾摸着回到家，女儿和儿子正挤在炕上看春晚，时不时地笑出声音来。她的脸冻得通红，脚也冻麻木了，却忘了上炕暖一暖。女儿让她帮着递杯水，她才觉得自己也渴了，端起杯子喝了几大口，这才脱了鞋上炕，她心里说："冻死那个该死的才好，不用还账了。"

　　娘三个把春晚看完，凌晨一点半了，儿子已经歪在炕角睡着了，女儿下炕压炉子，哈旦嫂子拿着手电筒出来上厕所，才发现哈旦喝多了酒睡着在茅厕了。事后，再提起这件事，哈旦嫂子说："幸亏那天晚上没下雪，要是下点雪，非把你冻死在外面。"哈旦不以为然地说："它咋就是没下呢，命大嘛！"

　　说话间就过完年了，天气还是冷。哈旦家几乎天天有人。都是村子里一块长大的那些个男人，现在都结婚了，有女人有娃了，除了种地，就是在外面做零工，工地上筛沙子、粉刷、做彩钢，安装水暖，反正干来干去都是靠一把力气吃饭。冬天工地停工了，他们也就闲了，没地方可去，就来哈旦家。"只有哈旦的女人不骂人，不嫌弃我们。"他们背地里这样说。哈旦嫂子比起村子里的那些婆姨，的确好，她每天早上起来，第一件事就是烧炕，抱一堆干柴，把炕烧得热热的，那些男人来了，脱了臭烘烘的鞋子，揭开被子，把穿着各种各样棉袜子

的大脚伸进去，吆五喝六的开始胡诌。哈旦嫂子也不嫌烦，坐在一旁乐呵呵地看着他们诌。有时候，哈旦还呵斥她："听啥呢听，还不烧壶开水去？"哈旦嫂子咧嘴一笑，从炕上溜下来，套上哈旦的大鞋，不慌不忙地提起壶，去水缸里舀满水，再稳稳地坐在炉子上，转身上炕，再听他们诌。有时候水烧开了，都是哈旦提醒，她才慌忙下去提壶。这时候，就有男人笑话哈旦："这号女人还要呢，早早使回娘家，该干啥干啥去。"哈旦笑着说："使了，使不回去嘛！"哈旦嫂子也不生气，又是咧嘴一笑。在这一日复一日的笑声和诌闲话中，大家好像忘了哈旦输掉的那两千块钱，不仅大家忘了，哈旦和哈旦嫂子好像也忘了。

正月十五一过，哈旦的丫头麦燕提前开学了，她今年上高二，个头已经和哈旦嫂子一般高，眼睛明亮，鼻子高挺，皮肤白得像雪，她的容貌集中了哈旦和哈旦嫂子两人的优点。哈旦的儿子拉西还小，刚上初中，他长的就比较像哈旦，不，简直是哈旦的缩小版，干干瘦瘦的，走起路来，像根干柴棍在移动。

麦燕学习很好，文文静静的，不爱说话，也不爱笑，性格一点也不像哈旦，更不像哈旦嫂子，像是他俩基因突变生出来的丫头。为了上学方便，哈旦给买了辆贼偷的电动摩托车，白色的爱玛，她又喜欢穿浅色的衣服，每天像只轻盈的鸽子，突突突地飞出去，又突突突地飞回来。

麦燕并没有飞很长时间，正式开学后她就辍学了。起因还是钱，学校让交八百二十块钱学费，麦燕放学后到处找哈旦，哈旦和哈旦嫂子正在家门口的朱大家喝啤酒，女儿进了屋，当着一屋子人的面对哈旦说："爸爸，明天老师让交学费。"哈旦抬头看了一眼女儿，问："多少钱？"麦燕说："八百二。"哈旦低下头拿起骰子继续摇，边摇边说："知道了，你先回去。"女儿站在门口没动。哈旦揭开坨碗看了一眼，又立马合上，说："三个六。"还没等对家反应，麦燕又说："爸爸，明天老师让交学费。"哈旦又抬起头看了女儿一眼，说："知道了，你先回去。"女儿站在门口又没动。对家声音提高说："四个六！"哈旦揭开坨碗，说："起了！"坨碗里没有一个六，对家输，大家哄然大笑。麦燕又说："爸爸，明天老师让交学费。"哈旦没有再抬头看女儿，哈旦嫂子对女儿说："知道了，你先回去。"麦燕这次没有站在门口不动，她表情平静，像只优雅的鸽子，扇了扇翅膀，揭开门帘转身走了。第二天早上，她没有去上学，下午也没去，晚上哈旦和哈旦嫂子回来，她对他们说，她不念书了。于是，麦燕就辍学了。

老师先是让同学来叫，一次，两次，三次，麦燕只说不去，后来，老师亲自来了，她说："麦燕，你学习成绩这么好，长的又漂亮，不念书可惜了。"

麦燕说："我不念了。"

老师说："你家里的情况我都知道，念书是你唯一的出路。"

麦燕说："我不念了。"

老师张张嘴，还想继续说点啥，麦燕直接打断了老师的念头，她说："老师，我不念了。"

于是，麦燕真的辍学了。

哈旦并没有觉得有什么不妥，哈旦嫂子也没有觉得有什么不妥，有人对他们两口子说可惜时，哈旦说："人家不念嘛有啥办法。"

年终于过完了，要账的也来了，刘三狗把哈旦堵在门口，哈旦看了一眼，想要骑上摩托车走，刘三狗一把拽住摩托车，说："哈旦，年过完了。"

哈旦笑："那是你们汉民的年，回民又不过年。"

刘三狗："你别管是谁的年，该还钱了。"

哈旦说："最近还没钱呢。"

刘三狗："没钱总有个话呢嘛。"

哈旦说："话肯定有呢嘛。"

刘三狗："啥话是？"

哈旦说："过两天嘛。"

刘三狗看了哈旦一眼，松开了手，哈旦右手拧了拧油门，骑上摩托车头也不回地走了。

哈旦说的过两天一过就过了半个月，刘三狗又来了。刘三狗把哈旦又堵在门口。哈旦刚从工地上干活回来，灰头土脸。

刘三狗："哈旦，过了几天了？"

哈旦说："我没数嘛。"

刘三狗："半月了！该还了吗！"

哈旦说："再过两天。"

刘三狗："两天是几天？"

哈旦说："工资还没发嘛。"

刘三狗："几号发工资呢？"

哈旦说："下个月十号。"

刘三狗："我十号晚上来拿。"

哈旦说："你晚上来拿，你早上来拿我把手铡给你。"

刘三狗："你这个尻啊！"

哈旦认真地说："我说的是实话嘛。"

刘三狗走了，哈旦推着摩托车进院子，哈旦嫂子迎出来，她显然听见了他们的说话，她对哈旦说："这个月工资发了要买玉米种子和麦种呢，眼看着要春耕了，不种地今年喝西北风噢。"哈旦把摩托车停在车棚下，他说："喝西北风就喝西北风嘛。"哈旦嫂子立马又咧开嘴笑，她唱着进了屋："喝西北风喽！喝西北风喽！"

十号转眼到了，晚上，刘三狗依约来拿钱，这一次，他只堵到了哈旦嫂子。她也刚从工地回来，正在厨房忙着给丫头儿子做饭。拉西已经放学了，趴在炕上看电视，麦燕在另一个屋子里看书。自从不念书后，她就窝在家里，哪也不去。每天把窗帘拉上，躺在炕上不停地看书，各种小说。哈旦和哈旦嫂子还是觉得没什么不妥，才十七岁，不在家里看书，你让干啥去呢。

刘三狗："哈旦还没回来？"

哈旦嫂子："没有嘛，今天中午把俺俩的工资领上就走了，我以为他给你送钱去了。"

刘三狗："鬼影影子都没见一个。"

哈旦嫂子："那他走哪了？"

刘三狗："你男人，你问谁呢？"

哈旦嫂子："腿在人身上长着呢，我能管住嘛。"

刘三狗心里有种不祥的预感。他索性脱了鞋，上了炕，和拉西挤在一起看电视，他说："我就不信他不回来了。"

哈旦咋可能不回家呢，他就不是个不回家的男人。不到晚上十点，他就回来了。刘三狗都被热炕腾地睡着了。听见哈旦的摩托车进了院子，刘三狗从梦里惊醒，他跳下炕，来不及穿鞋就冲到院子里，哈旦刚从摩托车上下来，没等他问，哈旦自己先交代了。

哈旦说："下个月吧。"

刘三狗："你狗日的干啥去了。"

哈旦说："你看你的嘴脏不脏是。"

刘三狗："嫌我说的话脏，把钱给我，我就不说了。"

哈旦又是一副不着不急的样子："下个月吧。"

刘三狗快哭了："哈旦，你是俺爷爷，赶紧把钱还给我，今天拿不回去这两千块钱，俺婆姨让我关麻将馆的门呢。"

哈旦笑了："关了才好呢，关了少输点子。"

刘三狗彻底无语了，他指着哈旦说："我算是栽到你娃娃的手里了。"进屋穿上鞋，再懒得说一句话，径直走出了院子。

哈旦嫂子跟出屋子，问哈旦："咋话了？"

哈旦迎着女人过去，一揭门帘又进了屋子，擦身而过时，他丢下一句话："又输光了。"

这一次，哈旦嫂子没有裂开嘴笑，她把发怒的目光甩过去，想戳在哈旦身上，哈旦已经进了屋子，目光被门帘又堵截了回来，贴在破旧的花布上，成为一抹明晃晃的月光。

天气转暖的时候，哈旦打算带麦燕一起到工地上干活，他说，不能把丫头养懒了，这么大的人了也该锻炼锻炼了。于是，他们一家三口骑着一辆摩托车到了工地上。现在工地上打工的男人、女人都多，唯独姑娘少，尤其是十七岁的姑娘，还是又白又美的姑娘。一天工夫，所有男人的眼睛都黏在麦燕身上，什么活都干得吊儿郎当。工头很生气，比工头更生气的是哈旦，回家的路上，他就忍不住骂开了："都啥人嘛，一个个像狼一样，好像没见过女人。"第二天，他说啥都不让麦燕再出去，他说，不能让那些狼眼睛把麦燕叼了去。于是，麦燕又窝在家里看书。

六月，枸杞红了，村上的婆姨都出去摘枸杞挣钱，一斤一块三，已经是很好的价了。哈旦的小姨子专门从同心坐车过来，住在哈旦家，每天早出晚归的摘枸杞。她叫麦燕和她一起去，麦燕撇撇嘴，用眼睛剜了小姨一眼，转身又进了屋子。那一眼，哈旦看见了，哈旦嫂子也看见了，但他们什么也没说。一整个夏天，麦燕都窝在屋子里。七月，后院的杏子熟了，烂在树上，她没去看一眼。八月，枣子红了，被风一层一层地吹落在树下，她没去捡一颗。九月，苹果熟了，被过路的人一个个摘走，她没有去问一声。

刘三狗再也没有来，他懒得堵哈旦，他对村上的人说，他算活明白了，他压根堵不过哈旦。而他的麻将馆呢，也早关了门，他说都是哈旦害的,谁欠的账都能要回来,碰上哈旦,他就死活要不回来了,婆姨骂着让把麻将桌都卖了,改成了一个饭馆,专门卖包子稀饭,生意反而比开麻将馆时好得多了。有人打趣刘三狗:"这次你不用怕了,哈旦不吃你家的饭。"

夏天的最后一茬枸杞摘完后,哈旦的小姨子听人说青海的枸杞还能摘,她又坐上车撵到青海去。十天后,她给哈旦嫂子打电话,让姐姐也过去,说那里的果子多,好摘,挣钱快。哈旦嫂子动了心,夜里睡下和哈旦商量,哈旦说:"想去就去,把麦燕领上。"

哈旦嫂子咧开嘴笑:"这次不怕那些狼眼睛看你丫头了?"

哈旦:"青海摘枸杞的都是女人,男人有几个呢?"

说走就走,哈旦嫂子和麦燕第二天天麻麻亮就动身走了,家里只剩下哈旦和儿子拉西两个男人。工地上的活也停了,哈旦就每天闲在家里转出转进。他每隔三天给女人打个电话,无非是问啥时候回来。哈旦嫂子每次都说:"过几天。"这一过就过了一个多月。十月中旬,突然下了一场雪,虽然是边下边化,树上、山上,还是白了一层。大清早起来,哈旦看见飘起了雪花,去后院拾干柴准备烧炕,就在他抱着一抱柴火进屋时,哈旦嫂子带着麦燕进了院子,娘俩个从头到脚七包八裹的,如果不是哈旦嫂子先笑出声来,大概哈旦一时间都认不出这是自己的女人和女儿。

刚一进屋,哈旦嫂子就迫不及待地从鞋垫下抽出厚厚的一沓子钱,钱上带着浓浓的脚臭味,她把钱递给哈旦,笑着说:"给!这是俺娘母两个挣的。"哈旦也不嫌弃钱臭,接过来,笑着说:"挣了这么多呢!"

哈旦嫂子说:"本来还能多摘几天,结果青海降温了,枸杞都冻了,没办法摘了。"

哈旦:"这里早都降温了。"

哈旦说着,又把钱递给女人,说:"你拿上嘛。"

哈旦嫂子："你拿上，这是五千五，给刘三狗还掉两千，剩下的三千五拿回去给你妈三千，盖房子时买砖别给掏钱了。还有五百留着，等天气好了，买点炭，马上架炉子呢。"

哈旦把钱装进口袋里，笑着问女人："你不怕我拿上又输了。"

哈旦女人咧开嘴笑："输了就输了，一家子跟上你喝西北风嘛！"

发表于《朔方》2015年第5期

阿春的烦心事

李慧英

一

一大早,架在村委会楼顶上的大喇叭就放起了流行歌,嘹亮的歌声,动听的旋律,穿越连档连片的良田和曲里拐弯的沟渠,直接进入了早起人阿春的耳朵。

每早起来,阿春首先要捅炉子,倒炉灰,扫院子。这会儿,阿春稳妥地将扫把立在墙拐角,端详来端详去觉得还是有些歪,就再伸过手去扶扶正。阿春做事细致,要求高,在村子里是出了名的。且不说扫把的放置和站立姿势,就连院子里的一个小板凳,也要求站有站相,坐有坐相。一进阿春家的大门,干净整齐的青砖,把院子该铺的地方都铺了,小板凳小矮人似的摆放在南墙边,扫把立在西南墙角,砟子煤堆在西边的棚底下,旁边是手推车,墙面上镶着一排铁钉,整齐地挂着钉耙、镰刀、草绳和竹筐。

阿春不厌其烦地摆弄着院子里的物件,是在码火柴盒一样地摆弄心里的幸福感。这日日里紧绷着的日子,多么需要这种幸福感的潜润,就像身体需要水的清洗、食物的补给和血液的浸润。阿春愿意停留在自我营造的这份美好里,任由生活的小河一点点地延伸,形成一条不规则的小流,把焦虑的心情带入一日之始的绝佳状态。

二

做完了家里的活计，阿春扛上锄头下地了。

今年只有两亩地需要阿春耕种，图省事，只点了玉米。今天得空，他得去锄第三遍草，上化肥，灌水，往后玉米就只管一个劲儿地往高拔节了。

阿春锄着草的当口，村委会大喇叭里的歌从《在希望的田野上》一直放到了《走进新时代》，后来还唱上了劲爆的《小苹果》。地里干活的人们，放开了矜持着的耕种性情，垄土、锄草的动作加入了现代元素，心里一激动，庄稼苗被无端由地铲了去，看着好生让人心疼。一株叶脉厚实的玉米苗，这会子也一不小心，倒在了阿春小心翼翼的锄头下。

"狗日的福元，去死。"阿春由不住地骂了句粗话。

其实，村里的喇叭并不是天天都放，放歌子只是播送通知的前奏，就像运动员比赛前的热身。果不其然，歌曲一停下来，待田野进入空前的安静状态，妇女主任尖细的嗓音便传遍了整个村落的上空，内容是让各家带适龄小孩到村卫生所接种疫苗。接着是村委会主任谭福元粗声粗气的声音，通知党员们十点到村委会准时参加党员会，说有要事相商。

阿春嘴里骂着的谭福元，是谭家庄现任村委会主任。他高中毕业没考上学，当了两年兵，又复了员，亏了老支书惜才，这才提拔当了包队干部，具体负责两个队的具体村务，无非是做些上传下达，落实春种，安排夏收，督办秋天农田基本建设，催收渠工的差事。虽是些按部就班的事情，谭福元刚出道，却能够一是一、二是二地去做，由他经手的事情，件件有始有终。日子稍长，村民们就反映他态度好，会安排，有头脑。年轻热情的谭福元，在包队干部的岗位上，干得越来越带劲儿，自然而然被村民们推选成了村委会主任。

阿春，念不进去书，初中毕业就回了家，跟着父母干牛毛一样多的农活。纸里包不住火，泥里压不住金。阿春虽然不爱念书，却有一个天生经商的好脑子。那年夏天，阿春看准了麦柴生意，廉价收上来的麦柴打包卖给造纸厂，转手就赚到了可观的差价。普通的贩子收麦柴，守株待兔。阿春收麦柴，想出了促收的高招。麦收前一月的晚上，他偷偷地挨家挨户送捆麦柴的蒲草绳，一下子包揽到几乎百分之九十农户的麦柴。待别人反应过来，就使出了比阿春更高的招，免费脱粒。这时，阿春却又不争不抢，从麦柴生意中全身而退了。不几年，蔬菜大棚在农村推广，包建大棚吃香起来，精于生意的阿春，当然不会放过这个天赐财富的良机。他拿出倒卖麦柴的积蓄，当机立断置办了建大棚的设备，无非就是带箱的四轮与打夯机。四轮用来转运土方，打夯机用于夯实土方。倒腾了以上买卖，阿春手里攒了几个钱，摇身一变成了村里数一数二的富户。

谭福元和阿春这两个人，表面上像两条铁轨上反向跑着的火车，暗地里却是两股较着劲儿的绳子，为的是上辈人结下来的恩怨。

几年前，阿春的大哥因为地里淌水，同谭福元的父亲动了手。阿春的大哥凭着年轻力壮，抱起谭福元的父亲扔到了水渠里。水渠里的水撇沿沿，谭福元的父亲在水里像只鸡一样地扑腾。亏了有情急者，折下树枝伸到水里，才将谭福元的父亲救上来。

往远里扯，谭福元的爷爷四清运动的时候，批斗过阿春的爷爷，分过阿春爷爷的家产。至今还有一个油漆了花纹的长条前桌，人模人样地摆在谭福元父亲的正三间屋里。阿春听父亲讲爷爷挨斗时的情景，数谭福元的爷爷跳得欢，骂得歪，下手狠，以至于阿春奶奶看到穿警服的人来，就要犯疯病，披头散发地满路跑。

现在，谭福元和阿春为两族人的高低，算是打了个平手。谭福元从包队干部升到了村主任，阿春在生意场上赚到了实实在在的钱。

三

正当阿春风生水起之时，却摊上了件大事儿。

阿春赚了钱，心烧的，就买了辆皮卡车。车开回来，也不安生着，停在门口的巷子里，音乐放得山响，车门大开，车座放低，人四仰八叉躺在驾驶座上，刻意摆有钱人的架势。

阿春有了车，亲戚们自然也跟着凑份热闹，他们的心里面隐隐有个想法，那辆招蜂引蝶的车也有他们的一份。于是，儿子结婚，女儿出嫁，上城办事，拉运东西，都爱给阿春打电话。阿春起初响应得痛快，后来车加油的次数多起来，虚荣心就多了道理智的闸门，该应的应，不该应的干脆连电话也不接。可是，哪个是该接的，哪个又是不该接的呢？日子长了，亲戚们就对阿春起了看法，说他变质了，嫌贫爱富了，会走上级路线了，眼睛里有水了，稍有些文化的还用上了"庸俗"这个文绉绉的词。

那天，阿春的舅子来借车，说是到镇上买化肥。舅子考上驾照没一年，开车的时间屈指可数。阿春说啥也不愿借，后来经不住舅子的冷嘲热讽和软磨硬泡，脑子一热就把车钥匙丢给了舅子，并再三嘱咐开慢些，不要惹出事端来。偏巧了，担心啥就来啥。舅子中午把车借走，下午就出了事，把好端端走着路的一位中年男人给撞了，一条腿粉碎性骨折，就算治好，也要成瘸子。中年男人是家里的主劳力，撑的可是一家子人的日子，成了残废，赔得就多了。

这次事故，阿春足足拿出了三十五万元，才算了事。三十五万元不是个小数目，阿春折腾好些年，顶多也就存下了二十多万，还差的

347

十五万求爷爷告奶奶才借够。好不容易折腾来的钱，被一场突发的交通事故玩完了，还欠下一屁股的债。阿春的精神登时跌入了低谷。一段时间，他心灰意冷，做啥无趣，看啥无意，窝在家里，成天里唉声叹气。

四

话说到这里，有必要回顾一下阿春的家史。

阿春在弟兄中排行老三，父亲是抗美援朝战场上下来的老兵。当初，回到家乡已三十好几，找对象失了挑的资本，得着个女的便当了老婆。老婆有了，就有了家。阿春的妈人生得矮胖，做事窝里窝囊，唯一的功劳是为阿春的爹生了一堆男男女女的娃娃。女人不会带孩子，不会做针线，不会操持家务，这在农村日子就过成了月子。还好，阿春的父亲在部队上学会了飞针走线，娃娃的鞋子、衣服都由他亲手裁缝，还要做地里的活。劳累了一天回到家，一帮娃娃们困在脚边要饭吃，而婆姨仍在灶火前乱七八糟地煮饭，一肚子的火便噌地上了头，冲到灶火边抓过老婆便打上了，打起来拳头、木棒轮番用，阿春的妈喊叫着满庄子跑，后来就疯掉了。疯掉的症状是动不动脱衣服，往外边乱跑。阿春父亲认命，不再打疯老婆了，哄着把人关在屋里，神仙似的供着。忙的时候，阿春父亲就领着一屁股娃娃们到阿春爷爷家去蹭饭，妹妹们不愿意了，说，羞羞羞，羞羞羞，大哥又来蹭饭喽。阿春父亲并不恼，顶着妹妹们的嘲弄，领着娃娃们吃完饭，嘴一抹，赶紧走人。

秋天的时候，村里的寺庙里来了个驻寺法师，叫慈明。慈明法师是个男的，年轻时因为身体原因，入了佛门。他的到来，改变了阿春母亲后半生的命运。慈明来了后，寺上自此有了固定过会的日子，还在农闲组织喜欢念佛的人学经、诵经。慈明也结识了阿春父亲，并成为谈得来的朋友，顺理成章地了解到阿春妈的情形。慈明意思让阿春妈跟着学经，兴许能收了散乱的心性。阿春父亲听了，表示同意，就常常把慈明法师请到家里来诵经，借以试探诵经对阿春妈疯病的影响。没想到，慈明法师只要开始诵经，阿春妈就变得特别安静，仿佛有定力在吸引着她入定。接着还跟着念上了。慈明法师给阿春妈赐了法名"智慧"。阿春妈从入了佛门，变成了个好人。慈明法师便正式教她诵念《心经》《金刚经》《地藏经》和《弥陀经》。自此不得了，阿春妈迷上了诵经，早晚念功课，还吃了斋。凌晨四点做功课，七点供斋、吃饭，中午十二点前第二次主食，这日往后的时间不吃或只吃水果。听似简单的斋戒，却乱了一家子人的吃饭时间。阿春父亲也依着，怕的是她再次疯掉。

阿春跌了难，成天躲在屋里，听的自然是母亲早晚准时响起的诵经声。

凌晨四点，开经谒准时开诵。阿春睡不着，也跟着起来了。外边还黑得很，偏西的夜空上明朗地挂着一弯新月，夜空和这轮弯月皆像被精心地擦拭过一般，看上去明亮非凡，这新月也以绝美的姿态，吸引着寥落的几粒星斗，把淡蓝色的清辉，均匀地洒向大地。这夜的清辉让阿春的心里猛地打了个哆嗦，接着听到木鱼声紧凑有序地响起来，自然地打破了院落里沉睡入梦的延续。

村子里的人都说，阿春一家人，算起来阿春是最有佛性的。他心烦了，只要一听母亲诵经，就觉着世俗的人和事都远了，只有自我在隐去了具体物像的空间里舒服地留滞，这是种极美妙的感受，他愿意沉浸其中，让时间一秒秒过去。可是，猛然间，就又警醒了，他原本是处在这尘世中，一双双刀子样的眼神，从四面八方射来，投下闪着寒光的光束，让你坦然地接受。钱没了，车没了，那又怎么样呢？关键是人还在，然而另一个人却无端由地变成了残废。这是阿春内疚的关键。他跟着母亲连敲不停的木鱼在心里默念，默念他自己的心经，以求内心的宽慰。钱没了可以再挣到，可是，那个人的后半生，一家子人的生活，从此拐上了另外的轨道。阿春自己，也将背负着这内疚，在二三十年后的某一天，走向彻底的消亡。

　　阿春的心思收回了现实，他坐在院子里的小木凳上，点了根烟想眼下的出路。四亩连成片的责任地如纸张般自然地平铺到了他的眼前。几年前，阿春把东一块西一块的责任地换在一起，办法是让对方占些面积上的便宜。比如说，他的一亩一分地，换人家的一亩地，他的六分地，换人家的五分地。阿春也不是脑袋给门挤了，他想建养猪场的想法，不是一天两天了，只是苦于没地方。他悄没声息地把责任地换到了一处，就是为了在合适的时机，建朝思暮想的猪场。

　　阿春想着想着，止不住地有些兴奋，仿佛活蹦乱跳的小猪仔正欢实地向他跑来，围绕在脚边，阿春在想这些的时候，觉得浑身发热，竟全然忘记了是坐在凌晨的屋外。

　　这时，母亲的木鱼声敲得更紧了，诵经也由长的经文转向了仅只"阿弥陀"三个字。仅只这三个字，被母亲念出了抑扬顿挫的神奇节奏，猛然听上去舒心悦耳，细听却又抛出紧了又紧的紧迫感来，那木鱼声声里分明是在讲：人渡人，人渡人，人渡人……

五

　　阿春在地里锄着草，不知不觉，太阳已经火火地升上来了。田野里登时变得热闹起来，麦苗、玉米苗接在一起，铺成了一张天然的绿毯，把树缝里筛下的一道道阳光尽数接收，分蘖的麦苗摆动起青绿色的外衣，生长的势头显得格外带劲。

　　阿春锄着的这块玉米地，杂草并不多，灰草、稗子和刺蓟紧挨着玉米苗的侧边生长，一不小心锄头就会伤到玉米苗。阿春锄着地，骂着福元，想着建猪场的心事。

这时候，广播里突然播送紧急通知，指名要阿春也速到村部去参加党员会。

"奶奶的福元，能有啥好事？"

阿春停下了锄草，摸出烟盒，抖出一支烟，衔在嘴上，啪的一下打着火机，点上，深深地吸了一口，扛起锄头，大步流星走上地头，骑上摩托车往村部去了。

村部会议室里烟雾缭绕，大家热烈评说着的，正是阿春责任地里建猪场的事情。

这会子，党员会上持了三类意见，一类意见觉得农田里建猪场并不违背国家土地政策，养猪致富是好事；二类中立，不表示赞成，也不表示反对；第三类坚决反对，说这次如果同意了阿春拿责任地养猪，那下回就该有张三、李四、王麻子，拿责任地盖房子、建厂子，好好的责任地真是要乱套了。

正吵着，阿春一推门，旋着一股凉意丛生的风，站在了门口。

见来了中心人物，会场立刻变得鸦雀无声。阿春独特的鹰钩鼻子，在浑浊的光线里犹如老鹰的喙，晃动着不一样的光亮。他的衬衣袖子本来挽着，这会子也散落下来，多少显得有些乱。

"阿春，你来了。来了好，来了好。过来，坐下。你在责任地里建猪场的事，现在已经有了讨论结果。"谭福元一连叠地对阿春说。

阿春一屁股坐在椅子上，点上了一根烟。

谭福元清清嗓子，主持党员会继续往下进行。

"阿春在责任地里建猪场这事儿，经过基层摸底，党员会讨论，决定不予批准。"

阿春听了谭福元的话，一时心急，呼地站起来，质问道："发家致富有啥不对？今天索性面对面辩辩这事的对错。请问，党员是群众里的优秀人，是领着老百姓致富的带头人，养猪致富，怎么着就影响到种地了？"

阿春怀着激动的心情，一口气讲出了这些话。

面对他的质问，党员们绷着脸，没人起来先说话。

谭福元看着阿春，又看看大家，说：

"你出格在责任地里养猪，多数村民和党员认为责任地里建养猪场，一是村子里没有这样的先例，二是周围的农户种地，空气臭得不行。"

"好啊。先说这头条，天底下的事，哪个打娘胎里出来就有？养猪不是什么高科技，可也是条致富的路，以前没有，现在我做了，从此不就有了。再说了，现在国家有这个政策，允许土地在政策允许范围内自由流转，怎么就不能用来养猪？这第二条说养猪臭了空气，简直就是矫情。咱们的上辈人哪家没在宅基地的空地上砌猪圈养过猪，再用卖猪的钱，供娃娃们上学和贴补家用。那个时候，没有听到哪一家人说宅基地上养猪，臭了空气的话。现在，我申请养个猪，怎么就臭了空气？"

阿春这会儿憋足了劲儿，觉得有一肚子的话不吐不快。

听了阿春的反问，起初持反对意见的党员们脸绷得更紧了，抱在一起的手也出起汗来。他们在阿春来之前，有一肚子反对的理由要摆出来，这会子只觉得有股气流逆着窝在胸口，同要吸进去的气体对抗着，下不去也上不来。这一刻，村部会议室所有的党员心里面都在快速地思想着，站在哪一边，一时间不再是个人恩怨的事情，他们坐在这儿，不再被自我紧紧地包裹，党与党员的称号压得他们喘不过气来，尤其是在听了阿春这一番情绪激昂的陈辞后，连谭福元也侧着头，貌似处于了短暂的沉思当中。

阿春按捺不住心情如水流般的翻涌，接着上面的话继续说：

"是这，既然大家认为这也不行，那也不行，我阿春可以撤回养猪的申请。你们，在座的各位，都是村里的老党员，是全村的带头人和指路人，我现在急需挣钱还债，你们若认为不妥，那就请各位党员给我另外指条致富路。"

这回，一屋子的人都沉默了，阿春取了一支烟，啪的一声，又点上了。

沉默了片刻，有位老党员走上前来，对村主任谭福元说："主任，还有啥可说的呢？阿春讲的这番话，占不占理，还得你这个领头羊定夺。怎么着阿春债得还，日子得过，共产党也是鼓励群众往致富路上奔的，只要不偷，不抢，来路正，就算是党员，也没有拦着群众致富的道理。我可听说，阿春建这个猪场的想法，不是一天两天了，并且人家已经过了规划局、建设局、环保局的批复关，你指望我们这些党员来阻止阿春建猪场，本来就是一场闹剧嘛。"

阿春一听这话，火直往头上蹿，把手中的烟头往地下恨恨地丢去。

六

正闹得不可开交，门外进来了背着手的老支书。

谭福元见支书来了，忙不迭地抱过来一把椅子，请书支坐下，讲两句；阿春掏出烟来，请支书点上，抽一根；底下坐着的党员们也停止了乱嚷嚷，调整坐姿，直起身子，看老支书如何决断这残局。

老支书一手推开了谭福元抱过来的椅子，一手挡回了阿春递上来的红塔山烟，望了望底下的党员们，叹了口气，清了清嗓子，语气凝重地说：

"我这两天不在，福元你就搞出这么一出，不要忘记了，你是全村人公开选举出来的村主任，你手里的权力是村民给的，那你是不是能够设身处地地为村民们想一想事呢？在他们遇到难事的时候，你有没有主动出面给想办法？不能一遇到事，就知道召开党员大会。党员大会不是你手里的一杆枪，想啥时候开就啥时候开。当初你入党是在部队，不知道你的入党申请书是怎么写的？作为一名党员，要从大局想事情，要从细处做工作。就说阿春在责任地里建猪场这件事情，我之前不是特意嘱咐过你吗？要去调查，要去研究，究竟符不符合国家的土地政策，不是我说了算，不是你说了算，也不是阿春说了算，也不是党员表决了就算，这一切的基础得在合法的基础上。这两天镇长领着各个村的书记到了其他镇的不少地方，学习人家先进的致富经验。别说是养猪场，养牛场也是一个接一个，个个办得红红火火。还有的村里将责任地连片对外出租，地里安装了滴灌设施，随时控制喷水量，种殖的特色蔬菜，已经实现了对外出口。福元啊，你、我和党员们做为村里的带头人，不是靠开个党员会，就一锤子把村民们的致富想法给否定了。阿春遇事的时候，你去关心过他一句没有？阿春递申请的时候，你去咨询、研究过没有？没有依据，没有调查结论，谁给你的权力召开的党员会？"

阿春听着老支书的话，一股暖流禁不住地涌上心头。阿春不是胡搅蛮缠的人，要的只是公平、公正、合法、合理的批复结果。他想通过辛苦劳动和聪明才智，挣到钱，还掉债，让家里人跟上他能过上好日子，这有什么错？

阿春一步跨上前去，紧紧握住老支书生满老茧的手，眼眶湿润了。

"什么也别说了，阿春。你的情况我心里自有一本账，多么难的日子都有出头的时候。你要相信我，相信村委会，能把你的事情稳妥地处理好。只要符合国家政策，谁也阻挡不了你养猪致富的想法。现在村里需要你这样脑子活、有闯劲的年轻人。"老支书手拍在阿春肩膀上，让阿春感到了如父亲般的温暖。

谭福元站在一边，低着头，听了老支书的一番话，像痴迷打瞌睡的人当头挨了一闷棍。他的脸上红一阵，白一阵，不自在地磨蹭到老支书面前，强打颜面，支吾着说："老支书，您的话一语惊醒梦中人，今天的事是我不对。吃一堑，长一智。支书千万别生出失望，往后看我的表现。"

老支书没好气地看了福元一眼，语重心长地说："你还年轻，做事冲动，这不是一名党员应有的表现。往后把你那点小聪明，能用在正点子上，多学习国家政策，多了解致富经验，多做调查研究，带领全村人奔上致富路，才是你的真能耐。眼下阿春有这个想法，想第一个吃螃蟹，就是展示党员领导水平的时候了，怎么引导、支持好像阿春一样有想法的人实现创业的想法，才是我们该去做的。"

老支书的话针般扎在福元心上，句句让他感到刺痛。

发表于 2016 年第二期《北方作家》

无暇回头

李慧英

  一旦在心里装了某个念头，就会觉得那是一股气，被无形中的一张嘴，连续不断地吹进胸腔，不能上行，也不能下通。

  我躺在床上，耳边是呼呼的风声，心里憋闷，不能入睡。我起身打开抽屉，取出小心保存着的相册和一摞信件。过段时间，我就要把它们翻腾出来，细细地看上一遍，以此缓解不平静的心情，或是打发无聊的时光。这会儿，相册和信件被我散乱地摊在床上，照片上是熟悉的家里人，母亲、父亲和我。当然，在这些照片中，弟弟是不存在的。弟弟生来就长了颗猫头，褐黄的毛发，奇异的三瓣嘴，溜圆的眼睛里，嵌着绿色的眼球，褐黄毛毛长得满脸都是。我觉得弟弟就是一只猫，一只真正的猫。信件则是一位名叫平川的人写来的，他是弟弟的忠实赞助者。猫头弟弟生来怪异，自然引人注目，有一阵子上过本地媒体的头条。当时，很多人抱着同情的心态，带着惯常的探异心理，竟然异想天开地想要给猫头弟弟整容，变回人的模样。父亲母亲是未见过世面的人，大家说什么就是什么了。结果，很多人只是说说罢了，风刮过了，一切也都烟消雾散。唯独平川，一如既往地寄钱来，又不提什么为弟弟整容之类的话。我由牛皮纸信封里取出了其中一页信纸，不像是拿中性笔写的，也不像是普通钢笔写的，从字的拐拐弯弯来看，多半是拿羽毛写的，硬中有软，软中有硬，像微型动物，挤在一块，站成一排，毛茸茸的，透着可爱。待我仔细端详，这些字便幻化成了微型猫的样子。这一新的发现，禁不住使我心头一惊。我必须立刻找到平川，解开心头谜团。因为我的猫头弟弟已经失踪整整两周了。

奶奶病痛的呻吟声在隔壁，母亲的抱怨声也在隔壁，父亲则在院子里抽闷烟。

此时，只有我和心里住着的一只猫，躲在隔离的屋子里，幻想着与世隔绝。

我把相册和信件锁进抽屉，隔着玻璃窗，父亲叼着的烟卷忽明忽暗，如星星在院子里闪烁。这微的光，倒也足以勾勒出暗夜里的另一个父亲。我立在窗边，心冷如冰。

全部的心里话，我只讲给了一只猫听。这只猫在荒原里藏身，斑驳陆离的褐黄色毛发，机警敏锐的绿色眼睛，长而硬的八字形胡须。当它尾巴平端着立在墙头时，我就觉得它一直在看我。当时，我在石头上坐着，身后是棵虬枝盘曲的大槐树。猫望着我，我也望着猫。对峙了不知多久，我有些累了，眯起眼，进入了惯常的幻想。待我睁开眼时，猫已从墙头上跳下来，温顺地卧在了我的脚边，拿温热的嘴唇轻轻摩擦我戴在脚踝上的小红绳。这条小红绳是我从小就戴在脚踝上的，小我五岁的弟弟戴着同样的一条。母亲祈福得来的红绳，希望我一生平安，想必也希望猫头弟弟一生平安。我触手摸了摸猫脑袋上的毛毛，蓬松柔软，完全不似流浪猫的样子。

我漫不经心地对猫说："喂，你从哪儿来？也不知好人坏人，就敢唐突套近乎？我的猫头弟弟就是这么莫名其妙失踪的，你知不知道？"

听着我的话，猫冲我喵地回了一声。

继而，猫扯起我的裤角，看样子是想把我从石头上拽起来。我有点儿疑惑，搞不清楚猫的意思。反正回到家里满脑子尽是奶奶撕心裂肺的呻吟声，倒不如随了不知来路的猫四处去游逛一番。这样想着，我从石头上坐起来，拍去沾在屁股上的浮土，顺从了猫的意思。猫见我有意跟它走，抢在前边带路，不时回头看看，生怕我中途开溜一样。我朝猫摆摆手，做出了"ok"的手势，叫它大可放心。

沿途是一条乡村路，路面上铺着炉渣，像一条妖娆的青蛇往前延伸。我的思绪也跟着延伸，有些云里雾里的。沿路栽着笔直的"鬼拍手"，这是继天牛吃死白杨树后新引进的抗虫吃树种。"鬼拍手"树叶阔大，乍看似枫叶，细看却又完全不像。"鬼拍手"的叶片，正面是生机勃勃的油绿，背面则泛着落了层薄霜似的白。一路上，我尽忙着欣赏这些好看的叶子了，有一阵子似是忘记了跟着谁走，究竟想要到哪儿去？当然，我跟着的不过是一只猫，要去哪儿真的随便，它没有能力伤害到我。但是，在我的心里，的确是想要到达这只猫想要到达的地方。这只猫有着人样的随和，和我保持着不远不近的距离，既不生疏，也不紧盯，这样子走路极度舒服。

走到路的中间段，向左有一条细长的小路，一条清澈的溪流沿路流走，溪水打着小小的洄旋，叮叮咚咚地欢叫。我顺着猫的指引拐上了这条小路，日渐萧瑟的田野满目伤感，狗在旷野里追逐撒野，猫全然不去理会。猫走路的专注感染着我，我和它只顾往前走。

在一座田园环绕的房前，我们停下了脚步。虚掩的柴扉，开放的篱笆院墙，站在外面即可一览无余整个院落。我禁不住推开柴扉，往院子里走去，意念中是走进了另一个熟识的家园。猫由篱笆的空隙处一缩身子机灵地钻了进去，它竟比我早一步到达了屋子的门前。我走在院子里，被一条由东往西栓起来的白色细绳挡住了去路，线绳上挂着十余幅未经裱过的四尺斗方画稿，每张画上的主体全是猫，各样姿态，皆不相同，栩栩如生。

猫蹲在屋门前，冲我喵喵了两声，意在唤回沉醉于画中的我。我只好随了猫，推开白色油漆漆过的木门，唐突地进到屋子里去。很显然这间房子里住着的是位画家。我一眼就看到了他的背影，矮个，微胖，头发倒是浓密的，却也泛着猫的褐黄，脚下趿着双木屐，硬朗地撑起整个身子，不至于头重脚轻似的要栽倒。猫止住了步子，在门边的铁丝笼里蹲下来，讨好地望着主人。我四下环顾，厚重的窗帘密不透风，白炽灯刺眼地亮着，大白天照得屋子里一片雪白。一道褐黄的帘子把整间屋子一分为二，两米余长的工作台，占据了外间大部分空间。我猜测那帘子里遮着的定然是休息间，无非是摆着张床罢了，兴许床头上还挂着一幅女人的裸体画像。画家的卧室好像理应就此布置，这完全是处于我的幻想。外间四周的墙壁上，也挂着一幅挨一幅未裱的关于猫的画。这些画上的猫，或翘尾挠头，或低头沉思，或天真戏耍，或勇猛搏斗，或几只蜷在一处眼睛齐刷刷望向某处。

突然，画家猛地转过身来，嘴巴微张，拿惊诧的眼神瞪着我。看样子我的出现，完全出乎他的意料之外。画家眠着嘴，脸色苍白，眼睛猛然一闭，而后缓缓睁开，透着一股子说不出来的恼怒与绝望。他没有同我说话，而是脱下一只木屐，光着一只脚朝猫走去。我惊得差一点要叫出声来，却站在原处，动弹不得。我眼看着猫浑身筛糠一样地发抖，它是可以逃跑的，可它如我一样，也被施了魔法般定在原处。画家从脖颈处一把抓起猫来，猫立刻垂成了软绵绵的一条。木屐硬硬的鞋底狠狠地落在猫身上，不消几下，猫的嘴角开始流血，脑袋无力地倒向了画家青筋暴跳的手腕。

"喂，你杀了猫！你杀了猫！你这个杀人犯！"我目睹了猫的惨死，心不能自已，不管不顾冲画家大喊大叫起来，还把"杀猫犯"讲成了"杀人犯"。

画家只当我是空气，擒着死猫往外头走去。

我的头皮发麻，后悔自己的随心所欲，害了活生生的一只好猫。

我的意志瞬间处于了模糊当中。此时视线没了背影的阻挡，画桌上的东西全部显露了出来，两大卷生宣立体而又安静地站在桌上。我走上前去，画卷上也尽是形态各异的猫，似是随时能跳出画卷，冲我喵喵喵地叫唤与扑咬。画卷旁两只画工笔的小红毫，笔毛齐整地支在青花瓷笔架上，隐隐透着惨淡如夕阳般的血色。小红毫对刚才发生的惨烈之事，保持着雅致的姿势和本有的沉默。画卷的右侧，一幅待完成的四尺斗方，画面上两条腿已经勾勒出来，往上部分还未画出。我看到画上右腿脚踝处分明画了一根红色的细线。我摇了摇晕晕的脑袋，想让自己清醒过来。可是，心就像被猫抓一样，忽然感到极度地难过。猫头弟弟的容貌清晰地显现出来，缓缓地幻化成画面上即将完成的人物。

我想起来和猫头弟弟的过往，他总是躲在我的身后，让我正常的人样遮挡住他见不得人的模样。又总是轻悄悄地走路，唯恐引来正常孩子们的围观。也总是低声地说话，好像几辈子前就欠下几生也还不完的人债……想到这里，我流泪了。转眼间，我的周身聚集起了一股前所未有的力量，从懒散的肌肉里四处喷涌。我一把抓起那两只小红毫来，在墨盘里沾足了墨汁，抓狂地在四尺斗方的画面上涂抹了起来。我拿出浑身力气，黑掉了整幅画面，扔了毛笔，出去寻找画家。因我一时慌乱，碰倒了一个小方盒子，一枚印章鬼使神差掉了出来，我不由得捡起这方印章，骨头刻成的印章光滑圆润，"平川"二字，突兀眼前。我手拿印章，追出门外。画家正是我朝思暮想要找的人，而他却当着我的面杀了一只我心里的好猫。出了院子，我对着白线绳上的猫画再看，上面弯弯转转的羽毛字，分明就是信件上的怪异字体。篱笆前长着的茂盛花草，趋于败落的叶子层层纠缠，制造出一圈黑暗的隐蔽处。我冲这些隐蔽处跑过去，身上渗着虚汗。我的胆子逐渐大起来，狂躁地搜索着每一个暗处。我的手被花秆的尖刺扎了个血迹斑斑，似是进入了一场你死我活的大战。

我搜索到后院时，手刚拨开一丛金黄茂密的小金菊，一只猫猛地跳了出来，快速向后院西南角一处单独的小房子跑去。我仍旧鼓足勇气追了过去，猫对味觉的敏锐感知不可小觑，这其中定有蹊跷。

　　小房子的门也像院门一样，虚掩着。我推门而入，一张写字台大小的画桌，上面摆放着作画的几样物件。不同的是画桌正对的墙上，镶着一排小铁钉，由大到小整齐地挂着寒光闪闪的剪刀。我由不住地走向画桌，惊讶地发现画桌左上角的盒盖里，安然地摆放着一撮撮长短不一的毛，熟悉的褐黄，这分明就是猫身上的毛。一只制作了一半的毛笔，褐黄的毛毛剪得相当整齐，已被插进笔杆头里，正待固定。我禁不住好奇，顺手拉开了画桌下的抽屉，一摞信件跳了出来。我想起了平川写给猫头弟弟的那些信，它们的外形是多么相似，黄色的牛皮纸信封，透着严谨不可侵犯的个人威严。抽出信纸，我一读便不能停下。这些全是平川写给他母亲的未发出去的信件。信中讲，他的母亲曾经生下一个猫头弟弟，因为受不了嘲弄的眼光，不能忍受猫头孩子长大的屈辱，又不能狠心杀死，只好放在了一户人家的门口，被那家好心的奶奶收养。平川的母亲则在不久之后，丢下平川，吃药自杀。平川恨母亲丢弃了没有人样的弟弟，也恨没有人样的猫头弟弟夺去了母亲的生命。

　　读着这些信，我简直不能相信这一切会是真的。奶奶收养了猫头弟弟，母亲不同意，就总是同奶奶发生冲突。我顾不得继续寻找平川，跌坐在画桌前的木椅上，陷入了乱麻一样的沉思当中。猫头弟弟是平川的亲弟弟，我们家只是猫头弟弟的暂栖地。那只猫之所以找到我，把我当作和猫头弟弟一样的人，完全是因为猫对嗅觉的敏感，相同的红绳沾染了相同的气味。平川认为猫背叛了他，所以杀死了猫。

　　我迅速推理着整件事情的来龙去脉，不由得倒抽一口凉气。

　　我从木椅上站起身来，像从石头上起身，意念中仍被死去的猫引领着，走向屋子的更深处。一直走到了屋子的尽头，我清晰地看到了猫头弟弟。猫头弟弟被关在约一米高的铁笼里，毛发蓬乱，双手脏似野孩，正佝偻着身子抓着吃食槽里的猫食，半碟污水摆在食槽旁边，这一定是供猫头弟弟饮用之水。看着这一切，我又哭了。怒火在我的心头熊熊燃烧，似要将一颗刚刚才平复下来的心烧裂。我又开始想没命地寻找平川，想为猫头弟弟报仇。待我转过身来，平川却就在我的眼前。他脸色仍旧苍白，额前散乱着一缕褐黄的头发，整个人看上去颓败如失了生命的猫。我一把抓住他的衣领，开始用足浑身的力气拳打脚踢起来。平川无力还手，看样子也不想还手。

"打吧，打吧。打死了，就没有痛苦了。"平川有气无力地喃喃着，竟然也伤心地哭了。

我松开了抓着平川的手，两个人同时在地上瘫坐下来。平川双手抱头，在我和猫头弟弟面前越发旁若无人地痛哭起来。我心痛万分，从平川的衣兜里摸出钥匙串来，找到了打开铁笼的那把，把猫头弟弟由铁笼里拉了出来。

我的猫头弟弟，身子佝偻着，似猫非猫，似人非人。

平川忽而止住了痛哭，头发蓬乱，呆滞地望着我和猫头弟弟。

从那张渐渐平和下来的脸上，我读到了手执羽毛写信的平川，柔软的笔触，小猫似的字形，可爱的感觉，想见到他时的喜悦……

发表于 2017 年第 8 期《黄河文学》

遥远的地方遥远的人

唐　柯

　　那一年初秋，我被县上临时抽调到林草验收组。绵绵细雨使验收工作延迟，我在县城闲待了一个多月，非常无聊。终有一天早晨，雨过天晴，细雨也随风而去，一轮温柔的圆日懒洋洋慢腾腾升起，光芒四射，我的惆怅也随之而去，心灵一下子撒满金色。但总忘不了到山野田间走走，去看看日出，去看看日落，去闻闻花香，去听听鸟语，散散无聊了多日的心。正是这样一个早晨，我出城走向大山的跟前，麦穗正青黄充盈。

　　我穿过一片麦田，走进南华山深处。各种不知名的野果和沙棘青翠的硕果如散落的诗行话满枝头。我一颗颗细细品读，无奈，这抒情诗太长了，我已不知不觉品了很久，夕阳已收敛了大部分光芒。避暑来的羊群陆续离开了这座大山，走向远方。我恋恋不舍地把目光移向远处。在那一轮温柔无语的落日下，却不想看真了另一幅剪影：山野里一个瘦小而又阔朗的少女，手持一柄农具，伫立立于夕阳中，向着我这边凝望。夕阳为少女披上了金色披风，我的心灵一下子又撒满金色。

　　我走到路边，离少女已经没有几步远，不觉相视而笑，然后一同走在夕阳的背影里。不知怎样就攀谈起来，少女的话语低软而温柔，没有丝毫的浮躁与矫饰，我的心灵又青翠如玉了。我们两人并没有说多少话，却是彼此心已明了，相同的心海轻轻漾动着。"前面那个村庄边，就是我的家了，到家里坐坐吧。"少女开口邀请我。我没有迟疑："正好我也顺路，去看看也无妨。"

小村的边上，有一口青石砌成的水井。古旧的青石上长着绿苔。四周很安静，炊烟袅袅，没人来挑水。井口的青石被井绳磨成光滑的龋齿，就像一位老人的口龋。村子里家家户户都用着这口水井。再往里走，就见一片空地，有两间泥屋，几株萱草药在黄昏里蓓蕾初绽，鹅黄的花朵格外清雅美丽。屋门边，站立着一位面容苍苍的老人，圆脸庞上布满了很深的皱纹，像个出土文物似的。但从她那细长的眼睛里还可以看出藏着些许忧郁。"法嫡玛来啦！"老人亲切地叫着少女的名字。"啊，这是我奶奶。"我赶忙迎上去，道了一声："色俩目（回族的问候语：您好的意思）"老人回了"色俩目"后，轻声细语地往屋里让着我："你请屋里坐。"黄泥小屋的墙被烟熏得黑黑光光的，大大的方格纸窗可以透进更多的光亮；靠窗是一铺土炕，铺着黄绿相间的格子布床单，整齐地叠着一床薄被褥，用浅粉的轻纱遮着。上面被褥床单都洗得发白。一个干干净净的灶台，一口大水缸。我往里面瞄了瞄，清水满满的，倒有几分清幽幽的凉爽感觉。

墙上挂着一把古色古香的木质琴和各种各样的用泥做成的东西，我看了半天，也不知那到底是什么。木质琴肯定不是二胡，也不是小提琴；泥土做成的，有羊角形式的，有类似牛头形式的，都带有六个孔，也说不上名堂来。墙上挂着的几样东西格外耀眼，使我有些失态。老人的招呼声打断了我的失态："请你喝茶！"不知有多久，仿佛只是一瞬，仿佛过了无数次漫长的人生，我从心里看清了老人俊朗而沧桑的面容，读懂了她深邃而沉默的目光。这目光在我的心田上，烙下了深深印痕。这俭朴得有些苍白的老人是哪一个古老部落的遗民？她的祖先是怎样一位刚毅不屈的王者？尽管那先人带着辉煌与荣誉已远去千载，可这遗民身上流淌着的血脉却依然如此恢宏浩荡，分明是一条大河。心，就是一座海，澎湃不已……我的心中暗想着，低头接过茶碗。

黄泥小屋里，对着门口靠墙处，有一张方桌，上面有一盏煤油灯，还放着一本早已发黄的线装的旧本子。我心里极为纳罕，这老人绝不像读过很多书的人，甚至不一定受过学校教育，可这旧本子是怎么回事呢？我忍不住走过去，拿起桌子上的那本子翻看着。哦，竟不是汉字，也不像拼音，是什么语言文字呢？合上本子，封面上有几个汉字"王洛宾"和"中华民国二十六年"的字样。"这是一位先生早年给奶奶记的乐谱，让她唱一曲给你听吧。"法嫡玛在一旁笑着对我说。

老人似乎也很乐意，笑着让孙女从墙上取下木质琴，抱在怀中，手按琴弦：

> 在那遥远的地方，有位脚户哥，
> 他那红红的笑脸，好像红太阳，
> 他那活泼动人的眼睛，好像晚上明媚的月亮
> 使我永难忘……
> 我愿抛弃一切，跟他去远方，
> 每天看着那张红红的笑脸和那美丽金边的衣裳，我愿做一只小骆驼，跟在他身旁。
> ……

歌声从她口中，不，是从她心底，缓缓飘了出来，回荡在小屋内，回荡在我久已尘封的心灵上。和着那悠扬的旋律，我的心潮起伏，于静默中渐渐升华出一种灵魂的暗暗惊喜。

我仿佛等这阕歌声已等了一生一世，仿佛那是我久已熟悉的却又淡忘了的一首童谣……

老人的歌声，深沉中透着一股不可遏抑的热烈豪迈，舒缓中洋溢

着无限的脉脉柔情，似乎是一首英雄的史诗和神语，又似乎是一首唱给那生生世世恋人的歌……

一曲歌罢，天色已彻底暗了下来，老人的脸已有些模糊不清，但她的双眸却更加明亮，像星河里两颗最最活泼、最最明亮的星星，眨呀眨的，袒露着内心无限的欣喜。

我询问了用泥土做成的器具，老人告诉我："也是一种乐器，名字叫'哇呜'。"老人吹起来悠扬缥缈，暗含了离别后又不能相见的深深忧伤……

我又询问了放在桌子上的那个发黄的本子，老人告诉我："每年夏天的伏天，各地的羊群都要到这大山避暑放牧。其间，认识了一位放牧的青年，非常英俊。认识后才知道，清末回族起义，他成了遗孤，被人收养。长大后被人雇佣到这大山放牧。"老人说着眼睛有点发亮。

"他会用泥土做成各种乐器，吹起来很好听。他教会了我用泥土做各种乐器，教会了我唱'花儿'。"老人很高兴地说。

"后来，我们结婚了，那时我才满十五岁。半年后，他为了使我俩生活过得更好，给人赶脚，当脚户，去了口外（新疆）。"老人说着很幸福的样子。

"每天我要拿着他给我做的泥'哇呜'，在门前的那座山冈上，等、看我的丈夫回来。兵荒马乱的，这一去他再也杳无音信。"老人说着眼泪纵横。

"大概在民国二十六年到二十七年间，我依旧在门前的那座山岗上，小声唱着思念丈夫的花儿等他回来，不想从北京来了一位青年，和你一样，很缠道，问这问那的。我把很多'花儿'包括我丈夫教给我的'花儿'，都给他唱了，他用本本记下了我唱的花儿。他又抄了一本留下，给我做纪念，还说了很多谢的话。"

"我问他为何要大老远地跑到这偏僻的地方来呢，他说参加了一个叫丁玲领导的'西北战地服务团'，受西北战地服务团委派，前往兰州，并参加'西北抗战团'，之后到各地做唤起民众的工作，路过此地，被歌声所迷。后来他告诉我他的名字叫'王洛宾'。"老人谈起这段往事仿佛又忘记了悲伤。

"那个叫'王洛宾'的，后来再也没有来过吗？"我迫不及待地问老人。

"没有，他也想去趟新疆，还说如果碰到我丈夫，一定要把我的思念带到，并给我来信。后来听说他也去了新疆，是当兵去的。但也是杳无音信。"老人说着流露出等待的眼神。

我起身向奶孙俩告辞。法嫡玛还是笑着，眸子里却渐渐暗淡了那份神采。我步出小屋，踏上回县城的小路。忽而，我的身后又传来那悠扬缥缈的琴歌，而这一曲里，分明暗含了离别的深深忧伤……

那一年工作结束后，我被分配到一个山里的乡镇工作，交通非常不便，组织上派车送我去的。工作很紧张，我一待就是几年，对外面的世界一无所知。后在一位朋友的帮助下，我调到了县文化部门工作。同龄人都在谈恋爱，可是我，却似乎总也进入不了那份谈情说爱的心境，就喜欢一个人静处。一个人的时候，总是有那难以忘却的旋律萦绕耳畔。忽然，我想起了那年我遇到的那奶孙两位。当我去再找她们时，黄泥小屋坍塌了，人不知去哪儿了，也没有打听到任何消息。

一个下午，朋友们过年回家去了，我一个人在办公室看电视，忽然，那在我心底珍藏已久的旋律竟从荧屏里传了出来，虽然歌词已改，但依稀可以辨认出那缥缈的琴音，那歌者深沉温柔的声音……

> 在那遥远的地方，有位好姑娘，
> 人们走过她的帐房都要回头留恋地张望，
> 她那活泼动人的眼睛好像晚上明媚的月亮。

我愿抛弃了家产，跟她去放羊，

每天看着粉红的笑脸和那美丽金边的衣裳。

我愿做一只小羊，跟在她身旁，

我愿她拿着细细的皮鞭不断打在我身上。

……

听着已改的古老琴歌，古朴卓绝，撼动人心。这穿透历史的乐音，缥缥缈缈，在广袤的天空，倾诉着郁积百年的心事，绵绵不绝的思念啊，如何从遥远古荒漂流到今天，借现代技术演绎一曲百年未埋的旷世之恋？

节目后面，介绍了歌者及发现者。原来这是一种在草原民族流传的民歌民谣，已失传多年了。但有幸的是，北京籍在疆一位音乐教授，在青甘宁新的一个小村庄发现了一位少女、一把古老的琴、一些花儿，用他所学的音乐知识，将它记录了下来，终于使这古老的音乐重现人世，给匆匆忙忙的现代人带来了心灵的慰藉以及美的重新回归。

我一下子震惊了。不会错的，这歌者一定就是当年黄昏我遇到的少女和老者所唱的那首，还有那小村庄里的琴歌……啊，恍若隔世，恍若昨天。这古老部族的高贵公主，你终于重新拥有了一片属于自己的广阔的蓝天。祝福你，深深地祝福你！我一生也未曾如此激动过，仿佛，又回到了十八岁的那个初秋的黄昏……在某年一个重大节日演出中，王洛宾的一曲《在那遥远的地方》，赢得了亿万观众，倾倒了无数歌迷。于是那年的全国上下，从城市到乡村，从年老的发烧友到幼儿园的小朋友，到处都有人在传唱着。村村巷巷，处处飘荡着《在那遥远的地方》。"王洛宾"的名字渐渐在神州大地上广泛流传开来，而那歌者也赢得了"草原情歌王子"的美誉。

渐渐地，整个神州大地又恢复了平静，年末岁尾，又有新歌手新的音乐悄然流行。但十八岁时根植入我灵魂深处的音乐，是永远也不会从我生命里消失的。

　　某年的秋月，我和几位爱好西夏历史研究的朋友，再次路过那个小村庄，我打开车窗，把头伸出窗外想看一些熟悉的景物，却突然有一阙旋律飘进耳朵，难道，是幻觉吗？不，不，是真实的！听，那琴声和那歌者真切的歌声，也许，只是即兴而唱……"停车，停车！"我急匆匆地下了车。

　　公路边还是那熟悉的小路，黄泥小屋和古井却不见了，新盖的一片崭新的红砖红瓦的房子蛮横地立在那里。物换星移人非昨，那夕阳里的少女，黄泥小屋里的老者，在哪里为谁而歌了？这似有似无的歌声，依然缠缠绵绵，又因深挚无望而动人心魄……我极力循着歌声想找见那歌者，重新踏上当年的乡村小路，往回走，往回走，我似乎看见那披着金色披风的少女，踏着歌声而来……正欲走近她身边时，歌声停了，幻觉悄然而退……我不由得停下脚步，怅然回望四周，一无所获。

天　算

白小山

　　往日里能掐会算人称小半仙的杨奉，这次的失岔，就像滕佘咧说的：
"老草驴跌了个坐墩子——嘴捂住了。"滕佘咧说罢，自己就狠狠地
扇了自己一个嘴巴子。但他自己也承认，起早不如命好，天算不如人算。

　　昨天早晨，杨奉还在炕上做春梦的时候，一阵急促的敲门声便把
他从梦中山草的怀里拉了回来。他极不情愿地提着裤子来到西边的驴
圈里就是一阵痛快的放水。他打开门，来人是山草。他笑着对山草说
刚才还和她在一起呢。山草白了他一眼说："你个杨杂碎，谁还有心
思和你开玩笑。"

　　"咋了？"杨奉望了一眼一本正经的山草，知道她有事，就把她
让进屋里。

　　杨奉边给山草倒水边问："出啥事了？"

　　山草有些犹豫地说："刚接到镇政府的通知，今天必须把我爹的
坟迁掉，如若不然就要按无主坟对待。"山草说着的时候，杨奉看见
山草那双大花眼睛里就有了泪光。山草接着说："我娘死的早，我爹
就我这么一个女儿，死的时候家里穷得叮当响，入土时连身像样的
衣服都没穿上，出葬时是真是丢死人了。这次借迁坟我想要厚葬他老
人家。"

　　关于山草的一切，杨奉还是知道一些的。

不知道这是怨命还是天意，想当初要不是杨奉家穷，要不是山草嫌贫爱富，要不是爹多占了山草家的山地，要不是英伟那婊子娃先下手为强……这太多的想当初使杨奉想得牙根发痛。但看着山草那可怜兮兮的样儿，他又心痛起山草来。

杨奉又想起了刚才在梦中山草对他的那般温存和体贴，望一眼睡在另一个屋子里的病老婆，坐到山草身旁小声说："有我呢，今天就迁，这有多大点事儿。"

杨奉之所以一口答应山草是有原因的，一是山草提出和英伟离婚起诉的钱是向自己借的，山草欠自己一个钱情；二是山草和英伟离婚不久后的一天晚上，他路过山草家的瓜地时硬把山草给干了，他欠山草一个人情。再说，放着有钱的生意不做，那才是"疯子和傻子捡了半吊钱——二半吊子"。

反正，现在离了婚的山草已经和他有过那事了，做人总是要有良心的。杨奉想。

"几点开始迁呢？"山草问。

"这事急不得，还要准备些迁坟用的东西。"杨奉说着把山草送出院门。杨奉看了看四处没人，就用力在山草的奶子上揉了两把。山草没好气地瞪了一眼杨奉说："大白天的咋这么下流呢！"她推开杨奉的手说，"小心我爹的魂把你烫住了。昨晚上我爹还给我托梦了，他说他的那些邻居都搬走了，他一人很孤单。"山草说着的时候就望着南山，又自言自语道，"这会儿，我爹的灵魂也许就看着我呢。"

杨奉听了山草的话猛地呆了一下，他学的是阴阳，当然相信人死了是有鬼魂的。他学徒时，师傅就经常叮嘱他：干这一行就讲究个心诚，不然谁还信你的这一套。虽然杨奉明白这个理，可就是抗不住自己年轻，见了山草就身不由己。

杨奉清楚地记得，本来他和山草私下里就有了海誓山盟，说好了两人非你不娶非他不嫁，可两家的老人却为了那点不长毛的山地打得你死我活，发誓老死不相往来。山草爹是南山洼出了名的犟驴，也是南山洼狗见猪不嫌的惹不起。就这样，两家成了冤家，两人狭路相逢时，不是你吐他一口就是他吭你一嗓子。

此时的杨奉和山草心里都明白，这样的处境向两家老人摊牌，除非两人都吃了豹子胆。他俩只好由公开转入地下。

杨奉万万没有想到，他刚出去拜师学艺不到一个月，山草就嫁给了有钱的英伟。杨奉听到这个消息后连夜赶了回来问他爹，他爹狠狠地瞪他一眼说："四条腿的女人没见过，两条腿的女人满地都是。这个世上只有嫁不出去的女人，没听说过有娶不上女人的男人。"

"屁话！"杨奉私下里咕哝一句。

杨奉再没有心思听他爹瞎叨叨，一个人跑到南山沟里，骂了半夜山草，骂了半夜英伟，发誓他学成后要给山草和英伟使一手，让他们不得好生，让他们生的娃儿没屁眼。

一声狗叫，杨奉才回过神来。山草却已不见了人影。

杨奉转身进了屋，病老婆还躺在炕上。杨奉给婆姨热了牛奶，又煎好药，等收拾完后，他在病婆姨怪怪的目光里走出了屋门。

杨奉抬头望了一下天色，天空中挂着淡淡的一片云彩，远处的罗山显得若隐若现。初春的风慢条斯理地刮着，一只瘦弱的山黄鼠夹着短尾巴从他的脚下跑过，很快消失在东边硒砂瓜地的尽头。

虽然是春天，这时的南山洼却和冬天里没有啥两样。杨奉打了一个哆嗦又退回到屋里。

杨奉来到自己睡的那间屋里。他不想看到婆姨病怏怏的身子。有时候他也恨自己没有本事，不像英伟那样稳重能干。要说老天爷对他们三人是公平的，他们都没有考上大学，都是一起回到南山洼的。杨奉虽然没有英伟那样稳重有心计，但也不像滕佘咧整天佘佘咧咧没个正经。他能看懂山草的心思，了解山草的喜好。山草虽愿意和自己待在一起，但英伟和滕佘咧看到了就会很不高兴。有一次，杨奉和山草一起去了一趟县城，英伟就垫杠滕佘咧骂杨奉是坏杂碎的婊子娃。

在庄稼地里找钱是很难的，所以两年后英伟跟着一位远方亲戚贩菜和水果去了。南山洼里的杨奉和滕佘咧还是老样子，吃饱饭放穷屁地混日子。

一天，山草碰见杨奉，说你整天这个样子咋办？

杨奉听出了山草话里的意思，可他想不出一条挣钱的道儿。他有时候晚上睡不着，就想着等他第二天早晨捡到一块金砖，下午就把山草娶到家里。他也想过和滕佘咧一起去盗墓，可第二天睁开眼睛后他就什么都不想了。他知道自己不会这样下去的，只是他不想暂时把自己的想法告诉山草。

杨奉低头抽烟的时候手机响了，电话是山草的弟弟虫草打来的，说他们庄子上有几家要念经，问他有时间没有。他看了一眼日历，算了算日子就对虫草说有时间，打完电话，他盘算着该去办事了。

从红寺堡到县城六十公里的路程，杨奉骑上他那辆灯不亮的三轮摩托向县城赶来。对于迁坟所要置备的东西，他早都记在脑子里了。在这一点上，杨奉最能理解活人的心思，他心知肚明，死人的钱好挣，但他也看人下菜，有钱的人家他总是下口重些。

在"红白事"商店里，老板按杨奉的要求把所要买的东西装了箱打了包，最后热情地递给杨奉一支烟，笑眯眯地问："匣子要贵的还是便宜的？"

杨奉看了老板一眼："老样子。"停了一会儿，他对老板说，"知道发票咋开吗？"

"知道。知道。"老板说着去里屋给杨奉开发票了。做这样的事，杨奉和老板是心有灵犀的。

该买的都买齐全，杨奉看了一眼发票，粗算了一下，给山草爹迁坟一项就顶一个大工在工地干十天。杨奉在发动摩托车的时候，似乎又想起了一件很重要的事情，便骑着摩托来到金店，花三十块钱买了一枚银戒指，用最好的首饰盒装好。今天晚上，他要亲自把它戴到山草细嫩的手上。虽然这样做了，也这样想了，可从内心里杨奉觉着有些对不起病快快的婆姨，婆姨毕竟是结发夫妻。在良心发现的那一刻，他又返回去给婆姨买了一枚二十块钱的银戒指。他打心眼里看不起那些有了婆姨以外的女人就坏良心的男人。

就在杨奉骑着摩托哼着曲儿上了公路时，他突然和横穿马路的一辆自行车撞上了，骑自行车的人被他撞得不轻。杨奉付完钱从医院出来一算，医疗费和赔偿费就是两千八，他心痛得差点掉眼泪了。

事情还得做下去，杨奉想在近几天里多揽些迁坟的活，一定要把亏空补回来。说实话，迁坟也不是个人人都能干的事，不然的话，杨奉也过不上今天这样的日子。谁家迁坟，除去他该得的东西外，还有吃有喝，遇上好的人家还能给他条好烟。

杨奉和山草骑着摩托车来到山草爹的坟头，这时候的杨奉显得十分虔诚，他一边念经一边给山草点了点头。山草不明白啥意思只是望着杨奉。

"跪下。"杨奉命令山草。

这时候杨奉心里就有了一种男子汉的自豪。从小到大，他都是听别人的命令，让别人指手画脚，现在好了，就连平日里财大气粗的英伟都乖乖地听他的指派。杨奉想他要好好地利用这样的机会。

"再磕头。"杨奉按规矩在山草爹的坟头上一边上香一边命令着山草。也只有给山草爹迁坟杨奉才这样，这样做还可以单独和山草在一起，给别人家迁坟他是不走这道程序的。

山草按杨奉的吩咐做着，虔诚地一遍又一遍地磕着头。

虽说阳春三月了，南山洼里还是显得很荒凉。不远处的开发区高高的烟囱排出了淡淡的尘烟，山草望着脚下几棵山柴和干枯的芨芨草在寒风中抖动着。

杨奉又给山草爹去寻新坟了，四周没有一个人影，山草感到有些害怕，两眼盯着她爹的坟头，不时地望一眼旁边紧挨她爹的那座坟。她心里有些发慌。她清楚地记得一年前清明节她上坟时，这里只有她爹的一座坟，啥时候又多了一座坟？山草抬起头来，仔细地又端详了一会儿。两座坟一模一样，分不出异样来，山草也没有多想什么，只是把脖里的围巾系紧了，默默地守在爹的坟头。

"宁嫁个投缘的，不嫁个有钱的"，山草望着远处的山头想。现在她才朦朦胧胧地意识到自己和杨奉就是投缘的。或许当年是穷怕了自己才看上了英伟家的钱，也或许是当时杨奉一句不吭地离开了自己……反正当英伟家给她爹送来两万块钱的彩礼时，她的心狂跳不停，她长了二十多年从来都没有见过那么多钱。晚上她就鬼使神差地跟着英伟出去了。

一年后，她生下女儿橘子。这时候的英伟早已财大气粗了。英伟经常在外跑运输，山草一年四季见不着几次英伟面，直到有一天英伟又领回了一个漂亮姑娘时她才明白，在这南山洼里，女人生女孩是对男人家最大的不孝。不久，山草和英伟离婚后就带着小橘子回到了娘家，山草爹连气带恨没有几天就到地下找她娘去了。

"发啥呆呢？"杨奉回来了，站在山草身旁问。

山草只是望着远处，没有答理杨奉的问话。她想决不能对杨奉抱任何的幻想。他毕竟还有个躺在炕上的病婆姨，她这样和杨奉不明不白的终归不会有什么好结果。

"寻好了吗？"过了一会儿山草问。

"好了。"杨奉说。

杨奉看了一眼山草，他觉着山草的情绪有些不对。

回到南山洼时已经是中午了，望着浑身尘土的杨奉，山草心里有些过意不去，到厨房给杨奉煮了两碗臊子面。

杨奉狼吞虎咽地吃完后就对山草说："有酒吗？"

"没有。"山草边收拾碗筷边说。

"去买一瓶。"杨奉说着掏出一百块钱放在饭桌上。

杨奉打算到了晚上再把戒指给山草戴上，可看到山草并没有去给自己买酒，心里虽有些不高兴，但还是没有表现到脸上。他没有掏出那枚戒指。

山草拿出杨奉上次喝剩的半瓶老银川酒，又给杨奉炒了鸡蛋。她看着杨奉说："少喝点，别耽误了晚上迁坟的事。"

"啥话，误了别人的也误不了你的。你是谁！"杨奉说着在山草的脸蛋上捏了一下。

杨奉刚把山草揽在怀里，他的手机就响了起来。杨奉有些沮丧地掏出手机接电话。电话是英伟打来的，说他刚从外面回来，想请杨奉把自己老娘的坟迁了，迁坟的费用和所用的东西都由杨奉说了算。

放下电话，杨奉算计着他应该能补回亏空了。"狗日的，三年总能等你个闰腊月！"杨奉想：你婊子娃不是有钱嘛，你不是不要山草了吗，看我这回怎么收拾你！杨奉心里有了解恨的理由，三十年河东，三十年河西，你英伟再日能，再有钱，可你奈何不了躺在地下的死人，为了你先人在地下能有个安妥的好地方，你不得不给我下低气。杨奉知道活着的人咋说都有口气撑着，可他们拿死人却没有一点儿办法。这活儿只有阴阳才能干。

"谁的电话？"山草问。

"英伟的。"杨奉扔掉烟屁股说，"狗日的，这回看他有多日能，有几个臭钱就烧的，还得请我。"

山草听说是英伟打来的电话，被抛弃的那种伤痛又恨得她牙根发痒。她问杨奉："先迁谁的？"

"当然先是你家的。再说人也讲究个先来后到嘛。"杨奉说。

"你打算咋办？"山草问。

"什么咋办？"杨奉说，"对人说人话，对鬼讲鬼话，这回我非狠狠地宰他一把，让英伟那狗日的好好出出血。"

出了山草家，杨奉打电话给滕佘咧，让他找两个帮工晚上起坟。他自个骑摩托又去了"红白事"店。

南山里夜晚风大。当杨奉骑着三轮摩托驶过一座座坟头时，山草看到有蓝莹莹的磷火从坟堆里蹿出，她吓得把杨奉的后腰紧紧抱住。杨奉说："怕个尿呢，活人还怕了死人！"

突然，一个白色的东西从滕佘咧的头顶上飞过，滕佘咧惊得三魂跑了两魂，喊道："妈呀！活见鬼了！"

杨奉也惊得有些语无伦次，问："咋……咋了？"

"妈呀，一个白乎乎的东西带着响声从我的头顶上飞过去了。"滕佘咧还有些惊魂未定。

杨奉刹住车，用手电照了一下落在不远处的那个白色的东西，那是一只废弃的白色塑料袋。

杨奉心里明白迁坟时的时辰是最最重要的。在山草爹的坟头，杨奉按起坟的路数点香、烧表、诵经后，就让滕佘咧开始起土。滕佘咧先抱去坟石后，就用镐头和铁锹挖起来。对于滕佘咧起坟杨奉倒还是放心的，毕竟滕佘咧跟着他起过几次坟。当然，杨奉是阴阳，滕佘咧只能干力气活。

"慢些。"山草看着滕佘咧笨三傻四地挖土就对滕佘咧说。山草这样安顿滕佘咧绝不是体谅他多出了力气，而是担心滕佘咧这样干会破坏埋在下面的棺木。她不知道躺在棺材里已七八年的爹会是一个什么样子。

　　夜越来越深，一阵风刮灭了燃着的蜡烛，顿时四周一片漆黑。

　　实际上，起坟除了阴阳动动嘴外，剩下的力气活就由别人轮流干了。杨奉打电话给滕佘咧时说要找两个人，每人五十块钱，滕佘咧一听每人五十块钱就想一个人挣，他想这样的事再让别人挣，那不真成了"傻爹娶了个傻妈，傻耍傻吗"。所以当他坐到杨奉的三轮摩托车上时，杨奉问他，他拍着胸脯说能行。

　　滕佘咧干得浑身冒汗了，就蹲在坑里抽烟。当他掏出打火机点烟时，"吱"一声，一个黑影从坟坑里蹿出，吓得滕佘咧丢下铁锹，爹哭娘号地跑出了坑外："妈呀，山草你爹是不是成精了！"

　　滕佘咧用颤抖的声音喊远处的杨奉。山草也看到了从坟坑里猛然蹿出的那个黑影，也吓得趴在了地上。

　　"杨奉呀，你个坏尿死到哪里了！"滕佘咧哭丧着脸说，"他妈的，真是活见鬼了，今天的坟钱不挣了。"

　　当杨奉站在滕佘咧和山草跟前时，两人还吓得直得瑟。

　　"看你那个屎架势，活人还怕了死人。"杨奉边骂滕佘咧边来到坟坑边。他用手电照了照坟坑，就喊滕佘咧和山草。滕佘咧和山草慢慢走到杨奉身边时，杨奉说："好好看，是个山狐狸窝，刚跑的是只狐狸，看把你个狗日的吓得不行行了。"随后，又对滕佘咧说，"抓紧时间干，这一百块钱不是好挣的。"

　　虽然一百块钱的诱惑大，可滕佘咧还是心有余悸。现在再到山下去找人是不可能了，滕佘咧只好让山草站在坑边给自己壮胆，他再一次硬着头皮下了坟坑。

　　"婊子养的杨奉咋就这么大的胆呢？"滕佘咧边挖边想：这深更半夜的一人还敢去英伟娘的坟头，真不知是钱大还是胆大，他心里知道，不算其他的下葬品，光那一个雕花木匣就是一千多块，这回的血，英伟那个臭尿算是出大了。

在南山洼，杨奉、英伟和滕佘咧是从小一起穿开裆裤耍大的。那时候每到放假，他们就一起到南山里捡柴火，拾地溜子，在山崖上捉山雀雀，在芨芨洞口挖黄鼠。累了他们三个人便站在山顶上，一起掏出小牛牛比谁尿得远。那时候，杨奉和英伟总是滕佘咧的手下败将。有时候，他们一起躺在山坡上，望着天上的云彩各想各的心思。

"哎，你长大了找婆姨不？"滕佘咧问杨奉。

"咋不找，长上个牛牛干啥？"杨奉说。

"那你找谁当老婆？"英伟问。

"当然是山草了。"杨奉说，"在学校里山草有好吃的都分给我一半呢。"

"谝啥呢。"英伟急红了脸坐起来说："上次山根欺负山草，我还打跑了山根呢。"

"就你个小杂碎还能打过山根？"滕佘咧说，"人家山草能看上你个'风刮倒'。"

"骂谁呢。"英伟站起来就向滕佘咧扑去，两人在山坡上你上他下地滚打起来。杨奉劝不住，干脆一把抱住英伟，滕佘咧乘机修理了英伟。过后，英伟骂杨奉拉偏架，说再也不跟杨奉好了。

由于英伟生下多病，身体一直单薄，在学校里外号叫"风刮倒"。要说英伟他爹在南山洼也是数一数二的日能人，英伟那年没考上高中，他不是让英伟复读去考学，而是拉上英伟去学做生意。先是去贩枸杞子，但枸杞子的投入资金太大，他又没有多少闲钱，后来，他瞄准了香山的硒砂瓜，就用很低的价钱从瓜农手里先赊上，再往周边的内蒙古、甘肃、西安贩运，几年下来还挣了些钱。要不是他看准了山草爹和杨奉犟爹之间的矛盾，他又拿出了丰厚的礼银，那漂亮的山草是不会成为他儿媳妇的。可山草太不争气，本来英伟传到他手里已经是三代单传了，打算让山草给他家生个续香火的，可第一胎就生了个丫头，这是他万万都不能接受的，所以当英伟又领回来一个漂亮的女人时，他便睁一眼闭一眼。

山夜猫在近处的山梁上叫了两声，那声音听得人浑身都起鸡皮疙瘩。

山草蹲在地上，望着滕佘咧模糊不清的身影，一锹一锹地往上抛土。她没有先前那样害怕了，想和滕佘咧说说话。

"哎，佘咧子，你是为啥和你婆姨离的婚？"山草问。

滕佘咧咳嗽一声，没有回答山草的问话。

山草觉着问滕佘咧这样的问题是有些愚蠢，她知道滕佘咧和他婆姨为啥离的婚。滕佘咧再窝囊也不可能看着自己的婆姨上别人的床。

停了一会儿，山草又变了个话题问："你儿子在银川干啥着呢？"

"在一家餐厅里当厨子呢。"滕佘咧边干边说。

"你打算啥时候再娶一个？"山草又问。

"等跟着杨奉挣够了钱，我这回找一个不上别人床的女人。"滕佘咧狠狠地说。

"那你可要等好了，看准了。"山草说，"人心隔肚皮，不要让人家算计了你。"

"唉！"山草暗暗地叹了一声，这个世界上有些事还真说不清楚，她不知道英伟是咋想的，反正，她和英伟结婚后的那些打算被英伟的一张离婚证撕了个粉碎。她和英伟离婚后，英伟曾给自己发过一条短信，她似乎才有些明白了自己和英伟离婚的理由。也许英伟的打算是对的，他最终的打算是要她给英家生个续香火的，而其他的打算只是说说而已。山草心里明白，自己和英伟生活的那些日子里，自己的所作所为有哪些不是顺着他家呢？自己在南山洼算是女人堆里要强的，可英伟就是看不惯自己的争强好胜，说自己是显能。她让公公也开山地种硒砂瓜，英伟说自己霸道。她把自己打扮得漂亮些，英伟又说自己臭美，说什么漂亮女人都是男人的冰淇淋，这简直就是胡说八道。最可气的是自己背着英伟和公公开了二十亩山地准备种西瓜，英伟却干脆指着自己的鼻子说女人的能干就是对男人的不尊，如果这样了还要男人做啥？

山草和英伟刚结婚的那会儿，英伟对自己是很好的，两人形影不离，用英伟的话说，每天晚上不在她的被窝里抱着她睡，他整夜都会做噩梦。那时，她觉着英伟是个不错的男人，会疼女人，能懂女人的心。她也知道，她的美丽就是英伟的冰淇淋，没有她是败不了英伟的欲火的。

漂亮妻子对丈夫来说是一种危险，要不然，公公看见英伟每次带她外出时都要对英伟耳语几句的。

杨奉去了很久才回来。

"咋样了？"杨奉问。

"马上就好，拿掉榨盖就行了。"滕佘咧在坑里喘着气说，"你干屎啥去了，咋这会子才回来，刚才差点没把人吓死。"

"又咋了？"杨奉抽着烟问滕佘咧。

"怪屎事了，刚挖了一半，一个黑乎乎的家伙怪叫了一声蹿出坟坑跑了。"滕佘咧还有些惊慌未定地说。

杨奉笑了笑："那你是挖到了黄鼠的窝。"他扔给滕佘咧一支烟，"你佘咧子也是个屎男人，就这么个胆还想吃这碗饭。我算好了，太阳出来前把英伟他娘的坟也迁了，滕佘咧子今晚你能挣二百块钱呢。"

"多谢杨哥照顾。"滕佘咧这会儿讨好说。

"咱俩谁跟谁？"杨奉说完拉着山草去了一个滕佘咧看不见的地方。

滕佘咧听见山草说："干啥呢，我害怕。"滕佘咧想，杨杂碎跟山草真是羞先人呢！

……

杨奉要不是看到滕佘咧的穷样，是不会帮他的。这几年，南山洼里其他人都在山地里种上了硒砂瓜，日子好过多了，而滕佘咧让村长做了好长时间工作也不干，村上出钱出力给他压了十几亩山地，他硬是瞧都没瞧一眼。这样的穷日子滕佘咧的婆姨早就过够了，这不，他婆姨去银川一个建筑工地做工时，被个小包工头领到了床上，他一赌气也去工地上干了两个月，却没领到一分钱，只好窝在家里，谁家找他去帮工，他跑得贼快，有吃有喝，虽然钱少些，但他可以省去好些麻烦事。

　　也许是时来运转，杨奉今年的生意这么火。他先是给人家念经谢土，再是给死了人的人家做纸活埋人。

　　可喜的是今年县里为了招商引资，在南山边规划了"宁新工业园区"，凡是在园区内的坟墓都要迁移，这一下就够杨奉忙活了。

　　当滕佘咧挖到棺盖时，杨奉让滕佘咧慢慢揭开棺盖。虽然杨奉站在身边，但他还是害怕得闭上了眼睛。

　　"你在干啥呢？"杨奉推了一把一动不动的滕佘咧问。

　　"没……没干啥。"滕佘咧有些胆怯地说。

　　"看你个囊尻样，活人还怕死人了。"杨奉看不惯滕佘咧的日囊样，就没好气地骂，"三十好几的爹了领不住个婆姨，还不叫婆姨跟人呢！"

　　滕佘咧敢怒不敢言。虽然杨奉揭了自己的短，但他知道自己还得有杨奉帮衬着："歪啥呢，有钱便是娘。说的好你个杨杂碎还得指望我给你干力气活呢。"滕佘咧心里骂着杨奉，接过杨奉递给他的手电筒向坟墓里照去。

　　"你下去，按我说的做。"杨奉对滕佘咧说。

　　滕佘咧闭眼下了棺材，按杨奉的指点——把死人的头骨、胸骨、腿骨等尸骨按顺序摆在了一起，最后棺材里只剩下一些细土和已腐朽的衣物。杨奉喊山草拿来筛子，让滕佘咧把棺材里的细土筛了一遍，

382

又清理出了一些小骨头。这期间，有一个小细节杨奉没有发现，滕佘咧在筛细土时发现了一只银戒指，就悄悄装进了自己的口袋。虽说滕佘咧平日里大大咧咧，但在这方面却很用心。

整理完尸骨，杨奉让滕佘咧把尸骨又重新装在了新买的木匣里。杨奉让山草跪在她爹的尸骨前，他念念有词地为山草爹念经超度。这会儿的杨奉极虔诚。一炷香念完后，杨奉让山草抱着她爹的尸骨匣去了选好的新墓地。

当杨奉和山草、滕佘咧还没有走出十米远时，最终还是出了事。

"你们是干啥的？"杨奉被一个人挡住了去路。

"起坟的。"杨奉说，"咋了？"

"在哪点起的，给我指指看。"来人拉着杨奉就往回走。

杨奉和那人来到刚才起坟的地方，一看便傻了眼。本该起左边山草爹的坟，可滕佘咧却挖开了紧挨山草爹右边的坟。杨奉知道这回乱子出大了，这时候他没有一点儿办法，任凭人家指责了。

"咋办？"来起坟的一伙人显得非常不高兴。

"你们说咋办就咋办。"杨奉望着那伙人说。

"这个规矩你阴阳还不知道吗？"那伙人里有人认出了杨奉，"你个杨杂碎还出这等事？"

此时，无理的杨奉只好按那伙人的要求，给了人家高出平时几倍的赔偿。

出了这等事，英伟娘的坟看来是起不成了。杨奉又令滕佘咧起出山草爹的骨殖，把山草爹的骨殖埋好后，垂头丧气地开着三轮摩托车往回走。在过山河沟时，摩托车一下子翻进了沟里。万幸的是杨奉只擦破了点头皮，坐在后面的山草和滕佘咧躺在不远处，滕佘咧抱着腿在那里腾声噎气地号着。望着山草满脸的血，杨奉一下子把山草抱在怀里，拿出手机就给120打电话。可山里没有信号，四下里又没有人，他只好背着山草向山下跑去。

　　滕佘咧望着杨奉背着山草远去的背影，心里就像是打开了五味瓶。他想不明白，这一切是因为他偷装了山草爹银戒指的报应，还是杨奉算计别人太多了的缘故，在这人命关天的时刻，杨奉先抢救的是山草而不是自己。

后 记

　　中卫市 2004 年 4 月 28 日挂牌成立，自那天起，这个共和国最年轻的地级市，就以蓬勃向上的朝气、砥砺奋进的勇气、敢于争先的志气，抒写着自己的历史。日新月异的新中卫有目共睹，"宜居城市""全域旅游城市""硒砂瓜基地""中宁枸杞""云计算基地"……一个个骄人的成就像彩虹一样在中卫的天空绽放，令人感慨。

　　这是一个创造的时代。

　　处于时代激流中的中卫作家，与中卫脉搏共振动，与中卫发展共繁荣，见证着中卫的每一个变化，经历了中卫的每一次跃动，用手中的笔，记录着新中卫的发展变化。

　　文学是一个时代的精神映像，毫无疑问，她代表着人们的价值取向，代表着人们的审美需求，代表着人民群众心中的情感世界。中卫市成立十年后，市文联就有了结集出版十年来立足于这片土地、坚守文学园地、用心灵和笔书写对家乡变化的作家们的作品集，但这一心愿因一些因素没有遂愿，作品收集了一部分后而搁浅。中卫的一切都在发展着，与之相应的文学艺术也在不断发展着，然而在说到中卫的文学时，当要想拿出一点像样的东西给人看时，这才羞涩地发现，原来手里还真没有有分量的东西。

　　结集出版中卫文学作品集，不仅是中卫本土作家的心愿，也是市文联的心愿。十多年了，中卫的文学到底是个什么水平？队伍如何？是该对父老乡亲有个交待的时候了。不容置疑，对一个地方而言，没有文学的高度，文化的高度也必将打折扣。市文联清醒地认识到这一点，因此，在收集到的原作品的基础上，又进一步收集、筛选、补充，使这部文学作品集更丰满厚重，成为现在这个样子。

这部集子所选编的作品，都是在中卫市成立以后发表的，在作品收集、编辑过程中，为了照顾到更多作者，每位作者仅限于两篇。小说集由张永生同志负责收集，散文集由俞雪峰同志负责，诗歌集由李玉华同志负责，谈柱同志总揽全程，协调安排。在这些同志的不懈努力下，《志在云天》总算得以出版。

《志在云天》得到了市委、政府领导的大力支持和关心，才和读者见面。此际，我们对市委、政府的支持和关心表示深挚的谢意！

对给予我们支持的作家和同人，深表谢意！

《志在云天》在收集编辑过程中难免有很多瑕疵和珠玑遗漏之憾，对这些不足，我们深表歉意，望能得到广大读者和作者的谅解，等几年后，如再选编集子时一并弥补吧。

编　者

2017 年 12 月